DUMONT

Aristoteles »Aris« Thibodeau ist zwölfeinhalb Jahre alt. Nein, sie ist kein Junge. Und ja, sie ist zu Höherem berufen. Leider steckt sie seit dem Tod ihres Vaters in einer eher mäßig interessanten Kleinstadt fest, wo sie sich um das desolate Liebesleben ihrer Mutter kümmern muss. Nicht zu vergessen ihr Job als Ko-Erzieherin ihres kleinen Bruders Max, für dessen Therapie das gesamte Geld der Familie draufgeht.
Zum Glück hat Aris einen Plan. Mithilfe des Ratgebers ›Schreiben Sie einen Roman in 30 Tagen!‹, den ihre Mutter ihr als Therapieersatz in die Hand gedrückt hat, will sie einen Bestseller schreiben. Inhalt des Buches: ihre charmant dysfunktionale Familie. Wenn nur ihre Mutter endlich die Finger vom Onlinedating lassen würde, dann könnte sie erkennen, dass der perfekte Mann für sie der Handwerker und Nanny-Ersatz Penn MacGuffin ist. Und Aris hätte zumindest schon mal den romantischen Strang ihres Plots in der Tasche (und einen Vater im echten Leben). Als jedoch ein Unfall einen düsteren Teil der Thibodeau-Familienhistorie enthüllt, muss Aris einsehen, dass manches im Leben – genauso wie in der großen Literatur – nicht exakt so verläuft, wie es geplant war.

Melanie Sumner veröffentlichte bislang die Romane ›The Ghost of Milagro Creek‹, ›The School of Beauty and Charm‹ und ›Polite Society‹. Ihre Prosa erschien in diversen Magazinen, darunter The New Yorker, Harper's Magazine und Seventeen. Ausgezeichnet wurde sie u. a. mit dem Whiting Writers' Award und dem New Mexico Book Award, und sie war Fellow des National Endowment of the Arts. Melanie Sumner lebt in Georgia und lehrt an der Kennesaw State University.

Melanie Sumner

Eine Therapie für Aristoteles

ROMAN

Aus dem Englischen
von Eva Kemper

DUMONT

FSC
www.fsc.org
MIX
Papier aus verantwortungsvollen Quellen
FSC® C083411

April 2017
DuMont Buchverlag, Köln

Die amerikanische Originalausgabe erschien 2015 unter dem Titel
›How to Write a Novel‹ bei Vintage Books, New York.

Umschlaggestaltung: Lübbeke Naumann Thoben, Köln
Umschlagmotiv: Mädchen: © rangepuppies/Gettyimages,
Fliegermütze: © Pete Flyer/istockimages
Schreibmaschine: © miakievy/Gettyimages
Satz: Fagott, Ffm
Gesetzt aus der Minion, der Geneva und der Courier
Druck und Verarbeitung: CPI books GmbH, Leck
Gedruckt auf säurefreiem und chlorfrei gebleichtem Papier
Printed in Germany
ISBN 978-3-8321-6408-9

www.dumont-buchverlag.de

Für die Paten Brian Sumner (1961–2013)
und Leslee Sumner
und natürlich (!) für Zoë und Rider

VORWORT

Das Vorwort lasse ich weg, ich kenne nämlich niemanden, der Vorworte liest, bis auf meine Mutter. Hallo, Merm!

EINLEITUNG

Wer keine Vorworte liest, neigt möglicherweise dazu, auch Einleitungen zu überspringen, aber meine Lektoren haben angedeutet, dieser Roman könne einen winzigen Schönheitsfehler enthalten, den ich vielleicht beseitigen sollte, bevor es zum Pulitzer-Preis geht. Das Problem ist in ihren Augen, dass eine Zwölfeinhalbjährige diese Geschichte auf keinen Fall schreiben könnte. Deshalb würde ich vorschlagen, wir gehen einfach davon aus, dass ich als fiktive Gestalt in der vierten Dimension der Realität existiere, in der Zeit und Raum zu einer unmittelbaren und unendlichen Erfahrung kollabiert sind, die in Einklang mit Einsteins Relativitätstheorie *(E = mc2)* nur eine Illusion ist.

Oder ich lüge, was mein Alter angeht.

Exposition

Ich werde immer wieder darauf hingewiesen, das Leben in Georgia sei doch ganz anders, als ich es darstelle.

Flannery O'Connor

Zu meinem zwölfeinhalbten Geburtstag schenkte meine Mom mir ein Buch mit dem Titel *Romane schreiben in 30 Tagen!* Natürlich hegt Diane (das ist meine Mom) unterbewusst den Wunsch, selbst einen Roman zu schreiben, nur hat sie die dreißig Tage nicht übrig. Da sehen Sie schon unsere Familiendynamik. Eigentlich sollte ich mit Dr. Victoria Dhang, zugelassener und erfahrener Psychotherapeutin, mal darüber sprechen, dass ich hier im Grunde alles am Laufen halten muss, aber Diane vergisst praktischerweise immer, einen Termin für mich auszumachen.

»So schlimm ist es bei dir doch gar nicht«, sagt sie immer und mustert mich, als wäre ich eine Jacke, die an den Schultern etwas spannt und an den Ärmelaufschlägen ein bisschen abgewetzt ist, aber noch ein Jahr hält. Das Therapiegeld geht für meinen Bruder Max drauf, dem wöchentliche Sitzungen zustehen wegen seiner »besonderen Empfindsamkeit der äußeren Welt gegenüber«, was nichts anderes heißt, als dass der Typ sich selbst haut!

Da es bei uns keinen Mann im Haus gibt, haben Diane und ich alle Hände voll damit zu tun, Max zu erziehen. Dienstagnachmittags bringen wir ihn immer in die Praxis von Dr. Dhang, damit er was gegen seine Probleme macht. »Ist ja irre, Max«, sage ich. »Haben wir schon wieder Dienstag?« Er sieht mich finster an, wodurch er fast schon hübsch wird. Er ist groß für seine acht Jahre, hat ein Gesicht wie ein Teddybär und einen Bauch wie Knetgummi. Wenn er sich einen Finger in den Bauch piekst oder die blauen Flecken an seinen Knien zählt, wird sein Blick ganz komisch, als hätte er seinen Körper gerade erst zu Weihnachten bekommen. Ganz klar eine neue Seele.

Ich bin eine alte Seele, wahrscheinlich haben meine Eltern mich deshalb Aristoteles genannt, kurz Aris. Ja, ich bin ein Mädchen. Was haben sie sich nur dabei gedacht! Tja, sie hatten sich in diese Baracke in Alaska verkrochen, ernährten sich von einem Sack getrockneter Bohnen, litten unter Lichtmangel, und da kam plötzlich dieses Kind *(moi!)*. Auf meinen Babyfotos sieht man mein kahles Köpfchen über den Rand der leeren Hühnerkiste lugen, die als Kinderbett diente. Sie hatten so gar kein Geld. Mein Vater, der wilde Joe Thibodeau aus Houma in Louisiana, war Saxofonist. Von ihm habe ich den olivfarbenen Teint, das gewellte Haar, die roten Lippen und violetten Augen.

Ich bin klein. Ich komme zwar an die Kanne auf der Küchentheke und kann mir Kaffee einschenken, aber für den Zucker, den Diane in der hintersten Ecke des Schranks vor sich selbst versteckt, muss ich auf die Arbeitsplatte klettern. Wahrscheinlich wollen Sie wissen, wie Diane aussieht, aber sie sagt, Beschreibungen seien nicht gerade meine Stärke, und deshalb bekommt sie vielleicht keine. Ich solle meinen Figuren nicht immer violette Augen verpassen und alle umwerfend schön machen, hat sie gesagt. Wie bitte? Das ist immer noch mein Roman.

Manchmal glaubt Diane, sie hätte vom Schreiben die totale Ahnung, weil sie eine Kurzgeschichte veröffentlicht hat, bevor sie am Christlichen College von Kanuga als Lehrbeauftragte für Anglistik anfing. Auf einem Schild vor dem College steht »Mit Jesus zu einem neuen Leben«, was gar nicht mal schlecht klingt, aber bisher habe ich davon noch nichts gemerkt. Dianes Geschichte heißt:

»Warum ich Jesus liebe«. Es geht um ein dreizehnjähriges Mädchen, das an einer Jugendfreizeit der Baptisten teilnimmt, ohne errettet zu werden. Die letzte Szene ist ziemlich gut – die Jugendlichen sitzen um ein Lagerfeuer herum und stehen auf Zuruf einer nach dem anderen auf und versprechen, ihr Leben wieder Jesus zu widmen, obwohl sie das alles gar nicht interessiert. Der Prediger ruft das Mädchen, das in Wahrheit Diane ist, immer wieder auf, doch es kommt nicht. Es sitzt allein irgendwo in der Dunkelheit.

Jetzt ist Diane dreiundvierzig, klein und entweder kurvig oder pummlig, je nach Stimmungslage, und sie hat eine Stupsnase und einen mehr oder minder blonden Pony, der ihr ins Gesicht hängt. Dass sie eine Montgomery ist, erkennt man an ihren rezessiv vererbten grünen Augen und ihrem Montgomery-Handschlag. Opapa Montgomery bringt ihn all seinen Nachkommen bei. Dazu gehören ein Blick direkt in die Augen, ein Lächeln und ein fester Griff. So beweisen wir unseren Charakter, so machen wir Geschäfte, so schließen wir Freundschaften. So kommen wir voran in dieser Ellbogengesellschaft, in der Zeit Geld und das einzig Sichere im Leben der Tod ist. Der Montgomery-Handschlag beweist, dass wir keine Geheimnisse haben.

»Ursprünglich haben sich Männer die Hand gegeben, um sich zu zeigen, dass sie nicht bewaffnet sind«, hat er mir mal erzählt.

»Und die Frauen?«, habe ich gefragt.

»Na ja.« Mit abwesendem Blick strich er eine weiße Haarsträhne über die kahle Stelle auf seinem Kopf. »Frauen könnten wahrscheinlich auch bewaffnet sein«, antwortete er schließlich. Dann grinste er. Opapa war schon alt, als Zahnspangen aufkamen, deshalb sind seine Zähne ein bisschen schief, gerade so sehr, dass er aussieht, als könnte er gut Witze erzählen.

Oma ist die einzige Montgomery, die den Handschlag nicht draufhat, aber im Süden schütteln die Damen auch niemandem die Hand. Stattdessen falten sie die kühlen Finger um deine Hand, drücken sie ganz sanft und beugen sich vor, bis du ihre Pfefferminzbonbons und das Eau de Toilette riechen kannst, das sie sich hinters Ohr tupfen. Und dann sagen sie irgendwas Furchtbares. Ein paar Tage nach Joes Tod kniete Oma an Dianes Bett und berührte ihre Hand. Nachdem Oma ihr einen Moment in die Augen gesehen hatte, flüsterte sie: »Warum hat er nie eine bessere Arbeit gefunden?«

Opapa und Oma interessieren sich brennend dafür, was die Leute arbeiten. Wenn ich mich mit jemandem anfreunde, fragen sie sofort: »Was *machen* ihre/seine Eltern?« Wenn sie Diane fragen, was ihre Freunde *machen*, sagt sie immer etwas wie: »Viola trinkt gerne Earl Grey und beobachtet Kolibris«, oder: »Penn löst Kreuzworträtsel.« Das bringt die beiden jedes Mal aus der Fassung. Manchmal sagt sie: »Das weiß ich nicht.« Dann starren meine Großeltern sie mit offenem Mund an.

»Das *weißt* du nicht?«, fragt Opapa. »Du weißt nicht, welchen Beruf er/sie hat? *Hat* er/sie überhaupt einen Beruf? So was musst du doch wissen.« Opapa hat Southern Board geleitet, bevor die Firma mit Southern Paper fusionierte und es ungemütlich wurde. Er hatte fünfunddreißig Jahre lang dieselbe Arbeitsstelle, obwohl er sie nicht mochte.

Diane meint, das sei doch tragisch.

»Du kannst machen, was du willst«, sagt Opapa ihr immer, »aber verlier nicht deine Arbeit.« Diane ist die einzige Montgomery, die je einen Job verloren hat. Mit fünfzehn wurde sie als Avon-Beraterin gefeuert, weil sie den Frauen einredete, sie seien ohne Schminke schöner. Als sie mit Joe nach Alaska zog, arbeiteten sie zusammen in einer Fischfabrik, bis die aus irgendeinem komischen Grund dichtmachte. In diesem Winter aßen sie Heilbutt-Enchiladas und gingen mit Schneeschuhen wandern, um Adler und Dickhornschafe zu beobachten, ich immer gut eingepackt im Babytragetuch an Joes Brust. Er trug eine Mütze mit einem Futter aus Kojotenfell und schlenkernden Ohrenklappen. Das war seine Fliegermütze, wie er sie nannte, und manchmal rief er: »Fliegeralarm!«, und warf sich mit mir in eine Schneewehe. Ich weiß noch, wie er mir direkt vor dem Sprung sanft ins Ohr brummte, mich fragte, ob ich bereit sei, wie er die Arme fest um mich schlang. Wir tauchten tief in die Schneewehen ein, ganz, ganz tief hinein. Beim Rausklettern hielt ich mich manchmal mit meinen Fäustlingen, die an die Ärmel gebunden und ganz locker über meine Hände gestülpt waren, an seinen flauschigen Ohrenklappen fest. Unser Atem dampfte, wenn wir wieder in die ewige Nacht stiegen. Ganz vorn in unser Fotoalbum hat er geschrieben: *MAN SOLLTE NIE SOLLTE SAGEN.*

Da draußen, sagt Diane, sei das Land manchmal beängstigend schön. Es sei so groß, dass man Gott nicht vergessen könne, nicht mal für einen Moment. Andere Menschen würden zu seltenen und interessanten Wesen. Dann wird sie still, sieht auf ihre Hände. »Besorg dir eine Lebensversicherung«, sagt sie.

Joe starb bei einem Autounfall auf dem Richardson Highway. Ich war vier Jahre alt, Max war unterwegs, und Diane war pleite, deshalb nahmen uns Opapa und Oma unter ihre Fittiche. Mit dem Umzug nach Kanuga[1], Georgia, verpflanzten sie mich von einem der letzten wilden Orte auf Erden in ein Städtchen mit zwei Walmarts und keinem einzigen Target, mit Fast Food als Treibstoff und Kirchen an jeder Straßenecke, die für einen guten Draht zum Himmel sorgten. Von Joe sind mir nur noch ein paar Fotos, meine DNA und die Fliegermütze geblieben.

Falls Sie es wissen wollen: Stimmt, es ist wirklich nicht schön, einen toten Vater zu haben. Bei allen anderen in meiner Klasse an der Lab (der Lavender Mountain Laborschule, Vorschule bis 8. Klasse)

1 Ausgesprochen wird es »Ka-*nuu*g-ah«, klingt ein bisschen wie ein Nieser.

sind die Eltern komplett, nur bei Anders Anderson nicht, aber der ist in meinem Roman nur eine Nebenfigur, an ihn verschwende ich keinen Platz in meinem ersten Kapitel. In *Romane schreiben in 30 Tagen!* heißt es, das erste Kapitel sei das Filetstück. Wenn ich Anders im ersten Kapitel abhängen lassen würde, wären Sie ganz schnell weg, das können Sie mir glauben. Meine beste Freundin Kate Harrington hat einen geschiedenen Dad. Sie bekommt ihn nur jeden dritten Donnerstag zu sehen, aber immerhin gibt es ihn noch. Diane sagt, unsere Familie sei wie ein dreibeiniger Hund, wir kämen doch ganz gut klar. Ich antworte dann, dass aus Leuten, die ganz gut klarkommen, keine Autoren werden.

Viele Leute behaupten, sie wären gerne Schriftsteller, aber sie schreiben nicht. Entweder leiden sie nicht genug, haben eine überkritische Englischlehrerin (Hallo, Mrs Waller!) oder sind einfach nicht entsprechend gestrickt. Ich mache mir da keine Sorgen. In meinem Kopf laufen Filme, seit ich denken kann – das ist genetisch bedingt. Als Max und ich noch klein waren, sagte Diane im Auto Sachen wie: »Aris, ich habe heute nur ein Essstäbchen in deine Brotdose gelegt, das andere habe ich nicht gefunden, aber du kannst Sushi auch mit den Fingern essen, wenn du dir die Hände wäschst.«

Ich antwortete dann: »Ist gut, danke, Merm. In meinem Kopf läuft gerade ein Film. Sprich mich bitte nicht an.«

Und Max wiederholte:

»Inmeinemkopfläuftgeradeeinfilmsprichmichbittenichtan.« Er redet nicht mehr ganz so schnell, seit Dr. Dhang ihm Speed verschreibt, was hyperaktive Kinder ironischerweise langsamer macht, trotzdem kann man ihm nicht ganz folgen. In Dianes Kopf laufen immer mindestens drei Filme gleichzeitig. Deshalb können uns unsere Freunde auf der Straße auch zuwinken und anhupen und uns fast auf die Motorhaube fahren, und sie sieht sie trotzdem nicht.

Sie fragt dann nur: »Kannten wir die?« Kanuga ist nicht so klein, dass sich alle kennen würden, aber zumindest kommen einem alle *sehr* bekannt vor. Und die meisten grüßen einfach.

Wir sind anders als die meisten Leute in Kanuga.

WORIN WIR ANDERS SIND

- Max und ich essen mit Stäbchen, seit wir klein waren, obwohl wir von Engländern/Schotten/Franzosen/Cajuns abstammen.
- Wir sind keine Republikaner, obwohl wir weiß sind.
- Neben dem Verbandskasten, den Feuchttüchern, Wasserflaschen und Goldfischlis, die alle Mütter für Notfälle ins Auto legen, hat Diane im Kofferraum eine Machete versteckt. Sie hat uns nie erklärt, warum.
- Wir haben keine Lieblingsfootballmannschaft. Und keinen Fernseher, auf dem wir uns ihre Spiele ansehen könnten.
- Wir sind keine fundamentalistischen Christen. In Kanuga ist das ein heikles Thema. Anders Anderson hat gesagt, ich würde in die Hölle kommen, weil ich nicht in die Kirche gehe. Ich habe gesagt, mir wäre egal, wo ich bin, Hauptsache, er ist nicht da. Worauf er sagte, mein Vater sei nicht im Himmel, weil er nicht in die Kirche gegangen sei.

Bei unserer Sonntagabendbesprechung, bei der wir mit Kaffeetassen und Klemmbrettern am Tisch sitzen und über unsere Ziele für die kommende Woche und den Rest unseres Zusammenlebens als Familie reden, habe ich Diane gefragt, ob Joe in der Hölle sei.

»Nein«, antwortete sie. »Dein Vater war in der Hölle, bevor er gestorben ist.«

Max kippelte gerade mit seinem Stuhl und ließ sich nach vorne plumpsen. »Kann man die Hölle etwa *besuchen*?«

»Der Stuhl bleibt anständig stehen«, sagte Diane. »Aris, wer hat dir erzählt, dein Vater sei in der Hölle?«

»Weiß nicht.« Ich wünschte, ich hätte nichts gesagt.

»Wer?«

»Habe ich vergessen.« Unsere Hunde klebten an der Terrassentür und beobachteten zitternd ein Eichhörnchen, das einen Baum hochkletterte. Lucky, die paranoide Alphahündin mit dem Mensa-IQ, stand auf den Hinterläufen und kratzte mit der rechten Pfote an der Scheibe. Hiroshima, der Niedliche von den beiden, warf sich mit seinem vollen Gewicht gegen die Tür und kläffte wild, um seinen Minderwertigkeitskomplex zu kompensieren. Ich stand auf, um sie rauszulassen.

»Aris«, sagte sie mit dieser einen Stimme. Aus ihren Ohren kräuselte sich Rauch.[2] »Setz dich wieder hin und sag es mir.«

»Ähm, könnte Anders gewesen sein.«

»Und wer ist das?«

Seit der Vorschule sitze ich mit denselben acht Leuten in einer Klasse, trotzdem kann Diane sie immer noch nicht auseinanderhalten.

»Ich habe mal gesehen, dass Dad eine Brandnarbe hat«, warf Max ein. Als niemand reagierte, kippelte er wieder mit dem Stuhl nach hinten.

»Dein Vater ist gestorben, bevor du auf der Welt warst, Schätzchen«, sagte Diane. Sie sah ihn an. »Max, lass das mit dem Stuhl sein.«

»Ich übe Kippeln für die Talentshow in der Schule«, sagte Max. »Jeder braucht ein Talent.«

Max sucht seines schon seit einer ganzen Weile. Geläufigere Kunstformen interessieren ihn nicht (zu viel Konkurrenz), dafür hat er es mit Milchweitspritzen durch die Nase versucht, mit

2 Jedem Autor steht pro Roman eine Hyperbel zu.

Schwimmtraining für Schnecken (was echt traurig war) und Verrenkungen, um sich durch einen Tennisschläger zu quetschen. Wir suchen weiter.

»Du brichst dir noch den Hals«, sagte Diane, »und wir haben keine Krankenversicherung.« Als die Hunde genug von ihrer Eichhörnchenjagd hatten, meldeten sie sich an der Tür, und ich ließ sie wieder herein.

Diane wandte sich mir zu. »Aris, kenne ich diesen Anders?«

»Anders Anderson. Das andere Kind mit nur einem Elternteil. Mausbraune Haare, ziemlich dünn, läuft wie ein Igel.«

»Ach, *der*«, sagte Diane. »Der Junge, dessen Mutter abgehauen ist?«

Sie schloss die Augen und begann zu beten. Dianes Glaubensvorstellungen sind zu kompliziert, um hier auf sie einzugehen, aber ich wusste, dass sie gerade ihr Unmutsgebet aufsagte. Ich konnte von ihren Lippen ablesen, wie sie stumm betete: *Großer Geist, Großer Freund, Mahaya, mögen dieser kleine Scheißer Anders Anderson und seine Eltern Frieden und Wohlstand und mehr Liebe als je zuvor erfahren. Amen.*

Als sie fertig war, kritzelte sie etwas auf ihr Klemmbrett. Und dann verkündete sie, wir würden uns eine Religion und eine Footballmannschaft zulegen.

Die Margerite aus dem Supermarkt, die in einer Vase auf dem Tisch stand, verblühte vor meinen Augen – ernsthaft. Seit mein Dad ein Geist ist, macht er solche Sachen; er will in Familienangelegenheiten immer noch ein Wörtchen mitreden. Ich weiß nicht mehr, wann ich nach Joes Tod zum ersten Mal gemerkt habe, dass sein Geist in unserem Haus ist; es kommt mir vor, als wäre er nie wirklich weg gewesen. Manchmal habe ich etwas aus dem Augenwinkel gesehen – flackerndes Licht im Wohnzimmer, so ein schwaches grünliches Schimmern wie von Glühwürmchen –, oder die Kaffeemaschine lief, obwohl Diane vergessen hatte, sie einzuschalten, oder eine Hand zog mir beim Einschlafen die Bettdecke über die Schultern.

»Wir werden normal!«, jubelte Max. Vor lauter Begeisterung kippelte er mit dem Stuhl zu weit nach hinten und knallte mit Schmackes auf den Boden.

Eine Woche später gehörten wir zu der Episkopalengemeinde der St. Michael's Church und trugen rot-schwarze T-Shirts der Georgia Bulldogs mit dem Aufdruck *Go Dawgs*. Die meisten Südstaaten-Baptisten finden die Episkopalen ein bisschen komisch. Mit *denen* habe ich natürlich nichts am Hut, und ich gehöre nicht mal zu den Methodisten, die sowieso nichts anderes sind als hochnäsige Baptisten. Ich stehe dem Katholizismus gefährlich nahe, an manchen Sonntagen umweht mich sogar ein Hauch von Weihrauch, aber ich bete keine Statuen an. Also werfen die Leute nur einen Blick auf mein Shirt der Georgia Bulldogs und sprechen die magischen Worte der Zugehörigkeit: »*Go Dawgs*.«

Für Dianes Verhältnisse war das ein ganz guter Plan, trotzdem funktionierte er nicht. Ohne Kabelfernsehen kann man kein Footballfan sein, und sonntagmorgens wollten wir meistens einfach im Pyjama bleiben. Ich weiß, wie sehr diese kleinen Misserfolge an Dianes Selbstbewusstsein knabberten. An schlechten Tagen schaffte sie es nicht mal aus dem Bett. Dann machte ich Popcorn zum Frühstück und ging mit Max nach draußen, damit er sie nicht weinen hörte.

Diane sagt, es sei ein Riesenfehler, wenn Frauen ihre Probleme lösen wollen, indem sie sich an einen Mann hängen, aber ich fand, sie sollte es mal versuchen. Joe ließ sich nicht ersetzen, zumindest nicht so, wie ich es mir vorstellte, als ich fünf war und Diane bat, mir doch bei Walmart einen neuen Vater zu besorgen.

»Die Väter, die sie da verkaufen, willst du nicht haben«, sagte sie. Das war wahrscheinlich das einzige Mal in den ersten beiden Jahren nach Joes Tod, dass ich sie zum Lachen brachte. Jedenfalls gehörte eine zweite Ehe immer noch zu meinem Plan, unserer Familie wieder auf die Beine zu helfen. Als ich Diane meinen Plan erklärte, sagte sie: »So etwas braucht Zeit, Schätzchen, und manche Dinge haben wir einfach nicht in der Hand.«

»Hast recht«, sagte ich. Ich wollte sie nicht entmutigen, aber mir war klar, dass wir bald etwas unternehmen mussten. Ein Glück, dass es nur dreißig Tage dauert, einen Roman zu schreiben. Ich dachte, ich haue schnell einen raus, mache einen Haufen Geld und werde berühmt. Das würde unserer Lage etwas Aufmerksamkeit einbringen.

Wenn man in *Romane schreiben in 30 Tagen!* das Blabla von wegen Mut zum Schreiben überblättert hat, lautet die erste Übung, einen Schauplatz für seine Geschichte zu wählen. Als ich »Frage 1: Wo spielt die Handlung?« beantworten wollte, war ich aufgeschmissen. Alles spielt sich in meinem Kopf ab. Ich habe keine Ahnung, wie es in meinem Kopf aussieht. Ich beschloss, jemandem zu erzählen, dass ich einen Roman schrieb, für den Fall, dass ich etwas mehr Hilfe als meinen Ratgeber brauchte. Diane und Max wussten es natürlich schon, außerdem hatte ich es Kate erzählt, die als ABF[3] Zugang zu allen geheimen Informationen bekam, aber weil ich professionelles Feedback brauchte, suchte ich mir Ms Chu aus, unsere Bibliothekarin an der Lab.

Die erste Gelegenheit, sie darauf anzusprechen, ergab sich an einem Dienstag während der Bibliotheksstunde, als Ms Chu wie ein Schatten neben Kates und meinem Tisch auftauchte. Ms Chu heißt mit Vornamen Mandy. Sie ist groß und dünn und hat glänzendes schwarzes Haar, das ihr über die Wange streicht. In ihrer T-Zone blüht Akne, genau da, wo sich meine auch meldet, und obwohl sie schon zwanzig oder dreißig ist, hat sie eine Zahnspange. An diesem Tag trug sie eine weiße Bluse und einen grauen Rock,

3 allerbeste Freundin

der sie wie Wasser umfloss. An einer Silberkette um ihren Hals hing eine winzige Kugel aus Kristallglas.

»Brauchst du Hilfe, Aris?«, flüsterte sie, weil Ms Chu immer flüstert. Wenn man die meiste Zeit in der Bibliothek verbringt, gewöhnt man sich das an.

»Na ja, um ehrlich zu sein«, antwortete ich flüsternd, »brauche ich einen Rat. Ich schreibe doch einen Roman.«

Sie nickte und berührte sanft das Kristallglas an ihrem Hals. Wie aus dem Nichts tauchte Anders Anderson auf und schmiss sich auf den Stuhl neben mir. Ich drehte mich weg, um ihn von dem Gespräch auszuschließen, und redete weiter.

»Mit den Figuren bin ich schon so weit«, sagte ich, »aber ich finde die Schauplätze schwierig. An die denke ich nie.«

»Hoffentlich ist es keine Liebesgeschichte«, sagte Anders. »Komme ich darin vor?«

»Könnte es daran liegen«, überlegte ich und beobachtete, wie sich das Licht auf Ms Chus Kristallkugel brach, »dass ich solche Stellen beim Lesen immer überspringe? Also, ich lese sie quer. Schauplätze und Beschreibungen überfliege ich immer nur.«

»Gibt es in deinem Roman irgendwas Verstörendes?«, fragte sie.

»Nein, natürlich nicht.«

Ms Chu wirkte enttäuscht. »Irgendwas Verstörendes brauchst du in deiner Geschichte«, sagte sie. »An manchen Stellen muss das Schreiben richtig wehtun. Manchmal wird es sich anfühlen, als würden die Worte aus dir herausbluten.«

»Okay«, meinte ich, allerdings etwas beunruhigt. Der Autor von *Romane schreiben in 30 Tagen!* hatte nirgendwo Blut erwähnt. Was, wenn ich das falsche Buch über das Romaneschreiben hatte? Ich fragte Ms Chu danach, aber sie riet mir, nicht noch mehr über das Schreiben zu lesen.

»Ein Ratgeber ist mehr als genug«, sagte sie. Dann verschwand sie in einem geheimen Kämmerchen hinter ihrem Schreibtisch, in dem sie die neuen, noch nicht katalogisierten Bücher aufbewahrte. Nach ein paar Minuten kam sie wieder hervor und gab mir ein dünnes braunes Buch: *Lieder der Unschuld und Erfahrung* von William Blake.

»Wenn ich Rat brauche, lese ich Gedichte«, sagte sie.

»Danke.« Ich schlug das Buch auf, um meine Enttäuschung zu verbergen. In Mrs Wallers Klasse hatte ich genug von Blake überflogen, um zu wissen, dass Schäferdichtung über Lämmer und putzige Putten mir nicht helfen würde, einen verstörenden Roman zu schreiben.

»Schreib doch einfach ein Gedicht«, sagte Anders. »Für einen Roman brauchst du viel zu lange, und wer liest die Dinger überhaupt?«

»Ich zum Beispiel«, sagte Kate. Sie setzte sich kerzengerade auf und zitierte ihre Lieblingsautorin Jane Austen. »Ein Mensch, ob Herr oder Dame, der kein Vergnügen an einem guten Roman hat, muss unerträglich stumpfsinnig sein.«

Kate könnte glatt einem Roman von Jane Austen entsprungen sein. Sie hat blaue Augen und rote Haare und trägt seit ihrer Geburt Sonnenschutzmittel, weshalb sie sogar im Sommer blass ist. Ihre Aussprache ist derart präzise, dass die Leute aus Kanuga manchmal sagen: »Du bis' nich' von hier«, aber das ist sie. »Ich bin ein Nerd«, erklärt sie dann stolz. Zum Beweis hat sie ein Fläschchen Desinfektionsmittel für die Hände an ihren Rucksack gehängt.

Ms Chu nahm Kate mit zu den Regalen, um nach einem Roman von Jane Austen zu suchen, den Kate vielleicht noch nicht verschlungen hatte. Während Anders aus einem Bleistift, einem Gummiband und einem Radiergummi eine Rakete baute, schnupperte ich an den *Liedern der Unschuld und Erfahrung*, die herrlich nach neuem Buch rochen. Das Vorwort wollte ich natürlich überspringen, aber beim Durchblättern fiel mir ein interessantes Zitat auf: »Der Unterschied zwischen einem schlechten Künstler und einem guten besteht darin, dass der schlechte viel zu kopieren scheint; der gute tut es tatsächlich.« Als ich noch darüber nachdachte, ploppte eine Bleistiftrakete gegen das Buch, das ich als Barriere zwischen Anders und mir aufgestellt hatte. Ich warf ihm einen finsteren Blick zu, und er lachte triumphierend.

»In letzter Zeit mal was von Billy gehört?«, fragte er. Er schlang die Arme um sich, um ein knutschendes Pärchen nachzuäffen, und machte dazu vulgäre Kusslaute.

Ich seufzte. Wie hat es dieser psychische Spätentwickler bloß geschafft, sich in das erste Kapitel meines Buchs zu schleichen? So oder so muss ich jetzt Ihnen, lieber Leser, die traurige Mitteilung machen, dass mein Verlobter Billy Starr III im letzten Sommer nach Boston gezogen ist, nachdem seine Mutter gefeuert wurde – sie hatte als Dozentin am CCK gearbeitet und eine Demonstration für das Recht auf Abtreibung organisiert. Diane sagt, Dozenten würden nicht gefeuert – das Wort sei für die Hochschule zu gewöhnlich. Man würde ihnen nur »keine Festanstellung gewähren«. Aber wie man es auch nennt, mein Verlobter wurde wie ein Koffer gepackt und in einen anderen Bundesstaat verschleppt.

Ich kann es nicht ausstehen, wenn Leute ewig von ihren Fernbeziehungen erzählen – nach einer Weile fragt man sich, ob sie alles nicht nur erfinden –, deshalb lasse ich das. Ich wollte nur sagen, dass Billy Starr III früher auf genau dem Platz gesessen hatte, den Anders jetzt in Beschlag nahm. Seine Büchereistimme war ein wunderbares leises Brummen gewesen, nur für meine Ohren bestimmt, und er hatte sich vorgebeugt, um mir tief in die Augen zu sehen. Meistens hatte es mich nicht gestört (nicht besonders), dass er über Baseball oder Basketball redete. Manchmal hatte er meine Hand mit seiner gestreift, und dann waren wir rot geworden wie zwei verklemmte Trottel in einem Roman von Jane Austen.

»Billy geht's gut«, sagte ich zu Anders. »Ich werde ihn von dir grüßen.« Ja, genau. Als Billy letztes Jahr mit betrübtem Ausdruck in den blauen Augen verkündete, dass er die Lab verlassen würde, hat Anders ihn gefragt, ob er seine Freundin haben könne. GEHT'S NOCH? Bin ich etwa ein Schließfach, das einfach der nächste Schüler bekommt? Nachdem ich von diesem Gespräch gehört hatte, habe ich mir Anders geschnappt und ihm eine Stunde lang erklärt, wie absurd ungerecht es ist, Frauen wie Habschaft zu behandeln. Ich dachte, dem Wort »Habschaft« könnte er in seinen vielen Bibelstunden begegnet sein, und hoffte, es würde meinem Argument mehr Gewicht verleihen, aber er hat mir kein bisschen zugehört. Als ich mit meinem Vortrag fertig war, hat er mich nur gefragt, ob ich mich beim Mittagessen neben ihn setzen würde.

»Im Durchschnitt gehen Fernbeziehungen nach viereinhalb Monaten in die Brüche«, sagte Anders jetzt.

Er fuchtelte mit fünf Fingern herum – ja genau, Billy war seit fünf Monaten weg. Zum Glück läutete es, und er sprintete los, als hätte er Feuer unterm Hintern.

Auf dem Weg aus der Bibliothek nahm ich im Vorbeigehen einen Katalog der Lavender Mountain Laborschule mit. Heiliger Strohsack! Auf dem Deckblatt war der Schauplatz beschrieben, den ich für meinen Roman klauen musste.

Die Lavender Mountain Laborschule, von den Schülerinnen und Schülern und ihren Familien liebevoll »Lab« genannt, ist eine gemischte private Ganztagsschule, die sich an die Gebirgsausläufer im nordwestlichen Georgia schmiegt. Unser Campus erstreckt sich über 160 Hektar Felder und Wald am Fuß von Kanugas wunderschönem Lavender Mountain. Hier finden Sie modernen Komfort und neueste Technik in rustikalen Hütten aus Kiefernholz und Stein, beides aus der Region. Weißwedelhirsche grasen an den Wegen aus Kopfsteinpflaster zwischen unseren Unterrichtsgebäuden, der bestens ausgestatteten Sporthalle und einem Medienzentrum, das eine beeindruckende

Sammlung klassischer und zeitgenössischer Werke in gedruckter und digitaler Form beherbergt. Enten, Gänse und Schwäne tummeln sich auf den verstreut liegenden Teichen des Campus, auf dem Schülerinnen und Schüler in freier Natur praxisbezogen und interaktiv in Naturwissenschaften, Mathematik, Sprache, Literatur und Kunst unterrichtet werden. Unser Kollegium aus engagierten, hochqualifizierten Fachkräften hilft den Schülerinnen und Schülern, ihr schulisches, gesellschaftliches und geistiges Potenzial voll zu entfalten.[4]

An den Rand hatte jemand (ein Schüler? Elternteil? Lehrer?) gekritzelt: »Boah, bitte!«

Jetzt konnte ich mir die nächste Übung aus *Romane schreiben in 30 Tagen!* vornehmen. »Wählen Sie eine Hauptfigur und arbeiten Sie ihre inneren Beweggründe heraus.« Über den ersten Teil musste ich gar nicht erst nachdenken. Warum sollte man sich die ganze Mühe machen, wenn man nicht mal die Heldin in seinem eigenen Roman wird? Diane stimmt mir zu, ich würde eine spannende Protagonistin abgeben, aber insgeheim hat sie gehofft, sie würde die Hauptrolle in meinem Roman übernehmen. Ihre Theorie: Ist Mama nicht glücklich, ist keiner glücklich.

Tut mir leid, Diane! Ich bin also die Hauptfigur, und meine Motivation ist … Ehrlich gesagt[5] bin ich grundsätzlich nicht besonders motiviert. Auf meinen Zeugnissen machen die Lehrer an der Lab jedes Mal einen Haken bei »Unmotiviert«. Diane erinnert mich gerne daran, dass ich mit meinen Ergebnissen in standardisierten Tests zum obersten Prozent gehöre und damit doch auch Algebra und so was bestehen müsste. Ich gebe ja zu, dass die Dichotomie

4 Besser nur überfliegen.

5 Bei meiner Englischlehrerin Mrs Waller kostet dieser Ausdruck immer einen Punkt, weil sie meint, nur unehrliche Leute würden ihn benutzen.

etwas beunruhigend ist, aber wenn ich nur daran denke, mein Zimmer aufzuräumen oder eine trinomische Gleichung zu lösen, werde ich *unglaublich* müde. Wenn ich mir den ganzen Tag lang vorgestellt habe, ich würde irgendwas arbeiten, tun meine Arme und Beine manchmal so weh, als wollten sie abfallen. Diane sagt, das seien Wachstumsschmerzen. Normalerweise würde nichts und niemand als Motivation für eine Protagonistin reichen, die derart leidet, und der Roman wäre perdu, aber es geschah etwas Unerwartetes.

In *Romane schreiben in 30 Tagen!* heißt es, jedes Buch brauche einen Konflikt. Irgendein Ereignis muss die Welt, in der die Figuren leben, verändern. Weil in Kanuga so gar nichts passiert, befürchtete ich, das könnte ein Problem werden, aber als ich über die vielen Bücher aus der Bibliothek nachdachte, die Ms Chu mir geliehen hatte, und über die wilden Geschichten, die ich in der Kirche höre, fiel mir auf, dass große Literatur oft mit einer Flut beginnt.

Unsere Flut brach an einem Sonntag über uns herein, an dem ich in der St. Michael's Church als Ministrantin dienen sollte. Diane hatte mich für den Messdienst angemeldet, weil sie hoffte, durch meine heilige Pflicht wäre sie gezwungen, uns zur Kirche zu scheuchen. Zu dieser Zeit wohnte Billy noch in der Stadt und war selbst Ministrant, also war ich natürlich einverstanden. Allerdings verfielen wir nach und nach wieder in unsere heidnischen Gewohnheiten.

An diesem Sonntag war Diane wieder mit dem Wecker in der Hand wach geworden. Sie wankte in Joes altem Flanellbademantel und mit den Puschen an den verkehrten Füßen den Flur entlang und brüllte: »Aufstehen! Wir kommen zu spät!« Mit der linken Hand hämmerte sie an meine Zimmertür, mit der rechten an die von Max. Dieses beidfäustige Hämmern ist ein echtes Talent, aber das habe ich ihr nie gesagt, weil ihr Sinn für Humor erst nach zwei Tassen Kaffee aufwacht. Wenn wir um diese Zeit irgendetwas anderes als »Ja« sagen, jammert sie: »Ich habe noch keinen

Kaffee getrunken!« Was übersetzt bedeutet: *Ich heiße Diane, und ich bin koffeinsüchtig. Ich bin wirr, zu nichts zu gebrauchen und wahrscheinlich gefährlich.* Wir kommen erst aus unseren Zimmern, wenn sie sich mit ihrem Kaffee in den braunen Ledersessel in ihrer Zimmerecke verzogen hat und ihn herunterstürzt, während sie mit Gott über den anstehenden Tag spricht.

An diesem Morgen jedoch, dem schicksalhaften ersten Februar, waren Diane und Gott noch mal eingeschlafen. Max stand unter der Dusche, und da er nicht jaulte, hatte er die Knäufe für kaltes und heißes Wasser wohl nicht verwechselt.

Nachdem ich mir ein Käffchen eingeschenkt hatte, holte ich den Stapel Hausarbeiten heraus, den Diane benoten wollte. Morgens nicht aus dem Bett zu kommen ist ein Anzeichen für eine Depression, und ich wollte nicht, dass Diane vor lauter Trübsinn mit ihrer Arbeit in Rückstand geriet. Bis jetzt hatte sie nur einen Aufsatz kommentiert.

Charles Hutchins
Anglistik 1102

Der wichtigste Mensch in meinem Leben:
Mrs Octavia Hutchins

~~Zunächst~~ sei ~~gesagt, dass wir alle Teil einer Gesellschaft sind, und wir alle werden von anderen Menschen beeinflusst, die uns im Guten wie im Schlechten verändern können. Viele Menschen helfen uns, unsere Persönlichkeit zu entwickeln und zu werden, wer wir sind. Ich glaube, in dieser Hinsicht ist meine Mutter der wichtigste Mensch in meinem Leben. Ich sage Mama zu ihr.~~

> Für diese Hausarbeit lasse ich das Benotungssystem außer Acht und gebe Ihnen trotz kleinerer Schwächen eine 1, weil Sie etwas Tiefgründiges offenbaren.
> 1+ 1+ 1+

> Streichen

Mama ist eine kräftige Frau, ihre Arme sind stark genug, um einem Kind den Hosenboden stramm zu ziehen, falls es nötig ist, und dick genug für eine weiche, warme Umarmung. Bevor sie farbige Kontaktlinsen kaufte, waren ihre Augen braun, und wenn sie wütend wurde, wirkten sie groß und dunkel.

Hier fängt die Geschichte an.

Wenn ich ihr frech komme, sagt sie: »Wie bitte? Mit *wem* redest du gerade?« Ich bin der Erste in unserer Familie, der das College besucht, und sie hat als Erste in unserer Familie die Highschool abgeschlossen. Sie wollte Lehrerin werden, aber mein Vater überredete sie, ihn zu heiraten und ihre Träume zu begraben. Er verübelte ihr, dass sie gebildet war, vor allem, wenn er einen Kater hatte.

Eines Morgens brachte er mich fast um. Sie hatte für uns Spiegeleier mit Speck, weichen Brötchen und Soße gemacht. Ich muss noch ziemlich klein gewesen sein, weil sie das Brötchen für mich klein schnitt. Sie warf meinem Vater einen Blick zu und sagte: »Marvin, iss bitte nicht mit offenem Mund.«

anschauliches Detail

Er sah sie mit zusammengekniffenen Augen an. »Bist ja die Schlaue in der Familie«, sagte er. Ich wusste schon, was jetzt kommen würde. Ich wünschte, wir hätten uns morgens verstecken können, aber sie hat mir beigebracht, dass man sich nicht vor dem Leben verstecken kann. Man sieht dem Leben direkt ins Gesicht.

Hier steigen Sie perspektivisch in die Erzählung ein.

»Du bist ja so schlau. Ist deine Mama nicht schlau? Sie nur plapper plapper und ich nur arbeit arbeit? Da scheiß ich drauf.«

Großartiger Dialog!

Er stand auf, öffnete seinen Gürtel und zog ihn mit einem Ruck aus seiner Hose. Ich beobachtete, wie der Gürtel die vertraute Schlaufe formte. Ich hasste ihn dafür, dass er uns Angst machte. Am liebsten hätte ich mich unter den Tisch rutschen lassen, aber ich musste meine Mutter beschützen, also packte ich seinen Arm.

Als er mich durchs Zimmer schleuderte, schlug ich mit dem Kopf gegen die Kante des Kühlschranks. Ich erinnere mich noch an das Linoleum direkt vor meinen Augen und an ihre Schreie. »Er ist verletzt!«, rief sie. »Charles ist verletzt! Hör auf! Er bewegt sich nicht!« Mein Vater prügelte weiter mit dem Gürtel auf sie ein. Trotz ihrer Schreie hörte ich das Zischen, Klatschen, Zischen, Klatschen, Zischen, Klatschen. Dann sickerte das Nichts in meinen Kopf, ganz kühl und süß, und ich tauchte für eine Weile ab.

Später, nachdem mein Vater uns verlassen hatte, musste ich seine Kleidung auftragen. Mama besorgte sich einen zweiten Job, trotzdem hatten wir nicht genug Geld, um etwas Neues zu kaufen. Sogar nachdem Mama Marvins Sachen kleiner gemacht hatte, waren sie mir zu groß. Wegen der Schuhe nannten sie mich in der Schule *»Bigfoot«*.

Mama sagte, es sei egal, wie diese dummen Leute mich nennen. Sie sagte: »Du gehst dahin, um zu lernen. Lerne, so viel du kannst. Wenn du ein Stipendium für das College bekommst, mache ich alles wieder gut.« Abends konnte ich manchmal durch ihre Zimmertür hören, wie sie für mich betete.

Ich erhielt ein Vollstipendium für das Community College von Kanuga, zu dem Unterkunft und Verpflegung, Bücher und die kompletten Studiengebühren plus Unterhalt gehörten. Mama wollte von mir kein

Meine Eltern haben mich mit einem Gürtel geschlagen, dafür hasse ich sie immer noch. Die Schmerzen sind schlimm, aber was nie vergeht, ist die Scham – dieser kauernde, quälende Verlust der Menschenwürde.

Das ist erschreckend. Waren Sie im Krankenhaus? Hat ihn jemand angezeigt?

Moment mal – wohin ist er gegangen? DIESER KERL GEHÖRT EINGESPERRT!

Achten Sie auf Verständlichkeit. Der Namenswechsel funktioniert an dieser Stelle möglicherweise, aber wir brauchen mehr.

Diesen Teil vielleicht vorziehen? Wo arbeitet sie?

Geld annehmen. Stattdessen gab sie mir das Geld, das sie jahrelang für meine Ausbildung zur Seite gelegt hatte.

Eine großartige Frau!

»Kauf dir etwas von dem Geld«, sagte sie. »Kauf etwas, damit du stolz auf deine Leistung sein kannst.«

Als ich in einem schwarzen BMW mit Allradantrieb und 400 PS vor ihrem Haus hielt, kam sie auf die Veranda und fing an zu weinen. Dann ging sie wieder hinein und zog sich um. An diesem Tag fuhr ich sie zum Optiker, der ihr farbige Kontaktlinsen anpasste. Sie suchte sich violette Linsen aus. Die neue Farbe gefiel mir nicht besonders, aber ich gewöhnte mich daran.

»Wie findest du sie?«, fragte sie mich.

»Sehr beeindruckend«, antwortete ich. Aber viel schöner war ihr Lächeln.

GROSSARTIGER JUNGE!!!!

Abschließend möchte ich sagen, dass ich mich sehr glücklich schätze, Mrs Octavia Hutchins als Mutter zu haben.

Können Sie auch!

Wow, dachte ich und legte Charles' Hausarbeit zurück auf den Stapel, *der Typ hat was zu erzählen.* Bei Dianes Studenten lasen sich Hausaufgaben meistens so: *Hallo. Diese Geschichte ist nur eine Fassade. Ich bin gar nicht da. Geben Sie mir eine Eins. Das waren fünfhundert Wörter. Ende.* Ich überflog noch einmal Dianes Kommentare. Hatte sie ihn genug ermutigt? Autoren brauchen viel Liebe. Ich beschloss, wenn sich die Gelegenheit ergab, würde ich selbst noch etwas zu Charles' Geschichte schreiben. Erst einmal brauchte ich allerdings etwas frische Luft, um einen klaren Kopf zu bekommen. Ich setzte Joes Fliegermütze auf und wollte gerade gehen, als Max losschrie.

Es war so ein Schrei, den man in der eigenen Kehle spürt. Mein Herz stolperte, einen Moment lang konnte ich nicht atmen. Diane sagt, Mütter würden die Verbrennung spüren, wenn ihr Baby einen heißen Herd anfasst. Als Quasi-Elternteil fühlte ich bei diesem Schrei am ganzen Körper etwas Nasses, wie Blut. Irre Gedanken schossen mir durch den Kopf. Er hatte Nagellackentferner getrunken. Eine Rasierklinge geschluckt. Sich mit der Duschstange aufgespießt.

»Ich komme!«, brüllte ich, flitzte durchs Wohnzimmer und mit vollem Tempo in den Flur. Rutschend kam ich auf dem nassen Boden zum Stehen. Der Spülstein floss über, das Wasser hatte schon den Flur erreicht. Max stand knöcheltief darin, splitternackt und mit einem Föhn in der Hand.

»Mach ihn aus!«, rief ich. »Max! Mach ihn sofort aus!«

»Kann ich nicht! Der Hebel ist abgegangen!«

»Nein, den Föhn! Sonst bekommst du einen Stromschlag, du Idiot!«

»Hilfe!«, brüllte er und umklammerte den Föhn mit beiden Händen. »Bitte! Hilf mir doch jemand!«

»Oh Scheiße«, sagte ich, sah dem Tod ins Auge und watete zu Max. Der Föhn war gar nicht eingestöpselt, der Stecker lag im Waschbecken. Durch das Schluchzen und das Rauschen des Wassers hörte ich Dianes Wecker klingeln, die Meditation war vorbei.

»Dreht das Wasser ab!«, rief sie hinter ihrer abgeschlossenen Schlafzimmertür. »Letzten Monat hatten wir eine Wasserrechnung von achtundfünfzig Dollar!«

»Du hast ein schlimmes Wort gesagt«, erklärte mir Max und zog eine Augenbraue hoch.

»Nein, habe ich nicht. Das hast du dir nur eingebildet. Was hast du eigentlich gemacht? Warum läuft das Wasser über?«

»Ich habe nichts angerührt!« Er stand breitbeinig da und machte ein trotziges Gesicht. Der Arzt sagt, Max könne gute eins achtzig groß werden. Schon jetzt mustern ihn die Footballtrainer mit einem Funkeln in den Augen. Mit Dianes Winz-DNA kann ich froh sein, wenn ich die eins fünfzig knacke, aber noch gebe ich hier den Ton an.

»Sag die Wahrheit, Max.«

»Ich war's doch!«, schluchzte er. »Das ist alles meine Schuld. Ich bin dumm! Ich bin so dumm! Ich bin ein Idiot!«

Auftritt Diane. Majestätische Einssiebenundfünfzig in ihrem alten blauen Bademantel. Nach alter Tradition bedachte sie mich, ihre Erstgeborene, mit einem finsteren Blick. Egal, was das jüngere Kind angestellt hat, das ältere hätte es verhindern müssen.

»Was ist denn hier los?«

»Sprich mit deiner netteren Stimme mit uns«, sagte Max. »Nicht mit *der.*«

»Willst du dir auf dem nassen Boden etwa die Haare föhnen?«, fragte Diane. »Schätzchen! Dann bekommst du einen Schlag.«

»Er föhnt sich nicht die Haare, Diane«, sagte ich. »Sein Handtuch liegt zusammengeknüllt irgendwo in seinem Zimmer, deshalb föhnt er seinen Körper.«

Das ließ sie stutzen.

»Er ist komisch«, erklärte ich.

Max warf mir einen tödlichen Blick zu, dann hielt er sich die Hände vor die Genitalien und sagte leise: »Mom, jetzt ist vielleicht nicht der richtige Zeitpunkt, um es dir zu sagen.«

»Sag schon.«

»Kann ich nicht. Dann wirst du böse. Das wäre zu viel für dich.«

»Max, sag mir jetzt, warum das Badezimmer überflutet ist!«

»Das meine ich nicht.« Die Pfütze, in der wir standen, wurde immer größer. »Es geht um was anderes.« Er holte tief Luft. »Aris hat das böse Wort mit ›S‹ gesagt.«

»Verdammt noch mal!«, schrie sie. »Jetzt stell sofort das Wasser aus und komm aus dieser Lache heraus!«

»Ich wusste doch, dass du böse wirst«, winselte Max. Dann legte er den Kopf in den Nacken und heulte los. »Der Hebel ist einfach abgegangen!«

Ich stellte mir vor, wie im Elf-Uhr-Gottesdienst mein Ende der Kirchenfahne über den Boden schleifte, weil die Messdiener wieder ohne mich loszogen. Als Max für Diane einen Schraubenzieher holen sollte und mit einem Schraubenschlüssel wiederkam, begriff ich, dass wir Penn anrufen mussten.

Ach du Schande! Ich habe ganz vergessen, Penn in die Geschichte einzuführen! Werter Leser, ich darf Sie mit Penn MacGuffin bekannt machen: Freund der Familie (zur Zeit ohne gewisse Vorzüge), Heimwerker, Nanny. Wobei ihm der Ausdruck »PMB« (positive männliche Bezugsperson) lieber ist als »Nanny«. Und Diane sagt, das klinge nicht ganz so teuer. Penn ist ein möglicher Kandidat für die gute Diane. Er ist auch alt, dreißig oder vierzig oder so, und unter seiner Baseballmütze kahl, dafür hat er Muskeln, graue Augen und echt niedliche Ohren. Das komme daher, dass seine Großmutter eine echte Cherokee sei, sagt er, und alle Cherokee hätten niedliche Ohren. Er hat uns erzählt, »*kanuga*« würde in der Sprache der Cherokee »Dornensträucher« bedeuten, und Chutiksee, der Name unseres Verwaltungsbezirks, sei abgeleitet von »*dudun'leksun'yi*«, was bedeutet: »wo ihm die Beine ausgerissen wurden«.

Man kann sich schon denken, dass man in *Wo-ihm-die-Beine-ausgerissen-wurden* nicht leicht an Verabredungen kommt. Man muss sich lange, gründlich und weit umsehen. Weil ich mir meinen Mann schon ausgesucht habe, muss ich mich mit Verabredungen nicht herumschlagen, aber Diane meldet sich immer mal wieder bei Match.com an. Wenn sie gerade nicht bei der Dating-Seite angemeldet ist, geht sie nicht mehr zur Pediküre und erzählt mir von ihrem Kindheitstraum, Nonne zu werden.

»Wenn wir meine Großeltern in Kentucky besucht haben, sind wir auf dem Lookout Mountain immer an einem Kloster vorbeigekommen«, sagt sie dann. »Ich habe durch die Bäume hindurch die steilen Schieferdächer gesehen und das Gefühl bekommen, dort wäre mein Zuhause.« Sie beschreibt mir, wie sie in ihrer Vorstellung über die gewienerten Steinböden der Säulengänge gleitet, durch Gänge voller Schatten und mit flackerndem Gaslicht und hinaus in den sonnigen, gepflegten Garten. Sie kann fast den ganzen Tag lang lesen, und sie isst frisch gebackenes Baguette mit Ziegenkäse aus der Region und nippt an ihrem dampfenden Milchkaffee. Sie ist mit Gott verheiratet.

Oma und Opapa sagen, auf dem Lookout Mountain habe es nie ein Kloster gegeben.

»Rufen wir Penn an«, schlug ich vor, als der Schraubenschlüssel in Dianes Hand abbrach.

»Ich kann das«, sagte sie. Sie versuchte es mit einer Zange. Ihre Ärmel waren mittlerweile klatschnass. Das Wasser schwappte ihr bis an die Knöchel.

»Wir sollten den Haupthahn abdrehen«, sagte Max, aber im Flüsterton, weil er sie nicht wütend machen wollte.

»Sie weiß nicht mehr, wie«, raunte ich zurück.

Diane ist nicht dumm. Wirklich nicht. Aber wenn eine Frau ein Kind bekommt, stellt das etwas mit ihrem Gehirn an. Als ich nach sechzehn Stunden Wehen ohne Medikamente zur Welt kam, bildete sich eine Lücke zwischen ihren Schneidezähnen, ihre Füße wuchsen von Größe 38,5 auf 39, und ein paar Schaltkreise in ihrem Gehirn brannten durch. Sie hat gesagt, man müsse Frauen nach einer Geburt gewisse Zugeständnisse machen, so ähnlich wie Kriegsveteranen. Nachdem sie mir das alles erklärt hatte, habe ich die Auswirkungen verdoppelt, um den Schaden durch Max zu berücksichtigen, und schon wurde einiges klarer.

»Ruf Opapa an«, bat Diane mühsam beherrscht. »Sag ihm, es sei alles in Ordnung«, sie unterbrach sich, um ihre Ärmel auszuwringen, »aber es wäre schön, wenn er kurz vorbeisehen könnte.«

»Sie sind zu Elvis gefahren«, erinnerte ich sie. »Aber flipp nicht aus.« Diane kramte schon hektisch in ihren Taschen nach einem Nikotinkaugummi und bekam wieder diesen speziellen Blick. »Ich rufe Penn an.«

Diane hat Penn bei einem Treffen der Anonymen Alkoholiker kennengelernt. Ich habe keinen von beiden je betrunken erlebt, überhaupt habe ich nur beim Abendmahl jemanden mit Alkohol gesehen, aber wenn Diane so getrunken hat, wie sie Nikotinkaugummis kaut, hatte sie wirklich mal ein Problem. Ihre Sucht nach diesen Dingern zieht die ganze Familie in Mitleidenschaft, sogar die Hunde. Die Kaugummis bleiben in ihrem Fell kleben. Manchmal durchstöbern sie den Müll und kauen die Kaugummis durch, in denen noch ein Fitzel Nikotin ist, und werden ganz komisch. Ich sage dann immer: *Diane, die Hunde sind wieder high.*

Sie hat schon so oft versprochen, damit aufzuhören. Manchmal versucht sie es sogar. Sie schafft es vielleicht zwei Tage, an denen sie dann weint und herumläuft wie ein Zombie. In dieser besonderen Zeit dürfen Max und ich nicht miteinander streiten oder um Geld bitten oder unsere Meinung sagen, um sie nicht in die Flammengrube der Sucht zurückzustoßen. Und plötzlich ist sie wieder voll drauf. Grinsend brettert sie die Straße entlang, kaut wie eine Irre, klebt die ausgelaugten Kaugummis zu einem ekligen Klumpen auf dem Armaturenbrett zusammen und setzt unser Leben aufs Spiel, wenn sie den nächsten Streifen aus der kindersicheren Verpackung holen will.

Jetzt biss sie auf ihr Kaugummi, die Falte auf ihrer Stirn glättete sich, und sie lächelte beinahe.

»Wir müssen Penn nicht anrufen«, sagte sie. »Wir sind doch keine hilflosen weiblichen Wesen.«

»Ich bin gar kein weibliches Wesen«, warf Max ein, aber wir ignorierten ihn; das arme Kind war schon vier, als Diane und mir auffiel, dass wir ihm beigebracht hatten, wie ein Mädchen zu pinkeln.

Diane drehte an dem anderen Griff der Armatur und hielt ihn plötzlich in der Hand. »Wir rufen einen Klempner.«

»Klempner gehen sonntags angeln«, sagte ich.

»Ruhe jetzt«, sagte sie. »Das ist eine ernste Sache. Wo ist mein Handy?«

Ich wollte schon vorschlagen, wir könnten einen von Dianes Studenten anrufen, aber ich überlegte es mir anders. Diane ist eine beliebte Dozentin. Im letzten Semester sind ihre Lieblingsstudenten sonntagnachmittags vorbeigekommen, um Pancakes mit Schokostückchen zu essen, über Romane zu reden und auf dem Trampolin herumzuhüpfen. Ein Mädchen hat sogar seine Jungfräulichkeit in Dianes Bett verloren, als niemand aufpasste. Danach riet der Studienrat Diane, sie solle die Sache mal runterfahren. »Wären Sie ein festes Mitglied der Fakultät, würde ein solches Verhalten ernsthafte Konsequenzen nach sich ziehen«, schrieb er in einem Brief, auf dessen Umschlag mit roter Tinte »VERTRAULICH« gestempelt war. Dr. Dhang hat Diane gesagt, sie solle mit Max und mir keine Erwachsenenangelegenheiten besprechen, aber wir sind so gute Zuhörer, dass sie immer wieder in Versuchung kommt.

»So ein Mist«, meinte Max, nachdem Diane den Brief vorgelesen hatte. »Dem Blöd schlag ich das Gesicht ein!«

»›Blöd‹ ist ein Adjektiv, kein Substantiv«, sagte ich, aber Max hatte gerade auf Boxen geschaltet und hörte mich nicht. Er warf ein paar Stühle um, dann hörte er auf und sah Diane entsetzt an.

»Mom! Wirst du jetzt gefeuert?«, fragte er.

Diane antwortete, Lehrbeauftragte würden nie gefeuert. »Wir sind den ganzen Papierkram nicht wert«, sagte sie. Trotzdem kamen sonntags keine Studenten mehr zu uns.

Jetzt trieb Dianes Handy an mir vorbei. Max jubelte und rief: »Ich habe es gefunden!«

Von meinem Zimmer aus rief ich den Klempner an.

»Er ist nicht hier«, sagte seine Frau.

»Wissen Sie, wann er zurückkommt?«

»Na ja«, meinte sie. »Es ist Sonntag.«

Das ließ sie erst mal wirken.

»Ja, Ma'am«, sagte ich, dann schwiegen wir beide. Ich hörte, wie sie eine Zigarette anzündete und tief inhalierte.

»Eigentlich sollte er in die Kirche gehen«, sprach sie weiter, »aber er hat sich einfach zum Angeln verzogen.«

»Ist er in ein paar Stunden wohl wieder zurück?«

»Kann man nicht sagen«, antwortete sie bestimmt.

Im Flur flippte Diane gerade aus. »Das sind keine *Putzlappen*, Max. Das sind *Handtücher*! Das sind meine *Gästehandtücher.*«

»Wir kriegen doch gar keine Gäste«, antwortete Max.

Der Einzige, den man als »Gast« bezeichnen könnte, ist Penn, und er benutzt keine Handtücher. Als ich Diane beibrachte, dass der Klempner zum Angeln gefahren war, wurde sie schwach und sagte, ich solle Opapa auf dem Handy anrufen.

»Rede nicht mit Oma«, warnte sie mich. »Frag ihn, wie ich den Haupthahn abdrehen kann. Er hat es mir mal gesagt, aber ich habe es vergessen.« Nachdenklich schmatzte sie mit ihrem Kaugummi. »Sag ihm, wir hätten eine kleine undichte Stelle.«

»Ja, alles klar«, sagte ich so fröhlich, wie ich immer klinge, wenn alles den Bach runtergeht. Ich schloss meine Tür und hob Zimmerman, meinen Teddy, vom Bett auf ein hohes Regal. Die Fliegermütze und mein Laptop kamen auch dorthin. Dann schrieb ich Penn mit dem Handy:

KATASTROPHE!
WIR WERDEN ÜBERFLUTET.
SOS.

Ich wartete. Eins Mississippi, zwei Mississippi, drei … Keine Antwort. Penn sieht nicht ständig auf sein Handy. Entweder hat er es verlegt oder irgendeine Tussi schnüffelt hinter ihm her. Diane sagt, er könne Kontrolle nicht leiden.

Opapa dagegen liebt Kontrolle. Er ging sofort ans Handy, wie immer, aber ich brauchte eine Weile, um die Informationen aus ihm herauszubekommen, weil er erst einmal nachfragen musste, ob jemandem aus seiner Familie wirklich etwas so Lächerliches passieren konnte.

»Die Armatur ist abgebrochen? Einfach so? Max hatte sie einfach in der Hand? Wie ist das passiert? Was hat er gemacht?«

»Nichts.«

»Irgendwas muss er doch gemacht haben.«

Im Hintergrund hörte ich Oma, die wissen wollte, was los war.

»Ihr habt da drin bestimmt Blödsinn gemacht«, sagte er. »Armaturen brechen doch nicht einfach so ab.«

»Es war auch nicht die ganze Armatur. Nur das Ding zum Drehen.«

»Das was?«

»Keine Ahnung. Ich wollte gerade rausgehen.«

»Rausgehen? Was hattest du denn vor?«

»Nichts.«

»Irgendwas musst du doch vorgehabt haben.«

Irgendwann gab Opapa auf. Um Boden gutzumachen, erklärte er lang und breit, dass ihm in seinen achtzig Jahren auf dieser Erde noch nie ein Wasserhahn abgebrochen sei. So etwas habe er ja noch nie gehört. Sei ich denn sicher, dass das und nichts anderes passiert war? Bei solchen Verhören musste man einfach warten, bis Opapa fertig war. Hinter ihm machte Oma: »Bla bla bla bla.«

»War das Wasser heiß oder kalt?«, fragte er.

»Kalt.«

»Na, ein Glück. Wäre das Wasser heiß, hättet ihr wirklich ein Problem.« Er seufzte. Oma solle mal kurz ruhig sein, sagte er, er müsse nachdenken. Schließlich erklärte er mir, was wir tun sollten.

»Sag deiner Mutter, sie soll das Schränkchen unter dem Waschbecken aufmachen, nach dem Haupthahn tasten und ihn rechtsherum zudrehen. Das habe ich ihr schon zehn Mal gezeigt.«

»Okidoki«, sagte ich. Ich watete über den Flur und gab die Anweisung an Diane weiter, die vor dem Schränkchen kniete und ihren Bademantel bis zur Hüfte hochgezogen hatte, damit der Saum nicht nass wurde.

»Kannst du nicht mal eine Minute warten?«, schimpfte Opapa mit Oma.

»Ich gehöre auch zu dieser Familie«, sagte sie. »Schließt mich nicht aus. Ist die Toilette übergelaufen?«

Ich hielt eine Hand über das Handy und erzählte Diane, dass Penn vielleicht vorbeisehen würde. Penn ist wirklich der beste Kandidat für Diane, aber ich habe kein Problem damit zu warten, bis die beiden es selbst merken. Von Dianes wenigen Ausflügen in romantische Gefilde weiß ich, dass es unheimlich peinlich ist, eine ihrer Vollkatastrophen als »Freund meiner Mutter« vorzustellen. Wenn es mit Penn nicht funktionieren sollte, würden wir allerdings ohne eine PMB dastehen. Wenn wir dann zum Beispiel unser Badezimmer überfluten und Opapa und Oma mit anderen alten Leuten ihrer Baptistengemeinde im Bus nach Graceland sitzen, könnten wir niemanden anrufen. Wahrscheinlich würden wir ertrinken.

Opapa fragte, ob Diane schon den Haupthahn gefunden habe.

»Sie sucht noch«, antwortete ich.

»Sie soll *rechts*herum drehen«, sagte Opapa.

»*Rechts*rum, Diane«, gab ich weiter.

»Alles klar«, sagte sie. Dabei können wir beide rechts und links nicht unterscheiden. Da sind wir kreativ.

»In dem Schrank steht so viel Mist, dass ich nicht an die Wand komme«, sagte sie.

»Was?«, fragte Oma, die irgendwie das Handy ergattert hatte. »Was hat Diane gesagt?«

»Scheiße«, meinte Diane.

»Sie sagt, sie hat es gleich geschafft, Oma. Amüsiert ihr euch gut im Bus?«

Beunruhigende Tatsache Nr. 1: Oma ist in den toten Elvis verknallt.
Beunruhigende Tatsache Nr. 2: Die Baptistengemeinde von Kanuga unterstützt das.

Oma sagte Nein, sie würden sich im Bus nicht amüsieren. Ich schaltete sie auf Lautsprecher, während ich Frühstück machte.

Plötzlich kam Max den Flur heruntergerannt und brüllte: »Hauptleitung, Hauptleitung! Mayday! Wir gehen unter!« Er rutschte auf dem nassen Boden aus, knallte hin und brüllte, das Waschbecken würde sprudeln.

»Ich rufe gleich noch mal an«, sagte ich zu Oma.

Fragen Sie mich nicht, wie das passiert ist, aber es war noch so ein Rohrding gebrochen. Ein Geysir schoss gegen die Tür des Badschranks. Das ganze Zeug daraus trieb den Flur hinunter – Krempel wie Shampooflaschen, Zahnbürsten und Spielzeugboote, zusammen mit Max' Schätzen, darunter seine Sammlung von Lutscherpapieren und das rote Ballettschläppchen, das er mir vor ein paar Jahren geklaut hatte. Eine Teilnehmermedaille vom Taekwondo trudelte an mir vorbei.

Während Max und Diane vors Haus gingen, um die Hauptleitung zu suchen, tastete ich in dem Schränkchen nach dem Hahn, um ihn rechtsherum zuzudrehen. Ich versuchte es mit beiden Richtungen. Die schwereren Teile waren noch nicht davongetrieben. Ich entdeckte ein Glas mit alten Halloweensüßigkeiten und, gut in einer Plastiktüte verpackt, einen Schwung von Dianes alten Tagebüchern.

Sie hatte mich gewarnt, ich solle nie fremde Tagebücher lesen. Das sei wie bei einem Hund, der Eier fresse. Hat ein Hund erst mal an Eiern Geschmack gefunden, räubert er bald in jedem Hühnerstall der Gegend. Am Ende, erklärte sie, müsse man den Hund erschießen.

Ich öffnete die Tüte und zählte sieben Tagebücher, grau und an den Rändern leicht angefressen, die Einbände zum Teil zerfleddert und nur leicht feucht. Mir lief ein Schauer über den Rücken, als ich das erste herauszog. Es war erst mit Tesafilm und dann mit Panzerband geflickt worden. Als ich es aufschlug, fiel ein Blatt heraus, und ich legte es vorsichtig zurück zwischen die anderen Blätter.

Plötzlich suchte mich der Geist meines Dads heim und sagte: »Aris, leg das sofort wieder weg.« Joe hilft Diane bei der Erziehung, so gut er kann.

»Ja, gleich«, sagte ich. Im Flur stimmten Lucky und Hiroshima ihr besonderes *Penn-ist-hier*-Bellen an.

Dads Geist sagte: »Das ist mein Ernst, Aris. Lies das nicht.«

»Ganz kurz nur.« Aufgeregt und mit einem flauen Gefühl im Magen las ich den ersten Eintrag, in dem Diane ihre Ziele aufgelistet hatte.

MEINE ZIELE

1. Fünf Kilo abnehmen, meinen Cholesterinspiegel senken und meine Muskeln straffen.
2. Finanziell für Ordnung und Sicherheit sorgen, indem ich mich an einen Monatsplan halte.
3. Mir die Nikotinkaugummis abgewöhnen!
4. Struktur in meine Seminarunterlagen bringen und ein effektives, schlankes, kreatives Programm durchziehen.
5. Einen Roman schreiben.
6. In den Westen ziehen.
7. Regelmäßig meditieren, einmal die Woche ein Meeting der AA und einmal im Monat einen Gottesdienst besuchen.

8. Für ein sicheres, friedliches und fröhliches Familienleben sorgen und meine Kinder zu gesunden, verantwortungsvollen und respektvollen Menschen erziehen.

Auf der nächsten Seite zitierte sie irgendeine Tante namens Evelyn Waugh. »Meine Kinder ermüden mich. Ich sehe in ihnen nichts anderes als unvollkommene Erwachsene.« Besten Dank, Evelyn, da fühle ich mich gleich ganz zauberhaft. Unter das Zitat hatte Diane eine zweite Liste geschrieben:

WAS HEUTE MEINEN BLUTDRUCK IN DIE HÖHE GETRIEBEN HAT

1. Der zottelige braune Hund, den die Kinder angeschleppt haben. Nein, wir werden ihn nicht behalten. Ihr geht schon mit den beiden Hunden, die wir haben, nur Gassi oder füttert sie, wenn ich euch anständig nerve. Wisst ihr, wie viel wir letzten Monat für den Tierarzt bezahlt haben? Die Rechnung ist ihnen doch völlig egal. Sie machen nichts weiter, als zu diskutieren und zu betteln, bis ich die Geduld verliere. Dann tun sie sich so leid. Und dann tut ihnen wieder der Hund leid.
2. Das Abendessen. Ich habe mich eine Stunde lang mit Filoteig herumgeschlagen, um ihnen eine vegetarische Pastete ohne Transfette zu servieren. Aber was interessiert es sie, dass Typ-2-Diabetes bei Kindern immer häufiger auftritt? Sie haben darin herumgestochert und mich hübsch lächelnd angelogen, damit ich ihnen heute Abend im Kino nicht die Süßigkeiten verbiete. Mit ihrem Lächeln haben sie sich wieder eingeschmeichelt, bis ich in dieser heillosen Liebe versank, und das angesichts der dreckigen Küche und obwohl ich zu müde war zu sagen: »Zum Tischabräumen gehören

auch die Gläser.« Die beiden haben sich verdrückt. Ich habe die Küche aufgeräumt und dann alle ins Auto gescheucht. Mein letztes Geld habe ich für *Gnomeo und Julia* ausgegeben.

3. *Gnomeo und Julia. Lieber Gott, lass das schnell zu Ende gehen,* betete ich direkt nach der ersten Szene. Menschen zwei Stunden lang animierte Keramikgartenzwerge vorzusetzen zeigt, dass die Briten ganz schön grausam sein können. Die Kinder regten sich auf, als sie mitbekamen, wie ich auf die Uhr sah. Im Auto fragten sie, wann wir uns den Film noch mal ansehen.
4. Der gut aussehende Mann auf dem Parkplatz, der Hallo gesagt hat.

»Was machst du da mit meinen Tagebüchern?«

Diane stand in der Tür, immer noch in ihrem Bademantel und mit einem Blick, als wäre gleich die H-ö-zwei-Hockeyschläger-e los.

»Sie macht doch gar nichts«, sagte Max, der ihr hinterhergewatet war. »Sie rettet deine Tagebücher nur vor dem Wasser, Mom. Oder, Aris? Sie will nicht, dass sie nass werden und kaputtgehen.«

Diane und ich starrten uns an.

»Werde nicht sauer, Mom«, bat Max. »In Ordnung? Seid doch alle einfach fröhlich.« Er strahlte uns mit diesem geisteskranken Grinsen an.

»Du liest mein Tagebuch«, sagte Diane in einem eisigen Ton. Sie stand völlig reglos da, während das Wasser weitersprudelte.

Max drängte sich zwischen uns. »Wir haben hier eine Katzenstrophe«, erklärte er, »und ich finde, alle sollten einfach Ruhe bewahren.«

»Ich lese *deine* Tagebücher auch nicht«, sagte Diane.

»Ommmmmm«, machte Max und formte mit den Händen ein Ei, wie Diane beim Meditieren.

»Ich lege meine Tagebücher auch nicht ins Badezimmer«, sagte ich. Ups. FALSCHE ANTWORT. Woher kam denn dieser selbstmörderische Impuls? Dads Geist schlug die Hände über dem Kopf zusammen.

»Was?«, fragte sie mit ihrer Eisköniginnenstimme. »Was hast du gesagt?«

Um uns herum breitete sich Stille aus, wie vor einem Tornado, wenn die Blätter an den Bäumen aufhören zu rascheln, die Vögel verschwinden und der Himmel grün schimmert.

»Gib sie her!«, kreischte sie. »Alle! Sofort! Ich kann sie doch nirgendwo anders hinlegen! Dieses Haus ist so vollgestopft mit Mist, dass ich nicht atmen kann! Ich habe überhaupt keine Privatsphäre! Ich habe doch gar kein Leben mehr mit euch beiden –«

Das wurde Max zu viel. Er schlug sich fest ins Gesicht. »Das ist alles meine Schuld!«, rief er. »Ich habe das Waschbecken kaputtgemacht! Ich war's! Jetzt hasst ihr mich beide!«

»Max!« Diane kniff die Lippen fest zusammen, aber aus ihrem Blick sprach Panik. »Fang damit gar nicht erst an. Du darfst dich nicht schlagen. Vergiss nicht, was Dr. Dhang dir gesagt hat. Max! Atme.« Sie machte übertrieben langsame und tiefe Atemzüge, als könnte sie das Atmen für ihn übernehmen.

»Ich bringe mich um!«, schrie er.

Ich weiß nicht, was passiert wäre, wäre Penn nicht in diesem Moment aufgetaucht.

»Hallo, Leute!«, rief er von der Haustür aus. »Wieso hat mich keiner zu der Poolparty eingeladen?«

»Mom ist sauer«, erklärte Max. Er atmete wieder.

»Gibt's ja nicht«, sagte Penn. Er hob die Füße vorsichtig an, damit er nicht die Wände nass spritzte, die er letzten Sommer gestrichen hatte. »Wenn ihr beiden Damen mal kurz das Badezimmer verlasst, greife ich unters Waschbecken und drehe das Wasser ab, bevor hier noch jemand ertrinkt.«

Erleichtert huschte Diane in den Flur. Sie bringt es zwar kaum über sich, Penn anzurufen und um Hilfe zu bitten, aber wenn er auftaucht, ist sie heilfroh.

Während Penn sich unter dem Waschbecken zu schaffen machte, beobachtete ich, wie sich unter seinem T-Shirt die Muskeln bewegten. Seine Shirts kauft er gebraucht bei der Heilsarmee. Bei diesem stand *Angestellter des Monats* auf dem Rücken. Ich bin nicht pervers oder so, aber Penn hat richtig breite Schultern. Wenn er den Rasen mäht und seine Jacke auszieht, hängt er sie sich über eine Schulter. Wenn mein Verlobter Billy das versucht hätte, wäre die Jacke sofort heruntergefallen. Billy sieht umwerfend aus, und ich würde ihn nie betrügen, aber ich meine ja nur.

Diane kam mit einer Plastiktüte aus der Küche zurück. »Woher haben wir eigentlich diesen ganzen Mist?«

»Geplante Obsoleszenz gehört zu den raffiniertesten Methoden des Kapitalismus«, sagte Penn mit dem Kopf im Badschränkchen. »Verkürz die Zeit bis zum Neukauf. Stell minderwertige Ware her. Ändere die Farbe.« Er zog den Kopf hervor. »Habt ihr in letzter Zeit mal avocadogrüne Küchengeräte gesehen?«

»Oma hat ihre angemalt«, erzählte Max.

»Meine Eltern sind während der Wirtschaftskrise aufgewachsen«, sagte Diane. »Bei ihnen wird nichts weggeworfen.«

Ich hielt intensiv nach dem Stapel grauer Notizbücher Ausschau, hatte aber kein Glück. Bei diesen Wutanfällen konnte Diane gefährlich werden.

»Meine Taekwondo-Medaille«, rief Max und hielt Dianes Arm fest, als sie das Ding in ihre Plastiktüte steckte. »Ich liebe diese Medaille. Schmeiß sie nicht weg!«

Ich weiß nicht mal, wie Max an eine Teilnehmermedaille gekommen ist, er hat nämlich nicht teilgenommen. Wenn er *junbi* machen und »Ya« rufen sollte, hielt er sich die Augen zu und brüllte: »Mama!«

»*Charyot!*«, brüllte Meister Seo, dessen Körper eine tödliche Waffe war, ihn dann an, aber Max reagierte kaum. »Bist du ein Muttersöhnchen?«, fragte er.

Worauf Max kreischte: »Mama!«

»Mach einfach ein Foto von der Medaille«, sagte Diane, aber Max hatte sie schon aus der Tüte gezogen und zockelte ab in sein Zimmer. Diane schüttelte den Kopf und grummelte, wir hätten zu viel Zeug, wir würden unserem Zeug gehören, es wäre doch so schön, wenn –

»Fang nicht wieder an, alles auszumisten«, warnte ich sie. »Denk dran, was letztes Mal passiert ist.«

»Ich weiß, ich weiß.« Sie winkte ab und ging ins Schlafzimmer. »Ich räume nur auf – versprochen. Zuerst meine Sockenschublade.«

»Du hast eine Zwangsstörung«, erinnerte ich sie. »Es fängt mit einer Socke an …«

Eigentlich hätten wir einschreiten müssen, aber Penn zog gerade den Kopf unter dem Waschbecken hervor.

»Schau mal, Aris. Ich zeige dir, was du machen musst, wenn das noch mal passiert.« Ich kniete mich neben ihn und tat so, als würde ich unters Waschbecken sehen. »Siehst du diesen Hahn? Den drehst du nach rechts.«

»Okay, nach rechts«, sagte ich. So auf dem Boden auf gleicher Augenhöhe mit Penn erkannte ich eine Gelegenheit, seine romantischen Neigungen weiter Richtung Diane zu schubsen. Und selbst wenn er diese Neigungen nicht hatte, konnte ich ein bisschen schubsen.

Ich senkte den Blick und seufzte überdrüssig. Dann seufzte ich noch einmal ein bisschen lauter.

»Was ist los?«, fragte Penn.

»Diane hat sich wieder bei Match.com angemeldet.«

»Ach, wirklich?« Er klopfte mit einem Schraubenschlüssel gegen ein Rohr, um den Klang zu prüfen. »Irgendwelche tollen Männer dabei?«

»Größtenteils die gleichen Nieten wie letztes Jahr. Ich habe Bärchen64 und EinsamSOS wiedererkannt.«

»An den erinnere ich mich. Für ihn ist das Glas halb voll, nicht halb leer. Sucht eine Christin, aber bitte ohne Altlasten.« Er stand auf und lächelte. »Oder war das ein anderer? Nach einer Weile kann man sie kaum noch auseinanderhalten.«

»Das erzähle ich ihr auch immer. Dann sagt sie: ›Früher habe ich mir mit dir Barbiepuppen angesehen und das Gleiche gesagt.‹«

Er lachte. »Na komm. Wir gehen nach hinten auf die Veranda und rauchen eine.«

Draußen kletterte ich auf das Geländer, zog die Füße hoch und lehnte mich mit dem Rücken gegen die Hauswand. Das ist deutlich bequemer, als es sich anhört. Dann stieß ich noch einen dramatischen Seufzer aus und hoffte, Penn würde nicht das Thema wechseln, das macht er nämlich manchmal.

»Es ist wirklich schwierig, in *Wo-ihm-die-Beine-ausgerissen-wurden* seinen Seelenverwandten zu finden«, erklärte ich.

»Da ist was dran.« Er zog das Seil enger, mit dem er seine Jeans oben hielt, dann holte er ein Päckchen Bugler-Tabak aus seiner Gesäßtasche und drehte sich eine Zigarette. Obwohl Penn arbeitslos ist und bei seiner Mutter wohnt, ist er bei den Frauen echt beliebt. Diane und ich bekommen nur am Rande etwas von ihnen mit, sehen von hinten jemanden mit schimmernden blonden Haaren in seinem Pick-up, hören einen Sopran aus dem Lautsprecher seines Handys. Sie halten sich nie lange, weil Penn von einer zur nächsten pendelt. Er mag Frauen, aber er mag keine Beziehungen. Wir haben keine Ahnung, was er macht, wenn er mit einem Mädchen ausgeht, weil er weder isst noch schläft noch andere Leute berührt. Einmal hat Max ihn gefragt, ob er ein Außerirdischer sei. Und Penn sagte: »Jetzt muss ich dich töten.«

»Für eine Witwe sind Verabredungen noch schwieriger«, erklärte ich seufzend. »Diane hat keinen Exmann, der die Kinder jedes zweite Wochenende nehmen könnte, und viele Männer wollen sich nicht mit fremdem Nachwuchs belasten.«

Penn pustete den Rauch über seine Schulter, weg von mir.

»Erinnerst du dich noch an Arnold?«, fragte ich. »Von vor zwei Jahren?«

»Der gerade seinen Highschoolabschluss gemacht hatte? Nein, Moment. Das war der mit den Männerbrüsten. Tschuldigung.«

Arnold war im Januar über Match.com auf der Bildfläche erschienen – wie vom Grabbeltisch nach Weihnachten. Er mochte alles an Diane, nur nicht, dass sie zwei Kinder unter zwanzig hatte, aber das sagte er ihr erst, nachdem sie ihm ein Jahr lang Abendessen gekocht hatte. »Ich weiß, dass er nicht hübsch ist«, meinte sie, »aber ich finde, er sieht ein bisschen wie Harvey Keitel im *Piano* aus.« Arnold war grottenhässlich. Als sie ihn zur Talentshow in die Lab mitbrachte, musste ich herumgehen und den Leuten sagen, er sei »der Freund meiner Mutter«. Was einfach nur falsch klang.

»Sag doch einfach, er sei *ein* Freund«, schlug Diane vor. Ms Chu hat mir mal eine Kurzgeschichte zu lesen gegeben, sie heißt »Wo willst du hin, wo bist du gewesen?« und ist umwerfend komisch, falls Sie sie nicht kennen, und danach nannte ich ihn nur noch »Arnold Friend«, nach dem gruseligen Typen in der Geschichte. Jetzt nennen Kate und ich jeden Freund einer Mutter »Mr Friend«.

Penn zog ein zusammengefaltetes Kreuzworträtsel der *New York Times* aus der Gesäßtasche und machte sich mit einem Bleistiftstummel an die Arbeit. Das Gespräch über Dianes Liebesleben war für ihn offenbar beendet. Ich überlegte kurz, ob ich ihn als Kandidaten für die Vaterrolle abschreiben sollte. Natürlich hatte ich ihn nie direkt gebeten, mit meiner Mutter eine Beziehung anzufangen. Sie hatte ihn auch nie richtig gefragt, sie hatte ihm nur mal eine SMS geschickt, als sie von uns die Nase voll hatte:

Kinder im Angebot. Nimm 2 zahl 1.
Süßer Hund als Beigabe. Umsonst.

Er hatte geantwortet:

Ist mir zu teuer im Unterhalt.

»Ich hab's!«, rief er und schlug auf das Kreuzworträtsel. »A-N-T-I-L-E-G-O-M-E-N-A. Weißt du, was das ist, Aris?«

»Die umstrittenen Bücher der Bibel?«

»Ja, und dazu gehören alle, finde ich. Matthäus, Markus, Lukas und Johannes – sind alles Antilegomena. Das Alte Testament? ›Da werden die Einhörner samt ihnen herunter müssen und die Farren samt den gemästeten Ochsen.‹ Jesaja 34, 7. Einhörner, Aris?«

»Vielleicht hat sich jemand verschrieben«, wandte ich ein.

»Vielleicht hat er sich bei der ganzen Bibel verschrieben. Ich bleibe Atheist, bis die überarbeitete Fassung herauskommt.«

»Diane sagt, du hättest zu lange in der Pfingstkirche geschmort, als du klein warst«, sagte ich.

»Tja, dann hat sie wohl zu lange bei den Baptisten geschmort.«

»Das stimmt. Deshalb ist sie Alkoholikerin geworden und hat bei den AA ihre höhere Macht gefunden.«

»Da tauscht sie nur ein Einhorn gegen das andere«, sagte Penn. Er drückte seine Zigarette aus, schnippte den Stummel weg und ging wieder hinein. Durch die Glastür beobachtete ich, wie er vor Dianes offener Schlafzimmertür stehen blieb. Sie telefonierte gerade. An ihrem Stirnrunzeln konnte ich erkennen, dass sie mit Oma sprach. Penn winkte huldvoll wie der Papst, dann war er verschwunden.

Als ich ins Haus ging, sagte Diane gerade schroff: »Beruhig dich, Mutter. Ich habe doch nicht gesagt, dass wir heute umziehen. Ich habe gesagt, es gäbe die Möglichkeit. Wir passen nicht gut nach

Kanuga. Soll ich warten, bis du stirbst, bevor ich mein eigenes Leben lebe?«

Dieses Gespräch habe ich schon tausend Mal gehört. Den Text der beiden kenne ich genau. Oma wird Diane vorwerfen, sie sei undankbar. Diane wird das abstreiten. Dann wird Oma sagen, Diane würde allein nicht zurechtkommen, nicht mit zwei Kindern, die sie ernähren muss, nicht ohne Ehemann. Diane wird beleidigt erwidern, dass sie sehr wohl für ihre Familie sorgen könne. Und wenn man gerade glaubt, Diane habe die Diskussion über ihre Unabhängigkeit gewonnen, spielt Oma die Opapakarte aus.

»Das würde deinen Vater umbringen.«

Jetzt erklärte Diane gerade, Oma habe eine narzisstische Persönlichkeitsstörung. Sie buchstabierte es ihr, N-A-R …

Manchmal finde ich lauschen einfach nur anstrengend.

Ich musste mich von dem Familiendrama losreißen, um an meinem Roman weiterzuarbeiten; die Uhr tickte! Ich holte mein Laptop und meine Fliegermütze und ging hinaus in mein Büro. Es ist hinten im Garten, auf dem Schuppendach. Wenn ich die Fliegermütze trage, vor allem, wenn die Ohrenklappen hochstehen, spricht mein Geisterdad oft mit mir. An diesem Abend dachte ich, er würde mir vielleicht helfen, den Schauplatz meiner Geschichte zu beschreiben. Wie es in *Romane schreiben in 30 Tagen!* heißt: »Nichts passiert nirgendwo.« Ich ließ den Blick über meine Welt schweifen und dachte über das Schild am Eingang zu unserer Siedlung nach:

DIE GARTENSTADT IST EINE LEBENDIGE GEMEINSCHAFT
FRÖHLICHER MENSCHEN, DIE VIEL ZU BIETEN HABEN.

Das ist etwas zu viel gesagt. Die Gartenstadt ist eine Gemeinschaft von Menschen, die dem Pöbel aus dem Weg gehen wollen, sich aber kein angeberisches Spießerhaus leisten können. Diane nennt die Siedlung gerne »Blümchenbeet«. Sie bereut, dass sie auf ihre Eltern gehört hat und nach Joes Tod mit uns nach Georgia gezogen ist. Hätte sie mehr Selbstvertrauen besessen oder mehr Geld, sagt sie, hätte sie sich anders entschieden. Opapa hat dieses Haus in der Plum Lane 17 für uns gekauft, wir können umsonst darin wohnen, aber es gehört ihm. Als Diane die Frechheit besaß, die grünen Fensterläden lila zu streichen, strich Opapa sie wieder grün, um den Wert des Grundstücks zu erhalten. Wenn er in irgendeine größere Sache investiert, etwa wenn er die Küche renoviert, muss sie ihm versprechen, noch fünf Jahre zu bleiben. Auf dem Dachboden sammelt sie Kartons für den Tag, an dem wir von Kanuga an irgendeinen Ort ziehen, an den wir auch passen, aber dieser Ort ändert sich ständig: Taos in New Mexico, die Marshallinseln, Victory in Vermont, Singapur …

In *Romane schreiben in 30 Tagen!* heißt es, man müsse seine Geschichte im Hier und Jetzt verankern, wo, sei egal. Der Autor rät, den Schauplatz mit fünf Sinneseindrücken zu erschaffen. Nur fünf? Okidoki, hier kommt meine Siedlung in Kanuga, Georgia:

DER SCHAUPLATZ

Was man im Blümchenbeet riecht: Den Mief nach alten Socken von den Chinesischen Birnen, den Gestank der Papiermühle und samstagvormittags ein Potpourri aus Waschmitteln, das so durchdringend ist, dass ich mir noch vor dem Frühstück Sorgen über den Klimawandel mache.

Was man im Blümchenbeet fühlt: Die Erde im Garten ist eigentlich Lehm; der Boden fühlt sich feucht und elastisch an. Der Grundton ist orange, durchzogen von gelben und braunen und manchmal weißen Schlieren. Als ich klein war, habe ich daraus Teller für mein Puppenhaus gemacht.

Die weißen Lehmschlieren habe ich immer rausgekratzt, wahrscheinlich war das PCB. In den Fünfzigern haben sie im Kraftwerk von Georgia Power unten an der Straße den Bewohnern der Gartenstadt eimerweise PCB als Insektenschutzmittel für ihre Blumen verkauft. Opapa sagt, in unserem Garten gebe es kein PCB. Er hilft anderen gerne und fände die Vorstellung, dass er uns umbringt, schrecklich.

Was man im Blümchenbeet hört: Hundegebell hinter Zäunen, das Fiepsen von Autoschlüsseln, das FIEP FIEP FIEP FIEP von Autoalarmanlagen und das Schnattern von ziehenden Gänsen.

Was man im Blümchenbeet schmeckt: Die Erde hier schmeckt wie die Tofuwürstchen, die Diane in unsere Hotdogbrötchen schummeln will. Sie sagt: »Bei dem vielen Ketchup könnt ihr das doch gar nicht schmecken!« Ist klar, Diane.

Was man im Blümchenbeet sieht: Der fieseste Anblick in der Gartenstadt sind die überfahrenen Tiere an der Kreuzung Plum Lane und Pear Street. Ich könnte schwören, dass es an der Ecke spukt. Da liegt fast immer ein totes Opossum oder eine tote Katze, vor allem samstagmorgens, nachdem die Teenager mit den SUVs ihrer Mütter in die Stadt gefahren und betrunken nach Hause gekommen sind. Blut, Fell und Gedärme.

Der schönste Anblick ist für mich der Kanadareiher, der an dem See am Muscadine Circle lebt. Er ist blaugrau, wie ein Schatten auf der Auffahrt an einem Winternachmittag, und hat einen unheimlichen Bart, der wie zerrissene Spinnweben von seinem Hals herabhängt. Er hält sich etwas abseits von den albernen Enten, verlässt sie aber nie. Manchmal frage ich mich, ob er ein Geist ist. Wenn man auf ihn zugeht, fliegt er weg, in ein Grüppchen Kiefern oder über einen Drahtzaun, aber wenn man sich umdreht, ist er wie ein langer blauer Schatten hinter einem. Diane sagt, er würde nach seiner Partnerin suchen. Ich schätze mal, dass er sie in dem Haufen Enten nicht finden wird, aber Vögel sind auch nicht gerade schlau.

Manches im Viertel kann man nicht sehen, etwa die Pädophilen. Diane hat sie auf einer Karte im Internet ausfindig gemacht. Einmal ist sie mit uns herumgefahren und hat uns gezeigt, welche Häuser wir meiden sollen: Muscadine Circle 4, Apple Lane 28, Cherry Branch Drive 9. Wenn es um Pädophile geht, wird Diane paranoid. Ich weiß nicht, was ich erwartet hatte – Körperteile von Kindern, die von den Birnbäumen hängen? Blut, Fell und Gedärme? Die Häuser sahen normal aus. Diane meint, genau das sei ja so beängstigend. Einen echten Pädophilen haben wir nicht zu Gesicht bekommen, aber in der Gartenstadt sieht man eh kaum Leute.

Ich klappte mein Laptop zu und sah mich nach etwas um, das ich vielleicht vergessen hatte. Das Tageslicht war schon verbraucht, aber ein paar blaue Streifen zogen sich noch durch den grauen Himmel. Als eine Wolke aufzog, färbte sie sich zartviolett, und plötzlich sah der ganze Himmel aus wie ein Gemälde vom Paradies. Dieses Bild war natürlich zu abgedroschen, um es in meine Beschreibung zu übernehmen – Schriftsteller sollten niemals abgedroschene Sachen schreiben. Schriftsteller sollten auch nie Einhörner erwähnen, auch wenn sich die Wolke zu einem Pferd geformt hatte, dem ein Horn aus der Stirn wuchs. Wie peinlich für denjenigen, der den Bibelvers mit dem Einhorn geschrieben hatte. War ihm denn nicht klar gewesen, dass ein Atheist wie Penn das lesen und sich darüber lustig machen würde? Aber vielleicht hatte Penn recht. Wenn man etwas nicht beschreiben kann, so wie Gott, existiert es vielleicht wirklich nicht.

Als es schließlich dunkel wurde, ging ich ins Haus. Ich brachte Max mit einem Schwung Legosachen und seinem Plüschschnabeltier Fred ins Bett und ließ Diane ein Schaumbad ein. Dann legte ich mich ins Bett, setzte meine Kopfhörer auf und schaltete das Licht aus. Ich hörte »*Greensleeves*«, ein trauriges, schönes Lied. Die meisten Leute wissen nicht, dass es von einer Prostituierten handelt. Diane hat mir erzählt, dass Joe zu Hause in Houma seiner Mutter oft »*Greensleeves*« auf dem Saxofon vorgespielt habe. Mir habe er es vorgesungen, als ich in Dianes Bauch war. Wenn es jetzt im Radio läuft, schaltet sie es sofort aus. An diesem Abend hörte ich es mir vier Mal an, aber Joe ließ sich nicht blicken. Vielleicht war er unten im Schuppen und überlegte, wie er daraus ein richtiges Büro für mich machen konnte, mit Strom und einem Erkerfenster. Vielleicht war er noch sauer, weil ich Dianes Tagebuch aufgeschlagen hatte.

Oder er ahnte schon, dass ich sie alle lesen würde.

Steigende Handlung

Sei blutig, kühn und standfest: hohnlach der Gefahr
Der Menschenmacht; denn keiner, den ein Weib gebar,
Schadet Macbeth.

William Shakespeare

Wenn wir schwierige Zeiten haben, erinnert Diane mich gerne daran, ich sei zäh. So wurde sie selbst erzogen. Opapa hat ihr früher immer einen Klaps auf den Rücken gegeben, mit dem schweren Goldring der Freimaurer genau aufs Rückgrat, und gesagt: »Du bist eine Montgomery, du bist zäh.« Diane formuliert es anders. Sie gibt mir einen Klaps auf den Rücken und erinnert mich daran, was Mrs Kierkegaard in meinem letzten Kindergartenzeugnis geschrieben hat: »Dieses Mädchen könnte sich allein aus Treibsand befreien.«

Über Max hat Mrs Kierkegaard nicht gesagt, dass er sich aus Treibsand befreien könnte. »Max ist einfach nur lieb«, sagte sie. »Ich würde Max am liebsten heiraten.« Als Max in ihrer Gruppe war, fragte sie einmal mit diesem ernsthaften, respektvollen Ton, den sie bei ihren Kindergartenkindern anschlägt, ob er sie heiraten wolle.

Er sah hoch zu ihr hinauf – sie ist sehr groß –, erwiderte ihren Blick mit seinen großen braunen Augen und sagte: »Ja, Ma'am.« Sie war die Einzige, die aus seinen Bildern schlau wurde.

»Mein Gott!«, rief sie am Elternsprechtag. »Sehen Sie sich nur dieses Bild an!« Diane und ich, beide in unseren besten Freizeitkleidern, saßen nebeneinander auf winzigen Plastikstühlen und ließen die Zeichnungen hin und her gehen.

»Das hier«, sagte Mrs Kierkegaard und hielt ein beiges Blatt mit wildem Gekritzel darauf hoch. »Wissen Sie, was das ist?«

Wir schüttelten den Kopf.

»Das ist eine Armee von Außerirdischen mit Ringelschwänzen und drei Armen und vier Beinen. Sehen Sie, das hier ist ein Schwanz. Sie kämpfen gegen ein Heer dieser vogelähnlichen Wesen von der Erde. Sie sind aus dem Pazifischen Ozean gestiegen, hat Max mir erzählt. Er nennt ihn den Spezifischen Ozean. Dieses schwarze Ding in der Mitte ist eine Explosion, hervorgerufen durch die Reibung dieser beiden Planeten, die gegeneinandergeschleudert wurden, als sich die Umlaufbahn um die Sonne umgekehrt hat.« Mit großen Augen sah sie uns an. »Solche Sachen gehen Max durch den Kopf.«

Wir nickten. »Ist das die Sonne?«, fragte Diane hoffnungsvoll und zeigte auf einen orangefarbenen Klecks.

»Nein, das ist die Pizza, die die Außerirdischen bestellt haben«, erklärte Mrs Kierkegaard und strahlte uns an. »Kein anderes Kind in meiner Gruppe fertigt so etwas an.« Verächtlich wedelte sie in Richtung der Kunstwerke, die an einer Wäscheleine hingen. Auf diesen Bildern entdeckte ich eine Vase mit Blumen, einen großen grünen Baum, in dem ein Vogel saß, und ein schiefes Haus mit rauchendem Schornstein, die man alle ziemlich gut erkennen konnte.

»Ich meine, mein Gott«, sagte sie. »Er ist *so* talentiert. *So* wunderbar. Er ist einfach … Max.« Wir nickten, nur hätte keine von uns sagen können, wie er seinen Platz in der Welt finden sollte.

Auf die Flut folgte der Treibsand. Sich aus Treibsand zu befreien gehört nicht zu Max' Talenten – das ist meine Spezialität –, aber wir würden seine ganze Kreativität brauchen, wenn wir Dianes Aufräumanfall überleben wollten.

Montagmorgen wachte Diane ungewohnt enthusiastisch beim ersten Klingeln ihres Weckers auf. Sie kochte Kaffee, zog ihre Putzlatzhose an, band sich das rote Kopftuch um und legte ihre Lieblingsmusik zum Putzen auf, Bachs *Goldberg-Variationen*. Diane schwört auf klassische Musik. Leider hat sie die Montgomery-Gene, was Musik angeht, und hört sie gar nicht richtig. Wenn eine Arie in ihrer Playlist in der Dauerschleife läuft, fällt es ihr nicht auf.

Während Diane schlückchenweise ihren Kaffee trank, schrieb sie ihrem Dekan am Christlichen College von Kanuga eine Nachricht: Wegen eines familiären Notfalls würde sie heute nicht auf den Campus kommen.

»Mom, du darfst deinen Job nicht verlieren!«, rief Max. »Dann werden wir arm!«

»Ich bin nur eine kleine Dozentin«, sagte sie. »Mein Job ist sicher, den will sonst niemand haben.«

»Billys Mutter haben sie aber rausgeworfen.«

»Sie haben ihr *keine Festanstellung gewährt*«, erklärte ich erhaben. »Jetzt ist sie Professorin in Harvard.«

Ich überlegte kurz, ob Diane den Wechsel auch schaffen könnte – ich könnte direkt neben Billy wohnen! Ein Blick auf Diane mit ihrer Latzhose und dem Kopftuch verpasste der Hoffnung allerdings einen Dämpfer. Manchmal sieht Diane aus, als wäre sie erst zwölf.

Jetzt beruhigte sie Max damit, sie würde nur einen Tag im College verpassen, um das Haus gründlich zu putzen. »Ihr könnt schon mal vorarbeiten und eure Zimmer aufräumen, bevor ich euch zur Schule bringe«, sagte sie energiegeladen. »Hebt alles auf, was auf dem Boden liegt, ich will saugen.«

Bei dem Wort »saugen« blickte Hiroshima von ihrem Tennisball auf und warf Lucky einen nervösen Blick zu. Der Staubsauger war ein vertrauter Feind.

»Äußere Unordnung zu beseitigen hilft uns, geistige Unordnung aufzulösen, damit wir unsere Ziele und Vorsätze klar erkennen können«, erklärte Diane mit ihrer Dozentenstimme. Sie unterbrach sich, und als sie weiterredete, klang sie wieder wie unsere Mom. »Was noch auf dem Boden ist, sauge ich auf.«

Die Hunde liefen zum Wandschrank.

In meinem Zimmer ist der Grundton Lila. Wände, Vorleger, Bettwäsche, Vorhänge, Möbel, die Klamotten auf dem Boden, Rucksack, Haarbürste, Tacker … alles lila. Als Diane einmal vorsichtig andeutete, meine Einrichtung würde nicht zu den Erdtönen im restlichen Haus passen, erinnerte ich sie daran, dass mein Druck des *Gartens der Lüste* doch fleischfarben sei. Oma nennt dieses Meisterwerk von Bosch nur »dein Poster mit der Orgie«.

»Räumst du dein Zimmer auf?«, rief Diane aus dem Flur.

»Ja, Ma'am!«, antwortete ich und schob eine Jeans samt der Unterwäsche darin unters Bett. Ein paar Hausaufgaben stopfte ich in meine Sockenschublade. Als Letztes zog ich die Ohrenklappen meiner Fliegermütze gerade und legte sie sorgsam ins Regal neben Zimmerman, der meine Arbeit mit einem zufriedenen Ausdruck auf dem abgewetzten Gesicht beaufsichtigte.

Als ich mich umsah, ob ich noch etwas wegräumen musste, fiel mein Blick auf das Puppenhaus in der Ecke. Es war ein dreistöckiges Haus im viktorianischen Stil in einem heruntergekommenen Viertel, und obwohl es frisch lila gestrichen war, wirkte es irgendwie traurig. Auf der Veranda stapelten sich kaputte Möbel, und im Vorgarten stand ein aufgebocktes Auto, dem ein Rad fehlte. Eines der sechs schlecht angezogenen Devereux-Kinder hing halb aus dem Dachfenster.

Im Haus entdeckte ich dreckige Puppenteller in der Küche und ein halb leeres Glas Limonade, das einen feuchten Abdruck auf dem polierten Steinway hinterließ. Oma hat mir den Flügel einmal zu Weihnachten geschenkt. Sie hat gesagt, das sei das teuerste Puppenmöbel, das sie je gesehen habe, trotzdem hat sie es gekauft. Wenn man auf die Tasten drückt, spielt es Musik, die man bei iTunes herunterladen kann. Auf den Speicher passen nur zwei Lieder. Im Moment haben wir »*Here We Come*« von den Monkees und »*Greensleeves*« in der Playlist. Ich ließ die Monkees laufen, weil ich dachte, ein trauriges Lied wäre jetzt zu viel für Mrs Devereux. Sie hockte komplett angezogen in der Badewanne, weil Mr Devereux, der ein Alkoholproblem hatte, mal wieder verschollen war und man in diesem Haus mit den Kindern und ihrem Chaos keine Ruhe fand. Ich räumte das Zimmer des Kleinsten für sie auf und brachte das Baby ins Bett. Dann kehrte ich in meine Welt zurück, um mich fertig zu machen.

Ich zog meine weiße Lab-Bluse (eine Minute) und mein kariertes Lab-Trägerkleid (zwei Minuten) an und schnürte meine Converse zu (zwei Minuten). Nachdem das Anziehen erledigt war, legte ich mich aufs Bett und nahm mir meine Zeichnung von Billy vor. Ich arbeitete schon die ganze Woche daran und hoffte, ich würde bis zum Valentinstag fertig sein. Seine Nase war mir besonders gut gelungen. Er hat eine gerade, perfekte Nase, aber seine Zahnspange machte mir Probleme. Egal, wie behutsam ich mit dem silbernen Stift über seine Zähne fuhr, es sah immer aus, als hätte er Bahngleise im Gesicht. Weil ich mich darüber ärgerte, klang ich für Dianes Geschmack wahrscheinlich nicht unterwürfig und aufmerksam genug, als sie an meine Tür klopfte.

»Was!«, brüllte ich.

»Rede nicht in diesem Ton mit mir, junge Dame«, schimpfte sie.[6]

6 Historischer Bezug: Diane ist mit Wiederholungen von Schwarz-Weiß-Serien aus den Fünfzigern aufgewachsen, in denen körperlich makellose, gut gekleidete weiße Mittelschichtmenschen genau so miteinander sprachen. Eingestreutes Lachen vom Band zeigte den Zuschauern, dass sie die Sendungen lustig finden sollten, aber die gesellschaftlichen Stereotype und der implizierte Moralkodex waren streng genug, um die Kulturrevolution der Sechziger auszulösen. Nennt man ein Mädchen oft genug »junge Dame«, wirft sie am Ende auf Orgien LSD ein. Nur mal so gesagt.

»Ich komme in einer Viertelstunde wieder und inspiziere dein Zimmer.«

Je länger ich an Billys Zähnen arbeitete, desto schlimmer wurden sie. Allmählich sah er regelrecht hässlich aus. Und wenn er es wirklich war? Nicht hässlich, meine ich, aber nicht umwerfend? Je mehr ich versuchte, mir sein Gesicht vor Augen zu rufen, desto mehr entglitt es mir. Waren seine Knie wirklich knubbelig? Hatte er nicht große, gespreizte Füße mit komischen winzigen spitzen Nägeln an den kleinen Zehen? Seine Fotos halfen mir auch nicht, die hatte ich schon so oft angesehen, dass ich sie nicht mehr richtig sah: Billy und ich, wie wir uns auf dem Rücksitz des Autos Ohrhörer teilten und uns meinen Lieblingssong von den Beatles anhörten, »*Hey Jude*«. Billy auf dem Basketballplatz, mitten im Sprung zu einem Korbsenker (oder heißt das Korbleger?). Er war der erste Achtklässler, der sichtbare Armmuskeln entwickelt hat.

Ich schrieb ihm eine Nachricht.

LaFT? :)[7]

Während ich auf seine Antwort wartete, scrollte ich durch unseren Chat aus der letzten Zeit. Direkt nach seinem Umzug haben wir oft gesagt, dass wir uns vermissen, und »Ich liebe dich« geschrieben. Später haben wir »ILUVD« geschrieben, »Ich liebe und vermisse dich«. Dann war es »LD«. Am Ende haben wir das abgewandelt zu »453«, den Zahlen auf der Tastatur, bei denen »ILD« steht, »Ich liebe dich«.

Diane las Max in seinem Zimmer gerade die Leviten: »Warum liegen drei nasse Handtücher bei dir auf dem Boden? Max, auf diesem dreckigen Teller lebt was, es *bewegt* sich! WEHE, ICH TRETE NOCH EINMAL AUF EINEN LEGOSTEIN!« Ich warf einen Blick

7 Lust auf FaceTime?

auf mein Handy; Billy hatte immer noch nicht geantwortet – vielleicht war er schon in der Schule. Ich schrieb Kate.

Ich:

Sieht Billy dMn[8] heiß aus?

Kate:

??? musst du doch wissen.

Ich:

Ich überleg nur.

Kate:

Komisch.

Kate:

Ich meine nur inbg[9].

Ich:

Versuche grad, ihn zu zeichnen.

Kate:

Nichts ist so schön,
dass es unter gewissen Umständen
nicht hässlich aussehen würde.
- Oscar Wilde

Ich:

Danke. Meine Zeichnung ist scheiße?

8 deiner Meinung nach
9 ist nicht bös gemeint

Kate:

Ups. War kein Lästern. Siehst du ihn über FT?

Billy hatte auf meine Frage wegen FaceTime immer noch nicht geantwortet, also schrieb ich:

Halloooooooooooooooooooooooooooooooooooo
oooooooooooooooooooooooooooooooooooooooo

Keine Reaktion.

Ich (an Kate):

Er stellt sich tot.

Kate:

Lad ihn zu dir nach Kanuga ein.

Plötzlich öffnete sich meine Tür. Bachs Aria in der vierten oder fünften Wiederholung drang herein.

»Großer Gott«, sagte Diane. Sie machte halbe Drehungen und deutete dabei auf Berge von sauberer und dreckiger Kleidung, auf Teller, Zeichnungen und Gedichte, Chemiehausaufgaben, Puppenzubehör, Krimskrams und Gesammeltes. Dann holte sie tief Luft. »Räum das auf. Sofort.«

»Mache ich«, sagte ich liebenswürdig und verschickte schnell eine Nachricht.

Ich:

Wo soll er schlafen? Haus ist klitzeklein.

Kate:

Sofa?

Ich:

Hundehaare.

»*Sofort*, habe ich gesagt«, meinte Diane.

Im Nachhinein betrachtet liegt es auf der Hand, dass ich mich irgendwie hätte rühren sollen. Das wollte Diane. Das erwartete sie. Ich hätte vom Bett springen und herumhuschen sollen wie ein Eichhörnchen in der letzten Stunde vor einem Schneesturm und die verbliebenen Eicheln einsammeln müssen, bevor mein ganzes Eichhörnchendorf den Hungertod starb. Stattdessen sagte ich: »Ist ja gut, Diane, ich mache schon«, und scrollte nach unten, um zu sehen, ob Kate oder Billy geantwortet hatten.

Sie flippte aus.

»In diesem Ton sprichst du nicht mit mir!«, schrie sie. »Dieses Zimmer ist eine Müllhalde! Räumst du nie etwas weg?«

»Tut mir leid«, sagte ich, aber es war zu spät. Plötzlich war Diane in allen Ecken meines Zimmers gleichzeitig. Sie stürzte sich auf meine Berge, die vielleicht kein schöner Anblick waren, aber immerhin meine persönlichen Archive – lebende Tagebücher sozusagen. Vor meinen entsetzten Augen grub sie sich tief in diese Hügel und teilte meine Habseligkeiten in zwei neue Haufen ein: »Behalten« und »Wegwerfen«. »Ich fasse es nicht!«, stieß sie hervor. Mit ihrer Verwandlung in Oma verfiel sie in den Dialekt der Appalachen. »Ich fasse es einfach nicht!«

»Ich räume schon auf«, sagte ich. »Tut mir leid.«

»Jesses!«, ächzte sie, dann tauchte sie unter mein Bett ab.

Lieber Gott, betete ich, *bitte lass sie es nicht finden. Nicht* das. In der unbehaglichen Stille stopfte ich eine Socke, die ich gerade zu fassen bekam, in meine Nachttischschublade und schob meine Haarbürste unter das Kopfkissen. Immer noch Stille.

Dann ein Geräusch unter dem Bett – ein würgendes Keuchen. Es klang wie »hiii, hachch, chöö, chöö«, als würde sie an einem

Kerngehäuse ersticken. Ich dachte: *O Gott, ich habe meine Mutter umgebracht.*

»Diane?«

Ich hörte nur »chöö, chöö«. Schließlich tauchte sie mit einer Wollmaus über jedem Ohr und offenem Mund wieder auf. In der Hand hielt sie einen Anfänger-BH, in dessen Körbchen Mandarinen geklebt waren. Sie streckte das Ding weit von sich weg, weil die Mandarinen weich waren und dazu bläulich-grün und von weißem flaumigem Schimmel überzogen.

»Aristoteles Thibodeau«, sagte sie. »Das ertrage ich nicht, das ERTRAGE ich einfach nicht mehr!«

Max streckte den Kopf durch die Tür. »Was ist los? Was ist passiert?« Seine widerspenstige Locke mitten auf dem Kopf stand nach oben. Er nennt sie seinen »Flaum«. Manchmal erinnert sie mich an den Puschel, den kleine Küken auf dem Kopf tragen, aber als er an diesem Morgen ungebeten in mein Zimmer kam, wurde sie zu einer Antenne, die meinen persönlichen Bereich absuchte. Am liebsten hätte ich ihn plattgemacht.

»Räum du mal lieber deinen Kram auf«, zischte ich. »Dieses Mal saugt sie deine Legos sonst echt weg.«

»Was riecht hier denn so?«, fragte er.

»Raus hier!«, brüllte ich. »Sofort! Verschwinde aus meinem Zimmer!«

Diane ließ den BH und das Obst in den Abfalleimer fallen und zeigte auf einen teuren Pulli, der sich irgendwie zusammengeknüllt hatte und unter meinen Schreibtisch gerollt war. Sie musterte noch einmal das Zimmer. Ich sah regelrecht, wie ihr dämmerte, dass sie für diesen ganzen Müll Geld ausgegeben hatte.

»Für diesen Pullover habe ich hundert Dollar bezahlt«, sagte sie, »und du wirfst ihn auf den Boden? *Wirfst* ihn einfach hin?«

Mein Handy piepste.

»Das ist Kate«, sagte Max, der *immer noch* da war. Er nahm mein

Handy vom Bett. »Sie schreibt, Billy könnte in deinem Bett schlafen, wenn ihr beide Pyjamas anhabt.«

»Was?«, fragte Diane. »Du schläfst mit niemandem, Fräulein.«

»Fass mein Handy nicht an!«, schrie ich Max an. Dann drehte ich mich zu Diane um und sagte ganz ruhig: »Ich habe ihn nicht *geworfen.*«

Sie blickte vom Handy zu mir und dann zum Pulli auf dem Boden. »Das verkrafte ich nicht«, sagte sie. »Zu viel Zeug, zu viel Ausgaben, zu viel los …!«

»Möglicherweise ist mir dieser schöne Pulli heruntergefallen«, sagte ich leise. »Aus Versehen.«

»Dann heb ihn auf!«, kreischte sie.

»Schon gut, Diane. Okay, okay, okay. Ich hebe ihn auf. Es tut mir leid.«

»Nenn mich nicht mehr Diane. Ich bin deine Mutter. Ich bin eine alleinerziehende Mutter. Ich werde den ganzen Tag brauchen, um das Chaos von der Überschwemmung und den Rest sauber zu machen. Dann muss ich Hausarbeiten benoten und einen Berg Wäsche machen und Max bei seinen Hausaufgaben helfen und dafür sorgen, dass er duscht, und die Hunde füttern, und du liegst hier, *schreibst unanständigen Blödsinn*, und das mitten in dieser Unordnung!«

»Kate und ich haben nur einen Witz gemacht«, erklärte ich. »Ich hätte helfen sollen. Tut mir leid. Ich mach jetzt mit.« Ich legte den Pullover zusammen. Durch das winzige Fenster sah ich Mrs Devereux, die zusammengekrümmt in ihrer Badewanne saß; ich konnte ihren Schmerz nachfühlen.

»Ich schicke euch beide auf eine Privatschule«, fuhr Diane fort. »Ich bezahle Zahnspangen, Geburtstagsfeiern und Ferienlager. Ich gebe fünf Kurse Wissenschaftliches Schreiben für Erstsemester an einer Bibelschule und bekomme kaum den Mindestlohn – keine Krankenversicherung, keine Lebensversicherung, keine Rente –, um dir diesen überteuerten Mist zu kaufen, den du einfach zusammenknüllst und wegwirfst wie Abfall!«

»Ich bin für *alles* dankbar«, sagte ich. »Ich weiß, es wirkt nicht immer so, als wüsste ich die Lab zu schätzen, aber das tue ich. Ich werde mich heute anstrengen, so sehr ich kann. Bitte weine nicht. Bitte.«

Sie weinte trotzdem. Die Tränen rannen ihr aus den Augenwinkeln, über die Lachfalten, die Wangen und den Hals bis auf die Träger ihrer Latzhose.

Max umarmte sie und sagte: »Mama, weine doch nicht. Bitte!«

Er klammerte sich fest an sie, als könnte sie verschwinden. Ich nahm beide zusammen in die Arme, und sie redete sich alles von der Seele. Sie sei alt und müde und hässlich, sagte sie, und eine schreckliche Mutter. Das Haus, dieses Chaos, sie wisse nicht, was sie machen solle. Ständig verbummeln wir irgendwas, weil wir es nicht richtig weggelegt haben, und deshalb kommen wir überall zu spät. Sie kommt zu spät zum College, aber sie hasst ihre Arbeit sowieso. Die Studenten führen sich im Anglistischen Institut auf wie beim Kundendienst von Walmart, und wieso fällt ihnen Englisch überhaupt so schwer? Es ist ihre einzige Sprache.

»Ich bin überfordert von« – sie sah sich um – »von uns.«

»Ich weiß«, sagte ich und tätschelte ihr den Rücken. »Ich weiß, Merm.«

Sie denken jetzt vielleicht, wow, die versagt als Mutter ja total. Vielleicht erwarten Sie, sie würde verschwinden, so wie Anders Andersons Mutter. Ich stellte mir vor, wie Mrs Anderson eines Tages Anders angesehen und sich gedacht hatte: *Na ja, damals war die Idee ja nicht schlecht, aber heute ist es mein Recht, mich für etwas anderes zu entscheiden.* Jetzt sucht sie auf einer Ranch in Nevada zusammen mit anderen nicht mehr ganz jungen Leuten nach spiritueller Erleuchtung.

Diane ist anders. Diane hat Mumm. Mumm, und damit ist nicht

der Sekt gemeint, ist eine messbare Eigenschaft, zu der auch Durchhaltevermögen gehört. Vor ein paar Jahren hat Diane uns im Internet unseren Mumm testen lassen, und wir sind alle in den obersten zehn Prozent gelandet.

»Du hast doch bestimmt auch gute Studenten am CCK«, sagte ich und reichte Diane eine saubere Socke. »Gibt es nicht wenigstens einen, der lernen will, wie man Aufsätze schreibt?«

Diane schüttelte den Kopf. »Nicht bei den Erstsemestern.«

»Was ist mit dem Jungen, der seine Mutter so lieb hat?«

»Meinst du Charles Hutchins?«, fragte Diane. »Im Kurs 1102?« Sie runzelte die Stirn. »Ich habe dir doch gesagt, dass du die Arbeiten von meinen Studenten nicht lesen sollst. Das ist wahrscheinlich illegal.«

»›Mrs Octavia Hutchins‹ war mein Lieblingsaufsatz«, sagte ich. »Der über seine Mutter.« Ich lächelte, um zu zeigen, wie sehr ich alle Mütter schätzte.

Sie nickte. »Charles mag ich«, sagte sie und wischte sich mit der Socke über die Augen.

Auf dem Weg zur Schule regnete es. Während das Wasser über das Autofenster strömte, befiel mich eine düstere Vorahnung. Auch wenn wir nicht gerade regelmäßig den Gottesdienst besuchen, habe ich oft genug die Kirchenbank gedruckt, um zu wissen, was nach der Flut passiert. Alle gehen paarweise zur Arche. Und wenn man zu einer dreiköpfigen Familie gehört? Ich schätze, dann wird jemand nass.

An diesem Morgen mussten wir quer über den Campus zur Bibliothek laufen, und raten Sie mal, wer keinen Regenmantel hatte. Als ich an meinem Tisch saß, bildete sich um mich herum eine Pfütze. Neben mir sagte Anders Anderson: »Die Toilette ist da drüben«, und lachte prustend. Es klingt zwar blöd, aber mir kamen fast die Tränen.

Kate rettete mich. »Ich weiß ja, dass Jungs in der Entwicklung den Mädchen hinterherhinken«, sagte sie, »aber mal im Ernst, Anders, du solltest damit zu einem Fachmann gehen. Ich kenne dich seit dem Kindergarten, und du hast dich *null* entwickelt.«

»Ich bin letztes Jahr zehn Zentimeter gewachsen«, sagte Anders. Als Beweis streckte er seine schlaksigen Beine unter dem Tisch aus und trat uns gegen die Knöchel.

»Wie gesagt«, meinte Kate. Sie drehte sich zu mir um. »Ich weiß ja, dass du *glaubst*, du würdest Jane Austen nicht mögen«, sagte sie und drückte mir einen dicken Wälzer mit einem aufgerüschten Einband in die Hand, »aber *Emma* musst du echt mal lesen.«

»Ich habe es mit Jane versucht«, erwiderte ich. »Nach ein paar Kapiteln komme ich mir immer vor, als wäre ich mit Opapa und Oma im Kanuga Country Club gewesen und hätte stundenlang künstlich lächeln müssen.«

»Ich war noch nie in einem Country Club«, sinnierte Kate. »Ich weiß nicht, wie ich mich in so einer Umgebung fühlen würde.«

»Max findet es großartig. Er könnte den ganzen Tag in einem Golfwagen sitzen und mit Republikanern Spiralpommes essen. Diane sagt, ihm würde es nur um Sicherheit gehen.«

»Die Suche nach Sicherheit – einem Platz in der realen Welt – gehört zu den wichtigsten Motiven in Austens Romanen«, sagte Kate. Sie stützte das Kinn in die Hand und dachte darüber nach. Dann sagte sie: »Allerdings untersucht sie das Thema Sicherheit im Zusammenhang mit Freundschaften und Beziehungen. Ich weiß ja, dass ihre Art zu schreiben altmodisch ist – was ich liebe und du nicht –, aber zum Teil gelten ihre Ratschläge auch in unserer Welt.«

»Zum Beispiel?«

»Na ja, du hast doch erzählt, dass du nicht mehr weißt, wie Billy aussieht – also, nicht *genau*.«

»Ach. Du. Scheiße«, sagte Anders und streckte den Kopf zwischen uns. »Du weißt nicht mal mehr, wie er aussieht?«

»Halt die Klappe, Anders«, sagten wir wie aus einem Mund.

»Halt die Klappe in Stereo? Und das soll *nicht* beleidigend sein?«, fragte er ironisch und verließ den Tisch.

»Wenn in Janes Welt die Heldin anfängt, einen Gentleman zu vergessen«, erzählte Kate ungerührt weiter, »kommt er zu Besuch ins Herrenhaus. Er bleibt wochenlang.«

»Nur haben wir in der Gartenstadt keine Herrenhäuser«, sagte ich. Dann sah ich mich um, ob auch niemand lauschte, und senkte die Stimme. »Übrigens ist Diane ausgeflippt, als du geschrieben hast, Billy könne doch bei mir schlafen.«

»Das hat sie gelesen?«

»Der kleine Mensch hat sich mein Handy geschnappt und es schön herausposaunt.«

»Äähh«, machte Kate, die eine kleine Schwester miterzieht. »Ich habe nicht gesagt, du solltest mit Billy Sex haben – ich hoffe, das war klar.«

Kate vertritt sehr konservative Ansichten über den menschlichen Körper. Sie trägt Röcke, die ihre Knie bedecken, und knöpft ihre Blusen bis zum Kragen zu. In ihrer Welt ist Sex außerhalb der Ehe tabu, sogar für alte Leute wie unsere Mütter.

»Ist nicht schlimm«, sagte ich. »Diane war zu sehr mit dem Chaos in meinem Zimmer beschäftigt. Sie wird sich gar nicht daran erinnern. Ich fand die Idee mit den Pyjamas gut.«

»Natürlich kommt es auf den Pyjama an«, meinte Kate und kaute auf dem Ende ihres Bleistifts herum.

»Ich dachte an irgendwas mit Lila und Gold. Das sind die Farben seiner Lieblingsmannschaft – den Namen weiß ich nicht mehr. Es war entweder Basketball oder Football«, sagte ich, aber Kate war in Gedanken ins vorviktorianische England abgedriftet.

»In Austens Romanen gibt es auch Cottages«, sagte sie. »Wenn die Heldin aus dem Testament gestrichen wird, lebt sie in einem Cottage, bis sie sich einen Mann mit einem Herrenhaus angelt.

Allerdings haben diese Häuser mindestens vier Schlafzimmer, die Räume der Dienstboten nicht mitgerechnet … Jedenfalls solltest du Jane noch eine Chance geben. Der Schauplatz ist anders, aber Beziehungen sind immer noch wie früher.«

Um sie zu beruhigen, schlug ich *Emma* auf und las wahllos einen Abschnitt.

Liebe Harriet, ich freue mich ja so! Es hätte mir wehgetan, auf den Umgang mit dir verzichten zu müssen, was unweigerlich die Folge gewesen wäre, wenn du Mr Martin geheiratet hättest. Solange du auch nur ein klein bisschen schwanktest, habe ich nichts davon erwähnt, weil ich dich nicht beeinflussen wollte; aber mir wäre dadurch eine Freundin verloren gegangen. Ich hätte Mrs Martin von der Abbey-Mill-Farm unter keinen Umständen besuchen können. Nun bleibst du mir für immer erhalten.

»*Nun bleibst du mir für immer erhalten?*« Bisschen dick aufgetragen, oder?

Ich sah kurz zu Ms Chu hinüber, die an ihrem Schreibtisch Bücher ausstempelte, und überlegte, ob ich sie wegen Billy um Rat fragen sollte. Dann fiel mir ein, dass ihre einzige Ehe drei Tage gehalten hatte, und entschied mich dagegen.

Anders schlurfte mit einem christlichen Roman zurück an unseren Tisch. Er ließ sich laut auf einen Stuhl fallen.

»Hallo, Ladys. Habt ihr mich vermisst?«

Als wir ihn ignorierten, intonierte er mit einer langen Reihe von Fürzen »*My Country 'Tis of Thee*«.

Er besitzt durchaus ein gewisses Talent, trotzdem starrten wir ihn angewidert an.

»Ah, das tat gut«, sagte er und starrte mit einem lüsternen Grinsen auf unsere Brüste.

»In der Entwicklung zurückgeblieben«, grummelte Kate. »Er kann nichts dafür.«

»He, Anders«, sagte ich streng. »Mein Gesicht ist hier oben.«

»Ihr seid ja *solche* Künstlerseelen, *so* intellektuell, *so … entwickelt*«, sagte er. »Wie soll ich das jemals aufholen?«

Bis vor etwa einem Jahr hatte ich keine Ahnung, dass sich die ganze Welt um Sex dreht. Eines Tages wurde es mir schlagartig klar: Zahnpastawerbungen, die ich bei Freundinnen im Fernsehen gesehen hatte, das unregelmäßige Bollern von Dianes Bett gegen die Wand in ihren Verabredungsphasen, die Texte von sämtlichen Songs im Radio, die keine Kirchenlieder waren – und zum Teil sogar bei denen! Sex, Sex, Sex. In diesem Moment begriff ich, warum ich immer meinen roten Pulli tragen musste, wenn wir einen Flughafen betraten. »Damit ich dich finde, wenn du verloren gehst«, hatte Diane erklärt. Ich bin nie verloren gegangen. Sie meinte: *Damit du nicht entführt und als Sexsklavin verkauft wirst.* Das war ein Anti-Menschenhandel-Pullover.

»Warum hast du mir nie gesagt, dass Sex so eine Riesensache ist?«, habe ich sie damals gefragt. »Er ist überall! Er ist für alle das Wichtigste!«

Sie lächelte mich verlegen an und zuckte mit den Schultern. »Deine Sichtweise war irgendwie netter.«

Tja, so ist das jetzt, und es gibt kein Zurück. Zweite Stunde in der Lab: Algebra mit Coach Bobby.

Ich setzte mich an meinen Tisch, klappte mein Laptop auf und schickte Billy eine Nachricht über Facebook.

Du fehlst mir. Ich sehne mich nach deinen tiefen Blicken,
deinen Lippen, deiner warmen Berührung.
Willst du mich besuchen?
PS: Was für einen Pyjama sollte ich tragen?

Während ich auf eine Antwort wartete, beobachtete ich, wie sich Coach Bobby mit einem Stift auf das Whiteboard stürzte. Sein Arm sauste auf und ab, er schrieb die Zahlen immer so groß, dass ihm der Platz ausging und er den ersten Teil der Gleichung wegwischen musste, um den zweiten auf das Board zu quetschen. Von hinten sah er gar nicht schlecht aus. Nur mal so gesagt.

Regel 14 in *Romane schreiben in 30 Tagen!* besagt: »Lass dich nicht zu überflüssigen Figuren hinreißen.« Finde ich völlig richtig; es gibt so schon genug überflüssige Figuren in der Welt. Trotzdem schummle ich Coach Bobby in meinen Roman, weil wir zu wenige männliche Charaktere haben. Falls Sie es noch nicht mitbekommen haben, er ist ein *Mann*. Auf dem Volleyballfeld ist Coach Bobby ganz in seinem Element. »Beweg die Füße, Thibodeau!«, ruft er mit aufgeplusterter Brust und erhobener Faust. Wenn der Ball vor meinen Füßen landet, brüllt er: »Das war deiner, Thibodeau! AUF DEM BALL STAND DEIN NAME!« Wenn er sich im Klassenzimmer normal hinsetzt, stoßen seine Knie gegen sein Pult, deshalb muss er den Stuhl zurückziehen und sich rittlings daraufsetzen. Meistens läuft er auf und ab. Selbst wenn er sich den Hemdkragen aufknöpft, wird er von seiner Krawatte halb erwürgt. Bücher hält er so, als wären sie ein Ball, den er gleich werfen wollte.

Anders hatte sich an den Nachbartisch manövriert, jetzt beugte er sich über meine Schulter und sagte: »Billy ist online. Komisch, dass er dir nicht geantwortet hat.«

»Aris«, dröhnte Coach Bobby. »Erklär uns doch mal die Rangfolge der Operatoren bei Aufgabe sieben.«

Ruckartig hob ich den Kopf, er hatte mich ertappt. Anders kicherte.

»Ich bin mit der Aufgabe noch nicht ganz fertig«, antwortete ich leise und erwiderte Coach Bobbys Blick unschuldig.

»Aha.« Er scharrte mit den Füßen. »Tja, gut, wer ist mit Aufgabe sieben fertig?«

Ich suchte auf Billys Seite nach neuen Fotos, obwohl ich alle Bilder auswendig kannte und sie immer wieder an meinem inneren Auge vorbeiliefen: Billy mit geröteten Wangen, wie er mit seiner kleinen Schwester einen Schneemann baut, Billy in seiner engen Hose, dem die Fans zujubeln, als er einen Baseball fängt, Billy in einer Jacke von North Face auf der Skipiste, Billy, herausgeputzt mit Sakko und Krawatte, wie er für besondere Leistungen in Geschichte, Mathe, Englisch, Spanisch und Naturwissenschaften ausgezeichnet wird. Billy beim Cellospielen. Billy vor sehr langer Zeit in Kanuga, Georgia, mit dem Arm um Aris.

Coach Bobby, unter dessen Achseln sich Schweißflecken ausbreiteten, erklärte gerade die Rangfolge der Operatoren in Aufgabe acht, und weil ich ernsthaft Gefahr lief einzunicken, beschloss ich, noch eine Regel in *Romane schreiben in 30 Tagen!* zu brechen. Regel 27: »Vermeide Rückblenden. Meistens zeigen sie nur, dass der Autor einem Konflikt ausweicht.«

RÜCKBLENDE!!!!!

Aris Thibodeau lehnte sich auf ihrem Stuhl zurück, nahm ihre Wasserflasche und blickte tief in die klare Flüssigkeit. Sie trank einen kleinen Schluck und dachte an Billy und ihr ~~geheimes, sinnliches~~ verstohlenes Treffen in der Sakristei der St. Michael's Church an jenem stürmischen Abend im vergangenen Juli. Billy trug das violette Messdienergewand des Kommunionhelfers, durch das seine blauen Augen noch blauer erschienen. Mit beiden Händen nestelte er am obersten Knopf ihres Gewandes. Sein Atem war warm und roch leicht nach Messwein, als seine Lippen ihre streiften.

Desgleichen nahm er auch den Kelch nach dem Abendmahl, dankte und gab ihnen den und sprach: »Nehmet hin und trinket alle daraus.«

»Warte, ich helfe dir«, flüsterte Aris ihm zu, weil er mit dem Knopf nicht weiterkam. Jeden Moment konnte Pater James die Tür öffnen und sie entdecken. ~~Nach zehn Sekunden hatte sie das Ding ausgezogen.~~

»Das ist mein Blut des neuen Testaments …«

Aris und Billy lachten nervös, als das violette Gewand zu Boden raschelte. Als sie die beiden obersten Knöpfe ihrer Bluse öffnete, zog Billy sie eng an sich und drückte seinen Mund auf ihren. Mit ~~zärtlicher Gewandtheit~~ einer Kunstfertigkeit, die seinem Verlangen entsprang, löste er seine Zahnspange von ihren Lippen und ließ seine Zunge über ihre schnellen. Während seine Hand über ihre Brust strich, öffnete sie einen weiteren Knopf, damit seine Finger unter ihren BH gleiten konnten. ~~Seine Finger ruhten auf ihren nackten Brustwarzen, die~~ Ihre nackten Brustwarzen wurden durch seine Berührung hart.

»Sooft ihr's trinket …«

Zögernd streichelte er mit seiner freien Hand ihre Hüfte. »Ja?«, fragte er atemlos. Sie fühlte sich wunderschön und mächtig.

»Nein«, sagte sie, aber sie stieß ihn nicht von sich. Wieder küssten sie sich. Wieder glitt seine Hand über ihre schmalen Hüften.

»Bitte?«, flehte er mit seiner wonnigen, rauen Stimme. Sie zögerte, dachte nach.

Christus ist gestorben.

»Nur ganz kurz«, sagte er. Aris berührte seine Haare, blickte ihm tief in die Augen und lächelte. Er erwiderte ihr Lächeln. Waren das Schritte auf dem Flur?

Christus ist auferstanden.

Sie lauschten, doch niemand betrat das Vestibül.

»Ich glaube, ich könnte dich lieben«, flüsterte sie. Als er sie an sich zog, spürte sie, wie das Verlangen durch seinen harten, heißen Körper pulsierte.

»Glaubst du?«, fragte er. Er drückte sie noch fester an sich und drängte seine Muskeln gegen ihre weichen Kurven, während sie wonnig seufzte. Sie fühlte sich genau wie Neferneferuaton-Nofretete, Fürstin aller Frauen, Herrin der beiden Länder Ober- und Unterägypten im Jahre 1345 v. Chr.[10]

Er folgte mit einem Finger dem Schwung ihres Hüftknochens. »Ach bitte.«

Sie schüttelte den Kopf, genau so, wie Königin Nofretete es getan hätte, denn das ist das Geheimnis der Macht.

ENDE RÜCKBLENDE

Am Whiteboard hatte Coach Bobby seine Krawatte gelockert und die Ärmel hochgekrempelt. Er rasselte die Rangfolge der Operatoren einer anderen Aufgabe herunter. Die meisten in der Klasse waren im Internet oder tief eingeschlafen, nur Anders wandte den schläfrigen Blick nicht von mir ab.

Endlich blinkte auf meinem Laptop Billys Antwort auf meine Nachricht auf.

Tml, würde ja gerne, aber die Basketballsaison läuft.
Pyjama?

Ich. Fasse. Es. Nicht. Er hat mich zurückgewiesen? Ja, hat er. Einfach so, nö, lass mal. Mein ganzes Gesicht bis zu den Ohrläppchen wurde heiß, und meine Rückblende schrumpelte in sich zusammen. Ich las seine Nachricht noch einmal, falls ich sie missverstanden hatte.

»Klingt für mich nach einem Nein«, meinte Anders, der wieder schnüffelte.

Zurückgewiesen zu werden ist ja das eine, aber es ist noch mal ganz was anderes, wenn derjenige, den man selbst zurückweist, das mitbekommt. Würde ich zu Gewalt neigen, hätte ich Anders unangespitzt in den Boden gerammt. Stattdessen lächelte ich ihn bos-

10 Ich habe in Weltgeschichte eine Zwei bekommen, und das nicht umsonst.

haft an. Dann schrieb ich mit einem Edding »Gott ist« auf die weiße Gummikappe meines linken Converse. Unter seinem nervösen Blick schrieb ich auf die Spitze des anderen Schuhs: »Gott ist nicht.«

Armer Leser, ich habe Sie zu lange in der Lab gelassen! Ich war wie ein Zombie, nachdem Billy mich verschmäht hatte. Ernsthaft? Eine Einladung zu einer Nacht mit Aristoteles Thibodeau wird einfach so weggewischt, um sich stumm eine Sportübertragung im Fernsehen anzusehen? Den restlichen Tag über schleifte mein Ego auf dem Boden hinter mir her wie eine von Max' Jacken.

Penn sollte Max und mich von der Schule abholen – Diane hatte dem Sekretariat geschrieben, sie sei »verhindert«. Penn kam zu spät, und er kommt nie zu spät, es sei denn, er hat Probleme mit seinem Pick-up.

»Wo bleibt denn eure Nanny?«, fragte Anders, der immer ewig warten musste, bis er abgeholt wurde. Er starrte auf meine Füße, als ich näher kam. »Gott ist. Gott ist nicht. Gott ist …« Es machte ihn verrückt.

»Er sitzt im Gefängnis«, sagte ich. »Wegen Mordes.«

Dann entdeckte ich Penns grünen Pick-up mit laufendem Motor in der Autoschlange. Von seinem Rückspiegel baumelte ein Schildchen mit der Aufschrift »ARISTOTELES UND MAX THIBODEAU«, damit die Lehrer wussten, dass er uns nicht klaute. Penns Auto kann nicht lange im Leerlauf stehen, sonst geht es kaputt, also packte ich Max an seinem Rucksack und lief los. Beinahe hätten wir es rechtzeitig geschafft … Der Motor stotterte und klopfte, und dann ging er aus.

Penn sprang aus dem Wagen, kramte auf dem Rücksitz herum und tauchte mit leeren Händen wieder auf. Vor den Augen der gesamten Autoschlange lehnte er sich gegen die Motorhaube, rollte sich eine Zigarette und rauchte sie, während er die Lage überdachte. Alle meine Freunde an der Lab wissen, dass unsere Nanny ein

Atheist und Anarchist ist; die Zigarette, die wie ein Joint aussah, gab der Sache den letzten Schliff. Irgendeine blonde Mutter mit frisch gepolsterten Brüsten wedelte mit den Fingern in seine Richtung, aber offenbar sah er sie nicht.

»Einer von euch muss mir mal einen Kuli leihen«, sagte er.

Max benutzt noch Bleistifte, aber ich fand in meiner Tasche einen Kuli.

»Verbindlichsten Dank«, sagte Penn. Er schraubte die Spitze ab, nahm die Feder heraus und gab mir den Kuli zurück. Nach fünf Minuten saßen wir alle im Auto. »Schnallt euch an«, sagte er beim Losfahren. Keiner der Gurte im Pick-up funktioniert, aber Penn hatte aus Gürteln von einem seiner dicken Onkel extra zwei Stück für uns gebastelt. Wenn wir bei ihm sind, raucht er im Auto nicht. Stattdessen kaut er Tabak und spuckt ihn in eine leere Dr.-Pepper-Flasche, die er mit Klebeband umwickelt hat, weil er es in der Navy auch so machen musste.

Einmal habe ich Diane gefragt, ob sie Penn das Rauchen abgewöhnen könnte, falls sie ihn heiraten sollte. »Man bekommt den Menschen, mit dem man zum Altar geht«, hat sie geantwortet. Ist also nicht so, als hätte sie nie darüber nachgedacht.

»Und, ihr Labormäuse«, fragte Penn unterwegs, »was habt ihr heute so gemacht? Habt ihr Geheimcodes der Regierung geknackt oder die Probleme im Nahen Osten gelöst?«

»Nö«, sagte ich.

»Hat einer von euch ein Sonett geschrieben, das mir das Herz brechen würde?«

»Nö«, antwortete Max.

»Tja, dann verschwendet eure Mama ihr Geld.«

»Heute Mittag haben sie uns wieder alte Milch vorgesetzt«, erzählte Max. »Ich glaube, da stand ›1973‹ drauf.«

»Klingt nach einer Regierungsverschwörung«, sagte Penn.

Max war beunruhigt. »Warum sollten sie die Kinder töten wollen? Das ist gemein.« Auf seinem Platz in der Mitte wand er sich in seinem Gurt hin und her, um erst Penn und dann mich anzusehen, zwischen den Augenbrauen eine tiefe Falte.

»Bleib locker, Bruder«, sagte Penn, als er in die Gartenstadt einbog. »Die Regierung bringt niemanden um. So arbeitet sie nicht. Sie will uns kontrollieren. Und dafür muss sie uns am Leben erhalten. Wie in einer Ehe.«

»Das Leben ist so grausam«, seufzte Max.

»Du hattest heute aber einen schweren Tag«, sagte Penn. »Mach mal das Handschuhfach auf und sieh nach, ob du ein Dum Dum findest. Gib deiner Schwester auch einen Lutscher. Wenn du einen in Blaubeere findest, iss ihn nicht. Die schmecken scheußlich. Die kannst du mir übrig lassen.«

Während Max den Schraubenzieher suchte, mit dem man das Handschuhfach öffnen kann, überlegte ich, wie ich das Gespräch unaufdringlich auf Penns gescheiterte Ehe bringen konnte. Ein paar Einzelheiten hatte ich aus Diane herausbekommen, aber Penn schwieg sich über sein Privatleben ziemlich aus. Das hier wussten wir über ihn:

- Er war sieben Jahre lang mit einer Japanerin verheiratet gewesen, die er kennengelernt hatte, als er bei der Navy und in Okinawa stationiert war.
- Als sie nach Amerika zogen, bekam Penn eine Stelle bei einem U-Boot-Bauer. Sie war Hausfrau.
- Eines Tages kam Penn nach Hause, und sie sagte: »Ich habe meine Stelle verloren.«
- Ihr Haus war gepfändet worden.
- Penn fand, das habe sie geschickt formuliert.

»Sag mal«, begann ich, während ich mein Dum Dum auswickelte. »Was hältst du eigentlich von der Ehe?«

»Fragst du mich?«, wollte Max wissen.

»Natürlich nicht.« Ich beugte mich vor, so weit der Gürtel von Penns Onkel es zuließ, und lehnte mich an Max vorbei, um Penn anzusehen. »Ich frage Penn.«

»Oh, seht mal, wir sind fast zu Hause«, sagte Penn.

»Ich meine, so ganz allgemein«, sagte ich.

»Dann ist ja gut. Ich dachte schon, du willst mich was Persönliches fragen. In dem Fall kennst du die Antwort ja.«

»Geht euch nichts an«, warf Max ein. »Das sagst du immer.«

»Sehr klug«, sagte Penn und bog in unsere Einfahrt ein. »Ihr beide. Bin sehr stolz.«

Als wir aus dem Pick-up kletterten, kam Diane zur Haustür. Sie trug immer noch ihre Putzlatzhose und das rote Kopftuch, und auf ihrem Gesicht lag ein feistes, zufriedenes Grinsen, das nichts Gutes bedeuten konnte.

»Haben alle einen schönen Tag?«, fragte sie. Bei diesem glückseligen Schimmern in ihren Augen hätte man annehmen können, dass sie von den Putzmitteln high war. Stimmte auch – schon auf der Veranda konnte ich den Ammoniak riechen –, aber ihre Freude kam von Herzen. Diane putzt unglaublich gerne. Sie tut es nicht oft, aber wenn, dann ist es ein spirituelles Erlebnis, und sie übertreibt es. In einem standardisierten Analogietest würde das etwa so aussehen:

1. Putzen verhält sich zu Diane wie Glaube zu ______

   A) Leben
   B) Gebet
   C) Schlangenritual
   D) Zug

Die Antwort lautet natürlich »C«.

»Tretet euch bitte die Füße auf der Matte ab, bevor ihr ins Haus geht«, bat sie fröhlich. Die Aria des Todes lief immer noch.

»Was riecht hier so?«, fragte Max naserümpfend.

Diane erklärte Max, der zu jung war, um sich an unsere letzte Entrümpelungsaktion zu erinnern, den Vorgang des *Vereinfachens*. Ich hatte das alles schon gesehen. Was mit ein paar Besenstrichen beginnt, endet als Läuterungsritual, das selbst Dr. Victoria Dhang schockieren würde. Diane hat sich sogar bei einem Forum für Einfaches Leben angemeldet, in dem die Leute ihre Habseligkeiten zählen und damit angeben, wer die wenigsten Löffel besitzt.

»Penn«, sagte ich so ruhig und entschlossen wie immer, wenn wir eingreifen mussten. »Diane hat einen Putzanfall. Du musst uns helfen.«

Er schüttelte den Kopf. »Das regelt mal schön allein. Und seht gut zu, ich zeige euch jetzt meinen besten Trick – den Reißaus.« Dann war er verschwunden.

»Hast du meine Sachen weggeworfen?«, fragte Max und sprintete zu seinem Zimmer. »Meine Legos? Meine Sammlung Dum-Dum-Papiere?« In seinem Zimmer kreischte er: »Mom! Hast du ja wirklich!«

»Dein Schnabeltier habe ich aufgehoben!«, rief sie. »Und viele Legosachen auch.«

Max, das gute Kind, sollte sich seinen Ärger ruhig gönnen. Das Wutgebrüll aus seinem sauberen Zimmer wirkte auf mich seltsam tröstlich, es half mir, meine eigenen Gefühle so auf Eis zu legen, wie ich es als Problemlöserin der Familie tun musste. Mit der Postapokalypse komme ich zurecht. Doch dann öffnete ich einen Küchenschrank und sah, dass die Bohnen – die Bohnen! – sortiert nach Sorten eine perfekte Pyramide bildeten. Es war schlimmer, als ich gedacht hatte.

Bevor ich in mein Zimmer ging, um meinen persönlichen Schaden zu begutachten, nahm ich einen betäubend tiefen Zug von dem

Gemisch aus Ammoniak, Bleiche und Murphys Ölseife. Die Wirkung war kurz, aber heftig. Das Blut schoss mir in den Kopf, meine Muskeln entspannten sich. Hallo, Amylnitrit! Einen Moment lang verspürte ich die Klarheit Gottes.

Als ich die Augen öffnete, erkannte ich ein Zimmer im Stil Retro-Waisenhaus: weiße Gardinen, weiße Bettwäsche, weiße Tagesdecke. Diane war nicht dazu gekommen, meine violetten Wände zu streichen (Gott und Buddha sei Dank), aber sie hatte das Poster des *Gartens der Lüste* gegen einen Druck von Van Goghs kargem Schlafzimmer ausgetauscht. »Schlicht«, würde Diane dazu sagen. Und ja, sein Bett war gemacht.

Meine Pinnwand war leer geräumt, in der Mitte hing eine leere Aufgabenliste. Auf meinem Schreibtisch entdeckte ich fünf angespitzte Bleistifte, drei Kugelschreiber (zwei schwarze und einen blauen) und einen Textmarker. Meine Zeichnungen und Geschichten, zum Teil noch aus der Vorschule, hatte sie stapelweise ausgemistet. Was in Dianes Augen würdig war, der Nachwelt erhalten zu bleiben, lag in einem weißen Sammelalbum, auf dem in penibel sauberer Schrift mein Name stand.

Hektisch suchte ich nach meinen Büchern. Meine Lieblingsbücher (*Glückliche Kinder in einer unglücklichen Welt*, das Tagebuch von Anne Frank, *Romane schreiben in 30 Tagen!*) lagen normalerweise griffbereit in meinem Bett. Wenn ich sie nicht gerade las, bildeten sie neben mir beruhigende Hubbel unter der Bettdecke. Am Ende fand ich sie auf einem staubfreien Regalbrett zwischen neuen Buchstützen.

Etwas in meinem Zimmer fehlte, etwas Großes, aber ich kam nicht darauf, was.

Die Puppen hatte es schwer getroffen. Eine pulsierende Metropole voll halbnackter Barbies und ein oder zwei Zuchtmännchen war verkümmert zu einer Reihe von sechs gepflegten Damen mit einem Ken in einem schlecht sitzenden Smoking. Die American-

Girl-Puppen saßen im Regal, jede angezogen mit den Sachen aus ihrem Herkunftsland. Kit Kittredge, eine American Doll aus Omas Zeit, der Wirtschaftskrise in den Dreißigern, trug das Trauerkleid, das Oma genäht hatte, und die Schleife aus schwarzem Taft, die genauso aussah wie meine Schleife bei Joes Trauerfeier.

Hinter der Wand brüllte Max immer noch. »Dum-Dum-Papiere von einem ganzen Jahr! Alles weg, einfach so! Zack.« Als Diane leise an meine Tür klopfte, antwortete ich nicht. Ihr dämmerte langsam, dass ihr Verhalten Konsequenzen nach sich zog, und das mussten Max und ich ihr jetzt richtig einhämmern.

Diane klopfte immer noch leise, aber bestimmt an die Tür. »Aris? Schätzchen? Mach bitte auf.«

Der Devereux-Clan war ausgezogen, mitsamt dem kaputten Auto und dem Haus. Ich hockte mich in die Ecke, in der das Puppenhaus gestanden hatte, und saugte ihre tiefe Einsamkeit in mich auf.

»Ich weiß, dass du da drin bist«, sagte Diane. »Mach bitte die Tür auf.«

Solange ich es aushielt, ließ ich sie im Flur stehen und dachte darüber nach, ob ich sie noch lieb hatte. Was war aus dem Team Diane-und-Aris geworden? Wer stand ihr jetzt zur Seite? Sie erwartete doch wohl nicht, eine intelligente, einfühlsame, reizende Mitstreiterin in diesem weißen, nach Desinfektionsmitteln stinkenden Zimmer zu finden? Nein, tut mir leid, Diane. Aris gibt es nicht mehr. Hier lebt jetzt eine Waise. Wie üblich hielt ich etwa eine Minute lang durch.

»Aris ist nicht hier«, sagte ich, als ich die Tür öffnete. »Sie wurde entrückt.«

Diane stand mit einem nervösen Lächeln in der Tür. »Und?«, fragte sie und betrachtete ihr Werk. »Wie findest du es?«

»Es ist sehr weiß«, antwortete ich tonlos.

»Stell es dir wie ein leeres Blatt Papier vor«, sagte sie.

»In China steht die Farbe Weiß für den Tod.«

Das saß. Sie wirkte so verletzlich, dass sie einen Moment lang wie ein kleines Kind aussah. Ich bekam ein schlechtes Gewissen, dann fühlte ich mich mächtig, dann bekam ich ein schlechtes Gewissen, weil ich mich mächtig fühlte. Es war ein guter Zeitpunkt für meinen ersten Nervenzusammenbruch, aber bevor ich auch nur loslegen konnte, drängte sich Max in den Mittelpunkt.

»Ich hasse dich!«, schrie er in seinem Zimmer, und etwas Hartes krachte gegen die Wand. »Ich hasse alle! Ich hasse mich!« Ein paarmal knallte etwas – sein Kopf? – gegen die Wand, dann folgte ein Kreischen wie von tausend sterbenden Katzen. »Ich bin verletzt!«, stöhnte er. »Ich sterbe! Hilf mir doch jemand, bitte.« Eins Mississippi. Zwei Mississippi. Und ab in die nächste Runde. »Ich hasse dich! Ich bin verletzt. Ich sterbe. Hilfe, bitte, bitte …«

Diane und ich blickten unruhig aus dem Fenster. Wenn Max ausrastet, hört man es bis auf die Straße. Es war ein Wunder, dass noch niemand die 911 gewählt und die Polizei gerufen hatte. Ich überließ es Diane, mit ihm fertigzuwerden, und machte meine Tür fest zu. Lang ausgestreckt auf meinem Bett unterhielt ich mich mal wieder in Gedanken mit Dr. Dhang.

Was empfindest du, Aris?

Weiß nicht.

Vielleicht würde sie mir die Liste von Gefühlen zeigen, die sie für Max ausgedruckt hatte, mit einem Gesicht neben jedem Eintrag, und mich bitten, ein paar auszuwählen.

In Max' Zimmer sagte Diane: »Sei nicht so laut. Schätzchen, hör mal zu. Okay, hör auf damit. Das ist mein Ernst. Spatz. Ruhe jetzt! Max, ich verliere die Geduld. Hör doch bitte auf. Versuch, dich zu beruhigen. Hast du heute deine Medizin genommen?«

Seelenruhig schlug ich *Lieder der Unschuld und Erfahrung* auf.

O Rose, du krankst!
Der tückische Wurm,

der fliegt in der Nacht,
im heulenden Sturm,

fand aus dein Bett
voll rosiger Lust,
seine düstere Liebe
zernagt dir die Brust.

Wenigstens waren die Gedichte kurz. Ich schrieb Billy eine lange Nachricht auf Facebook, erzählte ihm alles Neue aus der Lab und die Einzelheiten des Aufräuminfernos, als mir ein neues Foto auf seiner Seite auffiel. Ich klickte es an und sah mir auch die beiden nächsten ähnlichen Fotos an.

Ein Mädchen. Tiffany. Hübsch.

Sie war groß, fast so groß wie Billy auf dem Foto beim Schlittschuhlaufen. Rotblonde Haare, blaue Augen und natürlich dünn. Sie hatte bei jedem Posting auf seiner Seite »Gefällt mir« angeklickt. Was soll der Scheiß?

Ich atmete ein und brachte meinen Körper zur Ruhe, ich atmete aus und lächelte … Dann schrieb ich ihm.

Was gehtn mit Tiffany?

Es tat weh, ihren Namen zu tippen. Mein Gott, tat das weh. Ich wartete. Eins Mississippi, zwei Mississippi, drei Mississippi …

Keine Antwort. Bei 273 Mississippi begriff ich, dass ein tückischer Wurm namens Tiffany in der Nacht geflogen und in meine rote Rose gekrochen war.

Vielleicht sind sie nur befreundet, redete ich mir ein, als ich die Hand ausstreckte, um die Fliegermütze aus dem Regal zu holen. *Oder sie ist seine Cousine.* Er hatte da oben doch Verwandte, oder? Ich würde keine voreiligen Schlüsse ziehen. Ich tastete den leeren, glatten Regalboden neben Zimmerman ab. Dann stellte ich mich aufs Bett und sah nach.

Die Fliegermütze war verschwunden.

»Diane!«, schrie ich.

Im Wohnzimmer saß Max schniefend mit seinen Legosachen in einer Ecke, während Diane auf allen vieren ein Bücherregal ausräumte. Ich baute mich zwischen ihnen auf und stemmte die Hände in die Hüften.

»Wo ist meine Fliegermütze?«

»Was?«

»Die Mütze mit dem Kojotenfell«, sagte ich langsam. »Daddys Mütze.«

»Die? Ach, Schätzchen, das tut mir leid.«

»Du hast sie weggeworfen?«

»Ich habe sie nicht weggeworfen. Ich habe ganz viele alte Sachen, die wir nie tragen, zusammengepackt und abgegeben.«

»Du hast meine einzige Verbindung zu meinem Vater weggegeben?« Ich weinte. Zwischen meinen Schluchzern sagte ich: »Du hättest die Fliegermütze auf den Dachboden legen können. Du musstest sie nicht wegschmeißen!«

»Aris, manche Dinge müssen wir loslassen. Joe ist tot. Das ist schrecklich, ich weiß, aber er würde wollen, dass wir unser eigenes Leben leben.«

»Willst du, dass ich dich hasse?«, fragte ich. »Na gut, das ist ganz einfach. Ich hasse dich.«

»Es tut mir leid«, sagte sie und stand auf. »Ich wollte für uns einen Neuanfang schaffen, ein gereinigtes Fundament.« Sie wollte mich umarmen, aber das ließ ich nicht zu. »Dein Puppenhaus habe ich auf den Dachboden gestellt. Und ich habe Zimmerman in deinem Zimmer gelassen. Zimmerman würde ich nie weggeben.«

Armselig, Diane. Ich sah auf meine Füße. »Gott ist. Gott ist nicht.« Ein Puppenhaus, vor allem eines mit einer prolligen, dysfunktionalen Familie wie der Devereux-Bande, ist ja schön und gut, aber ohne die Mütze meines Vaters war ich verloren. Ich ließ mich aufs Sofa fallen und starrte an die Decke. Die Decke ist groß, weil unser Wohnzimmer, das Esszimmer und die Küche im Grunde ein Zimmer sind. Offenes Wohnkonzept – wer braucht schon Wände, wenn man keine Grenzen kennt? Das Loch vom letzten Jahr Weihnachten, als Diane durch den Dachboden gekracht war, hatte Penn geflickt, aber man konnte den Umriss über dem Küchentisch noch erkennen. Unsere Familie war schon fast – aber nicht ganz – in die Brüche gegangen. In meinem von Trauer und Cloroxdämpfen benebelten Hirn schlängelte sich ein böser Gedanke in die blutroten Windungen meines Unterbewusstseins.[11] Jetzt hatte die Hauptfigur Aris ein zweites Motiv: Rache.

11 Ein roter Faden!

In *Romane schreiben in 30 Tagen!* wird davor gewarnt, zwei Rückblenden in einem Kapitel könnten die Verkaufszahlen ruinieren, aber das hier ist mein erster Roman, und ich sehe keinen Weg daran vorbei.

RÜCKBLENDE!!!!!!!!!!!!!!!!!!!!!!!!

Es geschah an einem Mittwoch. Diane und ich sind uns einig, dass der Mittwoch gelb ist. Mein Dienstag ist blau und ihrer grün, aber den Sonntag färben wir beide schwarz, weil wir uns religiös unterdrückt fühlen. An diesem gelben Mittwoch vor den Weihnachtsferien musste Diane jedenfalls Seminare leiten, deshalb holte Penn Max und mich von der Lab ab.

Der Weihnachtsbaum, den er an diesem Morgen für uns gefällt hatte, lag festgezurrt auf der Ladefläche des Pick-ups. Dieser Mittwoch war wirklich gelb, die Sonne strömte durch die Fenster. Penn trug dicke Stiefel und eine Armeejacke mit Batman auf dem Rücken; er roch nach Holz.

Diane war auf dem Dachboden, als wir nach Hause kamen, sie suchte den Weihnachtsbaumständer. Wir zerrten den Baum ins Wohnzimmer und machten uns mit Max' Tomahawk daran, die unteren Zweige abzuhacken. Über unseren Köpfen hörten wir Diane herumstapfen. Ich roch immer wieder an meinen Händen – Douglastanne. Als ich über Rentiere auf dem Dach oder so was nachdachte, kam von oben plötzlich ein Rums, gefolgt von einem kurzen Schrei.

Ein Gipsbrocken landete auf dem Küchentisch, und dann sausten Dianes Beine hinterher und baumelten durch das Loch in der Decke. Sie hatte eine Laufmasche in der Strumpfhose, und bei einem Schuh war das Riemchen geöffnet, aber er steckte noch an ihrem Fuß. Ihr Kleid war an etwas hängen geblieben und bis zu den Hüften gerafft. Mehr konnten wir nicht sehen.

»Halt durch!«, rief Penn. »Kannst du dich da oben irgendwo festhalten? An einem Balken?«

Max weinte. Ich weiß nicht, ob ihm Gips in die Augen geflogen war oder ob es ihn nur verstörte, seine Mutter so zu sehen. Sie sah aus wie diese Zeichentrickfrauen, die aus Torten springen, nur umgedreht. Ich versuchte, mir das Lachen zu verkneifen.

»Du wirst doch wohl nicht lachen, wenn deine Mutter durch die Decke baumelt«, sagte Penn, und natürlich lachten wir dann beide.

»Das ist nicht witzig!« Max funkelte uns böse an. Er ist ein sehr konservativer kleiner Junge und fast schon ein Gentleman. »Mom!«, rief er. »Hast du dir was getan?«

»Nein, alles in Ordnung, Schätzchen.«

»Der Tisch steht genau hier, Diane«, sagte Penn. »Direkt unter deinen Füßen.«

Als er nach ihren Beinen griff, um ihr herunterzuhelfen, wurde er knallrot bis zu den Ohrläppchen. Wie gesagt, normalerweise berührt Penn niemanden. Er errötete immer stärker, als sie in seine Arme glitt. Sie schob sich zwar herunter, nur blieb ihr Kleid irgendwie oben im Loch hängen. Achtung, jetzt wird es jugendgefährdend: Unter ihrer Strumpfhose hatte sie nichts an.

In diesem Moment bekam Max einen ödipalen Aussetzer oder war vielleicht nur besonders hyperaktiv, jedenfalls warf er sich gegen den Küchentisch und stieß ihn unter Dianes Füßen weg.

Penn fing sie auf. Zwischen Dianes Knien sagte er: »Aris, hol mir einen Stuhl! Du kannst loslassen, Diane. Ich habe dich.«

»Ich halte mich fest«, sagte sie. »Ich kann mich festhalten.«

Mit tränenüberströmtem Gesicht nahm Max das Telefon. »Ich rufe die 411 an«, verkündete er.

»Was will er denn von der Auskunft?«, fragte Penn und setzte Diane auf dem Boden ab.

»Max, Schätzchen, ruf niemanden an«, sagte Diane. »Nicht weinen, Baby. Was stimmt mit ihm nicht, Aris?«

»Was stimmt bei Max schon?«

»Mom, sag ihr, sie soll so was nicht sagen!«

»Ach, geht das wieder los.« Diane klopfte ihr Kleid ab, nahm Max' Arm und führte ihn zum Spülbecken. »Danke, Penn. Ich weiß nicht, was wir ohne dich machen würden.«

Danach durfte niemand mehr den Dachboden betreten.

Am nächsten Tag, als Diane bei der Arbeit war und Penn im Garten hinter dem Haus irgendwas baute, kletterte ich auf den Bollerwagen in der Garage und zog an dem Seil, das die Leiter zum Dachboden herunterließ.

»Wir dürfen da nicht hoch«, sagte Max.

»Das findet niemand heraus«, sagte ich. »Zieh mal an der Leiter.«

»Dann fällt sie mir auf den Kopf!«

Max in der Nähe zu haben ist manchmal unglaublich lästig, aber ich musste ihn mitnehmen. Zum einen ist der Dachboden ein jungscher Archetyp eines höheren Bewusstseins. Er ist der VERSTAND. Da Diane bei uns die Herrin im Haus ist, ist unser Dachboden ihr Verstand. Bei den Treffen der Anonymen Alkoholiker hört man immer, der Verstand eines Alkoholikers sei gefährliches Terrain, auf das man sich nicht allein wagen solle. Und auf pragmatischerer Ebene hatte Diane ganz vielleicht die Fliegermütze auf den

Boden gebracht, als sie das Puppenhaus dort verstaut hatte. Und hätte ich Max nicht mitgenommen, hätte er gepetzt.

»Na los, Max«, sagte ich. »Wir gehen jetzt da rauf.« Vor lauter Unschlüssigkeit war er wie gelähmt, also packte ich die Leiter, stellte sie mit einem Ruck richtig hin und kletterte hinauf.

Als ich in dem dunklen Loch verschwand, rief er: »Und wenn da oben ein Geist ist?«

Stumm tastete ich nach der Lampenschnur.

»Aris? Bist du noch da oben? Bist du tot?«

»Hey, das gibt's ja nicht!«, sagte ich laut, als es hell wurde.

»Was denn? Was ist da?«

Ich wartete. Ich hörte, wie er einen Fuß auf die unterste Leitersprosse setzte, ihn wieder herunternahm, den anderen Fuß aufsetzte und zurückwich, während er die drohende Gefahr gegen mögliche Freuden aufwog.

»Meine Güte«, sagte ich. »*Das* hätte ich hier oben aber nicht erwartet!«

Die Leiter knarrte unter seinem Gewicht. »Ist da was von mir?«

»Donnerwetter«, sagte ich.

Er streckte den Kopf durch die Öffnung. »Ist mein Tomahawk hier oben?«

Wir fanden seine alte Eisenbahn von Thomas die Lokomotive, ordentlich verpackt in Noppenfolie. Die »schönen« Spielsachen hatte Diane aufbewahrt, das Zeug aus Katalogen, das wir unseren eigenen Kindern vielleicht mal weitergeben würden, aber die Dinge, die uns am Herzen lagen – die kaputte Musikkassette, die er am Straßenrand gefunden hatte, das sorgfältig konservierte Skelett eines Eichhörnchens, den Roboter aus Lockenwicklern, der mit Zitronensaft lief, aber nie so richtig funktioniert hatte, und der Tomahawk, von dem Diane immer gesagt hatte, er sei zu gefährlich für ein Kind mit Max' Temperament –, waren alle verschwunden.

Mein Puppenhaus war auch mit Noppenfolie eingewickelt. Mrs Devereux, ihre Liebhaber, Leonard und Cynthia (seit Jahren auf dem Dachboden des Puppenhauses versteckt!) und ihr buntes Trüppchen Kinder lagen nebeneinander in Kartons wie Leichen, als hätte sie jemand vergast. Mr Devereux war offenbar immer noch auf Sauftour. Durch die gewölbten Blasen vor meinem geliebten Erkerfenster konnte ich die Brote sehen, die ich aus dem PCB-durchsetzten Lehm aus dem Garten gebacken hatte, sie kühlten immer noch auf dem Küchentisch ab. Wir waren mitten in einem Massenmord.

»Glaubst du, meine Steinsammlung ist hier oben?« Der arme Max durchwühlte auf Knien einen Karton mit eingewickeltem Christbaumschmuck. Er konzentrierte sich so auf seine Suche, dass er die Zunge an einem Mundwinkel herausstreckte. »Sie muss doch irgendwo hier sein.« Er riss das Papier von einem mundgeblasenen gläsernen Rentier und warf es zur Seite. »Ich bin mir ganz sicher.«

Wie sollte ich ihm sagen, dass unsere Mutter seine Steine nicht aufgehoben hatte? Sie hatte sie nicht mal zurück in den Garten geworfen. Aus Erfahrung wusste ich, dass Steinsammlungen im Müll landeten. Mal ernsthaft, wie kannst du denn die Erde wegwerfen, Diane? Auf der Suche nach meiner Fliegermütze stieß ich ein paar Lampenschirme um, aber mir fehlte die rechte Begeisterung. Ich wollte nicht an meinen toten Vater oder meine verrückte Mutter denken oder daran, was ein Mensch alles verlieren konnte.

»Komm, wir spielen Anne Frank«, sagte ich. »Ich bin Anne.«

Als ich aus Kartons ein Bücherregal für das Hinterhaus baute, blickte Max von seinem Berg Christbaumschmuck auf. Ein Stück Noppenfolie lag wie eine Mütze auf seinem Kopf. Auf dem Hemd hatte er einen weißen Zahnpastafleck, genau an der Stelle, an dem das Zeug jeden Morgen landet, wenn er sich die Zähne putzt. Ich ertrug schon die Vorstellung nicht, deutsche Soldaten könnten in ihren schweren schwarzen Stiefeln die Leiter heraufpoltern und ihn mitnehmen.

»Ich will dir ja keine Angst machen«, sagte ich; ich wusste noch nicht, wen er spielen würde, »aber draußen ist die SS. Sie laden Juden auf Lastwagen und fahren sie in ein Konzentrationslager.«

»Sind wir Juden?«, flüsterte er und riss die Augen auf.

»Ja, sind wir.« Ich beschloss, ihn als Annes kleinen Bruder in die Geschichte zu schreiben, weil ich ihn mir weder als Papa noch als Peter van Daan oder diesen scheußlichen alten Zahnarzt vorstellen konnte. »Du bist Annes kleiner Bruder Hans. Wir sind im Zweiten Weltkrieg, und wir sind eine jüdische Familie, die sich auf einem Dachboden vor der Gestapo versteckt.«

»Ich will Soldat sein.«

»Juden sind keine Soldaten. Sie sind Opfer.«

Das kam nicht gut bei ihm an. Diane predigt uns immer, wir sollten unsere eigene Geschichte so umdeuten, dass wir die Helden sind und keine Opfer. Dr. Dhang hat ihr ein Arbeitsblatt gegeben.

»Ich will nicht spielen«, sagte Max und stampfte gefährlich nahe neben einem Stück zuckerwattefarbener Wärmedämmung mit dem Fuß auf. »Ich will zurück ins Haus und Lucky beibringen, Sitz zu machen. Mom hat Hundelecker geholt.«

Ich merkte, dass er anfing, Diane zu vermissen, aber dann fiel ihm ein, dass sie seine Steinsammlung weggeworfen hatte. Ich sah seinen Ausraster wie einen Sturm heraufziehen, sah den Zusammenstoß von warmer Luft und kalter Luft, den undeutlichen Wirbel des vertrauten schwarzen Tornados, der sich in seiner kleinen Seele formte.

»Meine Steinsammlung ist weg!«, schrie er. »Für immer! Sie hat sie weggeworfen!«

Brüder! Ich kroch gerade zu dem imaginären Fenster, um zu sehen, ob das kleine holländische Mädchen eine geschwärzte Hand mit dem Ring seines Vaters gefunden hatte, als ich Dianes Tagebücher sah. Da waren sie, immer noch in die Plastiktüte gewickelt, alle sieben. Ich nahm eines heraus und schlug es auf.

EINKAUFEN

Sojamilch
Fleischersatz (2)
Spinat
Aubergine
Hundezahnpasta
Marshmallows okay vielleicht?
Kaffee (SUCH COUPON!!!!)
Nikotinkaugummi (2 mg/4 mg)

ERLEDIGEN – DRINGEND!!!!

1. Hausarbeiten benoten. Powersandwich: Positive Anmerkung – kalte Dusche – positive Anmerkung.
2 Lucky und Hiroshima die Zähne putzen.
3. Herausfinden, was im Auto riecht.
4. Rechnungen bezahlen. Vordatieren.
5. Die Aubergine verbrauchen oder wegwerfen.
6. Den Schulfotografen anrufen und um einen zweiten Versuch bitten – WARUM HAST DU MAX EINEN MITTELSCHEITEL VERPASST, DU IDIOTIN????
7. Neue Termine für die beiden verpassten beim Kieferorthopäden ausmachen.
8. Öl wechseln lassen. IHNEN SAGEN, SIE SOLLEN DEN DECKEL BESSER FESTSCHRAUBEN. Penn bitten nachzusehen, ob noch Öl im Motor ist.

Max sah mir über die Schulter. »Ist das Moms Tagebuch? Das sollst du nicht lesen, Aris. Du bekommst Ärger.«

Sein Atem strich warm über meinen Nacken, aber ich wusste, dass er die Worte nicht las. Bisher hat Max in seinem ganzen Leben nur zwei Bücher gelesen: *Klitzekleiner Piepmatz*, ein Babybuch, das Diane mir durch die Latten meiner Hühnerkiste vorgelesen hat, und eines von Joes Büchern, eine gebundene Schwarte mit dem Titel *Vietnam – Die wahre Geschichte*. Max liest diese Bücher immer abwechselnd und trägt die Titel und Namen der Autoren in die Leseliste ein, die er jede Woche für die Lab ausfüllen muss. Es ist noch keinem seiner Lehrer gelungen, seine Leseliste zu erweitern.

Jedes Mal, wenn er mit dem *Klitzekleinen Piepmatz* durch ist, weint er. Und das ist nicht sein Emo-Winseln[12] oder das Geheul bei körperlichen Schmerzen, das Penn als »stotternde Lkw-Bremse auf Eis« beschreibt, auch nicht sein Babyplärren. Er weint stumm um den *Klitzekleinen Piepmatz*, versteckt sein Gesicht hinter seinem Arm und versucht, sein Schniefen wie ein Erkältungssymptom klingen zu lassen. »Ich weine Freudentränen«, hat er einmal behauptet.

Vietnam – Die wahre Geschichte wirkt sich ganz anders bei ihm aus.

Wenn er die letzte Seite erreicht hat, lehnt er sich zurück, schlägt die Beine übereinander, genau wie Joe früher, und sagt: »Weißt du was, diesen Krieg hätten wir nicht führen sollen.« Diane findet das erstaunlich, weil er nie gesehen hat, dass Joe die Beine so übereinanderschlug, er hat Joe ja überhaupt nie gesehen. Und ich so: *Boah, logisch, Joe ist doch noch hier.*

»Was steht in dem Tagebuch?«, wollte Max wissen.

»Sie ist überfordert. Wie üblich.«

12 Kommt von »Emotion«.

»Bin ich schuld?«

»Bezieh das doch nicht wieder auf dich.«

»Ich bin immer schuld. Es hätte nur ein Kind geben sollen. Nur dich. Ich mache zu viele Probleme.«

»Sprich mir nach, Max: Ich bin nicht der Nabel des Universums.«

Er starrte mich verblüfft und verletzt an und brüllte: »Ich bin emo!« Dann fing er an, mit einem Regenschirm in dem rosa Dämmmaterial herumzustochern.

»Hör auf! Wenn du durch die Decke stößt, weiß Penn, dass wir hier oben waren.«

»Ist mir egal! Mom hat uns nicht mehr lieb! Sie hasst uns! Deshalb hat sie unsere Spielsachen weggetan. Einfach *weggeworfen*. Ich wünschte, sie wäre gestorben und nicht mein Dad.« Dann kamen die Tränen. Seine Stupsnase wurde rot. Er kniff die Augen zusammen und jaulte »Häh-häh, häh-häh, häh-häh-häh« in einer ohrenbetäubenden Lautstärke.

»Pass lieber auf«, sagte ich und strecke mich mit dem Tagebuch in der Hand auf dem Diwan aus. »Sonst hört dich die Gestapo.« Während er (praktischerweise) zur Salzsäule erstarrte und kaum noch atmete, blätterte ich im Tagebuch, bis ich eine interessante Seite fand. Diane hatte offenbar in einem Selbsthilfebuch die Anweisung gefunden, ihre positiven Eigenschaften aufzulisten, und geschrieben: *Zwei Männer haben mir gesagt, sie hätten noch nie so guten Sex gehabt wie mit mir.*

Ich will ja niemanden schockieren, aber ich entstamme einer langen Reihe calvinistischer Prediger. Um ganz ehrlich zu sein – und wie könnte ich das bei meiner Abstammung nicht sein? –, weiß ich gar nicht genau, was ein Calvinist ist, aber ich weiß, dass sie Hardcore sind. Opapas Großvater und *dessen* Großvater waren calvinistische Prediger. Auf Omas Seite des Stammbaums sieht es etwas fragwürdiger aus, aber sie sagt, niemand habe getrunken, wenn andere Leute dabei waren. Wenn Diane mal wieder bei Match.com einen Mann aufgabelt, sind die beiden sich einig, ich sei in meinem Alter leicht zu beeinflussen und solle kein schlechtes Vorbild sehen. Anders gesagt (ähm, Diane): Warum sollte man die Kuh kaufen, wenn man die Milch umsonst bekommt?

Dabei habe ich kein Problem mit Dianes Liebesleben. Die meisten meiner Freundinnen sagen, sie könnten sich nicht vorstellen, dass ihre Eltern miteinander schlafen. Sie finden es total eklig, aber Diane, na ja – bei ihr fällt einem die Vorstellung nicht schwer. Und glauben Sie nicht, ich wüsste es nicht, wenn sie sich um die Ecke des Hauses schleicht, um mit Penn eine Zigarette zu rauchen. Das bekomme ich jedes Mal mit. Irgendwann war ich hartnäckig. Drei Tage lang habe ich sie ununterbrochen bequatscht, bis sie geschworen hat, sie werde es nie wieder tun. Im Moment klebt ein Zettel mit einer Bekräftigung auf ihrer Schachtel Nikotinkaugummis, die lautet: »Ich bin zufriedene Nichtraucherin.«

Ich blätterte die Tagebücher schnell durch. Sie schrieb eine Menge Listen. In meiner Familie hat jeder eine Zwangsstörung, aber jeder seine eigene. Bei Diane sind es Listen. Sollte irgendwann das Haus brennen, würde sie sich hinsetzen und auflisten, was sie tun müsste.

TRÄUME, DIE ICH MIT ARIS TEILE

1. Wir rufen Joe auf dem Telefon an und erreichen einen falschen Anschluss.
2. Wir sind im Haus meiner Eltern und entdecken eine Tür zu einer Luxusvilla, von der sie wissen, die sie aber nie benutzen.
3. Ein Pädophiler entführt Max, und wir jagen ihn.
4. Wir kommen so oft zu spät zur Schule, dass Aris suspendiert wird. In meinem Traum bin ich böse, weil ich es mir nicht

leisten kann, jemanden zu bezahlen, der bei ihr bleibt. In ihrem Traum macht sie sich auf den Weg nach England, weil ich mir keine Betreuung leisten kann. In England wird sie Königin.

Plötzlich ein RUMMS! Etwas schlug von unten gegen den Boden. Max und ich sahen uns an, dann drückte ich ihn an mich.

RUMMS! BUMM! BUMM! BUMM!

»Das ist die Gestapo!«, kreischte Max. »Sie schießen auf uns!« Er klammerte sich an meine Taille und rief: »Hilfe! Hilf mir doch jemand, bitte!«

»Pst«, machte ich. »Hör mal.«

Einen Moment lang hörten wir nur unseren Atem. Dann trampelten schwere Stiefel die Holzleiter herauf. Ich spürte, wie Max' Herz an meiner Brust hämmerte, wie es gegen mein eigenes Herz schlug.

Plötzlich tauchte am Ende der Leiter der verblasste grüne Schirm von Penns Mütze auf. Penn hielt einen Besen in der Hand.

»Was treibt ihr hier oben?«

»Wir spielen Anne Frank«, sagte ich.

»Sie hat mich dazu gezwungen«, sagte Max.

»Ja, das dachte ich mir. Kommt mal kurz runter und sagt mir, wie ihr das Spielhaus findet, das ich gerade baue.«[13]

Ist »im letzten Moment« ein Klischee? Diane sagt, wenn man fragen müsse, sei es wahrscheinlich eines. Jedenfalls hat Penn uns

13 Scharfsinnige Leser werden sich fragen, warum Penn ein Spielhaus baut. Was ist seine MOTIVATION? A) Ihm ist langweilig. B) Diese vaterlosen Kinder tun ihm leid. C) Er will Diane an die Wäsche. D) Er ist praktisch veranlagt und hat gesehen, dass wir im Haus mehr Platz brauchen.
Ich weiß noch nicht, welche Antwort richtig ist, aber bald …

im letzten Moment vom Dachboden geholt. Als er die Leiter nach oben gerade wieder in der Decke versenkt hatte, öffnete sich die Garagentür. Diane war früher von der Arbeit nach Hause gekommen und leuchtete mit ihrem Wagen in die dunkle Ecke der Garage, in der wir drei mit den Händen in den Taschen dastanden wie Rehe im Scheinwerferlicht. Das ist auf jeden Fall ein Klischee. Sie sehen schon, wie das abläuft. Da lässt man ein harmloses Klischee durchs Netz schlüpfen, und schon kommen seine Freunde und Verwandten an wie eine Herde Elefanten.

Diane öffnete ihr Autofenster und rief: »He – was macht ihr denn alle in der Garage?«

Wie aus der Pistole geschossen antwortete Penn, wir würden nach Holz suchen, um ein Spielhaus zu bauen. Ich hatte Schmetterlinge im Bauch, trotzdem grinste ich wie ein Honigkuchenpferd und wartete mit angehaltenem Atem darauf, dass Max unsere Tarnung mit einem Paukenschlag auffliegen ließ.

»Wir bauen ein Spielhaus!«, rief Max. »Wieso hat mir das keiner gesagt?«

»Wenn ich mich nicht täusche, sollte ich doch einschreiten«, sagte Penn. »Wegen einer Entrümpelungsaktion?« Er malte mit den Fingern Anführungszeichen um »Entrümpelungsaktion«, bevor er mich ansah. »Alte Sachen fliegen raus, neue Sachen kommen rein.« Max und ich wollten uns mit ausgestreckten Armen auf ihn stürzen, aber er wich vor dem Umarmungsversuch zurück. »Die Idee kommt von eurer Mutter.«

Diane strich sich lächelnd den Pony aus den Augen. Sie hätte sich mal wieder die Spitzen schneiden lassen müssen, aber unser neues Budget verlängerte die Zeit zwischen den Friseurbesuchen. Diane nennt den Friseurladen den »Schönheitssalon« und würde lieber zum Zahnarzt gehen. Sie mag es nicht, von fremden Menschen angefasst zu werden und Small Talk zu machen, weil sie darin echt mies ist. Nachdem sie so lange stumm war, dass die Friseurin händeringend hofft, sie würde irgendwas sagen, egal was, erzählt sie, dass ihr Mann drei Monate vor Max' Geburt gestorben sei. Die Friseurin macht schnipp, schnapp, schnipp, schnapp und zeigt sich angemessen entsetzt, aber bevor sie den Föhn zücken kann, fragt Diane sie, warum wir Leichen mit einem Laken bedecken. Der Mensch ist tot. Was soll noch passieren? Was macht es schon, wenn eine Fliege auf einer Nase landet?

»Ich glaube, ich hätte nicht gerne Fliegen auf mir herumlaufen«, antwortet die Friseurin vielleicht in einem Tonfall, der nicht zu weiteren Spekulationen einlädt, aber Diane kann nicht aufhören.

Warum bringt man Leichen in Krankenhäusern in den Keller und nicht in die obersten Etagen? Warum sind Beerdigungsinstitute einstöckige Häuser mit Räumen unter der Erde? In dem großen Spiegel fängt sie den ratlosen Blick der Friseurin auf. Bevor der Föhn gnädigerweise losdröhnt, fragt sie noch: »Was wollen wir verstecken?«

Meistens mache ich Diane die Haare.

Als sie jetzt aus dem Auto stieg mit einer übervollen Tasche quer vor der Brust, einer Kaffeetasse unter dem Arm, einem Notizbuch in der einen und den Schlüsseln in der anderen Hand, fiel mir auf, dass sich ihr Dutt aus den Haarnadeln gelöst hatte. Oder sie hatte die Nadeln herausgezogen. Mindestens einmal pro Woche muss ich ihr erklären, dass die Haare beim Messy-Look nur unordentlich *aussehen*, aber nicht unordentlich *sind*. Sie erkennt den Unterschied nicht.

Penn hatte ihr schon die Küchentür geöffnet und wollte ihr eine Tasche abnehmen.

»Ich bleibe nur ein paar Minuten«, sagte Diane und schubste die Autotür mit der Hüfte zu. »Meine Studenten sitzen im Seminarraum und lesen.«

Wir folgten ihr in die Küche. Bei der manischen Putzaktion nach der Überflutung hatte sie ein paar Zentimeter an der Taille verloren, und beim Ausmisten hatte sie tief in ihrem Kleiderschrank ein Outfit gefunden, das einem nicht entgegenschrie: ICH BIN EINE ANDROGYNE LEHRERIN IN MITTLEREN JAHREN. BITTE IGNORIER MICH. Sie trug eine schwarze Strumpfhose, einen kurzen schwarzen Rock, schwarze Stiefel und einen cremefarbenen Pulli. Sah ich da bei Penn einen anerkennenden Blick?

Ich nahm mir vor aufzuschreiben, wie ich ihn dazu bekommen könnte, Diane um eine Verabredung zu bitten. Natürlich hätte *sie* sich auch mit *ihm* verabreden können, aber obwohl sie ein Seminar über feministische Texte mit dem Titel »Keine Frauenliteratur« gab, war sie altmodisch.

Diane warf ihre Sachen auf den Tisch, blies sich den Pony aus den Augen und musterte die Küche, um zu sehen, ob wir Chaos veranstaltet hatten. Hatten wir nicht, also lächelte sie.

»Wir haben aufgeräumt, Penn«, sagte sie. »Wie findest du es?«

»Es sieht nett aus«, antwortete er in einem neutralen Ton. Penn hatte eine gute Kinderstube.

»Nett und ordentlich wie ein Friedhof«, warf ich ein.

»Sie hat meine ganzen Dum-Dum-Papiere weggeworfen *und* meine Steinsammlung *und* Aris' Fliegermütze«, erzählte Max. Er schnitt Diane eine Fratze und fügte hinzu: »Sie hat die Arbeit geschwänzt.«

»Ich müsste mir eine ganze Woche freinehmen, um über dieses Glaubensbekenntnis nachzudenken, das alle Dozenten am CCK unterschreiben sollen. Ich habe davon in der Zeitung gelesen«, sagte Penn und fragte Diane: »Musst du sagen, du seist Baptistin, damit du unterrichten darfst?«

»Na ja …«, sagte Diane. »Ich habe das Formular noch nicht gesehen – vielleicht würde ›Christin‹ schon reichen.«

»So ein Schwachsinn«, meinte Penn.

»Es ist nur ein Blatt Papier«, sagte sie. »Es geht um die Arbeit. Ich verkaufe ja nicht meine Seele.«

»Irgendwie schon«, sagte ich und fügte sofort hinzu: »Aber du brauchst einen Job.«

»Kannst du denn weiterleben, wenn du deine Seele verkaufst?« Max schlang die Arme um Diane. »Stirb nicht.«

»Sehen wir uns mal an, wo das Spielhaus stehen soll«, sagte Penn, der Diskussionen über Seelen aus dem Weg geht.

Während wir ihm nach draußen folgten, schlug Max vor, Penn könne im Spielhaus wohnen. »Ich könnte dir immer das Frühstück bringen«, sagte er. Ich plädierte für ein Büro für mich im ersten Stock, vielleicht im Turm, während Max auf einer Zugbrücke bestand. »Ich habe eine Idee«, sagte er und versuchte erfolglos, mit den Fingern zu schnipsen. »Wir können ein paar kleine Alligatoren – ganz kleine – in den Burggraben setzen!«

»Was glaubst du, wie teuer es wird?«, wollte Diane von Penn wissen. »Viel Holz kann ich mir nicht leisten.«

»Für Spielhäuser kauft man doch kein Holz«, sagte Penn. »Die baut man mit dem Holz, das vom Laster gefallen ist. Allerdings könnte ich den Schuppen zu einem Spielhaus umbauen. Das wäre ganz einfach.«

»Mein Vater würde einen Anfall bekommen«, sagte Diane. »Er würde fragen: ›Wohin stellst du den Rasenmäher?‹«

»In die Garage«, antwortete Penn.

»Er würde sagen: ›Du kannst einen Rasenmäher nicht in die Garage stellen. Er könnte einen Brand auslösen!‹«

»Das musst du entscheiden«, sagte Penn. Er tippte auf sein Maßband. »Ich bin nur für das Bauen zuständig.«

Wir hielten abwechselnd das Maßband fest, während Penn es über die Schuppenwände zog. Diane beugte sich über seine Schulter, als er unleserliche Zahlen auf die Rückseite eines Umschlags kritzelte. Nach einer Weile wurde Max nervös. »Mom, solltest du nicht zurück zur Arbeit fahren? Wie lange können deine Studenten denn allein lesen?«

»Kommt darauf an, was sie lesen sollen«, sagte Penn. Er zündete sich eine Zigarette an und drehte sich zur Seite, damit der Rauch nicht in unsere Richtung wehte. »Wer war noch mal der Franzose, der in einem mit Kork verkleideten Zimmer jeden einzelnen Gedanken aufgeschrieben hat, der ihm durch den Kopf gegangen ist?«

»Marcel Proust«, antwortete Diane.

»Lass deine Studenten mit dem ersten Band von dem Mist anfangen. Er hat sieben Bände geschrieben, oder?«

»*À la recherche du temps perdu*«, sagte Diane. »*Auf der Suche nach der verlorenen Zeit*. Einen Teil davon habe ich im College gelesen. Er hätte einen Lektor gebrauchen können. Vielleicht würdest du seine Gedanken über Zeit und Raum interessant finden. Manche Leute behaupten, seine Bücher seien in der vierten Dimension geschrieben.«

»Mom, fang nicht an zu erzählen«, sagte Max. Er nahm ihr Handgelenk zwischen die Hände und sah auf ihre Uhr. »Du musst zurück zum College. Deine Studenten könnten dich verpetzen.«

»Ja, Schätzchen, ich gehe ja schon.« Auf dem Weg zum Haus sagte sie: »Als Kind hatte Marcel Angst, ins Bett zu gehen, weil er im Schlaf die Orientierung in Raum und Zeit verloren hat. Kennt ihr das, wenn man wach wird und nicht weiß, wo man ist oder wie spät es ist? Seine Eltern haben ihm einen Projektionsapparat geschenkt, eine Laterna magica. Sie warf flackernde Szenen aus Geschichten auf die Wände seines Zimmers. Durch die Laterna magica wurde er noch verwirrter und ängstlicher, aber er kam auch zu der Überzeugung, Zeit sei nicht linear und Raum nicht absolut. Manchmal wird man durch etwas, das man sieht oder riecht, in eine andere Wirklichkeit geworfen, in der man zur gleichen Zeit an verschiedenen Orten ist. Der erste Band erschien 1913.«

»Etwa zu der Zeit, als Einstein die Relativitätstheorie entwickelt hat«, sagte Penn. »Das heißt, er beschäftigt sich mit dem Konzept der nichteuklidischen Geometrie?«

Diane zuckte mit den Schultern.

»Sie hat es nicht so mit Mathe«, erklärte ich Penn.

»Er wurde wegen seiner Art zu schreiben kritisiert; sie ist eine einzige Abschweifung, aber genau darum ging es ihm. Er hat gesagt, alles würde gleichzeitig geschehen.«

»Wie in unserem Haus«, sagte Max. Er lief im Kreis und versuchte wieder, mit den Fingern zu schnipsen. »Wir sind in der vierten Dimension.«

»Wo wir gerade von Dimensionen reden«, sagte Penn und holte den Zettel mit seinen Berechnungen heraus. »Mein Plan sieht so aus, dass ich die Außenwände des Schuppens stehen lasse und darüber ein Zimmer für Aris' Büro baue. In die Höhe zu bauen ist billiger.«

»Das klingt trotzdem langsam teuer …«, setzte Diane an, aber Penn legte den Kopf schief und sah sie eine Sekunde zu lange an, und sie wurde tatsächlich rot. Er lehnte sich gegen das Geländer der Veranda, stützte ein Bein an der Hauswand ab und rollte sich auf dem Oberschenkel eine Zigarette.

»Das ist reine gemeinnützige Arbeit für mich«, sagte er. »Wiedergutmachung für meine Sünden gegenüber der Gesellschaft.«

»Welche Sünden?«, fragte Max.

»Das erzähle ich dir später«, sagte Penn. »Könnte eine Weile dauern.«

Betretenes Schweigen.

»Ach du Scheiße«, sagte Diane. »Ich habe vergessen, die Hausarbeiten zu benoten. Das wollte ich in der Pause machen.« Sie entsperrte ihr Handy und scrollte durch ihre App mit der Aufgabenliste. »Es ist einfach zu viel los.«

»Lass mich die Arbeiten benoten«, bat ich. »Bitte! Ich weiß, wie –«

»Ich kann nicht mit den Fingern schnipsen«, jammerte Max. »Ich wollte in der Talentshow zu ›Laffy Taffy‹ mit den Fingern schnipsen. Ich habe kein Talent!«

»Entschuldige dich«, sagte ich. »Du hast ein Talent dafür, zu unterbrechen.«

Max bekam einen (aus Respekt vor Penn) abgewandelten Wutanfall, er verzog das Gesicht, stampfte mit den Füßen auf und ruderte stumm mit den Armen.

»Du könntest in der Talentshow tanzen«, sagte Diane. »Du kannst dir ein Kostüm dafür machen.«

Max hörte auf mit dem Herumstampfen und schnaubte: »Du hast meine ganzen Kostümsachen in den Müll geworfen, als du aufgeräumt hast. Du hast alles weggeschmissen, damit wir einfach leben können, und jetzt wirst du gefeuert. Mein Leben ist vorbei. Es war so kurz!«

»Ich werde nicht gefeuert«, sagte Diane und beobachtete Penn, der mit seinem Maßband durch den Garten schlenderte, »aber ich könnte Hilfe gebrauchen. Wenn du deine Hausaufgaben erledigt hast, habe ich einen kleinen Auftrag für dich und Aris.«

»Lässt du mich die Hausarbeiten benoten?«, fragte ich hoffnungsvoll, als wir ihr ins Haus folgten. Aber nein, sie hatte einige unserer alten Bücher übers Internet verkauft. Und wir sollten diese Bücher, die mit Klebezetteln in unterschiedlichen Farben markiert waren, in adressierte Umschläge stecken.

»Das wird bestimmt lustig«, behauptete sie fröhlich, und bei mir meldeten sich Kopfschmerzen an. »Ich muss zurück zu meinem Kurs.« Sie warf einen Blick auf ihre Uhr und murmelte: »Die gehen, wenn es klingelt.«

»Ich benote deine Arbeiten«, sagte ich. »Zehn Dollar pro Seite.«

Diane zögerte. »Du solltest die Arbeiten meiner Studenten nicht mal lesen … Jedenfalls müsst ihr euch um die Umschläge kümmern. Unsere Kunden warten auf die Bücher.«

Ich nahm ein Buch in die Hand, auf dem ein pinkfarbener Zettel mit dem Namen »Mary Anne Timmerman« klebte. *Chop Wood, Carry Water.* Auf dem Innendeckel stand eine Widmung: *Für*

Diane in Liebe von Joe. Die Glühbirne in der Lampe neben mir knisterte und ging aus.

»Ich habe gerade erst eine neue Birne eingeschraubt«, sagte Diane. »Was ist nur mit diesem Haus los?«

»Ich wechsele sie gleich«, sagte Penn, der mit einem Bleistiftstummel hinter einem Ohr hereinkam. »Hoffentlich hast du die Ersatzbirnen nicht weggeworfen.«

Wir verbrauchen jeden Monat einen Zwölferpack Glühbirnen – logisch, in unserem Haus spukt es ja auch. »Diane lässt mich die Hausarbeiten korrigieren«, behauptete ich dreist. »Fünf Dollar pro Seite. Vielleicht kann ich mir eine neue Mütze kaufen.«

»In der Not tut's auch Kinderarbeit«, sagte Penn.

»Na gut.« Diane seufzte tief. »Zwei Dollar pro Seite, aber ich gehe alles noch mal durch.« Während sie in der Küche hin und her sauste, um schnell irgendwas auf den Tisch zu bringen, bevor sie zu ihren Abendseminaren fuhr, sagte sie: »Leg Charles' Arbeit oben auf den Stapel. Ich will ein paar Anmerkungen machen.«

Max saß im Schaukelstuhl und legte ein Tempo vor wie ein Rennfahrer. Joe und Diane hatten den Stuhl in Alaska gebaut, bevor ich auf die Welt kam. Ein, zwei Mal im Jahr leimt Penn die Kufen wieder an, weil Max sie mit seinem Schaukeln löst. Penn verklickerte ihm gerade, er werde ihn nicht betüddeln, wenn er den Stuhl noch einmal kaputtmache, als Diane einen Anruf bekam.

»Nein, ich habe noch nicht unterschrieben«, sagte sie. »Ich denke darüber nach.« Stirnrunzelnd klemmte sie sich das Handy zwischen Schulter und Ohr. »Ich finde nicht, dass es eine Frage der Mitarbeit ist. Es stand nicht in meinem Vertrag.« Nachdem sie das Gespräch beendet hatte, sah sie aus dem Fenster und sagte: »Die nehmen dieses Glaubensbekenntnis wirklich ernst. Sie wollen mit mir darüber reden.«

Beinahe hätte sie mir leidgetan, aber dann dachte ich an meine Fliegermütze.

Das hättest du nicht machen sollen, erklärte ich stumm ihrem Rücken. *Du hättest nicht versuchen sollen, meinen Dad auszuradieren. Ein Spielhaus, sogar ein Spielhaus mit einem Büro für mich im ersten Stock, ändert nicht, was du getan hast.* Ich wusste, wenn sie sich umdrehen und ich ihr Gesicht sehen würde, würde ich weinen.

»Sag doch einfach Ja«, meinte Max.

»Ist dir eigentlich klar, dass es in dieser Familie total nonkonformistisch ist, Konformist zu sein?«, fragte ich ihn.

»Jede Gesellschaft ehrt ihre lebenden Konformisten und ihre toten Unruhestifter«, sagte Penn. »Also bekommt jeder eine Belohnung.«

Diane holte tief Luft, straffte die Schultern und drehte sich mit einem tapferen Lächeln zu uns um.

»Ich selbst bin ja Unruhestifter«, sagte Penn.

»Ich auch«, sagte Diane.

»Gib mir deine Hand.«

»Was?«

»Komm schon«, sagte er. »Gib mir deine Hand.« Er nahm ihre kleine Hand in seine große, streckte ihre Finger und begutachtete ihre Handfläche.

Ich dachte nur: *Mein Gott, Penn berührt einen anderen Menschen. Er berührt meine Mutter.*

»Was machst du da, Penn?«

»Ich suche nach einem Stigma«, antwortete er. »Ich dachte, das könntest du ihnen einfach zeigen, statt die Erklärung zu unterschreiben.«

Ich vergesse immer wieder, dass Diane tatsächlich klein ist, bis ich sie neben einem Mann stehen sehe. Sie sah nicht mehr alt aus, nur durcheinander. Sogar ihre Haare wirkten durcheinander. Auf ihren Wangen leuchteten große rote Flecken. Manchmal sieht sie überhaupt nicht wie eine Dozentin aus.

»Ich mache das schon«, sagte Penn. »Ich kümmere mich um die Fütterung.« Er hielt ihr die Tür auf. »Wir sehen uns, wenn du zurückkommst.«

Hausarbeiten benoten zu müssen war die perfekte Ausrede, um Penn die Verantwortung für die Küche und für das Kind zu überlassen. Mit dem Stapel schwülstiger, schwatzhafter, weitschweifiger, wortgewaltiger, langatmiger, aufgeblasener[14] und echt langweiliger Ausfertigungen der zur Aufgabe gestellten appellativen Essays ging ich in mein Zimmer. Bei mir zeigte kein Appell Wirkung, bis ich zu Charles' Hausarbeit kam – Gott sei Dank hatte er das Thema ignoriert. Gespannt las ich den Text.

Charles Hutchins
Anglistik 1102

Sollte man Menschen zu lebenslangen Gefängnisstrafen verurteilen?

1+++ :)))))
Bei dieser Arbeit muss ich nicht einmal das Benotungssystem ignorieren, Charles.

Das Staatsgefängnis Hay in Trion, Georgia, ist ein Gefängnis mit erhöhter Sicherheitsstufe der Strafvollzugsbehörde von Georgia, dessen 1100 Insassen zu den »schwierigsten Straftätern des Staates« gehören. Einer von ihnen ist mein Vater Marvin Hutchins.

Wer ist Marvin Hutchins, und womit hat er das verdient? Er ist ein 1,88 m großer Schwarzer mit einem Gewicht von gut 90 Kilo. Am 13. August 1995 erstach Marvin Hutchins seine Freundin Lorraine Demeeter. Zum Tatzeitpunkt stand er unter dem Einfluss von

MEIN GOTT! Das ist ja schrecklich. Ich hatte nicht geahnt, dass Sie das schreiben würden.

14 Na gut, ich habe ein Synonymwörterbuch benutzt.

Methamphetaminen und Alkohol. Er war gewalttätig, und ich weiß nicht, warum. Meine Mutter sagt, er habe selbst immer gelitten, und andere leiden zu lassen sei das Einzige gewesen, was ihm geholfen habe. Es habe ihm eine Art Linderung verschafft, wenn andere Schmerzen hatten. Als Kind sah ich einmal, wie er unseren Hund mit dem Besenstiel verprügelte. Ich konnte nicht schreien oder ihm sagen, er solle aufhören, sonst hätte er mich geschlagen. Also zog ich eine Socke aus und stopfte sie mir in den Mund. Vielleicht fragen Sie sich, warum ich nicht gehen konnte. Ich konnte Betsy, meine Hündin, nicht allein lassen. Ich konnte ihr auch nicht helfen. Ich hatte solche Angst, er würde sie umbringen, aber sie überlebte, nur ihr Kiefer war gebrochen. Nachdem mein Vater sie verprügelt hatte, setzte er sich an den Küchentisch und weinte sehr lange. Meine Mutter will nichts mehr mit ihm zu tun haben, aber sie betet für ihn.

Er hatte eine Freundin, obwohl er mit Ihrer Mom verheiratet war?

Er war so gemein in Ihrem anderen Essay. Ich wollte ihn wirklich im Gefängnis wissen. Es tut mir leid, dass er Ihr Dad ist. Und es tut mir leid, wenn das falsch rüberkam. Ich weiß nicht, was ich sagen soll, Charles!

Hunde sollte man nie schlagen, niemals. Nicht mal mit einer Zeitung.

Kann Gott Marvin Hutchins helfen? Manche Menschen würden sagen: Nein. In der Heiligen Schrift sagt Hiob uns: »Aber die Augen der Gottlosen werden verschmachten, und sie werden nicht entrinnen können; denn Hoffnung wird ihrer Seele fehlen.« Laut Wikipedia kostet jeder Mensch in einem Gefängnis mit erhöhter Sicherheitsstufe den Steuerzahler dreißig Dollar pro Tag.

Verschmachtende Augen – cooles Bild.

Glauben Sie, es ist das Geld wert? Finden Sie, er sollte hingerichtet werden? Aber das ist wohl ein Thema für eine andere Arbeit. Mein Vater wird den Rest seines Lebens im Staatsgefängnis Hay verbringen. Wenn er nicht unter Verschluss ist, geht er unterschiedlichen Arbeiten nach, für die er eingeteilt wird. Eine Weile war er Bibliothekshelfer, aber weil er nicht gut lesen kann, verlor er diese Aufgabe. Er hat die Möglichkeit, seinen Schulabschluss nachholen, aber er tut es nicht. In seinen Briefen schreibt er, er würde im Gefängnis den Gottesdienst besuchen, aber manchmal ist er wegen aggressiven Verhaltens unter Verschluss. Wenn man ihn zum Freigang auf den Hof bringt, muss er in Zwinger.

»nachholen« scheint mir ein Tippfehler zu sein.

Tut mir leid, wenn ich kleinlich bin, aber vor »Zwinger« haben Sie ein winziges Wörtchen vergessen.

Besteht für Marvin Hutchins noch Hoffnung?

Ich weiß es nicht!

Mein Vater hat den Großteil meines Lebens im Gefängnis verbracht. Ich habe ihn drei Mal besucht. Er wird nicht dabei sein, wenn ich meinen Collegeabschluss mache, wird nie meine Frau oder meine Kinder kennenlernen. Er lebt und ist gleichzeitig tot.

Tiefgründig.

Als ich ihn das letzte Mal sah, sagte er: »Junge, bist du aber gewachsen. Du bist jetzt ein Mann.«

Ich sagte: »Ja, Sir, das bin ich.« Dann sahen wir uns durch das kleine Fenster an, und es war, als würde ich in einen Spiegel blicken, weil wir uns sehr ähnlich sehen. So schrecklich habe ich mich noch nie gefühlt. Ich kann das Gefühl nicht einmal beschreiben. Das könnte ich sein, ich könnte auf der anderen Seite dieser kugelsicheren Scheibe sitzen, lebenslang in einem Käfig. In diesem Moment verlor ich jede Hoffnung.

Dann geschah etwas mit mir. Ich erinnerte mich an die Verse Jakobus 5, 19–20, in denen Jesus uns sagt: »Liebe Brüder, so jemand unter euch irren würde von der Wahrheit, und jemand bekehrte ihn, der soll wissen, dass, wer den Sünder bekehrt hat von dem Irrtum seines Weges, der hat einer Seele vom Tode geholfen und wird bedecken die Menge der Sünden.«

Das ist so schön. Ihre Texte werden immer besser. Anfangs habe ich Ihnen nicht viel zugetraut, aber jetzt – der Ruhm wartet schon auf Sie, Charles.

Damit hatte ich meine Berufung gefunden. Marvin Hutchins kann ich nicht retten, aber ich kann denjenigen Erlösung bringen, die danach streben. Ich werde nie auf der anderen Seite dieser Scheibe sitzen.

Sehr gut. Gefängnis wäre das Letzte.

Nach Joes Tod bestand Diane darauf, dass wir nur so viel behielten, wie in eine Truhe passte. Mit einer Truhe würden wir fertigwerden. Zuerst kam sein Saxofon, dann der schiefe Topflappen, den ich in der Vorschule für ihn gemacht habe. Seine Wanderstiefel passten hinein, dazu Kleinkram wie sein Ehering, seine Uhr und das abgewetzte Lederportemonnaie mit seinem abgelaufenen Führerschein aus Alaska unter diesem durchsichtigen Plastik. Über diese ganzen Sachen breitete Diane einen grauen Wollpullover, der noch nach ihm roch. Wenn ich heimlich an Dianes Wandschrank ging und die Truhe öffnete, schnupperte ich vier Mal, niemals öfter – ich wollte den Geruch nicht aufbrauchen.

Als sie Joe in der Leichenhalle identifizieren musste, erkannte Diane ihn an seiner Kleidung. »Die Leiche hat anders ausgesehen als er. Er war nicht in seinem Gesicht. Die Seele macht uns aus.« Wenn man stirbt, verliert man natürlich seine ganze Seele, aber verliert man einen *Teil* seiner Seele, wenn man jemanden ermordet? Ich dachte daran, wie Charles Hutchins seinen Dad durch die Scheibe im Gefängnis ansah. Er hat geschrieben, sie würden sich sehr ähnlich sehen. Wenn Charles Hutchins also Marvin Hutchins gegenübersitzt, sieht er dann sich selbst mit einer kaputten Seele – halbtot? Wie ist das wohl, wenn man jemandem sagt: *Mein Dad hat »lebenslänglich«?* Komische Art, das auszudrücken, oder? Sein Dad hat »lebenslänglich«, mein Dad ist längst tot.

Heftig, heftig, heftig. Jetzt lag ein Berg Steine auf meinem Herzen. *Ganz toll, dich so runterzuziehen, Aris.* In derart morbider Stimmung kann niemand Englischhausaufgaben machen, also übersprang ich das einfach und wandte mich einer reizenden Schreibübung in *Romane schreiben in 30 Tagen!* zu.

Übung 7: »*Sex sells!* Es gibt eine todsichere Methode, eine Sexszene zu schreiben: Sammeln Sie einhundert Begriffe aus dem Bereich Essen und Küche, sowohl Substantive als auch Verben. Schreiben Sie eine kurze Sexszene. Jetzt schreiben Sie die Szene um und ersetzen die lüsternen Wörter durch Ihre Küchenbegriffe.«

Ah, Sex. Das ist nicht unproblematisch. Als ich zwölf war, was mir vorkommt, als wäre es eine Ewigkeit her, habe ich eine von Dianes Freundinnen mit gewissen Einzelheiten über meine Beziehung zu Billy, der damals noch in Kanuga lebte, schockiert. Ich saß mit Diane und ihrer Freundin beim Mittagessen im Busy Bee Café, einem meiner liebsten Lokale, weil Makkaroni mit Käse auf der Speisekarte unter »Gemüse« stehen. Zum Glück hatten Diane und ich einen Babysitter für Max gefunden, und wir trugen beide Hüte. Ihrer war ein Schlapphut mit einem Riemchen unterm Kinn, der wahrscheinlich bei zu vielen Kajakfahrten in den Fluss gefallen war, aber er stand ihr. Diane sieht niedlich aus, wenn sie entspannt ist. Mein Hut war eleganter, ein luftig geflochtener Strohhut mit breiter Krempe, eingefasst von einem violetten Ripsband.

Natürlich redeten wir über Männer. Ich erwähnte beiläufig, dass Billy und ich überlegten, eine Therapie zu machen. Wir hatten zwar keine ernsten Probleme, aber Beziehungen sind nicht einfach, und manchmal können Männer nicht richtig kommunizieren. Dianes Freundin, deren Name mir gerade nicht einfällt, klappte die Kinnlade herunter. Ich konnte das Maisbrot sehen, auf dem sie gekaut hatte.

»Er zieht nach Boston«, erklärte ich ihr, »deshalb müssen wir mit dieser Fernbeziehungskiste klarkommen. Wir wissen noch nicht so richtig, wie das gehen soll.«

»Mit dem Auto ist es zu weit«, sagte Diane.

»Es gibt immer noch Zeitreisen«, sagte ich. »Laut Albert Einstein könnte man theoretisch in der Zeit zurückreisen, wenn man schneller ist als das Licht, $s = vt$.« Ich schob meinen Hut, der mir immer wieder über die Augen rutschte, zurück. »Allerdings gilt es im Moment als unmöglich, dass irgendeine Form von Masse die Lichtgeschwindigkeit überschreitet. Ich wiege sechsundvierzig Kilo.«

»Ach du meine Güte«, sagte die Frau und trank einen großen Schluck Eistee.

»Verabredungen mit anderen sind für uns kein Thema«, beruhigte ich sie. »Wir sind monogam.«

Die Frau sah Diane mit großen Augen an. »Sie hat einen richtigen Freund?«

»Sie fahren ja nicht zu romantischen Wochenenden nach Barnsley Gardens«, sagte Diane. »Sie sitzen beim Mittagessen nebeneinander.«

Ich war etwas angefressen – immerhin fuhr Diane mit ihren Freunden (wenn sie mal einen hatte) auch nicht nach Barnsley Gardens.

»Das ist ja süß!«, meinte die Freundin, dabei konnte ich ihr ansehen, dass sie ihre Zweifel hatte.

Die beiden Damen hätten ganz ruhig bleiben können. Abgesehen von ein paar Ausflügen in die Sakristei der St. Michael's sind meine sexuellen Erfahrungen ziemlich begrenzt. Nachdem ich meine Liste mit Küchenbegriffen zusammengestellt hatte, musste ich sogar eine Szene bei Ian McEwan klauen, um Übung 7 zu beenden.

Ich stand vor dem Bücherregal im Wohnzimmer und blätterte Dianes Ausgabe von *Abbitte* durch, während Penn Max bei seinen Mathehausaufgaben half.

»Nein, Mann, du sollst es mir sagen«, erklärte Penn. »Was ist sieben mal sieben?«

»Keine Ahnung. Weißt du, wo meine Pokémon-Karten sind? Irgendwer hat sie weggelegt.«

»Na schön, reden wir über die Forty-Niners. Hast du neulich Abend das Spiel von den Forty-Niners gesehen?«

Nachdem Penn das Mathearbeitsblatt ausgefüllt hatte, blickte er auf und fragte mich, ob ich meine Hausaufgaben machte.

»Ich muss was recherchieren«, sagte ich. *Abbitte* sah nach einem guten Buch aus; ich war Diane dankbar, dass sie es nicht zum Verkaufen aussortiert hatte. Ich nahm es mit in mein Zimmer, machte die Tür zu, schloss ab und schrieb Übung 7.

Sie waren der Gegenwart entrückt, außerhalb der Zeit, kannten weder Erinnerung noch Zukunft. Es gab nur noch diese alles verlöschende, packende, anschwellende Kanne Kaffee und den Laut von Kürbis auf Kürbis, von Granatapfelsaft auf Kürbis, als ihre Sojawürstchen sich in ruhelosem, sinnlichem Ringkampf aneinander rieben.

Fertig. Ich ging mit der Rechtschreibprüfung über den Text und schickte ihn Mrs Waller als literarische Schilderung für die Hausaufgabe, die letzte Woche fällig gewesen wäre.

Bevor wir ins Bett gingen, nahm Penn uns mit nach draußen, um uns zu zeigen, wie weit er mit dem Spielhaus gekommen war. Weil er schon meinen Wunsch nach einem einfachen, kleinen Turm ignoriert hatte, zögerte ich, ihn um den Landschaftsgarten mit Labyrinth und Springbrunnen zu bitten.

»Zufrieden?«, fragte er.

Für mich war das nur ein Schuppen mit einem rechteckigen Loch für ein Fenster. Ich versuchte, mir meine Enttäuschung nicht anmerken zu lassen. Penn zog schwunghaft sein Maßband in die Länge und murmelte Zahlen vor sich hin, während er ein paar Maße nahm.

»Kannst du daraus ein Erkerfenster machen?«, fragte ich. »Mit einer samtbezogenen Sitzbank?«

»Ich mache mich mal schlau.«

»Oder eine Verandatür in den Garten?«

»Wie wäre es, wenn ich eine Glasscheibe einsetze und wir es damit gut sein lassen?« Mit einem beeindruckend präzisen Schwung ließ er sein Maßband ausschnacken, ganz locker aus dem Handgelenk. Er maß ein paar Stellen in sechzehntel Zoll und wollte dann von uns, dass wir sie in viertel und drittel Zoll umrechnen.

»Mathe ist nicht mein Ding«, erinnerte ich ihn.

»Stimmt, habe ich vergessen«, sagte er. »Wie wäre dann eine Lektion Kosmogenese? Wenn wir mithilfe des Raums den Abstand zwischen Objekten messen, kann es dann ein Element, eine Kraft oder eine Dimension namens Raum geben?«

»Urknalltheorie«, sagte ich.

»Du hast dich nicht gemeldet.« Er wandte sich an Max, der es offenbar aufgegeben hatte, zu Rapsongs mit den Fingern zu schnipsen, und stattdessen mit gespitzten Lippen pustete. »Das, was diese gewaltige Explosion ausgelöst hat, ist im leeren Raum passiert, wo Ausdehnung und Entfernung unendlich sind. Kannst du mir folgen?«

Max ließ einen leisen Lippenfurz los, und ich pfiff »*Go Tell It on the Mountain*«, auf den Ton genau.

Penn nickte, als würde unser Pfeifen Zustimmung bedeuten, und gab uns eine Kurzfassung. »Wenn diese Kosmologie stimmt, existiert unser Universum ohne einen Grund oder eine Erklärung. Und wo ist dann Gott?«

Max ließ den Blick schweifen. Er sah hinauf in den Himmel, auf das Spielhaus, auf uns. Schließlich sagte er: »In meinem Herzen.« Dann fabrizierte er mit den Lippen ein scheußliches Furzen.

»Einen jungen Verstand zu formen ist so eine befriedigende Beschäftigung«, sagte Penn.

»Penn«, sagte ich und ging lächelnd einen Schritt auf ihn zu; Diane behauptet, das würde ich immer machen, wenn ich jemanden manipulieren wolle. »Wenn du ein Erkerfenster mit einer Sitzbank baust, hast du schon einen Stuhl gespart.«

»Bei der Abmachung war von Möbeln gar nicht die Rede. Ihr könnt schön eure Sitzsäcke auf den Boden legen.«

»Mom hat die Sitzsäcke weggeworfen!«, rief Max.

»Wir haben nichts«, erklärte ich händeringend. Penn lehnte sich mit dem Rücken an die Wand und rollte sich eine Zigarette.

»Bin ich manipulativ?«, wollte ich wissen.

»Wenn du schon so fragst.« Er leckte den Rand seines Blättchens an. »Manipulativ und launenhaft.«

»Das ist sehr unschön von mir, oder?«

»Potthässlich«, warf Max ein, was wir ignorierten.

»Nein, das ist nur deine dunkle Seite«, sagte Penn. »Deine *Schattenseite.*«

Ich muss gestehen, dass ich von dem Gedanken, ich hätte eine Schattenseite, insgeheim begeistert war. Während sich der Geruch seiner Zigarette mit dem frischen Duft von Sägespänen vermischte, stellte ich mir vor, wie die Leute sagten: *Sie hat immer so einen netten Eindruck gemacht …*

»Kate hat geschrieben«, sagte Max. Er scheint durch irgendwelche elektrischen Schwingungen mit meinem Handy verbunden zu sein, dagegen höre ich nicht mal den Klingelton. Ich zog es aus der Tasche.

Ich habe Billy wegen der neuen Blondine in seinem Social-Media-Schwarm gegrillt. Ergebnis: Schwört, sie sei seine Cousine. Meine Recherchen auf drei Websites haben keine eindeutigen Ergebnisse geliefert, deshalb habe ich sie für weitere Überprüfungen auf einer Seite als Freundin hinzugefügt. Habe ein »Gefällt mir« bei dem Meme »Dein Mann betrügt uns« gefunden.

Ich zwang mich, mir *nicht* noch mal ihr Foto anzusehen und nach einer Familienähnlichkeit zu suchen.

»Was ist los?«, fragte Max.

»Das Leben, Kleiner, nur das Leben.« Ich wandte mich an Penn. »Was denkst du über das Böse an sich?«

»So wenig wie möglich.« Er atmete über die Schulter aus. »Was denkst du darüber?«

»Na ja, ich habe da so ein Gedicht von William Blake gelesen.«

»Warte mal. Das über den Leoparden?«

»Es heißt ›Der Tiger‹. Ich lese es dir vor.« Ich holte das geliehene Buch aus meinem Zimmer. Im schwindenden Winterlicht in unserem Garten und zu Max' kläglichen Versuchen zu pfeifen las ich:

Tiger, Tiger, grelle Pracht
in den Dickichten der Nacht,
wes unsterblich Aug und Hand
wohl dein furchtbar Gleichmaß band?

Welcher Abgrund, welche Ferne
barg die Glut der Augensterne?
Welche Flügel mag er schwingen?
Welche Hand das Feuer zwingen?

Max verstummte und kam näher heran. Tiefviolette Streifen zogen sich über den lavendelfarbenen Himmel und verdunkelten ihn mehr und mehr. Wenige Minuten später herrschte schwarze Nacht ohne einen einzigen Stern, bis auf die rötliche Glut von Penns Zigarette.

Ich spürte, wie meine Schattenseite wuchs. Sie hatte noch nicht als Böse Aris Gestalt angenommen, aber sie regte sich bereits: Der Zweifel hatte seine feinen Wurzeln in meine Beziehung zu Billy Starr getrieben, zu diesem Gott der Jugend, und auf Diane war ich einfach nur wütend. Wenn es mir nicht gelang, einen neuen Vater ins Boot zu holen, indem ich Penn und Diane verkuppelte, würde ich vielleicht den Glauben an mich verlieren – und so werden Monster geboren.

Wow, ich habe fast vergessen, dass ich schreibe. Wenn ich mir nicht die Kommentare von meiner Englischlehrerin Mrs Waller vorstelle *(»Du schweifst ab, Aris. Worum geht es hier? Wo bleibt die Gliederung?«)*[15], kann ich locker bleiben. Einen Roman zu schreiben fühlt sich beinahe an, als würde man reden. Es ist kein richtiges Selbstgespräch, aber wenn ich Selbstgespräche führe, rede ich ja auch nicht mit mir selbst. Ich rede mit jemandem, der vielleicht echt ist, vielleicht auch nicht, und der mich auf jeden Fall sehr mag. Wenn ich mich über jemanden aufrege – zum Beispiel über jemanden, der meine persönlichen Sachen durchsucht und ohne Erlaubnis etwas Wertvolles weggeworfen hat –, dann rede ich *über* diesen Menschen mit dem Menschen, der mich wirklich mag. Meistens bewege ich nicht mal die Lippen.

Diane führt zu unserem Entsetzen beim Einkaufen bei Kroger Selbstgespräche. Sie versucht gar nicht, es zu verstecken. »Drei achtundneunzig!«, ruft sie. »Für ein Glas Senf?« Weil sie zu gestresst ist, um ihre Lesebrille aus der Handtasche zu holen, schnappt sie sich das nächstbeste Kind. »Lies das Etikett und sag mir, ob da Glukose-Fruktose-Sirup drin ist.« Bei Kroger redet sie immer schnell, weil sie möglichst bald aus dem Laden kommen will – die Leute im gleichen Gang glauben wahrscheinlich, sie würde etwas anderes als »Fruktose« sagen. Was schon passiert ist. Aber sie redet einfach weiter mit sich. »Das brauche ich nicht. Warte mal, haben wir Ketch-

15 Stellen Sie sich das in roter Tinte vor.

up? Hackbraten … was kommt in einen Hackbraten? Wir machen ihn einfach mit Haferflocken, dann hat er mehr Ballaststoffe.«

Ich habe schon im Gang mit dem Brot gestanden und gehört, wie sie drüben bei den eingemachten Gurken ein komplettes Essen geplant hat. Ihr ist das kein bisschen peinlich. Sie verteidigt sich damit, dass ständig irgendwer mit einem Headset telefoniert, deshalb würden die Leute wahrscheinlich glauben, sie habe ein Bluetoothgerät im Ohr. Wenn ich ihr diese Ausrede nicht abkaufe, erklärt sie mir, die Qualen in meiner Kindheit würden meinen Charakter stärken. Ich gebe ihr mehr oder weniger recht, aber Max leidet.

Max führt auch Selbstgespräche. Unter der Dusche trägt er Pokémon-Kämpfe (samt Soundeffekten) aus, und auf der Toilette dankt er manchmal Gott für seine Familie und sein Essen und das Dach über seinem Kopf und streut ein, er hätte gerne einen Mustang. An dem Mittwoch, nachdem Diane unsere Sachen weggeworfen hatte, stürmte er in sein Zimmer und knallte die Tür so heftig zu, dass der schiefe, mit Klebeband befestigte Zettel zu Boden glitt.

Im Schutz seines verschlossenen Zimmers brüllte er: »Ich hasse sie!« Legos prasselten gegen die Wand. Er zögerte, als würde er auf eine Reaktion lauschen, dann machte er weiter: »Sie ist gemein.« Er ahmte Dianes Stimme nach: »Du bist das Kind, und ich bin die Erwachsene, und du bist respektlos.« Wieder eine Pause. Dann vertraute er dem Menschen, der ihn sehr mag, den es vielleicht gibt und vielleicht auch nicht, in ruhigem Ton an: »Sie ist in echt gar nicht meine Mutter. Sie ist nur das Hausmädchen.« Eine ganze Weile brummelte er unverständlich vor sich hin. Am Ende sagte er laut und energisch: »Du bist gefeuert.«

Dieser Mittwoch war nicht so gelb, wie er sein sollte; er war eher ein dunkler Goldton, bis Penn kam.

»Hey!«, rief er von der Tür aus. »Jemand zu Hause?«

Der schwache Geruch seiner Zigarette und strahlend gelbes Licht strömten in den Flur. Diane schwänzte wieder die Arbeit. Ich gab mir Mühe, bei ihren fünfeinhalb Fehltagen und zwei Verspätungen nicht mitzuzählen, aber durch das Korrigieren ihrer Arbeiten hatte ich auf Lehrerin geschaltet. Arbeitete sie vielleicht auf eine neue Karriere als Berufsehefrau hin? Als sie Penn begrüßte und die beiden etwas verlegen so nah voreinanderstanden, dass sich die meisten Südstaatler umarmt hätten, musterte er sie von oben bis unten. Ich ging in mein Zimmer, um ihnen etwas Privatsphäre zu gönnen, falls sie eine Romanze anfangen wollten. Wenn hier eine Romanze erblühen sollte, mussten sich die beiden langsam ranhalten, damit der Aufbau meines Romans noch stimmte.

Ich ließ den Dingen ihren Lauf und kroch unter mein Bett, um ein bisschen zu recherchieren. Kate hatte ein Büro unter dem Bett als Übergangslösung vorgeschlagen, bis meine Chefetage über dem neuen Spielhaus bezugsbereit ist. Weil Kate sich ein Zimmer mit ihrer Schwester teilt, ist sie erfinderisch darin, sich ein Stückchen Privatsphäre zu schaffen.

Es war eng, aber weil Diane meinen ganzen Krempel weggeräumt hatte, konnte ich mich unters Bett quetschen und hatte genug Platz, um mein Laptop aufzuklappen. Auf die Ellbogen gestützt konnte ich tippen. Eine Stirnlampe spendete ausreichend Licht, und der Bettvolant schirmte mich ab.

Auf dem Stückchen Wand hinter dem Bettgestell klebten die Zettelchen mit den Motivationssprüchen, die der Autor von *Romane schreiben in 30 Tagen!* in der Übung »Vergiss nicht, warum du schreibst« jedem Autor für seine Pinnwand empfiehlt. Sie glauben vielleicht, es wäre ganz einfach, sich daran zu erinnern, warum man einen Roman schreibt, aber das ist es nicht. Diane sagt, es sei so ähnlich, wie sich daran zu erinnern, warum man seinen Partner geheiratet hat.

Zettel 1: Ich schreibe diesen Roman, um eine lästige und teure Therapie zu vermeiden.

Zettel 2: Ich schreibe diesen Roman, damit Diane in Rente gehen, Max ins Ferienlager fahren und ich chillen kann.

Zettel 3: Ich schreibe diesen Roman für den Fall, dass es mit Diane und Penn nicht klappt – vielleicht fällt sie einem anderen Mann auf.

Unter der »Pinnwand« stapelten sich die Tagebücher, die ich zur Recherche benutzte. Was?! Katze aus dem Sack. Als ich gestern für zwanzig Minuten allein im Haus war, bin ich auf den Dachboden geschlichen und habe Dianes Tagebücher gemopst. Ich wusste, dass es falsch war, aber meine Schattenseite hat meinen Verstand und meinen Respekt vor dem persönlichen Besitz anderer überstimmt. Außerdem basieren die besten erfundenen Geschichten immer auf Recherche.

Ich habe versucht, sie nicht weiterzulesen. Ich habe mir gesagt: *Nur noch eine Seite, dann lege ich sie zurück.* Dann habe ich noch eine gelesen und noch eine. Ich war der Hund im Hühnerstall, der in die Gewehrmündung blickt. Manchmal erschien Dads Geist, schaltete das Licht ein oder aus, ließ auf meinem Handy ein Lied laufen, aber was konnte er schon machen? Ich erfuhr immer mehr über ihn.

EINE LISTE VON DINGEN, DIE MICH AN JOE ERINNERN

- Jazz
- Aaron Neville
- Französisch, vor allem Cajun
- Der Geruch von Knoblauch, Zwiebeln und grünem Pfeffer auf dem Ofen
- Die flatternde rote Fahne am Ende eines Kiefernstamms auf einem Transporter
- Buntes Wassereis
- Autowracks
- Attraktive Männer mit gebrochenen Nasen
- Die Fliegermütze
- Aris und Max

Wie aufmerksam von ihr, den Nachwuchs nicht zu vergessen. Danke für die Erwähnung, Diane. Ich konnte ihr nicht verzeihen, dass sie die Mütze weggegeben hatte. Ich versuchte es. Mein erleuchtetes Ich sagte: *Diese Erinnerungen tun ihr weh. Sie will den Schmerz loslassen.* Meine Schattenseite sagte: *Das war aber eine blöde Methode. Man sollte seine blöden Momente abgehakt haben, bevor man dreißig wird.*

Sie schrieb ein Gedicht über die rote Fahne an den Holztransportern, »Tod im nordwestlichen Georgia«.

Es hat ihn getötet.
Mich stärker gemacht.
Stark wie einen Laster, der mit Baumstämmen den Pass
hinaufrast.
Der Wind pfeift glatt durch mich hindurch;
Meine rote Fahne flattert.
Regen, Matsch, zahllose Kiefern.
Wir machen Papier, schaffen freie Sicht.
Wie sonst sollen ein toter Mann und eine starke Frau
Die Familie zusammenhalten?

Joe war nie schwach. Er hat den Arm ausgestreckt, wie ein Baum einen Ast, und ich habe daran geschaukelt, kleine Überschläge gemacht. Ich durfte seine Leiche nicht sehen. Sie haben sie »den Körper« genannt, als würde er jetzt jedem gehören. Was ich gesehen habe, nur kurz im Licht einer Taschenlampe, das der Schnee zurückwarf, war eine Form unter einem Tuch am Straßenrand. Danach, hat Diane mir erklärt, kam die Leiche in einen Kühlraum, obwohl wir in Alaska waren. Später wurde sie in einem klimatisierten Behältnis nach Kanuga, Georgia, gebracht. Dort wurde sie verbrannt.

Oma und Opapa fanden, das sei Geldverschwendung. Hätten sie *gewusst*, dass Diane die Leiche einäschern lassen wollte, wäre es viel billiger gewesen, die Asche zu transportieren. Diane behauptet, sie habe es ihnen auf jeden Fall gesagt, sie hätten nur nicht zuhören wollen. Die Montgomerys mögen keine Einäscherungen. Sie sind der festen Ansicht, dass die Leute die Leiche sehen wollen, es sei denn, sie ist – na ja – entstellt. Joe war tatsächlich entstellt, ein bisschen, aber Wallace Smithson unten im Gebrüder-Smithson-Beerdigungsinstitut hätte etwas machen können. Mit Make-up oder so. Formaldehyd. Haarspray. Wallace mache seine Arbeit gut, sagten meine Großeltern. Sie hatten schon Beispiele gesehen.

Diane meinte, sie hätten die Trauerfeier einfach in Valdez abhalten sollen.

Nein, nein, nein!, sagten Oma und Opapa. Da oben kennen sie doch niemanden. So ein gottverlassener Ort! Außerdem bezahlten sie alles. Opapa sagte, es würde ihm nichts ausmachen, es zu bezahlen. »Wir helfen gerne«, sagte Oma, »aber ganz Kanuga will dich und deine Familie bei der Trauerfeier sehen. Das wäre doch das Mindeste, was du tun könntest.«

Joes Familie war katholisch, aber Opapa glaubte, die Baptisten könnten beleidigt sein, wenn ein Priester die Trauerfeier abhielt. »Wir könnten einen Priester *und* einen Baptistenprediger nehmen«, schlug Opapa vor. »Wäre Joe mit diesem Kompromiss einverstanden?« Die beiden könnten sich ja während der Trauerfeier abwechseln.

Diane blinzelte ihn an. Sie war mit Max schwanger und gigantisch. Sie konnte nicht einmal ihre Füße berühren, Opapa musste ihr die Fußnägel schneiden. Wenn wir unterwegs waren, wobei ich mich fest an ihre Hand klammerte, damit sie nicht genauso verschwand wie Joe, sprangen die Männer, um uns die Türen weit zu öffnen. Dann wichen sie langsam zurück, als könnte Diane vor ihren Augen ihr Baby bekommen. Dianes Blick war leer, ihre Augen waren nur Löcher in ihrem Kopf. »Joe ist das völlig egal«, sagte sie. »Er würde nicht mal zu seiner eigenen Trauerfeier kommen, wenn wir ihn nicht in einem Gefäß hintragen würden.«

Sie suchte die billigste Urne aus, 495,00 Dollar, aber die gefiel mir auch am besten, schwarzer Marmor mit einem grauen Wirbel darin, der mich an einen Geist erinnerte. Bei der Trauerfeier waren weder ein Priester noch ein Prediger anwesend. Stattdessen verbrannte ein Medizinmann der Creek-Indianer, den Diane im Internet gefunden hatte, geflochtene Büschel Süßgras und betete für Joes Übergang in die Geisterwelt. »Der Geist ist die Hand im Handschuh«, erklärte der Creek, der sich John Red Fox nannte,

»und den Handschuh gibt es nicht mehr.« John Red Fox hatte rote Haare. Oma sagte, Diane würde immer ihren Willen durchsetzen, aber sie gab zu, dass es eine interessante Trauerfeier gewesen sei. Ganz Kanuga ließ sich blicken.

Als Opapa die Urne mit Joes Asche zu uns brachte, klingelte er an der Tür. Er wollte sie nicht ins Haus tragen. »Das musst du machen«, sagte er und gab sie Diane. »Sie ist nicht allzu schwer.« Also trug Diane Joe über die Schwelle, so wie Joe sie nach ihrer Hochzeit getragen hatte.

Opapa und Oma konnten sie nicht dazu überreden, die Urne zu bestatten. »Wir werden nicht in Kanuga bleiben«, sagte Diane. »Ich will ihn nicht hier zurücklassen.« Die beiden redeten endlos auf sie ein, aber Diane sagte: »Nein. Wir gehören nicht hierher. Wir ziehen weg.«

Das war vor acht Jahren. Die Urne steht immer noch am selben Platz auf unserem Kaminsims, ein Gegenstand mehr, der abgestaubt werden muss. Manchmal starre ich auf den verwirbelten grauen Geist und frage mich: *Wo ist die Hand?*

Ich fand, Diane und Penn sollten sich ihre Beziehungsgeschichten erzählen. Nach meiner Erfahrung mit Billy wusste ich, dass man dabei vorsichtig sein muss. Es ist verlockend, ein wenig von den eigenen romantischen Erlebnissen zu verraten, aber wird es zu viel, liefert man nur Munition für spätere Streitereien.

An diesem Nachmittag hielten wir drei unsere Kaffeepause auf der Veranda hinter dem Haus ab, während Max für einen Auftritt bei der Talentshow auf dem Trampolin übte. Wir hatten ihm erklärt, dass er auf der kleinen Bühne der Lavender Mountain Laborschule kein Trampolin aufbauen könne, aber er wollte nicht hören.

»He, Kumpel!«, rief Penn. »So wird aus dem Purzelbaum kein Salto. Du musst richtig hoch springen!«

»Ich habe Angst«, jammerte Max.

»Mach es trotzdem. Dann kannst du stolz auf dich sein.«

»Kumpel, du kannst das«, sagte Max sich und fing wieder an zu hüpfen. »Kumpel, das ist total einfach.«

Er sprang hoch, beugte den Kopf nach vorn, zog die Knie an, dann kniff er und machte einen Purzelbaum. Nachdem er vom Trampolin geklettert war, kam er zur Veranda und erklärte: »Auf dem Trampolin lag eine Raupe, und mein Fuß ist weggerutscht.«

»Die Raupe muss ganz schön gefroren haben«, sagte Penn, »so im Februar. Hatte sie einen kleinen flauschigen Pullover an?«

»Vielleicht war es auch Eis«, sagte Max.

»Eis«, wiederholte Penn und lächelte Diane an. »Bewundernswert, wie beharrlich er sich der Realität verweigert. Das ist ein Talent.«

»Es ist wirklich etwas kühl«, sagte Diane. Sie trug ein tief ausgeschnittenes, langärmliges Shirt aus so dünnem Stoff, dass man deutlich die Umrisse ihres BHs sehen konnte. Eindeutig im Freundefinden-Modus. Als sie zitternd die Arme vor der Brust verschränkte, gab sie Penn damit die perfekte Gelegenheit, einen Arm um sie zu legen, aber er verpasste sie.

Ich schickte Billy ein Selfie von mir beim Kaffeetrinken, ohne eine Antwort zu bekommen. Da zeichnete sich ein Muster ab. An einem Tag schickte ich ihm ein paar Tausend Nachrichten, ohne Reaktion. Am nächsten Tag schrieb ich:

Habe ich was Falsches gesagt? Wo bist du?
Sind dir die Finger abgefroren?

Ich bin kein Stalker oder so, aber er postete auf Facebook Basketballergebnisse, also gab es ihn ja offenbar noch. Irgendwann würde ich einknicken und ihm in einer langen Mail erklären, wie ich mich fühlte. Weil Billy *nie* daran denkt, seine Mails zu lesen, ist das in etwa so, als würde man einen Brief in eine Flasche stecken und sie ins Meer werfen. Am Ende würde ich ihm über Facebook schreiben. Dabei komme ich mir immer blöd vor. Das ist so nach dem Motto: Ich weiß, dass du dich hier mit deinen ganzen anderen Freunden austauschst, jetzt musst du auch meine Existenz zur Kenntnis nehmen. Und er würde antworten, er habe wieder sein Handy verloren, und ach ja, er habe vergessen, nach seinen Mails zu sehen.

»Billy antwortet dir nicht«, sagte Max, der mir über die Schulter sah.

»Vielen Dank für die Information.«

»Aris«, sagte Diane. Sie maß Kaffeesahne mit einem Löffel ab und schummelte dabei.

»Ich habe zu tun.« Ich starrte auf mein Display.

»Ich weiß ja, dass es altmodisch ist, aber Männer *mögen* es, Frauen nachzulaufen.«

»Ist klar«, meinte ich.

»Vielleicht ist das genetisch bedingt«, sagte sie. »So wie Hunde Katzen jagen. Du wirst nie sehen, dass eine Katze einen Hund jagt.« Sie maß einen dritten Löffel Kaffeesahne ab, starrte auf ihre Tasse und kippte mehr hinein, ohne sich mit dem lästigen Löffel aufzuhalten. »Er soll sich ruhig ein paar Gedanken machen«, sagte sie.

»Es gibt auch Kater«, warf Max ein.

»Danke für den Ratschlag«, sagte ich. »Ich werde ihn sofort beherzigen.« Als ich aufstand, um mir ein einsames Fleckchen zu suchen, erkannte ich plötzlich meine Chance und setzte mich wieder.

»Ist Joe dir nachgelaufen?«, fragte ich Diane.

Sie lächelte. Max und ich lieben die Geschichte, wie sie unseren Dad kennengelernt hat, und Diane liebt es, sie zu erzählen. »Ich habe in Provincetown in Massachusetts gewohnt …«

»Und sie hat den anderen Hetero dort kennengelernt«, unterbrach Penn. »Von der Stadt habe ich gehört. Gibt es da nicht diesen schwul-lesbischen Polizeiball?«

»Zuerst habe ich ihn nicht gesehen. Vielleicht doch – er war wirklich attraktiv –, aber Penn hat schon recht. In P-town nimmt man einfach an, dass alle schwul sind. Später hat er mir erzählt, dass er mir nach Hause nachgelaufen ist, fünf Blocks weit durch den Regen. Ich trug grüne Gummistiefel und hatte einen riesigen kaputten Regenschirm dabei, den ich bei meinem Vermieter gefunden hatte. Er hat gesagt, er wollte sehen, ob ich verrückt bin.«

»Ergebnis?«, fragte Penn.

»Die Sorge war berechtigt«, sagte Diane. »In P-town gab es einige grenzwertige Typen. Mein Vermieter hatte einen Gotteskomplex. Er hatte lange weiße Haare, einen langen weißen Bart und trug lange weiße Gewänder. Er hat meine Kaution behalten.«

»Drei Monate später ...«, gab ich das nächste Stichwort.

»Das müsste im Januar gewesen sein. Im März war ich bei einem Treffen der Anonymen Alkoholiker, habe mich im Kreis umgesehen und Joe entdeckt. Er hat so gut ausgesehen mit seinen dunklen Locken, dem Stoppelbart, den großen, dunklen Augen. Er hatte auf jeden Fall einen Einschlag Cajun.«

Ich warf Penn einen nervösen Blick zu: kahl. Aber er wirkte nicht eifersüchtig, nur interessiert.

»Ich habe Joe angesehen und gedacht, wenn ich jemanden heirate, dann diesen Kerl. Ich wusste es. Er hatte etwas an sich, seine ganze Haltung. Er hörte mit seinem ganzen Körper zu, nahm alles in sich auf, trotzdem konnte er kaum stillsitzen. Er war schnell. Oh, dieses Grinsen! Er hatte einen wunderbaren Sinn für Humor. Einmal, als wir schon verheiratet waren, haben Oma und Opapa uns in Alaska besucht. Wir standen auf einem Gletscher, und Oma sah sich um und sagte: ›Das sieht überhaupt nicht echt aus.‹«

Dein Vater hat ihr in die Augen gesehen und gesagt: ›Ist es auch nicht.‹«

»Du wusstest auf den ersten Blick, dass du ihn heiraten würdest«, seufzte ich.

»Nein«, sagte sie. »Genau genommen war ich mit einem armen Trottel verlobt, ich trug noch seinen Ring, aber ich wollte mich sowieso trennen. Ich hatte gar nicht vor, jemanden zu heiraten; mit Männern war ich fertig. Als ich Joe dort sah – es war, als würde ich ihn kennen. Wir gingen in ein Café, ein winziges, überfülltes Lokal, in dem man mit den Knien gegen die Knie der anderen Gäste stieß, wenn man sich über sein begehrtes Tischchen beugte. Wir tranken Kaffee mit Sahne und Zucker. Wir aßen Kuchen. Wir redeten. Wir rauchten. Wir redeten und hörten gar nicht mehr auf. Irgendwie hatten wir uns schon früher gekannt, hatten uns schon früher geliebt.«

»Am nächsten Tag bist du bei ihm eingezogen«, erzählte ich das Ende.

»Wir haben eine Woche gewartet«, sagte sie geziert. »Mein Vermieter, Gott, hat mich rausgeworfen, und ich wusste nicht, wohin sonst. Joe wohnte auf dem Dachboden über dem griechischen Restaurant seines Onkels. Am Tag bevor ich eingezogen bin, hat Joe sich ein Seil um den Bauch gebunden und ist am Haus hochgeklettert, um die Fenster zu putzen. In Provincetown wechselt ständig das Licht – deshalb ziehen die ganzen Künstler hin. Bei Sonnenschein hat es auf den Fenstern gefunkelt, und wenn der Tag grau war, sah es fast so aus, als würden die Wolken über unseren Boden ziehen. Wir haben die Fenster immer offen gelassen. Es roch nach Meersalz und Basilikum und Knoblauch. Ich sehe ihn noch vor mir in dieser Wohnung, in seinen verschossenen hellen Shorts, ohne Hemd, sonnengebräunt. Manchmal ist er aufs Dach geklettert und hat auf seinem alten King-Saxofon ›*On the Sunny Side of the Street*‹ gespielt.«

Sie versuchte, die Melodie zu summen, aber die arme Diane kann nicht einmal summen. Zu unserer Überraschung sang Penn ein paar Zeilen, und richtig gut:

Grab your coat and grab your hat, baby
Leave your worries on the doorstep

Er grinste uns verlegen an. »Meine Mutter mochte das Lied«, sagte er. »Hat es mir an der Wiege vorgesungen.«

»Und, Penn«, sagte ich BETONT BEILÄUFIG. »Wie ist es mit dir? Hast du dich schon mal auf den ersten Blick verliebt?«

Ich hatte ihn überrumpelt. Eine Sekunde lang dachte ich, er würde reden. Er kratzte sich am Kopf und blickte nachdenklich in die Ferne. Er öffnete den Mund. Dann stand er plötzlich auf.

»Max«, sagte er, »hol mir mal den Besen. Jetzt kannst du mir dabei zusehen, wie ich Sägespäne wegfege.«

Als er dann fegte, hörte ich, wie er leise den Rest des Liedes sang.

Auf das Formular des CCK, auf dem alle Angehörigen des Lehrkörpers unterschreiben sollten, dass sie in der Öffentlichkeit keine alkoholischen Getränke zu sich nehmen würden, um als »Vorbild für eine reine christliche Lebensweise« zu dienen, kritzelte Diane: »Ich bin gegen Alkohol allergisch. Wenn ich welchen trinke, bekomme ich Gefängnis.«

»Mom, schreib das nicht!«, heulte Max, als er das Blatt auf dem Küchentisch entdeckte. Seine Ohren sahen groß und rosa aus, wie kurz nach dem Haareschneiden. »Schreib einfach: ›Okay.‹ Wenn sie dich rausschmeißen, haben wir kein Geld mehr!«

Man sollte meinen, dass ein Kind mit solcher Sorge um das Familiensäckel (habe ich diese ganzen Wörterdinger drauf oder was?) selbst große Ambitionen in finanziellen Dingen hegt, aber wenn man Max fragt, was er werden will, wenn er groß ist, antwortet er: »Landstreicher.« Das ist kein Scherz. Er hat sich schon sein Plätzchen auf der Central Plaza ausgesucht, neben einer Außensteckdose, in die er seinen Gameboy einstecken kann. Es ist direkt vor Domino's Pizza, und wenn das Geld knapp wird, wie es bei Landstreichern öfter mal der Fall ist, kann er Pizzen ausliefern und die Reste essen.

Normalerweise gehen wir freitagabends mit Oma und Opapa zu Domino's, aber sie waren in den Bergen mit ein paar Freunden, die sich »die Müßiggänger« nennen. Diese Gruppe Siebzigjähriger teilt die Ansicht, sie hätten den schweren Teil des Lebens hinter sich. Wenn sie zusammen sind, vertrödeln sie den Tag und lachen über die Arbeit, die sie machen sollten. An diesem Freitag würde deshalb Diane die Rechnung bezahlen müssen. Weil Diane dem CCK wegen der neuen Regeln pampig gekommen war, machten Max und ich uns Sorgen, aber wir waren beide nicht erwachsen genug, um zu sagen, dass wir nicht in die Pizzeria gehen wollten. Wir lieben Pizza!

In *Glückliche Kinder in einer unglücklichen Welt* wird Eltern geraten, alle Geldsorgen von Kindern fernzuhalten. So etwas verunsichert uns nur. Diane hat es noch nicht bis zu diesem Kapitel geschafft, weil sie das Buch zwar immer wieder in die Hand nimmt, aber jedes Mal mit dem Prolog anfängt – sie liebt Anfänge. Außerdem ist sie ein Fan von Motivationssprüchen. Auf ihrer Sonnenschutzblende im Auto klebt ein Zettel, auf dem steht: »Ich segle auf dem Fluss des Reichtums.« Langsam bekam ich ein ungutes Gefühl wegen des teuren Abendessens, aber dann erinnerte ich mich daran, dass Autoren mit ihren Erstlingen oft Millionäre werden. In *Romane schreiben in 30 Tagen!* werden mehrere Fälle genannt.

Als wir an Max' Landstreicherplatz auf der Central Plaza vorbeischlenderten, zog ich Dianes grünen Poncho zurecht, damit er gerade hing. Penn war nicht mitgekommen, weil er ja nicht isst, aber für eine Singlefrau ist es wichtig, immer so gut wie möglich auszusehen. Ich hatte mein Herz an Penn gehängt, aber ein bisschen Konkurrenz konnte nicht schaden.

Leider war an diesem Abend im Domino's in Kanuga keine Konkurrenz zu finden.

Ich schickte Billy ein Selfie.

»Nö, keine Antwort«, sagte Max und starrte auf mein Display.

»Stütz dich nicht immer bei mir auf, Max. Diane, mach bitte, dass er sich hinsetzt.«

»Sitz«, sagte Diane. Sie gab ihm ihr Handy mit der Auflage, nicht die Waffenapp herunterzuladen. Er hatte neulich eine iPhone-App gefunden, mit der man sein Smartphone in eine Waffe verwandeln kann. Sobald er ein Handy in die Finger bekam, war er bewaffnet. Wäre ich nicht damit beschäftigt gewesen, mein eigenes Handy anzustarren und auf eine Nachricht von Billy zu warten, hätte ich ihm einen Vortrag über die Macht der Gewaltlosigkeit gehalten. Letztes Jahr habe ich die Rede »Ich habe einen Traum« von Martin Luther King Jr. auswendig gelernt.

Ich habe ein gutes Gedächtnis, was Fluch und Segen zugleich ist. Einerseits ist es großartig, weil ich nie lernen muss. Alles, was in mein Gehirn kommt, bleibt auch da. Der Nachteil ist, dass ich nichts vergessen kann. Erinnerungen umflattern mein Gehirn so verdammt hartnäckig wie Motten eine Lampe. Manchmal blitzen ganze Seiten aus Dianes Tagebüchern vor meinem inneren Auge auf, ohne dass ich es will. Zum Beispiel habe ich die Speisekarte einer Pizzeria vor mir und sehe das hier:

WAS ICH VON JOE GELERNT HABE

Wie man einen Burrito rollt.
Wie man ein Baby in eine Decke wickelt, als wäre es ein Burrito.
Was man gegen Unterkühlung macht.
Wie man Puttanesca zubereitet, was auf Italienisch »Hurensoße« heißt, weil Frauen, die ihre Männer betrügen, keine Zeit zum Kochen haben.
Dass man in seinem Garten ein großes Loch graben darf.
Den Unterschied zwischen Jets und unbekannten Flugobjekten.
Bundessteuern sind illegal.
Hab immer eine Machete im Auto.
Wie man stirbt, bevor man alt wird.

Ich versuchte, diese Liste aus meinem Kopf zu bekommen, als ein Mann ans Fenster klopfte und uns durch die Scheibe anlächelte.

»Das ist Charles!«, rief Diane und winkte, er solle hereinkommen.

Ein schmächtiger junger schwarzer Mann stand an unserem Tisch. Er trug eine Khakihose mit Bügelfalten, ein gestärktes weißes Hemd (solche Dinge fallen mir auf, weil Diane und ich keine Zeit haben, um zu bügeln) und eine rote Mir-kann-keiner-was-Krawatte. Seine Schuhe konnte ich nicht sehen, aber er hatte einen Filzhut, wie Opapa ihn trägt, wenn es kalt ist, und der zu einem Gangster in den Zwanzigern gepasst hätte. Aus dem Hutband ragte kess eine rote Feder hervor.

Wenn Sie mal einen Ihrer Lieblingsautoren PERSÖNLICH getroffen haben, verstehen Sie, wie schwer es war, nicht aufzuspringen und Charles um den Hals zu fallen. Wir hatten so viel zusammen durchgemacht: Waren zusammengezuckt, als Daddy mit diesem fiesen Blick zu Mama gesagt hat: »Bist ja die Schlaue in der Familie …«, mussten peinliche Clownsschuhe tragen, während die anderen Kinder neue Nikes hatten. Als wir in einem BMW, von dem sogar unsere Kleidung nach neuem Auto roch, vor Mamas Haus hielten … da waren unsere Herzen eins. Wie hatten wir unsere Kräfte gesammelt, bevor wir das Gesicht von Marvin Hutchins hinter dieser Panzerglasscheibe im Staatsgefängnis Hay sahen …

»Kinder«, sagte Diane und bedeutete Charles, er solle sich setzen, »ich möchte euch meinen Studenten Charles Hutchins vorstellen. Charles, das sind meine Kinder Aris und Max.«

»Hallo«, sagte ich fröhlich. Vor lauter Aufregung wurden meine Ohren heiß, und ich wusste nicht, wohin ich sehen sollte.

»Hallo, Aris«, sagte er. »Ich habe viel von dir gehört.«

Ich starrte auf das rot-weiß karierte Tischtuch und dachte: *Glaub mal, ich habe auch viel von dir gehört.*

Er setzte sich, faltete seine langen Beine unter den Tisch und strahlte uns an. Der Hut sah ziemlich komisch aus mit der Feder. An Opapas Hut steckt eine dezente flaumige Feder von einem Rotkehlchen, aber Charles' Feder war flippig, sie sprang einen direkt an. Sie hätte glatt von einem Paradiesvogel stammen können.

Die Kellnerin brachte uns Cola. Zuerst dachte ich, sie habe sich vertan. Diane sagt, Softdrinks würden nur die Rechnung in die Höhe treiben. Billige Restaurants wie das Domino's würden mit dem Essen kein Geld verdienen, das komme alles von den Softdrinks, die legale Gifte seien. Offenbar hatte Diane den Verstand verloren und sie bestellt. Sie wirkte selbst etwas überrascht.

»Nicht nachfüllen, bitte«, sagte sie der Kellnerin, ließ die Getränke aber nicht zurückgehen. Sie bat Charles, mit uns zu essen, aber er sagte, er könne nicht, bla bla bla, und ich schaltete gedanklich ab. Durch das Fenster zur Küche beobachtete ich einen Bäcker, der Teig knetete. Er trug Plastikhandschuhe, die über seine breiten Unterarme reichten, und seine Muskeln traten jedes Mal hervor, wenn er den Teigklumpen auf die Arbeitsfläche knallte und ihn wieder auseinanderzog.

»Sie kommen vom Polizeirevier?«, fragte Diane gerade Charles. »Warum?«

Schlagartig vergaß ich den Pizzateig und schenkte Charles meine ganze Aufmerksamkeit.

Er hatte seinen Hut abgenommen und hielt ihn locker auf dem Schoß. Einen Moment lang senkte er den Blick und spielte an der Krempe herum. Er hatte lange, sich verjüngende Finger und trug einen goldenen Highschoolring. Abgesehen von Penn und Opapa und dem gelegentlichen Mr Friend haben wir kaum mal einen Mann in der Nähe, deshalb war es schon etwas Besonderes, dass einer am Tisch saß.

»Na ja, Dr. Montgomery-Thibodeau …«

»Ich habe keinen Doktor.«

»Ja, Ma'am. Das vergesse ich immer.« Er lächelte kurz. »*Ms* Montgomery-Thibodeau.« Dann wurde er wieder ernst. »Ich weiß nicht, wie ich es sagen soll, aber … Ich bin am Wochenende verhaftet worden, weil ich zu schnell gefahren bin. Die Polizisten haben mein Auto durchsucht, und dann haben sie mich in eine Zelle gesteckt.«

Er schwieg, um jeden von uns lange anzusehen, und ich konnte ihn mir richtig gut als Prediger vorstellen. Prediger wissen, dass eine bestimmte Art von Stille die Menschen aufwecken kann. Das wissen sogar episkopale Rektoren (ja gut, *Rektor* klingt nicht gerade beunruhigend), aber ihnen fehlt die Leidenschaft der Baptisten dafür, andere sich winden zu sehen.

Max stand der Mund offen. »Sie waren im Gefängnis?« Er rief es fast durch das ganze Restaurant. Leute drehten sich um. Diane und ich wollten ihn gleichzeitig zum Schweigen bringen, aber Charles war nicht böse.

Er richtete sich leicht auf. »Ja, das war ich, junger Mann. Ich hätte nie gedacht, dass mir das passieren würde.« Er schüttelte den Kopf. »Es war … Ich weiß nicht, wie ich das beschreiben soll. Es war ein Tiefpunkt, Ms Montgomery-Thibodeau. Ein echter Tiefpunkt in meinem Leben. Sie haben in meinem Auto nichts gefunden«, erzählte er leise, »trotzdem haben sie mich mit aufs Revier genommen. Sie haben gesagt, ich könne jemanden anrufen.« Wieder senkte er den Blick zu dem Hut auf seinem Schoß. »Es war ein schreckliches Gefühl, meine Mutter anzurufen. Sie hat sich von meinem Cousin Geld geliehen, um die fünfhundert Dollar Strafe zu bezahlen. Das Schlimmste ist, dass ich die Vorlesungspause im Frühjahr im Gefängnis verbringen muss. Die ganze Woche!«

»Wie schnell sind Sie denn gefahren?«, fragte Diane. Ohne den Blick von Charles zu lösen, langte sie über den Tisch und nahm Max ihr Handy weg. Er war gerade dabei, die Waffenapp herunterzuladen.

»Dreizehn Stundenkilometer über dem Tempolimit. Normalerweise fahre ich nicht zu schnell, aber –«

»Das ist ja lächerlich!«, sagte Diane. »Die dürften Ihr Auto ohne richterlichen Beschluss gar nicht durchsuchen. Die dürfen Sie nicht ins Gefängnis werfen, weil Sie zu schnell gefahren sind. Hatten Sie etwas getrunken?«

»Nein, Ma'am. Und das war meine erste Strafe wegen überhöhter Geschwindigkeit. Meine Papiere hatte ich dabei.«

Diane wechselte in die Mutterrolle. »Führerschein?«

»Ja, Ma'am.«

»Versicherungsschein?«

»Ja, Ma'am.«

»Zulassungsbescheinigung?«

»Ja, Ma'am.«

Wahrscheinlich wollte sie ihn als Nächstes fragen, ob er sich die Zähne geputzt habe, ob er sich auch ganz sicher sei, als die Kellnerin anrauschte, um seine Bestellung aufzunehmen. Er sagte, nein, danke, er müsse gleich zu seiner Verlobten. Ich stellte mir vor, wie Billy »meine Verlobte« sagte, so wie Charles gerade, und dabei so stolz aussah.

»Das können die nicht mit Ihnen machen«, sagte Diane. »Haben Sie einen Anwalt?«

»Ja, Ma'am, ich glaube schon. Meine Mutter hat mit jemandem gesprochen. Er hat gesagt, wir könnten schriftlich Widerspruch einlegen.«

»Ich helfe Ihnen dabei«, versprach Diane, und ich konnte richtig sehen, wie der Mumm in ihr aufstieg, während wir die Gläser verschoben, damit die Kellnerin die Pizza auf den Tisch stellen konnte. Der Geruch von blubberndem Käse auf lockerem, frisch gebackenem Teig und der Anblick von am Rand gewellten Salamischeibchen weckte quälenden Hunger in mir. Mir lief das Wasser im Mund zusammen. Diane nahm die Pizza gar nicht zur Kenntnis; mit einem gefährlichen Funkeln in den Augen sah sie Charles an. »Sprechen Sie mir nach«, sagte sie. »Ich werde nicht ins Gefängnis gehen.«

»Das würde ich zu gerne glauben.«

»Nachsprechen«, befahl Diane, wieder ganz Dozentin.

»Ich werde nicht ins Gefängnis gehen«, sagte Charles. Er lächelte, gut aussehend und stolz.

Die Kellnerin fragte, ob sie uns noch etwas bringen könne. »Nur die Rechnung, danke«, sagte ich. Sie lächelte, als wäre ich irgendwie niedlich, und wartete darauf, dass Diane sie bemerkte. Diane war allerdings blind. »Selbst Georgia ist für rassistische Tendenzen bei der Polizei sensibilisiert«, erklärte sie gerade Charles. »Wir schreiben einen Widerspruch, mit dem dieser Fall in die landesweiten Nachrichten kommt.«

»Danke«, sagte Charles. Als er aufstand, um zu gehen, legte er eine Hand aufs Herz, die Spitzen seiner langen Finger streiften seine rote Krawatte.

»Warum kommt Charles ins Gefängnis?«, fragte Max, nachdem Charles gegangen war. Er hatte wieder das Handy.

»Sprich nicht mit vollem Mund«, sagte Diane. Mit einer Serviette wischte sie ihm Tomatensoße vom Kinn. Dann tunkte sie eine Gabel Salat in ein Dressingschälchen neben dem Teller. Nachdenklich kaute sie ihr Essen. Schließlich sagte sie: »Charles fährt einen BMW. Charles ist schwarz.«

»Überraschung!«, sagte ich.

»Das heißt Afroamerikaner«, korrigierte Max mit vollem Mund. Man konnte bei ihm oft den kompletten Kauvorgang beobachten. Es war interessant, aber eklig.

Die Kellnerin kam mit einem Krug Cola vorbei, bremste sich aber, bevor sie uns nachschenkte. Dann zeigte Max mit Dianes Handy Richtung Decke, und Schüsse hallten durch das Restaurant.

Bevor ich an diesem Abend schlafen ging, krabbelte ich unter mein Bett und schlug Dianes letztes Tagebuch auf. Der Einband fiel auseinander, Blätter rutschten heraus. Auf die Innenseite des hinteren Buchdeckels hatte sie mit winziger Schrift ein Inventar geschrieben.

INVENTAR

Geld auf dem Scheckkonto: 47,12 $. Erspartes: 2,07 $. Schulden: 0 $. Benzin im Auto: 1/2 Tank. Milch: 1/4 Karton. Kaffee: 1 Tüte. Makkaroni mit Käse von Annie's: 7 Schachteln. Nikotinkaugummi: 4 Stück, 4 mg. Weihnachtsgästehandtücher mit Monogramm, geschenkt zur Hochzeit: 12. Bücher: 612. Bücher Mormon: 3. Legoteile: 174.112. American-Girl-Puppen: 5. American-Girl-Puppenschuhe: 23 Paar. Liebesbriefchen von Kindern: 12. Entschuldigungsbriefchen von Kindern: 19. Anzahl Studenten: 66. Studenten, die bestehen werden: 56. Studenten, die erwarten zu bestehen: 65. Intellektuell neugierige Studenten: 1. Freunde: 2. Bekannte: 168. Exfreunde: 17. Exverlobte: 3. Exmänner: 0. Auf den ersten Blick verliebt: 1 x. Verliebt: 1 x. Urnen auf dem Kaminsims: 1 toter Mensch, 1 totes Haustier. Haustiere: 2. Vergeben worden: 1938 x. Anderen vergeben: 1512 x. Von Eltern geschlagen worden: 511 x. Meine Kinder geschlagen: 2 x. Letztes Hemd von meinem Vater bekommen: 1 x. Jahre Mitglied im Country Club: 22. Blut für Geld gespendet: 5 x. Gejoggte Kilometer: 343.000. Gerauchte Zigaretten: 2.992.999. Geworfene Kusshände: 5. Erlebte Wunder: 3. Erwartete Wunder: 2.183.173. Gebetete Gebete: 1.319.873.918.000. Geheimnisse –

Oh, Diane. Was sollte ich nur mit ihr machen? Was, wenn mein Roman nicht gut würde? Weil ich fest an Anfängerglück glaubte, hatte ich über diese Möglichkeit bisher nicht ernsthaft nachgedacht. Kate sagt, ich würde großartig schreiben, solange ich die Rechtschreibprüfung benutze. Stimmt schon, meine Englischnote wird langsam lausig, aber nur, weil ich ein paar Sachen noch nicht abgegeben habe. Diane hat gesagt, ich könne alles schaffen, was ich mir vornehme – sie hätte mir *Romane schreiben in 30 Tagen!* nicht geschenkt, wenn sie glauben würde, ich wäre der Aufgabe nicht gewachsen. Nach diesen Tagebüchern begriff ich allerdings, dass unsere Familie schlimmer in der Klemme steckte, als ich gedacht hatte. Wenn aus der Sache mit Penn nichts wurde – und selbst wenn, immerhin hatte Penn, wie Oma sofort betont hatte, streng genommen keine Arbeit.

Ich betrachtete die Klebezettel an der Pinnwand meines Büros unterm Bett und überdachte meine Schreibziele.

1. Eine Therapie vermeiden.
2. Diane unter die Haube bringen.
3. Geld verdienen.

Kurz gesagt hing das Schicksal der Familie Montgomery-Thibodeau von meinem literarischen Erfolg ab. Obwohl das Manuskript noch nicht fertig war, brauchte ich eine zweite Meinung. Der Autor von *Romane schreiben in 30 Tagen!* rät, der erste Kritiker solle jemand sein, der viele Bücher gelesen habe, jemand, der einen möge, aber nicht zu sehr. Ich dachte kurz nach, atmete drei Mal tief durch und schickte mein unvollendetes Werk per Mail an Ms Chu.

In *Romane schreiben in 30 Tagen!* heißt es, man solle Figuren nie zu lange allein in einem Zimmer lassen. Menschen machten nichts, wenn sie allein seien, argumentiert der Autor, deshalb komme die Geschichte ins Stocken. Ohne Interaktion gebe es keine Aktion.

Ich wünschte mir echt, das würde stimmen.

Für Montagabend hatte Diane sich mit Charles in ihrem Büro verabredet, um ihm bei seiner nächsten Hausarbeit zu helfen. Penn kam vorbei, um auf uns aufzupassen, und machte Fertigtacos. »In der Schachtel müssen Springbohnen gewesen sein«, sagte er nach dem Abendessen, als Max zum vierten Mal auf einem Fuß um den Tisch gehüpft war. Penn schlug einen Ausflug zur Heilsarmee vor, und Max redete wie ein Wasserfall davon, er könne dort vielleicht seine Steinsammlung finden.

»Ich hoffe, es hat sie noch niemand gekauft«, sagte er. »Das wäre echt Mist.«

»›Sage nie von einem Ding: *Ich habe es verloren,* sondern: *Ich habe es zurückgegeben.*‹ Das ist von Epiktet oder wie er sich ausspricht. Cooler Typ.«

»Wenn ich jemanden sehe, der meine Steinsammlung kaufen will, haue ich ihm einfach auf den Kopf«, sagte Max. »Bumm.« Er schnappte sich einen Salzstreuer und zog ihn ein paar imaginären Rivalen über den Schädel, bevor ihm etwas Besseres einfiel. »Penn, kann ich meine Waffenapp auf dein Handy laden?«

»Du weißt ja hoffentlich, dass unsere Haftanstalten voller achtjähriger Jungen sind, die in Secondhandläden ihre Waffenapp abfeuern«, sagte Penn. »Beeilt euch, bevor der Laden zumacht.«

Max dachte kurz nach und trat von einem Fuß auf den anderen. Am Ende schloss er einen Kompromiss mit sich. »Ich sage einfach höflich: ›Entschuldigen Sie bitte, ich glaube, das ist meine Steinsammlung.‹« Er sah zu Penn auf. »Wäre das gut?«

»Super«, antwortete Penn. »Kommst du, Schwester?«

»Nein, danke.« Ich klang betont beiläufig, ein bisschen gelangweilt. Ich streckte mich, gähnte und sah an die Decke. »Ich glaube, ich bleibe hier und mache Dianes Bücher fertig zum Verschicken.«

Penns Augen schimmerten unter dem Schirm seiner Mütze silbrig. Wenn man ihm in die Augen blickt, kommt es einem manchmal vor, als würde man in einen Einwegspiegel sehen. Man erkennt nicht, was er denkt, aber man hat das Gefühl, er würde einem in den Kopf sehen. »Sind ein paar gute Taten fällig, oder tust du Buße?«

»Ich brauche die Kohle«, antwortete ich lächelnd.

»Tja dann, alles klar. Max, lad die Waffenapp runter, wir hauen ab.«

Als sie gegangen waren, fühlte sich das Haus plötzlich leer an. Abgesehen vom gelben Licht einer Lampe, das auf den Stapel von Dianes Umschlägen fiel, war es im Wohnzimmer dunkel. Ich beobachtete meinen Schatten an der Wand. Jedes Mal, wenn die Heizung ansprang, flackerte die Lampe, und der Schatten bewegte sich.

Eine zufällige Erinnerung: Nach Joes Tod bin ich Diane einmal über einen Parkplatz in Georgia gefolgt. Wir waren gerade von Alaska hergezogen, und das Sonnenlicht tat meinen Augen weh, deshalb hielt ich den Kopf gesenkt. Diane war mit Max schwanger. Während ich ihr nachlief, trat ich immer auf den Rand des Schattens der Frau mit dem dicken Bauch.

»Merm«, sagte ich, »ich folge deinem Schatten.« Plötzlich drehte sich die Frau um. Es war nicht Diane.

Als ich mich daran erinnerte, vermisste ich Diane so sehr, dass ich es kaum aushielt. War das die vierte Dimension, in der damals jetzt ist und hier dort? Ich war vier Jahre alt und zwölfeinhalb Jahre alt und zwanzig Jahre alt, alles gleichzeitig. Mein ganzes Leben war in einen Proust'schen Klecks gequetscht.

Was, wenn Diane in diesem Moment tot war? Wenn sie auf dem Weg zum CCK einen Autounfall gehabt hatte? Oder vielleicht hatte sie auf dem Weg dorthin einen Sinneswandel, so wie Anders' Mutter. Ich stellte mir Mrs Anderson vor, wie sie an einem schwülen Nachmittag aus dem Drive-in der Reinigung kam. Aus irgendeinem Grund – vielleicht traf sie ihre Entscheidung nicht mal bewusst – fuhr sie einfach weiter, bis nach Nevada, während Mr Andersons gestärkte Hemden vor dem hinteren Fenster schaukelten. Anders hat mir erzählt, sie habe am Telefon »Ich vermisse dich« gesagt, aber er habe es nicht erwidert. Es gibt nichts Schlimmeres, als jemanden zu vermissen.

Ich ging zu Dianes Bett und drückte das Gesicht in ihr Kissen, um ihren Schlafduft zu riechen. Im Zimmer war es dunkel und kalt und so still, dass ich das Tick, Tick, Tick der billigen Uhr auf ihrem Nachttisch hören konnte. Es war sechzehn Minuten nach sechs. Penn hatte gesagt, sie seien um achtzehn dreißig Romeo-Zeit zu Hause. Während ich beobachtete, wie sich der Minutenzeiger l-a-n-g-s-a-m im Kreis weiterdrehte, traf ich eine Entscheidung.

Ein konkretes Ziel und eine feste Deadline zu haben munterte mich auf. Lucky und Hiroshima folgten mir in mein Zimmer, legten den Kopf schief und wedelten unsicher mit dem Schwanz, während ich Dianes Tagebücher unter meinem Bett hervorkramte. Dann folgten sie mir zurück ins Wohnzimmer, wo ich die Notizbücher als großen Haufen neben Dianes ordentlichen Stapel verkaufter Bücher warf.

Auf jedem Buch klebte ein Zettel in einer anderen Farbe, auf dem der neue Besitzer stand. *Vegan kochen für Kinder* gehörte jetzt Dr. Patricia Gormez aus Spokane, Washington. Von mir aus gerne.

Zusätzlich zu dem Kochbuch bekam Dr. Patricia ein handschriftliches Tagebuch von Diane Montgomery-Thibodeau, das mit dem Kaffeefleck auf dem Deckel. Dieser Band enthielt Dianes Liste »Gelegenheiten, bei denen ich doppelt gesehen habe«, die eine Ärztin vielleicht interessant finden würde.

GELEGENHEITEN, BEI DENEN ICH
DOPPELT GESEHEN HABE

1. Als ich heute Morgen die Kinder zur Schule fuhr. Ich schätze, ich war müde vom Expresskorrigieren gestern Abend. Der Holztransporter vor mir hat sich in zwei Holztransporter aufgeteilt. Sofort hat mein Gehirn versucht, das Bild einzuordnen, die beiden auf eigene Fahrspuren zu setzen. Dann hat mein Gehirn gesagt, nein, du siehst doppelt, und die beiden Bilder sind zu einem Laster auf einer Spur zusammengeschnackt.
2. Bei meinem letzten Drink, vor achtzehn Jahren.
3. Letzten Samstag bei Kroger. Ein Mann hat ein kreischendes Mädchen über den offenen Kofferraum eines fleckigen und zerbeulten Buick gehalten, während zwei Frauen mit angespannter Miene zusahen.

Als ich den Gormez-Umschlag erst einmal zugeklebt und auf den Stapel mit den fertigen Sachen gelegt hatte, war es leichter, das nächste Tagebuch einzutüten. So ist das bei kriminellen Machenschaften. Fühlt ein Hund sich schuldig, wenn er das erste Ei klaut? Beruhigt er irgendwann sein Gewissen damit, die breite Mehrheit würde seine Handlungen zwar nicht gutheißen, aber sie dienten einem höheren Zweck? Ich musterte Lucky, die auf dem Boden lag, die Pfoten ordentlich vor sich, und mich durchdringend ansah. Ihr Blick sagte deutlich: *Nein, Hunde haben keine Schattenseite.*

Für Miranda Delmar, Postfach 921, NY, NY, die *Vom Winde verweht* »wie neu« haben wollte, suchte ich ein Tagebuch aus der Zeit direkt nach Joes Tod aus.

DUMME SACHEN, DIE LEUTE MACHEN, WENN MAN SEINEN MANN VERLOREN HAT

1. Andeuten, man sei schuld.
2. Eine Exfrau aus einem anderen Staat zur Trauerfeier in der Heimatstadt mitbringen.
3. Fragen, ob er errettet wurde.
4. Versuchen, einen Baptistenprediger und einen katholischen Pfarrer für die Trauerfeier zu bestellen.
5. Eine Klasse der Sonntagsschule damit beauftragen, der Familie Aufläufe zu bringen. Darauf bestehen, dass die Witwe jedem Spender einen ausführlichen Dankesbrief schreibt. »Die Briefmarken kaufen wir«, hat meine Mutter gesagt. »Ich weiß ja, dass du kein Geld hast.«

Stanley Elke aus Huntsville, Alabama, stand als Nächster auf der Liste. Er hatte ein Buch auf Griechisch bestellt, das Diane seit zwanzig Jahren mit sich herumgeschleppt hatte, weil sie die Sprache hatte lernen wollen – manchmal ist Alabama für eine Überraschung gut. Stanleys Tagebuch stammte aus jüngerer Zeit. Es enthielt die Liste »Wie man stirbt«, aus einem Gespräch, das meine Großeltern an einem Donnerstagabend bei Applebee's geführt haben.

WIE MAN STIRBT

1. Schreib eine Traueranzeige für dich und eine für deine Frau, falls du zuerst stirbst und sie nicht weiß, wie sie ihre eigene schreiben soll.

(»Dein Vater schreibt seine Memoiren«, sagt meine Mutter, als wir uns an den Tisch setzen.
»Haha«, sagt er und räuspert sich, als der junge Kellner uns Wasser bringt. »So lang ist sie gar nicht.«)

2. Schreib das Programm für die Trauerfeier.
(»Eigentlich wollte er bei der Beerdigung einen Solisten haben, der ›*My Old Kentucky Home*‹ singt. Aber in dem Lied gibt es eine Zeile über nackte Babys in der Holzhütte.«)
3. Lege fest, was am Grab passieren soll.
(»Wir haben die Grabstelle bezahlt und die Grabsteine ausgesucht, damit du dich damit nicht herumschlagen musst.«)
4. Bring deinen Kindern bei, wie man stirbt.
(O nein, sagen sie mit diesen vertrauten Stimmen, so musst du den Besen halten und dann mit einer langen Bewegung fegen. Nein, nicht so! Du hältst die Klinge von dir weg, damit du dir nicht die Finger abschneidest, aber wenn du den Tisch deckst, zeigt die Klinge auf deinen eigenen Teller, damit dein Sitznachbar nicht beleidigt ist. Tritt weiter in die Pedale, dann fällst du nicht. Steh auf und tu was – verlier nicht den Mut! Nimm den Fuß von der Bremse – tritt nicht ständig drauf – nicht so schnell! Du musst den Kopf des Babys so mit der Hand stützen. Lass die Kinder nicht auf dem Dachboden spielen; sie brechen durch den Boden, und du weißt nicht, was da oben ist. Sag der Lehrerin, dass du Bedenken hast, aber mach sie lieber nicht wütend. Manchmal muss man etwas Psychologie einsetzen. Heirate nicht den ersten Mann, der dir über den Weg läuft – du heiratest die Familie. Bezahle Rechnungen immer pünktlich. Öffne jeden Brief – es könnte ein Scheck darin sein. Schmeiß das nicht weg, das kannst du noch mal nehmen. Für ein Feuer brauchst du viel mehr Kleinholz. Lass den Trockner nicht

laufen, wenn du ausgehst – du brennst noch das Haus nieder. Bleib nicht die ganze Nacht auf. Sieh unter dem Bett nach, bevor du das Hotel verlässt. Halt die Aufbahrung und das Begräbnis am gleichen Tag ab. Zieh es nicht in die Länge. Sie können »*My Old Kentucky Home*« nicht singen, aber sie können die Instrumentalversion spielen, nachdem sie den Sarg ins Grab hinabgelassen haben – während alle gehen.)

Während ich die restlichen Tagebücher in Umschläge steckte und lose Blätter zurück in die Einbände stopfte, stellte ich mir vor, ich sei einer der Buchkäufer. Ich würde den Umschlag öffnen und denken: *Oh, was ist das denn? Ein Tagebuch?* Ich würde über die zerfledderte Kante des Notizbuchs streichen, die welligen Seiten umblättern, die Adresse auf dem Aufkleber überprüfen. Dann würde ich es lesen.

Ein Teil von mir wollte das letzte Tagebuch behalten. Darin standen eine Liste meiner Puppen und eine Geschichte über Dianes eigene Puppe Sheba-Lisa. Es war eine Geschichte über Dianes eigene Schattenseite. Die sollte eigentlich mindestens an einen guten Psychiater gehen, aber auf der Liste stand nur noch Shalimar O'Doole, 1020 Benton Avenue in Pittsburgh, PA, 15016. Shalimar klang eher, als würde sie einem aus der Hand lesen, aber man weiß ja nie.

Ich war nicht einmal sicher, ob Diane die Geschichte über Sheba-Lisa beendet hatte. Was, wenn sie auf dem Dachboden danach suchte?

»Wir müssen pragmatisch sein«, erklärte ich Lucky. Sie legte den Kopf schief, dann lief sie zum Fenster, um die Auffahrt im Blick zu haben; Hunde sind immer pragmatisch. Trotzdem zögerte ich noch. Ein unheimliches Gefühl kroch von meinem Magen bis hinunter in meine Zehen. Ich war dabei, etwas Schlimmes zu tun, etwas sehr Schlimmes. Hatte Diane sich auch so gefühlt, als sie meine Fliegermütze weggegeben hatte?

Die Hunde fingen an zu bellen, *Penn ist hier!, Penn ist hier!*, und ich hörte Reifen auf der Auffahrt. Achtzehn dreißig, auf den Punkt. Ich ließ Shalimars verschlossenen Umschlag auf den Stapel der Päckchen für die Post fallen. Es war vollbracht.

Morgen würden in den ganzen Vereinigten Staaten von Amerika Stückchen von Diane – und mir und Max, Joe und Penn – in fremden Briefkästen landen. Die Menschen würden in uns hineinsehen. Sie würden uns kennen. Nicht auf diese künstliche Art wie bei der Partnersuche im Internet oder dem verkniffenen Lächeln im Country Club. Das war kein plump-vertrautes Schulterklopfen oder sanftes Handauflegen alter Damen. Sie würden uns nicht kennen, wie man Menschen in der Kirche kennt, wo sich alle fein machen und aufgereiht dasitzen wie Ostereier im Karton, oder wie wir an der Lab uns kennen, mit so ausgelaugten Blicken von den ständig gleichen Gesichtern, dass alle verwischen. Nicht einmal so, wie man sich innerhalb der Familie kennt, in der man die anderen konstruiert und versucht auszufüllen. Nein, sie würden uns auf eine andere Art kennen, in- und auswendig, Fremder zu Fremden, als würde man Figuren in einem Buch kennenlernen, nur besser.

»Du bist heute Morgen ja auf Zack«, sagte Diane am nächsten Tag. Sie beobachtete mich müde über den Rand ihrer Kaffeetasse hinweg, während ich die vollen Umschläge ins Auto packte. Ich hatte sie vor dem Frühstück auf der Küchenwaage gewogen und Briefmarken aufgeklebt. Als wir an dem großen blauen Briefkasten an der Ecke hielten, fuhr ich mein Fenster herunter, steckte einen Umschlag durch den Schlitz und wartete auf das befriedigende Platsch, mit dem er aufschlug, bevor ich den nächsten einwarf. Diane trommelte mit den Fingern auf das Lenkrad; sie befürchtete, wir würden wieder zu spät zur Schule kommen. Ich hatte Panik davor, sie könnte einen Blick über die Schulter werfen und sagen: *Die Umschläge sehen ziemlich dick aus*, aber sie war die ganze Nacht lang aufgeblieben, um die Hausarbeiten durchzusehen, die ich benotet hatte, und war noch im Halbschlaf.

»Mach das Fenster zu!«, rief Max. »Es ist eiskalt! Auf dem Boden liegt Schnee!«

»Das ist Reif«, sagte Diane. »Wo ist deine Jacke?«

Max glaubte, sie könnte in seinem Schließfach sein. Er war sich nicht sicher. In den Südstaaten achtet niemand auf seine Jacken; keine Ahnung, was wir machen würden, wenn wir sie mal wirklich brauchten. Wahrscheinlich erfrieren.

Den Rehen, die auf der Wiese neben der Lab ästen, schien das kalte Wetter nichts auszumachen, sie wirkten höchstens etwas munterer als sonst, aber die Enten hatten sich am Rand des Teichs zusammengedrängt.[16] Auf dem Weg zur Bibliothek stapfte ich in eine zugefrorene Pfütze. Das Eis zerbrach zu Splittern, die um meine Schuhe dümpelten: »Gott ist. Gott ist nicht.« Das »nicht« auf meinem rechten Fuß verblasste schon, bald würde auf beiden Schuhen »Gott ist« stehen. *Was empfindest du dabei?*, würde Dr. Dhang mich vielleicht fragen. *Weiß nicht, weiß nicht, weiß nicht.*

»Aris, wir wollen uns doch die Füße abtreten, bevor wir ins Klassenzimmer kommen, nicht wahr?«, bat Mrs Waller, als ich den Englischraum betrat.

»Ja, Ma'am«, sagte ich und ging wieder hinaus, um mir die Füße auf der Matte abzustreifen.

»Wir wollen?«, flüsterte Anders, als ich mich an den Tisch neben seinem setzte, der leider als Einziger in Kates Nähe frei war.

»Das nennt man ›Krankenschwesternplural‹«, erklärte Kate. »Dieses ›wir‹ statt ›du‹ soll –«

»Kate«, sagte Mrs Waller. »Redest du etwa?«

»Ja, Ma'am«, antwortete Kate. »Ich meine, nein, Ma'am.« Sie wurde rot. »Ich höre jetzt auf.«

Ich schlug das Buch auf meinem Tisch als Deckung für mein Handy auf, um nach meinen Mails zu sehen. Noch keine Antwort von Ms Chu auf mein Manuskript. Es waren schon über drei Tage! Ich hoffte, sie war nicht krank oder tot. Und wenn sie es schrecklich fand und nicht wusste, wie sie es mir sagen sollte?

Mrs Waller kündigte an, wir würden unsere Hausaufgaben zurückbekommen, vorher wollte sie noch ein paar Punkte durchgehen. Während sie über kritisches Denken schwafelte, »den intelligent gesteuerten Vorgang, Informationen aktiv und fachkundig begrifflich zu erfassen, in Beziehung zu setzen, zu analysieren, zusam-

16 Wahrscheinlich fragen Sie sich, was aus dem Schwan geworden ist, der im Katalog der Lab erwähnt wird. Er hat Selbstmord begangen, nachdem seine Partnerin von einer Schlange getötet worden war.

menzuführen und/oder zu bewerten«, dachte ich an Dianes Tagebücher. Hatte der Postbote sie schon abgeholt? Waren sie sortiert und einzeln auf dem Weg – ein Umschlag nach New York, ein anderer nach Alabama? Ich wünschte, ich hätte den Band mit der Puppengeschichte behalten.

DIE PUPPEN MEINER TOCHTER

Playboy Ken, in Badehose, Puerto Ricaner
Barbies, zwei Kisten voll, alle Hautfarben außer Weiß
Kaya, eine Nez-Percé-Indianerin
Josefina aus New Mexico
Addy, eine entlaufene Sklavin aus Philadelphia, etwa 1864
Ihre Königliche Hoheit Gunnhild, Norwegerin (»Ich weiß, dass du dunkelhäutige Puppen lieber magst«, hat Aris gesagt, »aber ich hatte noch nie eine weiße.«)

NICHT GEZEIGTE PUPPEN

Sheba, die 38 cm große, dunkelhäutige Vinylpuppe, etwa 1973.
Das ist Shebas Geschichte:

Wie bei vielen kinderlosen Paaren herrschte in dem kleinen Backsteinhaus im ländlichen Kentucky, in dem mein Onkel und meine Tante lebten, eine bestimmte Art von Stille. Das schmale Wohnzimmer, in dem sie ihren einen Meter großen künstlichen Tannenbaum mit goldenem und silbernem Schmuck aufgestellt hatten, war seit unserem letzten Besuch unverändert. Das Sofa und die Stühle mit ihren aufeinander abgestimmten braunen und gelben Stoffmustern standen immer noch an den Wänden. Auf dem Sims über dem Gaskaminofen himmel-

te der blonde, blauäugige Schäfer die blonde, blauäugige Schäferin an. Sogar die Zimmerantenne auf ihrem Deckchen, das Tante Peggy gehäkelt hatte, um das Holzgehäuse des Fernsehers zu schonen, stand noch im gleichen Winkel da.

»Da laust mich doch der Affe«, sagte Onkel Earl und nahm seine Pfeife von meiner Wange, um in den Karton zu sehen, den ich gerade ausgepackt hatte. »Das ist ja eine kleine Niggerin.« Dann lachte er so ausgelassen, dass sein Bauch unter den Knöpfen an seinem straffen Hemd bebte. Obwohl ich seinen rauchigen Geruch und seine brummelige Stimme liebte, stieg mir das Blut ins Gesicht, als hätte ich eine Ohrfeige bekommen.

»Ich wusste nicht, ob dir eine Negerpuppe gefallen würde«, sagte Tante Peggy und musterte mich durch ihre funkelnde Brille, »aber ich habe sie im Regal gesehen und fand sie einfach zu süß.«

»Was sagt man?«, fragte meine Mutter.

Ich war erstarrt.

»Ist schon gut.« Tante Peggy lehnte sich zurück, ohne ihre Haare gegen die Lehne zu drücken. Ihr gehörte der Schönheitssalon, in dem sie schon gearbeitet hatte, bevor sie mit fünfzehn Onkel Earl heiratete, und sie konnte sich die Haare umsonst machen lassen, trotzdem brachte sie ihre Frisur nie durcheinander.

»Sie kann sich gar nicht losreißen«, sagte mein Vater und lächelte in die Runde.

»Ich kann sie auch umtauschen«, sagte Tante Peggy.

»O nein«, wehrten meine Eltern ab und fummelten an den Fransen herum, die am buntgestreiften Poncho meiner Puppe hingen. Sie sahen sich die rote Schlaghose an, die keusche weiße Unterhose darunter, die Plateausandalen. »Bring sie nicht zurück! Was sagt man denn, Diane?«

»Danke«, nuschelte ich. Um allen zu beweisen, wie dankbar ich war, nahm ich den groben Kamm, der bei Sheba – das war der Name auf dem Karton – gelegen hatte, und kämmte ihren krausen schwarzen Afro. Insgeheim taufte ich sie auf Lisa um.

Ich weiß nicht, wann ich anfing, Sheba-Lisa zu hauen. Anfangs waren es bedächtige Schläge auf den Popo, ich versohlte ihr den Hintern als Strafe bei kleineren Vergehen: Sie war nicht zu ihrem Bett im Schuhkarton gekommen, wenn ich sie gerufen hatte, oder sie hatte ihren Tee verschüttet. In der ersten Zeit setzte ich sie zu den anderen Puppen – der sanftmütigen Beth, einer dünnen Stoffpuppe mit riesigen, ungleichmäßigen Stichen am Hals, Penelope, einem verklemmten Mädchen aus Vinyl, das sich oft zu sehr aufrüschte, und der schönen Heather, die aussah wie Goldlöckchen, bis man ihre Haube ablöste und merkte, dass sie am Hinterkopf kahl war.

Es waren freundliche Mädchen, die immer lächelten und andere gerne umarmten, nur Sheba-Lisa mochten sie nicht. Sie verstummten, wenn Sheba-Lisa zu ihnen kam, und teilten nie ihr Spielzeug oder ihre Kleider mit ihr. Penelope stahl ihren Poncho, sodass sie halbnackt war, und Beth weigerte sich, ihren Kamm zu benutzen. Sie sagte, er sei dreckig. Ich konnte Sheba-Lisa baden, so oft ich wollte, alle sagten, sie sei dreckig. Sheba-Lisa stand nur da und lächelte wie die Mona Lisa. An diesem Tag versohlte ich ihnen allen den Hintern, mit heruntergezogener Hose, aber Sheba Lisa steckte ich ganz hinten in den Kleiderschrank und holte sie nie wieder hervor.

Sheba-Lisa tat mir sehr leid, und manchmal weinte ich nachts, wenn ich daran dachte, dass sie allein in dem dunklen Schrank lag und niemand sie leiden konnte. Irgendwann wollte ich nur noch, dass sie wegging. Ich fand es schrecklich, dass sie hinten in meinem Schrank war, dass sie mich an meine Gemeinheit erinnerte. Ich konnte sie nicht verschenken; keine mei-

ner Freundinnen wollte eine schwarze Puppe haben, und sie sollten auch nicht wissen, dass ich eine hatte. Ich konnte sie nicht wegwerfen – ich wusste, dass Puppen nicht echt waren, jeder wusste das, aber trotzdem.

Dann brannte eines Tages Lashondra Johnstons Haus ab. Lashondra saß bei uns in der dritten Klasse ganz hinten, so weit hinten, als wäre sie gar nicht da. Manchmal trug sie keine Schuhe oder keine Jacke oder hatte eine Erlaubnis ihrer Eltern nicht dabei, die sie brauchte, und dann musste sie nach vorne kommen.

»Wo sind deine Schuhe?«, fragte Mrs Blankenship dann.

Lashondra starrte auf ihre staubigen Füße, als wäre ihr noch gar nicht aufgefallen, dass ihre Schuhe fehlten. Sie schaute sich schnell um und hielt sich eine Hand vor den Mund.

Alles, was Lashondras Familie gehört hatte, war bei dem Feuer verbrannt. Mrs Blankenship machte uns klar, was das hieß – alles. Es war keine Socke, keine Unterwäsche, kein Spielzeug übrig. Jeder von uns sollte etwas mitbringen und es Lashondra geben. Es musste nicht nagelneu sein, aber es sollte etwas Hübsches sein.

Als Lashondra wieder zur Schule kam, hatte ich erwartet, man würde ihr das Feuer anmerken, sie hätte versengte Wimpern oder würde wenigstens leicht nach Qualm riechen, aber sie war genau wie immer. Sie trug die gleichen Sachen wie immer, ein pinkfarbenes Frühlingskleid mit Rüschen aus zweiter Hand über einem roten Rollkragenpulli und Tennisschuhe für Jungen ohne Socken. Wie üblich hatte sie sich die Haare nicht gekämmt. Als Mrs Blankenship sie nach vorne rief, wiegte Lashondra sich hin und her, wie Kinder im Chor es tun. Sie hielt den Kopf gesenkt.

Noch kicherte niemand, aber man merkte, dass es gleich so weit sein würde, als das erste Kind, Missy Carlton, Lashondra eine braune Papiertüte mit Kleidung gab. Lashondra bekam Söckchen mit Spitzenrand, noch in Zellophanpapier, Blusen, Hosen und Schuhe – ganze Tüten voller Schuhe, einige kaum getragen. Es stapelten sich bestimmt zwanzig Paar Schuhe um Lashondra, die sich mit abwesendem Blick vor uns hin und her wiegte.

Als aus der hinteren Ecke ein leises Kichern ertönte, sah sie sofort in diese Richtung, wieder kurz davor, sich eine Hand vor den Mund zu halten. Dann wurde ich aufgerufen und ging mit Sheba-Lisa nach vorn.

»Aristoteles Thibodeau!«, rief Mrs Waller.

»Ma'am?«, antwortete ich automatisch, aber als ich aufblickte, war mir fast schwindlig. Ich war weit weg gewesen, bei Diane in der öffentlichen Schule von Kanuga vor vierunddreißig Jahren – bei Diane, die sich damals und jetzt quälte. Wer außer Diane (und vielleicht mir) würde sich denn schon an eine Puppe namens Sheba-Lisa erinnern? Dann wurde mir klar, was ich getan hatte. Ich hatte einen von Dianes hässlichsten Momenten voller Schuldgefühle in einen Umschlag gesteckt und an eine Fremde geschickt.

»Bist du heute bei uns, Aris?«

»Ja, Ma'am.« Ich lächelte hoffnungsvoll, als sie mir meine Arbeit zurückgab. Sie faltet die Blätter immer der Länge nach zusammen, damit Nachbarn wie Anders die Note nicht lesen können. Ich stieß ihn kräftig mit dem Ellbogen, als er schauen wollte.

»Bestimmt sollst du wieder vorlesen«, sagte Kate. »Deine mag sie immer.«

»Nein, dieses Mal nicht«, sagte ich. Ich entwickelte langsam ein Talent für lässige Bemerkungen, die einen tiefen Schmerz überspielten – ein sicheres Zeichen für die Pubertät. Über meiner literarischen Schilderung prangte ein großes rotes »U«. »U« steht für »unvollständig«. Das bedeutet eine Sechs, aber an der Lab bekommen wir keine Sechs – sonst sind wir noch entmutigt und sprengen das Lehrerzimmer in die Luft oder so was.

Ich hatte gedacht, es würde ihr gefallen. Ich hatte mir vorgestellt, der guten alten Waller würde beim Umblättern der Mund offen stehen. Man würde mich bitten, bei der Schulversammlung daraus vorzulesen. Vielleicht würde ein Agent oder Verleger oder wenigstens jemand, der einen Agenten oder Verleger kannte, dabei sein, und ich würde einen Anruf bekommen. »Sind Sie Aristoteles Thibodeau, die Autorin?«, würde der Agent oder der Verleger fragen, während Diane und Max und Penn am Küchentisch säßen und mich beobachteten. Oh, diese lieben Gesichter! Diese rauen Schicksale!

»Ja«, würde ich gelassen antworten. »Ja, das bin ich.«

Falsch, X, wie üblich daneben, Aris. Mrs Waller hatte geschrieben, ich hätte mich nicht an die Aufgabenstellung gehalten, die hieß: »Beschreibe eine Person, einen Ort oder einen Gegenstand.«

»Das ist ja der volle Wally-Hammer«, flüsterte Kate, als sie die rot geschriebenen Kommentare neben meinem Text las.

»Ich könnte ja Schauspielerin werden statt Autorin«, sagte ich. »Romane liest eh kein Mensch.«

»Was stimmt denn mit der Geschichte nicht?«, fragte Anders.

»Weiß ich noch nicht.« Kate kaute beim Lesen auf ihren Haarspitzen herum, dann nahm sie die Strähne aus dem Mund und untersuchte sie auf Spliss. »Sie braucht entweder mehr Einzelheiten oder weniger.«

»Das ist ja hilfreich.«

Plötzlich schnappte Anders sich die Blätter. Er hielt sie außerhalb meiner Reichweite und las laut vor:

»›… als ihre Sojawürstchen sich in ruhelosem, sinnlichem Ringkampf aneinander rieben.‹«

Köpfe wandten sich um. Keller Williams lachte als Erster, ein fettes, heiseres Gröhlen, in das Bowers Loudermilk und Frank Harris sofort einstimmten. Ich werde diese jungen Männer nicht in eine

Schublade stecken, indem ich sie als tumbe Sportler bezeichne. Für Gott waren sie einzigartig, ganz bestimmt.

»Sojawürstchen!«, rief Frank.

»Ruhelose Würstchen!«, erwiderte Bowers.

Keller, der nicht so sprachgewandt wie seine Freunde war, kletterte auf seinen Tisch und brüllte: »Sex!«

»Jungs!«, sagte Mrs Waller. »Das reicht jetzt. Setzt euch bitte wieder hin.«

Allerdings kam Mrs Waller zu spät. Samantha »Ich bin ja so reich« Livingston hatte den Jungs einen Blick aus ihren blauen Augen gegönnt. Samantha ließ sich jeden Tag von ihrem Hausmädchen ein warmes Mittagessen von Arby's zur Schule bringen. Sie trägt Taschen von Prada und fliegt alle zwölf Wochen nach Palm Beach, um sich die Strähnchen von einem Mann auffrischen zu lassen, den man einmal wegen eines Haarnotfalls ins Weiße Haus eingeflogen hatte. Ich habe schon gesehen, wie Samantha einen Beutel mit Kleingeld, darunter Vierteldollarmünzen, einfach in den Müll warf. Wenn sie sich bewegt, halten die Jungs den Atem an. Sie ist nicht mal hübsch, aber sie zwingt einen dazu, das zu glauben. Manchen Frauen ist diese Macht angeboren.

»Ernsthaft, Aris?«, fragte Samantha. Sie umgab sich mit einem Kraftfeld atemberaubender Schönheit, und das ganze Zimmer stand Kopf.

Ich weiß nicht, was passiert wäre – wahrscheinlich wäre es zu einer spontanen Selbstentzündung gekommen, die von uns allen nur Asche übrig gelassen hätte –, hätte Coach Bobby nicht die Tür geöffnet. Mit zwei großen Schritten stand er mitten im Getümmel.

»SEID STILL UND SETZT EUCH HIN!«, dröhnte er.

Schlagartig wurde es leise. Mein Herz hämmerte in der Brust. Ich bin es nicht gewohnt, einen Mann brüllen zu hören. Ich schwöre, die Fenster haben gewackelt. Lisette Fishbourne, ein Mädchen mit dünnem Haar und einem Nervenleiden, weinte leise in ihren Ärmel.

»Es tut mir leid«, sagte Coach Bobby heiser. Er ging zu ihr und klopfte ihr verlegen auf den Rücken. »Dich habe ich nicht gemeint.« Mit finsterem Blick musterte er die Footballspieler, die mit hochgezogenen Schultern und roten Köpfen ziemlich kleinlaut wirkten. »Was ist hier los?«

Alle sahen in die Ecke, in der der Ärger angefangen hatte – zu Aris, Kate und Anders, den drei Kindern mit nur einem Elternteil, den Ergebnissen von Tod, Scheidung und Verlassenwerden.

»Anders«, sagte Coach Bobby. »Kannst du diesen Tumult erklären?«

»Na ja, Sir.« Beim »Sir« quietschte Anders. Er rutschte mit Unbehagen hin und her, blickte auf seine Füße, zur Tür, an die Decke und schließlich Coach Bobby in die Augen, Mann zu Mann. »Es ist so, dass … ähm … Aris hat einen richtig guten Aufsatz geschrieben.«

WIE BITTE?

Ist das gerade echt passiert? Anders hat sich für mich eingesetzt – egal – und mein Aufsatz ist klasse! JA. JA! HAMMER!!!!! Klischees könnten nicht mal ansatzweise beschreiben, wie ich mich in diesem Moment fühlte. Ich musste mich entschuldigen, zur Mädchentoilette rasen und mich einschließen. »Gott ist, Gott ist nicht, Gott ist, Gott ist nicht«, führten meine Füße einen Freudentanz auf.

Bis zur Mittagspause war die Sonne herausgekommen, und alle Schüler der Lab, die morgens an eine Jacke gedacht hatten, waren sie schon losgeworden. Mehrere hingen über den Büschen neben dem Steinweg zur Mensa. Anders lief neben mir her und versuchte, auf den Schuh zu treten, der »Gott ist nicht« verkündete. Ich ließ es zu, immerhin war er ein Fan. Außerdem wuchs seine Igelfrisur langsam raus. Nicht, dass er süß gewesen wäre, ich meine nur.

»Es ist erwiesen, dass Christen länger leben als Nichtchristen«, erzählte er. »Weil sie glücklicher sind.«

»Fang nicht damit an.«

»Ich brauche dir gar nicht zu sagen, dass Jesus Christus dein Erlöser ist, das weißt du schon. Selbst wenn du es leugnest, weißt du es in deinem Herzen.«

Mein Fuß rutschte auf dem Weg aus und traf ihn versehentlich am Schienbein.

»Geh weg, Anders.«

»Warum?«, fragte er und hinkte schneller, um mich einzuholen. »Warum sollte ich weggehen?«

»Darum.« Stinksauer drehte ich mich zu ihm um. »Mein Herz geht dich verflixt noch mal nichts an.« Wir standen direkt neben dem Fischteich, fast hätte ich ihn hineingestoßen. »Versuch es doch mal damit: Ersetze die Wörter ›Jesus Christus‹ durch ›mein Ego‹. Na los, sag es. ›Ich will mein Ego mit dir teilen. Ich folge meinem Ego. Ich glaube an mein Ego. Mein Ego ist mein Erlöser.‹« Ich starrte ihn an, bis er wegsah, dann stampfte ich davon.

»Da melden sich aber die Hormone«, brummelte er, während er mir wie ein Hund in die Mensa folgte. Er ließ sich auf den Stuhl neben mir fallen. Er machte ein niedergeschlagenes Gesicht und packte das Mittagessen aus, das sein Dad ihm mitgegeben hatte. Einmal hatte Mr Anderson eine Dose Coors Light für Ginger Ale gehalten. »Mein Dad hat morgens irgendwie noch die Augen zu«, hatte Anders gemurmelt, während der ganze Tisch lachte. Heute hatte er zwei Riegel Snickers und eine Dose Spaghettios dabei – für die man einen Dosenöffner brauchte. Und keinen Dosenöffner.

Er sah zu, wie ich die Stoffserviette, die Diane immer für mich einpackt, auseinanderfaltete und auf meinen Schoß legte. Dann breitete ich mein Essen aus, schön einladend, damit wir über eines dieser Snickers verhandeln konnten. Er las das Zettelchen, das Diane auf meinen Plastikbeutel mit geschnittenen Möhren geklebt hatte: »Ich bin so stolz auf dich. Du bist prachtvoll, Mademoiselle!«

»Warum ist sie stolz auf dich?«

Ich zuckte mit den Schultern. »Das sagt sie nur so.« Als ich ihre Handschrift sah, durchfuhr mich das schlechte Gewissen. Hatte ich heute Morgen wirklich ihre Tagebücher an fremde Leute verschickt? Wieso habe ich das für eine gute Idee gehalten?

»Ein halbes Vollkornbrot mit Erdnussbutter und Gurke gegen ein Snickers?«, bot ich an.

Er nahm mein Sandwich in die Hand und begutachtete es. »Warum wirkst du so schuldbewusst?«

»Tu ich doch gar nicht. Es ist nur ein alberner Schokoriegel.«

»Nein, im Ernst. Man sieht es dir richtig an. Was hast du gemacht?«

Ich sah ihm direkt in die Augen. Er erwiderte den Blick. Ich blinzelte nicht. Er blinzelte nicht. Ich blinzelte nicht. Er blinzelte nicht. So saßen wir da, bis es klingelte.

Als ich die Mensa gerade verließ, winkte Ms Chu und schloss sich mir an.

Lächelnd musterte sie mich, als hätte ich eine neue Frisur oder so. Sie sagte leise: »Dein Roman gefällt mir.«

»Echt?«

»Ja, echt.«

Mit einem Mal war es ein wunderschöner Nachmittag an der Lavender Mountain Laborschule. Im Fischteich schimmerten Goldfische in den schräg einfallenden Strahlen der Wintersonne. Nachmittägliche Schatten zogen sich quer über die aufrechten Kiefern hinter der Kapelle. Auf dem Rasen der Kapelle ästen ein paar Rehe, die uns aus sanften braunen Augen auf unserem Weg beobachteten.

»Er ist großartig«, flüsterte Ms Chu.

Ich kostete den Moment voll aus – mit den glitzernden Goldfischen, den äsenden Rehen, dem Rascheln von Ms Chus Rock, die neben mir dem gewundenen Pfad aus glatten Steinplatten folgte. *Großartig.*

»Ist nicht alles zu klein?«, fragte ich sie. »Zu gewöhnlich? Die Gartenstadt? Chutiksee County? Kanuga, Georgia?«

»Klein ist gut«, sagte sie. Sie erzählte mir von William Faulkners briefmarkengroßem Fleckchen Heimaterde im nördlichen Mississippi und dass er gesagt habe, er könne gar nicht lange genug leben, um es ganz zu beschreiben.

»Ich danke von Herzen«, sagte ich; das ist eine Formulierung aus dem Bergland von Kentucky, die Oma nur bei besonderen Gelegenheiten benutzt.

»Aber eine Sache würde ich gerne fragen«, sagte Ms Chu.

»Ja?« Aus dem Augenwinkel beobachtete ich ein Reh, voller Vertrauen darauf, dass es nicht weglaufen würde. Ich war eins mit der Natur, mit Gott und den Menschen.

»Wann gerät deine Protagonistin in eine Situation, die sie nicht bewältigen kann und deren Auswirkungen ihr Leben verändern?«

»Na ja …«, sagte ich und lächelte tapfer. Ich war gerade gestorben.

Mein Körper war natürlich noch da, aber er war nur der Handschuh ohne die Hand. Sie kritisierte meinen Roman! Sie hasste ihn! Sie gab sich Mühe, nett zu sein, aber sie konnte ihn nicht ausstehen. Ich hasste ihn auch. Ich hasste mich dafür, dass ich ihn schrieb. Es blieb mir nichts anderes übrig, als ihn zu verteidigen.

»Ich dachte, ich lege ihn literarisch an«, sagte ich. »Aus dem Leben gegriffen, wissen Sie?«

Sie antwortete nicht. Das Strahlen des Nachmittags war verblasst, und das Reh war verschwunden. In der Luft hing der fettige, milchigsaure Geruch des Mensaessens. Die Miene der reizenden Ms Chu wurde eisern, ihre Zahnspange funkelte.

Sie raunte: »Es muss etwas Schreckliches geschehen.«

Den ganzen Nachmittag über rechnete ich damit, dass gleich die Polizei anklopfte. Ich weiß, ich weiß – warum sollte es die Polizei interessieren, wenn jemand die Tagebücher seiner Mutter verschickt? So machen Schuldgefühle den Verstand fertig. Als Penn zweimal an die Tür klopfte und pfeifend den Flur betrat, spürte ich, wie mein Herz raste. Ich wurde eindeutig wahnsinnig.

»Bellst du mich wohl nicht an«, schimpfte Penn mit Hiroshima, die im Kreis herumsprang und wie wild kläffte. »Wieso bellst du so?« Er bückte sich, damit sie in seine Arme springen konnte, und sagte zärtlich: »Ich würde dich nie anbellen.«

»Heute ist Tacoabend«, sagte Diane, als sie vorbeirauschte, um ihren Thermobecher mit Kaffee zu holen. Für Abendseminare braucht sie einen Schuss Koffein, aber sie war schon ziemlich aufgedreht. Sie ist immer glücklicher, wenn Penn vorbeikommt. »Ich habe eine Fertigpackung mit Weizentortillas aus Vollkornmehl gefunden«, erzählte sie stolz. »Unglaublich, oder?«

»Hatten wir nicht neulich erst Tacoabend?«, fragte Max. »Wie wäre es denn mal mit einem Braten? Normale Familien essen Rinderbraten mit Kartoffelbrei und Soße.«

»Das Sojagranulat schmeckt genau wie Hackfleisch«, antwortete sie und zerzauste ihm die Haare. Sie sauste an uns vorbei, sammelte einen Schwung Jacken auf, ohne langsamer zu werden, und verschwand im Badezimmer.

Als sie weg war, erklärte Penn Max, Sojagranulat komme von japanischen Sojakühen, die genau wie unsere Kühe seien, nur grün.

»Grüne Kühe?«

»Es ist komisch, aber man gewöhnt sich daran.«

»Ihr könnt froh sein, dass ich auf euer Cholesterin achte«, sagte Diane, die wieder hereingetrottet war und nach ihren Schlüsseln suchte.

»Ihr habt ja *so* ein Glück«, sagte Penn, als sie wieder außer Hörweite war. »Es ist ein wahrer Segen.«

An der Tür beugte Diane die Knie, zog den Gurt der schweren Aktentasche höher auf die Schulter und hielt dabei den Kaffeebecher auf Armeslänge, um nicht zu kleckern. Ihre hochhackigen Schuhe baumelten an den Riemchen von ihrem Handgelenk, weil sie mit ihnen nicht fahren kann. Penn sprang auf, um ihr die Tür zu öffnen, und ich nahm mir vor, ihr einen Gürtel zu verpassen, wenn sie nächstes Mal dieses schlabbrige Kleid anzog.

Wenigstens hatte sie daran gedacht, durch einen Spritzer Amazing Grace zu laufen. Falls es Sie interessiert: Parfüme setzen sich aus Kopfnoten, Herznoten und Basisnoten zusammen. Im Moment waren wir bei der Kopfnote von Amazing Grace, einem zitronigen »Hallo«. Der Duft lag noch schwach in der Luft, nachdem sie gegangen war, und er machte mich traurig, als ich hörte, wie sie rückwärts aus der Auffahrt fuhr.

»Ich habe keine Hausaufgaben auf«, sagte Max. »Ich übe für die Talentshow.«

»Du machst doch gar nichts«, sagte ich.

»Ich leere meinen Geist. Wenn du jeden Gedanken aus deinem Kopf bekommst, hebst du eine Handbreit vom Boden ab. Das habe ich auf YouTube gesehen.«

»Du hast dich nicht bewegt.«

»Wenn du an mir zweifelst, stecke ich fest.«

»Hast du schon mal an Zeitreisen gedacht?«, fragte Penn.

»Ja, das mache ich ständig, es sieht nur keiner.«

»Du brauchst ein sogenanntes Wurmloch. Das ist eine Abkürzung zwischen zwei verschiedenen Punkten in der Raumzeit. Das haben sich Albert Einstein und sein Kumpel Rosen einfallen lassen.«

»Ich weiß, wo im Garten eines ist«, sagte Max. »Das müsste ich finden können.«

»Zuerst sehen wir uns deine Buchstabierkünste an«, sagte Penn und rührte dabei das Sojagranulat in der Bratpfanne um. »Buchstabier mal ›Rhythmus‹.«

»R-y-t«, fing Max an.

»R-h-y-t.«

»Habe ich doch gesagt. Ehrlich! Du hast mich nur nicht gehört.«

»Versuch es noch mal. Ist auch ein komisches Wort. Aris, was lernst du da?«

»Amerikanische Präsidenten«, log ich.

»Bist du schon bei Eugene Debs?«

»Noch nicht.« Ich versuchte ihn abzulenken, indem ich eine Tüte Bio-Tortillachips aus blauem Mais öffnete und laut knabberte, aber Penn ließ sich nicht so leicht vom Thema abbringen wie Diane. Das ist mir bei Männern generell aufgefallen; sie denken nicht an so viele Dinge gleichzeitig.

»Wahrscheinlich kommst du gar nicht bis zu ihm.« Er beobachtete mich genau.

»Das ist kein Präsident«, sagte Max, dessen seltsames kleines Gehirn alle amerikanischen Präsidenten auswendig gelernt hatte, als er sieben war.

»Eugene Debs ist 1900, 1904, 1908, 1912 und 1920 als Präsidentschaftskandidat für die Sozialistische Partei angetreten«, sagte Penn. Mit einer Hand schwenkte er die Pfanne, um die Tortilla zu wenden. »Dazu sollte man wissen, dass er seinen letzten Wahlkampf vom Gefängnis aus geführt hat. Er wurde wegen aufrührerischer Aktivitäten verhaftet. Das ist das ›Verbrechen‹, etwas gegen die herrschende Ordnung zu sagen. Ihr habt wahrscheinlich gedacht, in diesem Land hätten wir durch unsere Verfassung das Recht auf freie Meinungsäußerung. Tja, falsch gedacht, Labormäuse. Eugene Debs war gegen das Establishment, deshalb werdet ihr ihn in euren Schulbüchern kaum finden.«

»Er ist wie das stumme ›h‹ in ›Rhythmus‹«, meinte Max, und dann stieß er mit dem Ellbogen die Salsa um und rief Lucky, damit sie die Soße vom Boden aufleckte.

Nach dem Abendessen spülte Penn die Teller, während Max und ich im Kamin Feuer machten. Max holte seine Karten, und wir spielten zu dritt »Lügner«. Wir mussten Penn das Spiel erklären: Wenn alle Karten verteilt sind, legt der jüngste Spieler eine Karte offen in die Mitte. Man legt abwechselnd die nächsthöhere Karte auf den Stapel, und zwar verdeckt. Man kann schummeln, aber wenn jemand errät, dass man schummelt, kann er sagen: »Lügner.« Man zeigt seine Karte. Wenn der Vorwurf stimmt, muss man den ganzen Stapel nehmen. Stimmt er nicht, nimmt der andere Spieler die Karten. Wenn man schummelt und nicht erwischt wird, sagt man: »Erdnussbutter.«

»Ich sage nicht ›Erdnussbutter‹«, meinte Penn. »Ich sage ›Beschiss‹.«

Penn darf fluchen, weil er bei der Marine war. Diane sagt, wenn man einem Seemann das Fluchen nehme, könne man auch der Sonne ihren Glanz nehmen. Er hat eine scheußliche Tätowierung, die er sich eines Nachts hat stechen lassen, als er sich mit ein paar anderen Seeleuten betrunken hatte, aber die darf niemand sehen, nicht einmal Diane. Wenn er im Sommer mit uns an den Fluss fährt, wo wir von Felsen springen, übermalt er sie mit einem Edding. Ich versuche jedes Mal, sie mir vorzustellen.

»Gib mir doch einen Tipp«, bat ich einmal.

»Sie würde wunderbar zu deinem Poster vom *Garten der Lüste* passen«, sagte er.

Wenn man etwas echt Böses angestellt hat, etwa die Tagebücher seiner Mutter durchs ganze Land geschickt, sollte man nachher nicht »Lügner« spielen, das kann ich nicht empfehlen. Jedes Mal, wenn ich eine Karte auf den Stapel in der Mitte unseres Kreises legte, spürte ich Dianes Blick, obwohl sie gar nicht da war. Wie lange würde es dauern, bis sie herausfand, was ich getan hatte?

Als Max das nächste Mal an der Reihe war, knallte er seine Karte auf den Stapel, sein Gesicht war wie versteinert.

»Max«, sagte ich, »versuch mal, gelangweilt zu wirken, wenn du schummelst.«

»Tue ich doch!«

»Lügner.« Ich schob meine Karten zu seinem Stapel. »Du bist dran, Penn«, sagte ich träge, dabei rumorte es in mir. Ich malte mir aus, wie Stanley Elke sein Tagebuch in der Post fand. Vielleicht war er ein dicker kleiner Mann mit einer großen Nase, der sich mit Labradoodles umgab. Er würde sich auf seinem Sofa zurücklehnen, einen Labradoodle streicheln und den Umschlag öffnen. *Was ist das? Ein fremdes Tagebuch?* Er würde die Absenderadresse überprüfen und es dann aufschlagen.

DINGE, DIE ICH VERSTECKE

1. Tampons.
2. Die Tatsache, dass ich in der vierten Klasse in Mathe versagt habe und fünfzehn Prozent Trinkgeld nicht im Kopf ausrechnen kann.
3. Schokolade.
4. Interesse an einem Mann, der sich vielleicht nicht für mich interessiert.

Max war an der Reihe. Er hob die Hand. Manchmal macht er das, weil er vergisst, dass er nicht in der Schule ist. »Was ist, Schätzchen?«, fragte ich.

»Sage ich ›Erdnussbutter‹, wenn ich geschummelt habe und du hast mich nicht erwischt?«

»Ja, Herzchen.«

»Erdnussbutter!«

MOMENTE, IN DENEN ICH SELBSTMORDGEDANKEN HATTE

1. Mit 13.
2. Im College. Ich wachte oft auf dem Boden auf, neben mir

eine leere Flasche Four Roses Bourbon und ein Messer, und ich erinnerte mich nach und nach daran, dass ich mir den kleinen Finger der linken Hand abschneiden wollte, als Mahnung daran, nie wieder zu trinken.

3. Nach Joes Tod. Erst die Kinder töten und dann mich.

Ein Auto bog in die Einfahrt. Für Diane war es zu früh, aber die Hunde bellten ihr *Merm ist zu Hause*, und sie lügen nie.

»Klingt, als wäre eure Mama hier«, sagte Penn und griff nach dem Päckchen Bugler in seiner Gesäßtasche. »Ich gehe mal kurz vor die Tür.«

Durch das Fenster beobachtete ich, wie sie ausstieg und unter dem Gewicht ihrer Aktentasche, ihrer Handtasche und der Kühltasche mit dem kalorienarmen Mikrowellenessen, frischem Obst und zuckerfreier Cola schwankte. Mein Herz machte buppedibupp, bupp-bupp-bupp! Als Penn mit ausgestrecktem Arm auf sie zuging und ihr die Last von den Schultern nehmen wollte, schüttelte sie den Kopf.

»Sie weint!«, rief Max mit gequältem Blick, als er aus dem Fenster sah. Er lief zur Tür, aber ich blieb, wo ich war, und starrte ins Feuer. Ich stellte mir vor, wie sie den Kopf schief legte, als sie einen Anruf von einem Unbekannten auf ihrem Handy annahm. *Ja, hier ist Diane Montgomery-Thibodeau. Sie hatten* was *in Ihrem Päckchen von Amazon.com? Mein Tagebuch?*

»Geh mal zur Seite, damit Mama durch die Tür kann«, sagte Diane jetzt. »Schon gut, Max. Beruhig dich. Lass mich erst mal hereinkommen.« Penn folgte ihr, einsatzbereit, aber stumm, falls es um etwas Persönliches ging.

»Hallo, Schätzchen.« Sie warf mir im Vorbeigehen einen Blick aus roten, verquollenen Augen zu und marschierte durchs Haus, um alles wegzustellen: die Kühltasche in die Küche (Abfall in den Mülleimer und dreckige Gabel in die Spülmaschine), Aktentasche auf das Regal neben ihrem Schreibtisch im Schlafzimmer, Handtasche auf den Sofatisch, wo sie schnell an ihr Handy und das Nikotinkaugummi kam. Wenn in unserem Haus die Kacke am Dampfen ist, wird erst mal aufgeräumt.

»Hallo!«, sagte ich zu fröhlich. »Du bist ja zu Hause.«

Mir blieb beinahe das Herz stehen. Mittlerweile hatten wir die Basisnote von Amazing Grace erreicht, und sie gefiel mir nicht. Der Geruch wirkte zu persönlich. Ihre Absätze machten klick, klack, klick, klack. *Hol alles aus dem Auto, sobald du aussteigst* – so lautete ihre Regel. *Stell alles sofort weg.* Klick. Klack. *Alles hat seinen Platz.* Klick, klack – wie Seiten, die sich aus Omas alter Schreibmaschine schoben.

»Also gut, Leute«, sagte Diane und fing an, unseren Krempel vom Küchentisch zu räumen. »Die Sache sieht so aus: Ich bin entlassen worden.«

Abgesehen vom Schreiben habe ich nie wirklich gearbeitet, aber ich weiß, wie es sich anfühlt, seinen Job zu verlieren. Es ist wie im Turkish Twist beim Jahrmarkt in Chutiksee, einem Rotor, der einen so schnell herumdreht, dass man an die Wand gedrückt wird, wenn der Boden absinkt. Man fragt sich die ganze Zeit: *Warum bin ich hier eingestiegen?*

Ich konnte es nicht ertragen, mir das Familiendrama im Wohnzimmer anzusehen, nachdem Diane gefeuert worden war, deshalb ging ich in mein Zimmer und rollte mich unter mein Bett. Schlechte Wahl. Da unten war es richtig leer ohne Dianes Tagebücher. Ein paar lose Blätter, die aus den Büchern gefallen waren, erinnerten mich an meine Sünde. Ich konnte jedes Wort aus dem Wohnzimmer hören.

»Du bist gefeuert worden!«, rief Max. »Jetzt sind wir arm, oder?«

»Gleich können wir uns hinsetzen und darüber reden, aber bei dieser Unordnung kann ich nicht klar denken«, sagte Diane. Sie sammelte die Karten ein, mit denen wir »Lügner« gespielt hatten, und grummelte, man könne *nichts* spielen, wenn auch nur *eine* Karte fehlte. Verlor man eine Karte, wurde das ganze Spiel nutzlos.

»Ich bringe das CCK um«, zeterte Max. »Ich bringe deinen dämlichen Chef um, weil er dich gefeuert hat.«

»Peng!«, machte die Waffenapp. »Peng-peng-peng!« Ich hörte die Haustür und dann Penns Stimme.

»Gib das her, Max.« Die Schießerei hörte auf. »Diane, setz dich erst mal hin. Ich koche dir eine Tasse Tee.«

»Nein, es geht mir gut. Wo ist mein Kaugummi?«

»Es tut mir leid, Mom«, sagte Max. »Es tut mir echt leid. Schließen wir Frieden.«

Es wurde still. Ich konnte die Kienspäne im Kamin knacken hören. Diane hatte Max wahrscheinlich auf ihren Schoß gezogen. Vielleicht strich sie ihm übers Haar, und er vergrub das Gesicht an ihrem Hals, an dieser einen seidigen Stelle, die nach Zuhause roch.

»Es ist nicht so schlimm, wie es klingt«, sagte sie. »Sie haben mich nicht richtig rausgeworfen. Offenbar arbeitet der Schwager des Dekans bei der Polizei. Ich habe vergessen, welchen Dienstgrad er hat.«

»Wahrscheinlich Arschloch«, sagte Penn. »Entschuldige die Unterbrechung. Red weiter.«

»Ich glaube nicht, dass er derjenige war, der Charles verhaftet hat, aber ich bin mir nicht sicher. Jedenfalls hat er herausgefunden, dass ich Charles helfe, seinen Widerspruch zu schreiben.«

»Das Verbrechen aufrührerischer Aktivitäten«, sagte Penn. »Wusste ich's doch.«

»Sie haben gesagt, ich könne bis zum Ende des Semesters bleiben. Ich habe ihnen viel Glück dabei gewünscht, jemanden zu finden, der morgen mein Seminar übernimmt.«

»Du hast aufgegeben?«, fragte Max. »Einfach hingeworfen? Ich durfte mit dem Schwimmen nicht aufhören.«

»Sie hat gekündigt«, erklärte Penn. »Aus moralischen Gründen. Sie hat am Christlichen College von Kanuga mit Jesus zu einem neuen Leben gefunden, genau, wie es auf dem Schild steht.«

»Wo ist Aris?«, fragte Diane.

»Wahrscheinlich versteckt sie sich unter ihrem Bett«, sagte Max. »Soll ich sie holen?«

»Nein, lass sie in Ruhe.«

Ich krabbelte unter dem Bett hervor und warf mich auf die Matratze, wo ich mehr Luft bekam. Ich hätte meine Fliegermütze gebrauchen können; mit der Mütze kann ich besser denken. Ich sah in meinen sozialen Netzwerken nach, aber das war deprimierend, weil alle flirteten. Vor lauter Schuldgefühlen hatte ich vergessen, dass der Valentinstag bevorstand. Billys »Cousine«, die in letzter Zeit auf immer mehr Fotos auftauchte, hatte einen albernen Test gepostet: »Mag er mich oder mag er mich richtig?« Kate teilte unnützes Wissen über die Hinrichtung eines christlichen Heiligen namens Valentin. Auf seinem neuesten Verbrecherfoto trug Anders ein T-Shirt mit Snoopy und einem Herzen. Jemand hatte geantwortet: »Alter, entscheid dich mal. Bist du verliebt oder was?«

Für mich gab es im Internet keine Liebe, aber ich konnte etwas Zeit totschlagen, indem ich mich dort herumtrieb. Eine Stunde nachdem Diane nach Hause gekommen war, hörte ich, wie sie Max ins Bett brachte. »Manchmal läuft es nicht so, wie man es plant«, sagte sie. »Schlaf jetzt. Die Erwachsenen kümmern sich darum.«

Die Erwachsenen? Ich spitzte die Ohren. War Penn noch im Haus?

Dann hörte ich aus dem Wohnzimmer Penns Stimme, er erklärte Hiroshima gerade sanft, sie könne nicht auf seinem Schoß sitzen. »Ich mag dich nicht mal«, sagte er. Die Anhänger ihres Halsbands klimperten, als sie sich über seine Knie legte. Sicher kraulte er mit seiner großen Hand das warme, weiche Fell hinter ihren

Ohren und streichelte dann den »Wonnepunkt«, wie er es nannte, auf dem Rücken direkt vor dem Steißbein.

Er BLIEB!

Ich lauschte auf Dianes Schritte. Würde sie sich auf das andere Sofa setzen, wie üblich, oder neben ihn? Ich überlegte, in den Flur zu schleichen, wo ich das ganze Gespräch mitbekommen würde, entschied mich aber dagegen. Das Risiko, entdeckt zu werden, war zu groß – ich würde das hier nicht vermasseln.

Penns Stimme klang tief, als er sie fragte, ob es ihr gut gehe, aber sie antwortete so leise, dass ich sie nicht verstehen konnte. Lautlos öffnete ich meine Tür, lehnte mich gegen den Rahmen und machte so große Ohren wie eine Radioantenne.

Diane erzählte Penn von Charles. »Ich meine, das ist doch unglaublich, oder? Er hat nichts Verbotenes getan.«

»Ein typischer Fall von SaS«, sagte Penn. »Schwarzer am Steuer.«

Ich stellte mir vor, wie er die Selbstgedrehte hinter seinem Ohr antippte, als wollte er sich daran erinnern, dass sie noch dort war.

»So einen Mist lassen wir in Chutiksee County nicht einfach durchgehen«, fuhr er fort. »Wenn man in *Wo-ihm-die-Beine-ausgerissen-wurden* Auto fahren will, sollte man den Anstand haben, weiß zu sein. Woher hat er den BMW?«

»Seine Mutter hatte drei Arbeitsstellen gleichzeitig, um für seine Studiengebühren zu sparen. Als er ein volles Stipendium bekommen hat, wollte sie, dass er sich von seinem Ersparten was Schönes gönnt. Er ist der Erste in der Familie, der das College besucht.«

»Gibt es auch einen Vater?«

»O Gott«, sagte Diane. Ich stellte mir vor, wie sie das Gesicht in den Händen vergrub. Weinte sie? Würde Penn sie berühren? Ich konnte mich nicht zurückhalten! Auf Zehenspitzen schlich ich den Flur hinunter und warf einen Blick um den Türrahmen ins dunkle Wohnzimmer, bevor ich den Kopf wieder einzog.

»Hallo, Aris«, sagte Penn.

Als sie mich entdeckten, setzten sich beide auf. Ich hatte nicht mitbekommen, ob ihre Hand auf seinem Knie gelegen hatte.

»Aris«, sagte Diane. »Ich dachte, du wärst schon im Bett.«

»Ich will nur kurz durch.« Gezwungenermaßen ging ich in die Küche. Ich öffnete den Kühlschrank und fand versteckt hinter den gefrorenen Erbsen einen halben Riegel dunkle Schokolade. Achtzig Prozent Kakao. Diane sagt, durch Schokolade würde man sich fühlen, als wäre man verliebt, und wir nehmen das starke Zeug. »Will jemand Schokolade?«, bot ich an, als ich wieder am Sofa vorbeikam.

»Nein, danke«, sagte Diane.

»Ich gehe hinters Haus und rauche eine«, sagte Penn. Er sah Diane an. »Kommst du?«

Ich marschierte durch den Flur direkt in Max' Zimmer, wo ich durchs Fenster hören konnte, was sie auf der Veranda sprachen. Max schlief fest, seine Spiderman-Decke hatte er sich bis zur Nase hochgezogen, mit einer Hand umklammerte er sein Schnabeltier. Nachdem ich seine Decke gerichtet hatte, stellte ich das Fenster zur Veranda auf.

Zuerst konnte ich sie nicht sehen. Das Feuerzeug flackerte ein Mal, zwei Mal auf. Diane – nicht rauchen! Vage roch ich einen Hauch Tabak. Eine männliche Stimme. Weibliche Stimme. Männlich. Weiblich. Weiblich. Stille.

»Ich glaube, ich kenne Charles«, sagte Penn. »Wenn er der ist, den ich meine, war er mal sonntags mit ein paar anderen Studenten hier. Damals, als du noch diese Orgien mit deinen Studenten feiern durftest. Ein Typ mit knalliger Krawatte und einem Filzhut? Sieht ganz gut aus?«

»Das ist er«, sagte Diane. Ich versuchte mir vorzustellen, wie Charles mit seinen gebügelten Sachen und der roten Krawatte auf der Pritsche einer Zelle saß, den Kopf gesenkt, den Hut zwischen den langen Fingern. »Er zieht sich immer schick an. Als Kind war er arm, er hat abgelegte Sachen getragen, und er legt Wert auf sein Äußeres. Weil sein Vater im Gefängnis ist, musste er dafür sorgen, dass er um seinetwillen respektiert wird. Er will, dass die Leute ihn ansehen und – einen Ehrenmann vor sich sehen.«

»Ein Mord in der Familie kann den eigenen Ruf ganz schön anknacksen«, sagte Penn. Als Diane nicht antwortete, sagte er: »Tut mir leid. Das kam falsch rüber. Ich wollte es nicht herunterspielen. Es ist wirklich schrecklich. Für Charles und seine Mutter und für dich.« Er seufzte. »Was kann ich für dich tun? Ich werde alles tun, was ich kann. Sag es einfach.«

Und Diane sagte: »Nimm mich in den Arm.«

Nein, Diane! Zu früh. Noch nicht.

Stille. Mehr Stille.

Du hast ihn verschreckt.

Scharrende Schritte auf den Verandadielen. Das Rascheln einer Jacke.

Atmete ich noch? Ich musste mir eine Hand vor die Nase halten, um sicher zu sein, dass Luft herauskam.

Stille. Etwas Leises. Mehr Stille. Dann … eindeutig … ein Kuss.

Höhepunkt

Erinnerungssplitter: so sollte ein Höhepunkt nicht beschrieben werden. Ein Höhepunkt sollte plötzlich zu seinem himalajahohen Gipfel ansteigen, ich aber habe nur noch Fetzen in der Hand und muss mich ruckweise auf meine Krise zubewegen wie eine Marionette an einem zerrissenen Faden. So hatte ich es nicht geplant, aber vielleicht ist die Geschichte, die man zu Ende bringt, niemals die, die man begonnen hat.

Salman Rushdie

Ich habe keine Ahnung, wohin ich diesen Teil des Romans packen soll. Von missglückten Höhepunkten steht in *Romane schreiben in 30 Tagen!* kein Wort! Ich meine, wie peinlich klingt das denn für Leser? *Entschuldigung, aber unser Höhepunkt ist missglückt. Versuchen wir es noch mal.* Angeblich kann man in einem Roman ja das eine oder andere verstecken, anders als in einer Kurzgeschichte, in der Leser auf jedes Wort achten. Vielleicht liegt es daran, dass ich in einem kleinen Haus aufgewachsen bin, aber ich habe kein Händchen dafür, Dinge zu verstecken. Hier zerfällt meine Geschichte, genau in der Mitte.

An dem Abend, an dem sie vom CCK gefeuert wurde, standen Diane und Penn noch immer auf der Veranda hinter dem Haus, küssten sich noch immer, und ich lauschte noch immer in Max' Zimmer. Ich hatte die Arme auf der Fensterbank verschränkt und den Kopf daraufgelegt, aber die kalte Luft, die durch das geöffnete Fenster strömte, hielt mich wach. Hätte Dr. Dhang im Zimmer gestanden und mich gefragt, wie ich mich fühlte, hätte ich gesagt: *tiefenentspannt.*

Du fühlst dich sicher, hätte sie vielleicht vermutet. *Du hast das Gefühl, dass alles gut wird. Und vielleicht, dass du dich nicht mehr um alles kümmern musst?*

Ehrlich gesagt, nein, Dr. Dhang. Meine Dienste werden noch gebraucht. Ich bin nicht pervers oder so, und ich weiß, dass Diane schon ganz allein in der Lage ist, einen Mann zu küssen. Allerdings gab es mildernde Umstände.

1. Diane war unvermittelt arbeitslos geworden.
2. Sie steckte ihre Zunge gerade in den Mund meiner PMB, eines Menschen, der andere nicht mal berührte.
3. Was war mit Joe?

Ich hatte mit Joe schon länger nicht mehr geredet – oder kommuniziert oder was auch immer –, aber von Dianes früheren romantischen Anwandlungen wusste ich, dass er Ärger machen konnte. Ich nahm ihm das nicht übel; Kate sagt, ihre Eltern würden sich hassen und trotzdem noch eifersüchtig werden, wenn der andere eine Verabredung hat. Joe liebt Diane. »Wenn ich deine Schritte im Haus höre, kribbelt es richtig in meinem Bauch«, hat er ihr einmal gesagt. »Sogar, wenn du diese scheußlichen Cowboystiefel trägst.«

Und tatsächlich – während ich auf die dunkle Veranda starrte, tauchte mein Geisterdad auf, wie ein Glühwürmchen. »Hallo, Dad«, flüsterte ich. »Das mit den Tagebüchern weißt du bestimmt.«

Er sagte nichts dazu. Das Flackern streckte sich zu einer langen grünen Schliere, dann zu einer roten und dann zu einem bunten Wirbel, der vor meinen Augen tanzte, bis mir schwindlig wurde. Ich überlegte, ob ich eine bipolare Störung hatte. »Großartige Literatur ist geordneter Wahnsinn«, hatte Diane in ein Tagebuch geschrieben.

Auf der Veranda breitete sich Stille aus – eine ungute Stille. Es hätte irgendein Geräusch kommen müssen, ein kehliges Lachen, das Rascheln eines Reißverschlusses, ein gemurmeltes »Komm mit rein«.

Dann brach Penn das Schweigen. »Es tut mir leid, Diane. Ich kann das nicht. Ich würde es gerne – wirklich. Aber ich kann nicht.«

»Okay«, sagte Diane. »Gute Nacht.«

Weinte sie? Sollte ich rausgehen?

»Warte mal«, bat er. »Jetzt warte doch mal bitte.«

»Ich will darüber nicht reden«, sagte Diane. »Das hätte nicht passieren sollen.«

»Darf ich es dir erklären?«

Stille.

»Na gut«, sagte Diane. »Erklär es.« Sauer, sauer, sauer! Konnte ich aber verstehen.

»Ich weiß nicht, wie ich es sagen soll, aber ich werde es versuchen. Ich bin nicht für Beziehungen gemacht. Ich war sieben Jahre lang verheiratet. Für eine Beziehung muss man erwachsen sein. Ich bin nicht erwachsen, Diane, aber wenigstens weiß ich das jetzt. Ich habe bis jetzt gebraucht, um das Problem auch nur zu erkennen.«

»Hast du schon mal daran gedacht, mit mir zu schlafen?«, fragte Diane. »Reiner Sex?«

Penn lachte. »Ja, habe ich. Oft. Und du?«

»Vielleicht.«

»Das könnte ich dir nicht antun«, sagte Penn.

»Ich bin nicht aufs Heiraten aus«, erklärte Diane. Das war doch glatt gelogen.

»Wir könnten es den Kindern nicht antun. Wenn nichts daraus wird –«

»Du hast recht. Sie brauchen dich. PMBs sind schwer zu finden.«

»Du weißt, dass ich verheiratet war, oder? Mit Ri-Ri?«

»Wer ist Ri-Ri?«

»Meine Exfrau, Chihuro. Ich habe dir von ihr erzählt. Als wir nach Amerika gezogen sind, wollte Chihuro einen amerikanischen Namen haben. Sie hat sich ›Lily‹ ausgesucht, aber mit ihrem Akzent klang das ›L‹ wie ein ›R‹. Deshalb hörte sich ›Lily‹ wie ›Ri-Ri‹ an. Sie konnte es nicht ausstehen, wenn jemand sie ›Ri-Ri‹ genannt hat.«

»Warum hast du es dann gemacht?«

»Weil sie mich nie gebeten hat, damit aufzuhören. Sie hat mich um nichts gebeten, nur Andeutungen gemacht. Hätte sie gesagt, ich solle damit aufhören, hätte ich das getan. Hätte sie mich gebeten, ihr ein Auto zu kaufen, hätte ich ihr eines gekauft.«

»Hast du ihr ein Auto gekauft?«

»Mehrere. Ich habe gut verdient. Aber das meiste hat sie behalten. ›Ich brauche keinen japanischen Salaryman‹, hat sie immer gesagt, und dann hat sie die Hand für den Gehaltsscheck aufgehalten. Damals bin ich noch mit dem Strom geschwommen, schön dem Traum hinterher: Auto, Frau, Haus, Kinder. Dann bin ich aufgewacht.«

»War sie hübsch?«, fragte Diane.

»Ja«, sagte Penn. »Sie war *schön*, sehr schön.«

Arme Diane. Er hätte auch einfach sagen können, sie habe gut ausgesehen.

In der anschließenden Stille steckte er sich noch eine Zigarette an.

»Sie hat nicht getrunken, oder?«, fragte Diane schließlich.

»Nicht so wie ich. Am Anfang war es einfach nett – du weißt schon, dieses wohlig warme Gefühl –, und dann ging es darum, sich zu trauen, mit dem größten Typen in der Bar eine Prügelei anzufangen. Und es ziemlich egal zu finden, wenn er einen in den wohlig warmen Boden stampfte.« Ich hörte, wie er zum Rand der Veranda ging. Wahrscheinlich lehnte er sich gegen das Geländer. »Ich habe die Rechnungen nicht mehr bezahlt. Ich hatte ein paarmal Gelegenheitssex. Und irgendwann bekam Penn-san am Küchentisch einen Krampfanfall – Delirium tremens.«

»Oh.«

»Jup.«

»Sie hat dich ›Penn-san‹ genannt? Ist das nicht, als hätte sie dich gesiezt?«

»Erst war es ›Penn-sama‹. Verehrter Penn. Dann ›Penn-san‹. Immer noch höflich. Das haben wir zu einem einfachen ›Penn‹ heruntergeschraubt. Irgendwie ist aus ›Penn‹ dann ›Arschloch‹ geworden. Am Ende war Penn ganz weg. Die Frau, die nie um etwas bitten konnte, nicht mal um ein Glas Wasser in einem Restaurant – *ein Glas Wasser ist sehr schön* –, verlangt plötzlich die Scheidung. Na gut, sie verlangt sie nicht. Sie *bittet* darum. Deutlich.«

»Du hast eingewilligt?«

»Ich habe nicht versucht, sie ihr auszureden. Hätte ich es versucht … wer weiß.«

»Die meisten Leute trennen sich erst mal probeweise«, sagte Diane.

»Wie gesagt, ich war nicht erwachsen. Etwa zu dieser Zeit ist mein Dad krank geworden, und ich bin zurück nach Kanuga gezogen, um meiner Mom zu helfen. Dann ist meine Großmutter gestürzt und hat sich die Hüfte gebrochen, und die Wirtschaftskrise kam … Aus einem Tag, an dem ich den Rasen mähe, wird noch ein Tag, an dem ich den Rasen mähe; manchmal ruft mich jemand für eine schnelle Nummer an. Ansonsten versuche ich, in der Gegenwart zu leben und den drei Giften auszuweichen: Unverstand, Widerwillen und Bindung. In diesem ganzen Mist kann man knietief versinken – die Buddhisten nennen es *Samsara*, das bedeutet ›der endlose Kreislauf von Geburt, Unglück und Tod‹.«

Als sie ein langes Gespräch über Karma anfingen, gähnte ich. Eine normale Frau hätte geweint oder irgendwas kaputtgemacht, aber Diane und ich können unsere Gefühle auf engstem Raum zusammenquetschen, wenn unser Stolz auf dem Spiel steht. Wenn man ihre Dozentinnenstimme so hörte, hätte man meinen können, sie sei an diesem Abend auf die Veranda gegangen, um sich einen Vortrag über das Lebensrad anzuhören. Ich ließ diese beiden Clowns allein weitermachen und ging ins Bett.

Am Dienstag nach dem Valentinstag machte in der Lab das Gerücht die Runde, Billy hätte mit mir Schluss gemacht, weil er vergessen hatte, mir eine Kleinigkeit zu schicken.

Anders Anderson sprang sofort darauf an. »Fernbeziehungen halten nie«, erklärte er und streckte mir eine klebrige Tüte Cheetos entgegen.

»Kommerzialisierte Liebe«, sagte ich. »Ernsthaft, Anders?«

Vom Mädchenklo schickte ich Kate ein SOS.

OMG ist es aus?

Sie antwortete, das solle ich Billy fragen. Ich hatte gewusst, dass sie das sagen würde, aber ich hatte gehofft, ihr würde etwas Besseres einfallen. Jedenfalls sprühte ich mich mit Dianes Amazing Grace ein, als ich nachmittags nach Hause kam, und bereitete mich innerlich darauf vor, Billy Starr III zu schreiben. »Benutze immer ein gutes Parfüm«, hat Diane mal gesagt, »selbst wenn du es dir nicht leisten kannst. Ein billiges Parfüm zerstört das Ansehen einer Frau schneller als One-Night-Stands und Schulden.« Ich sah in den Spiegel, strich meine Haare glatt, und dann ging ich nach draußen und machte ein paar Saltos, um mich mit einem Schwung Endorphine aufzuputschen. Er sollte nicht glauben, ich wäre *traurig*. Endlich war ich so weit, ihm zu schreiben.

Als ich bis 3025 Mississippi gezählt hatte, rief Diane mich in ihr Zimmer, um ihr Outfit zu begutachten.

»Vorstellungsgespräch?«, fragte ich.

»Ich habe eine Verabredung«, sagte sie. »Wie findest du es?« Sie stemmte die Hände in die Hüften und drehte sich langsam um die eigene Achse: schwarze Skinny Jeans, ein Pullover im gleichen Gelbton wie Verkehrsschilder und rote hochhackige Schuhe.

»Oh Gott, meine Augen«, sagte ich und hielt mir die Hände vors Gesicht.

»Ist es so schlimm?«

»Ja, Diane. Es ist so schlimm.« Ich warf mich auf ihr Bett. »Du hast eine Verabredung? Taucht da ein neuer Mr Friend am Horizont auf?«

»Keine richtige Verabredung. Ich gehe nur mit jemandem Kaffee trinken.« Sie holte ein Kleid und schwarze Stiefel aus dem Schrank. »Hast du heute in der Schule Valentinskarten bekommen? Was von Billy gehört?«

»Romantische Liebe wird überschätzt«, sagte ich. Ich drückte mein Gesicht in ihr Kissen, und irgendwie hätte ich am liebsten geweint. Ich kam mir vor wie ein kleines Mädchen, ich hatte Angst, sie würde weggehen und nie zurückkommen.

»Da sagst du was, Schätzchen. Aber ich muss mal raus. Hier war es in letzter Zeit so ernst. Jetzt ist mal wieder etwas Spaß angesagt.«

Diane behauptet immer, sich für eine Verabredung fertig zu machen würde mehr Spaß machen als die Verabredung selbst. Allerdings spürten wir beide, dass diese besondere Verabredung eine

17 Das lächelnde Smiley mit der Pelzmütze hatte ich angehängt, weil mir mein Fliegerhut fehlte. Außerdem sollte es nicht so aussehen, als würde es mir etwas ausmachen, falls das Gerücht stimmte.

Art Pflichtprogramm war. Vielleicht hatte Diane neulich Abend mein Gesicht im Fenster gesehen, vielleicht auch nicht, aber sie hatte schon vor Langem erkannt, dass ich ein Indigo-Kind bin. Ihre Gedanken lesen zu können war noch meine geringste übersinnliche Fähigkeit. Ehrlich gesagt brauchte ich meine Superkräfte für diesen Fall nicht. Jeder, der kritisch denken (Informationen in Beziehung setzen, analysieren, zusammenführen und/oder bewerten) konnte, sah auch so, dass Diane verschmäht worden war, im Beruf und im Liebesleben. Sie hatte in *Wo-ihm-die-Beine-ausgerissen-wurden*, Georgia, ihren Tiefpunkt erreicht. Eigentlich wollte sie sich nur in ein trutschiges Nachthemd schmeißen und eine Tüte Kekse aufreißen, traurige Filme gucken, einen Exfreund anrufen. Vielleicht wollte sie auch eine Flasche Jack Black kippen und das Auto zerlegen. Wie ich vielleicht schon erwähnt habe, waren trübe Zeiten für Diane nichts Neues. Nachdem Max geboren wurde, drei Monate nach Joes Tod, verfiel sie in eine postnatale Depression, die für uns alle das Ende hätte bedeuten können. Ich erinnere mich vage daran, dass ich mit ihr und dem kleinen Max immer wieder lange im Badezimmer gesessen habe, bei verschlossener Tür, aber die Tragweite dieser Vorfälle begriff ich erst, als ich einen erschreckenden Tagebucheintrag aus dem entsprechenden Jahr las:

> Jetzt verstehe ich, warum diese Frauen ihre Kinder und dann sich selbst töten. Man kann sie nicht allein zurücklassen. Ich will bei Joe sein, mit Joe tot sein, aber ich kann sie nicht hier lassen. Wer würde für sie sorgen? Meine Eltern? Ha. Ha ha ha ha ha ha ha ha ha ha ha ha ha ha.

Völlig durchgeknallt. Da frage ich mich, warum Frauen überhaupt schwanger werden. Was denken sie sich dabei? *Oh, die Babypartys werden bestimmt lustig! Ich werde Kuchen essen und diese süßen kleinen Strampler mit Panda-Ohren an der Kapuze bekommen.* Und so lassen sich die Tagebucheinträge nach der Geburt zusammenfassen:

Nachdem sie Max zur Welt gebracht hatte, ließ sich Diane ein Stück den Flur hinunterschieben, um sich die Eierstöcke abklemmen zu lassen. (Nichts für ungut, Max.) Genau zu dieser Zeit luden Opapa und Oma die komplette Sonntagsschulgruppe in Dianes Krankenzimmer ein. Ein paar der Mitglieder durften mit ansehen, wie Diane sich übergab, als die Schwester ihr einen winzigen Becher Eis gab. Oma erinnerte alle daran, dass Dianes Mann vor drei Monaten gestorben war. Während Diane vergeblich versuchte, sie mit Gesten aus dem Zimmer zu scheuchen, erzählte Oma den Damen, Diane habe immer Schriftstellerin werden wollen, und jetzt habe sie doch reichlich Material! Die Frauen sagten Sachen wie: *Ach du meine Güte.* Ein paar erzählten, sie würden auch gerne schreiben. Oma versprach, Diane würde ihnen helfen, sobald es ihr wieder besser gehe.

Auf dem Weg vom Krankenhaus nach Hause flehte Diane Opapa an, er solle anhalten und ihr eine Cola kaufen.

Er sagte, sie hätten zu Hause Cola, es sei nur Geldverschwendung, jetzt eine zu kaufen.

Sie erinnerte ihn daran, dass sie gerade eine Geburt und dann eine Operation überstanden habe, und sagte, sie wolle jetzt wirklich eine Cola haben.

Er weigerte sich. Kaum zu glauben, dass Opapa so gemein war.

Oma übertraf sich derweil selbst. Sie verließ die Stadt. »Das ertrage ich nicht«, sagte sie, nachdem Diane mit ihrem Neugeborenen und ihrer Vierjährigen und ihren Tränen zwei Tage in ihrem Haus verbracht hatte.

»Du hast mich nicht lieb«, sagte Diane.

»Tja, du hast mich ja auch nicht lieb«, antwortete Oma, und dann verzog sie sich in eine Hütte in den Bergen, um sich zu erholen.

Diane ließ sich mit ihren Kindern von Opapa nach Hause fahren. Im Haus schloss sie sich mit mir und dem kleinen Max im Badezimmer neben dem Flur ein. An diesen Teil kann ich mich erinnern, daran, wie ich auf ihrem Schoß gesessen habe, während sie an der Toilette lehnte und die Knie an der Wand abstützte. Wir hatten Max in ein Handtuch gewickelt und in die leere Badewanne gelegt.

»Du musst einen Dankesbrief schreiben«, erklärte Opapa ihr durch die verschlossene Tür, weil eine von Omas Kirchenfreundinnen einen Auflauf für uns gebacken hatte. »Am besten sofort. Die Leute haben etwas Nettes für dich getan, und du musst ihnen zeigen, dass du dankbar bist. Mach es gleich, sonst vergisst du es.«

»Geh weg!«, schrie Diane hinter der Badezimmertür, als das Baby anfing zu weinen. »Verschwinde aus meinem Haus!«

»Ich bleibe nicht, wo man mich nicht will«, sagte Opapa. Er war getroffen.

Ein bisschen schuldbewusst war Diane, das merkte ich ihr an. Trotzdem legte sie die Kette vor die Haustür, damit er nicht mit seinem Schlüssel hereinkommen konnte. Als jemand von den AA vorbeischneite, um nach Diane zu sehen, sprach sie durch den Türspalt mit ihm. Ein paar Tage später tauchte jemand anders von den AA auf, ein Typ namens Penn, und mähte den Rasen. Er kam nicht mal an die Tür.

Ich beobachtete ihn durchs Fenster – der verschossene Schirm seiner Mütze verbarg sein Gesicht, weil er den Kopf über den Rasenmäher beugte. Ich wünschte mir, er würde aufblicken und mich mit meinem Prinzessinnenkleid am Fenster sehen. Ich trug es seit einer Woche Tag und Nacht, deshalb hatte es einen Riss und ein paar Flecken, aber es war immer noch wunderschön. Während Diane und das Baby schliefen, hatte ich mich mit ihrem Perlenschmuck von der Hochzeit ausstaffiert und Lippenstift probiert.

Durch das Fenster winkte ich dem Typen zu. Er sah nicht auf. Männer! Ich zog meine glitzernden Plastikpumps an, kletterte auf einen Stuhl, um die Kette von der Tür zu nehmen, und stöckelte auf ihn zu.

Er stellte den Motor ab, als ich über den welligen Rasen eierte. »Hallo«, sagte er.

»Hier draußen ist es schön«, sagte ich. »Es riecht nicht nach Blut.«

»Blutet im Haus jemand?«, fragte er mich, aber ich hatte eine Pusteblume gefunden und musste mich auf meinen Wunsch konzentrieren. »He«, sagte er. »Ist jemand verletzt?«

Ich schloss die Augen und pustete, so fest ich konnte, und die Samen verteilten sich über uns. »Das ist nur Babyblut«, sagte ich. Als er zum Haus lief, musste ich die Schuhe von den Füßen schlackern, um mit seinen langen Schritten mitzuhalten.

Er fand alle lebend vor. Diane erlaubte ihm, die Bettlaken zu waschen und zu bleichen, um die Flecken von der Nachgeburt zu entfernen. Er bezog das Bett neu, ließ einen Vierteldollar auf dem Laken hüpfen und schenkte mir die Münze. Während Diane in sauberer Bettwäsche schlief, räumte er die Küche auf und machte für alle Tacos; dann saugte er und wischte und putzte die Bäder.

»Du weißt ja, dass das am anderen Ende wieder rauskommt«, sagte er, als er mir dabei zusah, wie ich Max das Fläschchen gab. »Ich sage es euch gleich – ich wechsle keine Windeln.«

»Soll ich dich Dad oder Daddy nennen?«, fragte ich.

»Nenn mich ›PMB‹«, sagte er. »Das steht für ›Positive männliche Bezugsperson‹.«

Als er gegangen war, schrieb ich für Diane einen Dankesbrief und adressierte ihn an PMB. Den Brief steckte ich in den Briefkasten, in den auch meine Zettel für den Weihnachtsmann und manchmal für Gott kamen. Am nächsten Tag holte er die Post herein und hielt den Brief hoch.

»Ist der für mich?«, fragte er.

»Klar«, antwortete ich, aber ich war nervös – ich konnte nur die einzelnen Buchstaben des Alphabets schreiben. Er las den Brief trotzdem.

Das war ein Rückblick, falls es Ihnen entgangen sein sollte. Und jetzt … helfen wir achteinhalb Jahre später Diane dabei, sich für eine Verabredung mit einem Typen von Match.com anzuziehen. Sie war aus den Verkehrsschildklamotten heraus und trug Outfit Nummer zwei, ein kurzes graues Sweaterkleid mit Kapuze, einem durchgehenden Reißverschluss vorne und Daumenlöchern in den Bündchen und dazu hohe schwarze Stiefel. »Wie wäre es damit?«

Ich starrte sie stumm an.

»Sag schon was. Ich verkrafte das. Gönn mir ein Wort.«

»Raumanzug.«

»Es ist doch nur eine Verabredung zum Kaffee.« Stirnrunzelnd drehte sie sich vor ihrem Spiegel hin und her. »Da ist kein Fotograf oder so.«

Müde rollte ich mich vom Bett. Obwohl meine Beine noch vom letzten Wachstumsschub wehtaten, marschierte ich zu ihrem Wandschrank und machte mich an die Arbeit. Am Ende entschieden wir uns für eine Boyfriend-Hose aus schwarzem Samt, ein tailliertes weißes T-Shirt, ihre Jeansjacke, die schwarzen Stiefeletten, auf die ich heiß war, und ihre Perlen von der Hochzeit. Haare hinten toupiert und vorne hinter die Ohren gestrichen, ein Hauch Wimperntusche, roter Lippenstift und natürlich Amazing Grace.

»Und?«, fragte sie mit einem hoffnungsvollen Lächeln und drehte sich langsam herum.

Diane macht sich genau wie Kates Mutter vor, sie würde erst sechs Monate lang mit einem Mann ausgehen, bevor sie ihn ihren Kindern vorstellt, aber das passiert nie. Um halb sechs nachmittags stand Mr Friend plötzlich in unserer Küche. Er wollte nicht mit uns essen – man muss jemanden schon ziemlich gut kennen, bevor man die gebackenen Steckrübenpommes herumreicht. Als er Diane gegenüber andeutete, er wolle nach dem Kaffee noch zum Italiener gehen, zögerte sie. »Ich habe keinen Babysitter bestellt«, sagte sie. (Ich bin natürlich zu alt für einen Babysitter, aber für Max kann ich immer Hilfe gebrauchen.)

»Geh ruhig«, sagte ich. »Ich kümmere mich um alles.«

»Bist du sicher?«, fragte Diane. Sie knabberte an ihrem Daumen; das macht sie manchmal, wenn sie eine Entscheidung treffen muss. »Ich könnte eine Pastete rausholen ...«

»Ruf doch Penn an«, sagte Max. »Warum ist Penn nicht hier? Er passt immer auf uns auf.«

Der Besucher sah Diane mit einem großen, höflichen Fragezeichen auf dem Gesicht an. Diane war sichtlich bestürzt. »Ich glaube, er hat heute Abend etwas vor«, sagte sie. Sie achtete darauf, nicht ihr linkes Ohr zu berühren – sie weiß, dass ich weiß, dass sie das macht, wenn sie lügt. Hatten sie seit der großen Zurückweisung schon miteinander gesprochen?

»Penn hat nie was vor«, sagte Max. »Ich meine, er *wohnt* doch beinahe hier.« Er zeigte auf den Schuhkorb neben der Tür. »Er lässt sogar seine Schuhe hier.«

»Wer ist Penn?«, fragte der Typ.

»Nur ein Freund«, erklärte Diane sofort.

»Deine Kinder kommen schon klar«, sagte Jack oder Tom oder wie auch immer er hieß. »Diese kleine Dame macht einen ziemlich erwachsenen Eindruck. Wie alt bist du noch mal?«

Der Typ war deutlich älter als Diane, und er hatte keine Kinder. Einer von denen. Wenn sie uns kennenlernen, sind sie immer voll dabei: *Oh, ich liebe Kinder. Alle sagen immer, ich sollte Kinder haben. Kinder halten einen jung.* Aber nach ein paar Monaten mit Max' Ausrastern, meinem Sarkasmus, Restaurantrechnungen für vier und vielleicht einem Ausflug nach Florida kommt nur noch: *Ich muss weg.*

Jack oder Tom war in Ordnung. Er trug eine Khakihose, ein kurzärmliges Polohemd und Altherrenschuhe. Ein paar Haare hatte er noch, aber nicht viele, und sie waren über den Ohren geschnitten. Dianes Outfit gefiel ihm, was mich stolz machte, und er applaudierte kräftig, als Max ihm mit Lucky und Hiroshima einen Trick vorführte. Max sprach ihn mit »Sir« an, wie Diane und ich es ihm beigebracht hatten. Ich war stolz auf ihn, aber als er zugab, dass er keinen Sport trieb, geriet das Gespräch auffällig ins Stocken.

Ich erwähnte, wir seien Fans der Bulldogs, aber weil die Footballsaison gerade offenbar nicht lief und keiner von uns einen Schimmer hatte, wer den Super Bowl oder den Orange Bowl oder was auch immer gewonnen hatte, ließen wir das Thema fallen.

Während Diane den Tisch für unsere Mikrowellenpastete mit nachgemachtem Rindfleisch deckte, bestand Max darauf, die rosa Serviette zu bekommen. Rosa ist seine Lieblingsfarbe.

»Rosa?«, fragte Mr Friend, und dann klopfte er Max kumpelhaft, plump-vertraulich, wir-Jungs-albern-in-der-Umkleide-herum-und-hauen-uns-mit-nassen-Handtüchern-mäßig auf die Schulter. Das kam nicht gut an.

»Aua!«, sagte Max und wich zurück. Er starrte den Mann so finster an, wie nur er es kann.

»Rosa ist für Mädchen«, sagte Mr Friend mit einem zu breiten Lächeln. »Du bist doch kein Mädchen, oder?«

Max' Augen wurden tiefdunkel.

»Er will nur Männerfreundschaft mit dir schließen, Schätzchen«, sagte ich und stellte mich zwischen die beiden. Ich strahlte Mr Friend an, der kurz auf meine Brust sah und dann schnell den Blick abwandte.

»Entschuldigt mich«, sagte Max eisig. Er schnappte sich die rosa Serviette, stopfte sie in seine Tasche und stampfte in sein Zimmer.

Diane seufzte, als die Tür zuknallte. Wir dachten beide das Gleiche: Warnung an Verehrer: Alleinerziehende Mutter hat ihren Sohn nicht im Griff. In diesem Moment mochten wir Mr Friend nicht, aber ich hatte ihn noch nicht aufgegeben. Ich wuselte hinter Diane durch die Küche, spielte die hilfsbereite Tochter, lachte heiter über jede geistreiche Bemerkung der beiden und betete, dass wir die Themen Politik und Religion umschiffen konnten, bis sie zu ihrer Verabredung loszogen.

»Welches Parfüm trägst du?«, fragte Mr Friend, stellte sich dicht neben Diane und half ihr, den Zucker auf das hohe Regal zu stellen. »Es riecht wunderbar.«

Er atmete genüsslich und tief ein, und sie drehte sich halb zu ihm. Sie gaben ein nettes Bild ab, so nah beieinander, blond und dunkel, klein und groß, Frau und Mann.

Als ein Krachen aus Max' Zimmer kam, murmelte ich: »Ich erledige das«, und huschte den Flur hinunter, damit sie sich küssen konnten oder was auch immer.

Max stand mitten im Zimmer, in der geballten Faust eine Schere, und trat gegen sein Bett. Kleine Fetzen der rosa Serviette bedeckten den Boden. »He, du Emo.« Leise schloss ich die Tür hinter mir. »Reagieren wir etwas über?«

Ich könnte eine ganze Seite mit seinen Wutanfällen füllen, aber das wird monoton, deshalb fasse ich zusammen.

1. Max rastete aus.
2. Mein Versuch, ihm mit den »Ich«-Aussagen, die Dr. Dhang empfiehlt, durch seine Gefühle zu helfen, ging wie üblich voll daneben.
3. Ich griff auf eine erprobte Methode zurück. An einem Schwimmfuß zog ich Max' Plüschschnabeltier unter seinem Kissen hervor. »Fred«, sagte ich, »willst du in der Toilette baden gehen? Die Strömung ist etwas stark, aber das macht es aufregend.«

   »Nein!«, rief Max.

Als ich zurück in die Küche kam, rechnete ich fest damit, Diane und Mr Friend würden vor der Spüle rummachen. *Geht doch ins Hotel*, würde ich grinsend vorschlagen, aber die beiden saßen sich gegenüber am Tisch. Sie hassten sich schon. Diane hatte die Lippen fest zusammengekniffen, und Mr Friend lachte auf diese schrille, gekünstelte Art, die *F dich* heißt. Offenbar hatte jemand den Fehler begangen, von Politik oder Religion anzufangen.

»Jesus war ein Bastard«, sagte Diane. »Er hat sich an Gott den Vater gewandt, weil er keinen Vater hatte, und zu der Zeit in Bethlehem oder wo auch immer war ein uneheliches Kind gesellschaftlich ein Paria.« Mit Rücksicht auf das Bildungsniveau ihres Publikums ergänzte sie: »Ein gesellschaftlicher Außenseiter.«

»Er wurde in Nazareth geboren«, sagte Bob oder Ed oder wie der Typ auch hieß. Wieder lachte er auf diese Art. »Jesus ist der Sohn Gottes, und wenn du das nicht glaubst« – er hob die feisten Hände mit einer Geste, als wäre es ohnehin sinnlos –, »tja, dann tust du mir leid.«

Jetzt war Diane mit einem fiesen, gekünstelten Lachen an der Reihe. »Carl Gustav Jung hat gesagt, mit Religion verteidigte sich der Mensch gegen die Gotteserfahrung.«

»Ach, hallo«, sagte Mr Friend, als er mich bemerkte.

»Wahrscheinlich wünschen Sie sich, wir hätten einen Fernseher.« Ich lächelte ihn an. Irgendwer musste zu dem Gast ja nett sein. Er lächelte zurück. Er hatte sehr schöne Zähne, und das sieht man in Kanuga nicht oft.

»Ihr scheint ja alle viel zu lesen«, meinte er mit einem Blick auf die ordentlichen Bücherregale, die unsere Wände säumten. »Ich glaube, ich habe zum letzten Mal in der Schule ein Buch gelesen«, fügte er erschreckend ungeniert hinzu.

Zufällig wusste ich, dass Mr Friend unter »Ausbildung« in seinem Match-Profil »ein bisschen College« und unter »Einkommen« »75.000–100.000 $« eingetragen hatte. Diane sagt, man könne von der Ausbildung zwei Jahre und vom Einkommen 25.000 $ abziehen. Sie war nach hinten in ihr Zimmer gegangen, um ihre Handtasche und ihre Jacke zu holen, deshalb redete Mr Friend weiter mit mir.

»Meine Exfrau hat ständig gelesen. Sie mochte Sidney Sheldon. Liest du ihre Bücher auch?« Ich schüttelte den Kopf, aber in diesem Moment kündigten die Hunde an, dass Penn kam, und ich lief zur Tür. Max war schon da.

»Was geht?«, begrüßte Penn uns und grinste uns an, als wir ihn an der Tür bestürmten. Er nahm Mr Friend mit einem knappen Blick zur Kenntnis, bemerkte Dianes Ausgeh-Outfit, den Hauch Parfüm. Einen Moment lang zögerte er, als wollte er wieder gehen, aber Hiroshima ließ ihn nicht. Sie lief auf den Hinterbeinen und stemmte die Vorderpfoten auf seine Oberschenkel, während sie versuchte, mit ihm mitzuhalten.

»Hiroshima, jetzt geh schon weg.« Er nahm sie auf den Arm, damit sie an seinem Ohr lecken konnte. Hiroshima ist in Penn verknallt. »Spar dir deine Liebe«, sagte er und drückte sie an sich. »Ich mag dich nicht mal.«

»Schau mal, Mom, ich habe doch gesagt, er würde kommen!«, rief Max. »He, Penn, spielst du Pokémon mit mir?«

»Klar. Das heißt, wenn deine Mutter nichts dagegen hat.«

Er und Diane sahen sich an. Mr Friend räusperte sich. Den Regeln der feinen Gesellschaft entsprechend hätte man die beiden jetzt einander vorstellen müssen. Allerdings hatte Penn einen Blick aufgesetzt, den ich bisher nur ein paar Mal bei ihm gesehen hatte – Zum Beispiel wenn wir mitbekommen, wie ein Polizist sein Blaulicht einschaltet, um eine rote Ampel zu überfahren. Dann murmelt er: »Du Drecksack.«

»Sieht aus, als wollte sie gerade ausgehen«, sagte Penn jetzt.

Dianes gute Kinderstube ließ sie komplett im Stich. Sprachlos stand sie in der Tür – in ihrer schwarzen Samthose, mit einem

Abendtäschchen, in das gerade ein Lippenstift, ein Führerschein und ein Zehn-Dollar-Schein passten. Sie sah aus wie auf Partys, wenn ihr nicht einfällt, wie derjenige heißt, mit dem sie gerade gesprochen hat. Sie sah aus, als würde sie keinen von uns kennen.

Mr Friend ging auf Penn zu und wollte sich vorstellen, aber Max unterbrach ihn. »Also, Penn, ich bin hinter einem gezüchteten Wiesor her, mit einem niedrigen Level«, erzählte er und fing an, sich im Flur zwischen den beiden Männern zu drehen.

»Gehen wir erst mal aus dem Flur raus, dann hast du mehr Platz für aerodynamische Ansprachen«, sagte Penn. »Pass auf, dass du nicht das Bild von der Wand reißt.«

Mr Friend erkannte seine Chance, sich vorzustellen, und ging ruckartig mit ausgestreckter Hand auf ihn zu. Als er erklärte, dass er Diane zum Abendessen abholen wolle, hielt ich den Atem an. Würde Penn wieder gehen? Dieser Typ mit seinem Polohemd konnte sich anstrengen, wie er wollte, er würde nie eine PMB abgeben. Nicht mal ansatzweise.

Penn schüttelte ihm die Hand, sagte aber kein Wort dazu, warum er hier war. Das ging Mr Friend eindeutig gegen den Strich, vor allem, als Penn Kaffee aufsetzte und genau wusste, wo er den Zucker suchen musste.

»Penn ist unsere Nanny«, erklärte Diane ihrem Begleiter, als sie endlich ihre Stimme wiederfand. Penn nahm diese Rolle an, indem er Diane sagte, sie würde heute Abend sehr hübsch aussehen. Im ersten Moment blinzelte Diane ihn an, als könnte sie ihn nicht richtig einordnen. Gemeine Diane![18] Als sie sich für das Kompliment bedankte, wurde es im Zimmer zwei Grad kälter. Ich hätte so gerne geschrien: *Wir haben es begriffen, Diane – du bist unnahbar, aber er ist unsere PMB! Was machst du mit unserem Leben?*

»Nanny?«, fragte Mr Friend.

18 Genau – die Hölle kennt keine Wut wie die einer verschmähten Frau.

»Meine Schürze und die Rüschenhaube habe ich im Pick-up vergessen«, sagte Penn. »Aris, wenn du mir einen Schlitzschraubenzieher holst, repariere ich das Scharnier an diesem Schrank. Die Tür hängt schon wieder auf halb acht.«

»Warum bittest du nicht Max darum?«, fragte ich. Ich hatte Angst, Diane ohne Berater zu lassen, auch wenn ich nicht genau wusste, wie ich uns retten sollte.

»Weil ich mich bewusst entschieden habe, die vorgeschriebenen sexistischen Rollen unserer Gesellschaft zu ignorieren, die vorschreiben, dass nur Jungen den Unterschied zwischen einem Schlitz- und einen Kreuzschlitzschraubendreher kennen«, erklärte Penn.

»Ich springe nur schnell ins Bad, bevor wir gehen«, sagte Diane.

Ich warf einen Blick auf Dianes Begleiter, der mit einem eingefrorenen gequälten Lächeln auf dem Gesicht in der Ecke stand, und erinnerte Penn daran, dass im Süden schon immer ein Matriarchat bestanden hatte.

»Jawohl, Ma'am.« Er neigte den Kopf, um ein Lächeln zu verbergen.

»Um zehn sind wir wieder hier«, sagte Diane, als sie ins Zimmer gestiefelt kam. Ein langer Streifen Toilettenpapier hing ihr aus der Hose und flatterte hinter ihr her wie ein Schwanz.

Mein Herz schlug einen kleinen Salto. Alle starrten sie an und wandten dann den Blick ab, nur Max nicht, er schnappte sich das Ende des Toilettenpapierschwanzes und wedelte damit auf und ab. Dafür war natürlich Joe verantwortlich. So etwas macht er jedes Mal, wenn Diane sich verabredet. Beim letzten Mal ist ihr ein Absatz abgebrochen; sie musste früher nach Hause kommen.

»Was? Was ist denn?«, fragte Diane und sah sich um. Wie der Blitz war Penn hinter ihr und schob ihr so schnell, dass man nicht blinzeln durfte, sonst hätte man es verpasst (habe ich nicht), eine Hand in die Hose. Der Toilettenpapierschwanz wurde entfernt und entsorgt.

Eine halbe Stunde später war Diane wieder da.

»Wie war's?«, fragte Penn. Er war zu sehr Gentleman, um zu lächeln, als sie eine Grimasse schnitt, aber mir fiel auf, dass er ziemlich schwungvoll wirkte, als er ihr Kaffee einschenkte. Darf ich – auch auf die Gefahr hin, literarisch zu klingen – hinzufügen, dass ich ein leises Lied in seinem Herzen hörte, als er sich zu ihr an den Küchentisch setzte?

»Ich hoffe, ich habe nicht irgendwie gestört, als ich vorhin gekommen bin«, sagte er.

»Nein, nein. Schon in Ordnung.«

»Ich hätte anrufen sollen – ich finde mein Handy nicht.«

»Ich hätte es dir erzählen sollen.«

»Was denn? Du musst mir nichts erzählen.«

»Es gibt auch nichts zu erzählen –«

Ich beschloss, die beiden für eine Weile allein zu lassen. In meinem Zimmer sah ich auf meinem Handy nach, aber von meinem Verlobten war nichts gekommen. Nur eine Nachricht von Anders Anderson.

Nur n hallo ... nen glg ...
weil ich so oft an dich denken muss ...
mehr wollt ich gar nicht eigentlich ...
aber jetzt weißt du ... ich denk an dich ...

Ich beschloss, zu antworten.

Ich:

:-&[19]

Anders:

Schickste das an deine freundin kate weiter?

19 Sprachlos.

Ich:

Ndeo?[20]

Anders:

Schick xx[21] mit

Ich:

Alter du wurdest gefriendzoned

Anders:

Wann?

Ich:

Letzte Woche

Anders:

Dwsn[22]

Ich:

Tw[23]

Anders:

Ns[24]

Ich:

G2g[25] neuer Mr Friend war hier :b[26]

Anders:

Mm[27] :‹(

Seit über einer Woche hatte ich nichts von Billy gehört. Ich weigerte mich, ihn auf Facebook zu stalken. Und wenn ich ihn aus der Freundesliste entfernte? Ich stellte mir vor, wie er mich anrief,

20 Nicht dein Ernst, oder?
21 Küsse
22 Das wird schon noch.
23 Träum weiter.
24 Nur Spaß.
25 *Got to go* – ich muss los.
26 Rausgestreckte Zunge.
27 Mitleid.

wie er mich mit seiner wunderbaren brummenden Billy-Stimme bat, ihn wieder als Freund hinzuzufügen, nach Massachusetts zu kommen und zu ihm in den Keller zu ziehen. Ich stellte mir vor, wie ich die Lippen zusammenkniff, so wie Oma, und dem imaginären Billy bissig antwortete: »Nun, das werden wir noch sehen.«

Ein paar Tage später mussten Max und ich zu Oma und Opapa gehen, weil Diane auf Match.com frische Beute geschlagen hatte. Sie wollte unbedingt die Boyfriend-Hose aus schwarzem Samt für den nächsten Mr Friend anziehen. Nach der letzten Verabredung fand ich ja, sie sollte diese Unglückshose wegpacken, aber ich ließ ihr ihren Willen.

»Wer ist dieser Mann noch mal?«, wollte Oma von Diane wissen, als wir hereinkamen. »Wo hast du ihn kennengelernt?«

Max und ich blieben stumm. Man hatte uns beigebracht, Oma keine Informationen zu liefern. Was nicht schwer ist, weil Oma nie zuhört.

»Henry!«, brüllte sie, bevor jemand ihre Frage beantworten konnte. »Henry! Sie sind hier! Die Kinder sind hier!« Als Opapa nach zwei Sekunden noch nicht aufgetaucht war, sagte sie: »Ich weiß nicht, wo er ist. Ständig zieht er los und versteckt sich.«

Ihr Haus ist riesig. Es ist so groß, dass sie in den Siebzigern eine Sprechanlage haben einbauen lassen, aber die benutzt Oma nie, weil sie gerne brüllt.

»Henry!«, brüllte sie noch mal. Zwei Sekunden später meinte sie: »Ich gebe auf«, und wandte sich uns zu. »Ich habe Cola und Erdbeereis gekauft. Ich dachte, heute Abend essen wir Pizza, wenn eure Mutter nichts dagegen hat. Ich weiß ja, dass sie pingelig ist.«

»Der viele Zucker und das Weißmehl sind nicht gut für sie«, sagte Diane. »Hast du die *China Study* gelesen?«

»Die was? Tut mir leid. Es war auf den letzten Drücker. Wer ist dieser Bursche? Du hast mir noch gar nicht gesagt, wo du ihn kennengelernt hast.«

»Unter einer Brücke«, sagte Diane.

Oma fand das nicht lustig, Opapa schon. Breit grinsend kam er die Treppe herunter. »Na, da sind ja meine lange verschollenen Enkel und meine lange verschollene Tochter. Wollt euren alten Opapa besuchen!« Ich umarmte ihn und passte dabei auf, dass ich nicht das winzige Pflaster auf seinem kahlen Kopf berührte. Opapa nimmt Blutverdünner, um keinen Schlaganfall zu bekommen, deshalb blutet er beim kleinsten Kratzer. Als ich klein war, trug mein Bär Zimmerman fast immer ein Pflaster, das weckt also nette Erinnerungen.

»Wann bist du wieder hier?«, fragte Oma Diane. »Sollen sie hier schlafen?«

»Ich rufe dich an«, antwortete Diane.

»Das ist doch wohl hoffentlich keine Verabredung über Nacht«, sagte Oma. »Ich weiß, du willst das nicht hören, aber dein Vater und ich finden es wichtig, dass du Aris mit gutem Beispiel vorangehst. Sie kommt langsam in dieses Alter.«

Diane starrte Oma finster an.

Oma starrte finster zurück.

»Du bist erstaunlich«, sagte Diane eisig.

»Entschuldigung«, meldete sich Max, aber wir ignorierten ihn. Ich merkte schon, dass es auf einen anständigen Streit hinauslief, also machte ich es mir im Wohnzimmer auf meinem Lieblingssessel gemütlich, einem breiten Rattansessel aus den Siebzigern mit dicken Kissen im Leopardenlook, und grub meinen Löffel in die rosa Eiscreme.

»Warum bin ich erstaunlich?«, fragte Oma.

»Weil du nicht weißt, wann du aufhören solltest.«

»Tja, ich hoffe, du weißt das«, sagte Oma. »Warum sollte jemand die Kuh kaufen, wenn er die Milch umsonst bekommt?« Nachdem sie die Schlacht gewonnen hatte, wandte sie sich Max zu. »Was ist denn, Schätzchen?«

»Habe ich vergessen«, antwortete Max. »Bekommen wir eine Kuh?«

»Komm mal mit, ich habe ein Geschenk für dich.« Sie nahm ihn an die Hand. »Ich weiß nicht, ob es dir gefällt.« Er hüpfte neben ihr her und fragte, ob er auch ein Pferd bekommen könne, »damit die Kuh nicht allein ist«.

Opapa klopfte Diane auf die Schulter und sagte, sie würde hübsch aussehen. Dann fragte er sie, ob sie Geld brauche. »Ich gebe dir welches.« Er holte seine Brieftasche heraus. »Vielleicht musst du ja Milch kaufen. Hast du noch Benzin im Tank?«

»Sie weiß wirklich nicht, wann sie aufhören sollte«, sagte Diane. »Das lasse ich mir nicht gefallen.«

»Tja.« Er klopfte ihr noch ein paarmal auf die Schulter. »So ist deine Mutter halt. Wir müssen alle mal dem anderen verzeihen«, sagte er und zählte glatte Zwanzig-Dollar-Scheine ab. »Sie meint es gut.«

Er sah mich an und schnitt eine alberne Grimasse. Ich machte auch eine. Diane steckte die Zwanziger ein und ging.

Den Großteil des Abends verbrachte ich an Omas mechanischer Schreibmaschine. Ich mag es, wie sie aus meinem Schreiben ein Lied macht, klackerdi-klack, klackerdi-klack, klack, klack, sinng! Das *sinng* war der Wagenrücklauf.

»Du schreibst ja immer noch an deinem Roman«, sagte Oma. »Worum geht es denn?«

»Na ja«, meinte ich, und dann erstarrte ich. Worum ging es in meinem Roman? Ich hatte keine Ahnung.

»Ich beleuchte die Realität und transzendiere sie gleichzeitig«, sagte ich.

»Bist du aber klug.« Sie schob die Schreibmaschine weiter nach hinten, damit sie nicht vom Tisch fiel – mechanische Schreibmaschinen tanzen manchmal, wenn sie singen. »Verrätst du mir nicht, worum es geht?«

Ich versuchte, mich an den Kurzplot zu erinnern, den ich für eine der Aufgaben in *Romane schreiben in 30 Tagen!* verfassen musste, aber mein einziger Gedanke war der an Omas Gesicht, wenn sie über sich selbst lesen würde.

»Geht es um mich?«, fragte sie. »Komme ich darin vor?«

Ich heuchelte ein Lächeln. Zum Glück wartet Oma nicht, bis sie eine Antwort auf ihre Fragen bekommt.

»Deine Mutter wollte auch mal Schriftstellerin werden«, erzählte sie. »Das hat sie wohl aufgegeben.«

»Sie ist noch nicht tot«, sagte ich, und darüber musste Oma lachen. Oma lacht fast nie. Einmal habe ich ihr Witze aus einem Band *Far Side* vorgelesen. Bei keinem einzigen hat sie gelacht, nicht mal gelächelt. Sie sagt, sie verstehe Witze nicht.

Ich fragte sie, ob ich die Schreibmaschine haben könne.

»Nein, die benutze ich«, sagte sie, aber sie schenkte mir einen verstaubten schwarzen Samthut mit einer Strassnadel, den ihre Mutter zur Kirche und zu Beerdigungen getragen hatte. Max bekam eine hundert Jahre alte Kaffeemühle, die von Hand bedient wurde. Uns wurde aufgetragen, die Sachen zurückzugeben, falls Diane sie je zur Heilsarmee bringen wollte. Oma und Opapa sind während der großen Wirtschaftskrise aufgewachsen, deshalb werfen sie nie etwas weg. Ihr Haus gleicht einer Zeitkapsel. Es tut ihnen regelrecht weh, wenn Diane vom einfachen Leben erzählt.

»Und wirf die Sachen, die ich den Kindern gegeben habe, nicht weg«, sagte Oma, als Diane uns (früh) wieder abholte. »Gib sie einfach zurück, wenn du sie nicht willst.«

»Sie könnten irgendwann mal viel Geld wert sein«, sagte Opapa, der Max' Kaffeemühle vorsichtig zum Auto trug.

»Geld, Geld, Geld«, sagte Oma. »Du denkst an nichts anderes, Henry. Du glaubst, die ganze Welt würde sich um Geld drehen.«

Ich wollte die Lage nicht noch weiter aufheizen, indem ich sagte, in Wirklichkeit würde sich die ganze Welt um Sex drehen. »Wir behalten diese Sachen, weil sie etwas *bedeuten*«, sagte sie. »Die werden niemals verkauft.«

»Sie müssen in der Familie bleiben«, stimmte Opapa zu.

Ich hatte den Hut aufgesetzt, um Oma eine Freude zu machen, aber er kratzte und ließ mich traurig werden, weil ich meine Fliegermütze vermisste. Auf der Heimfahrt, als Max auf dem Rücksitz saß und im Fußraum Sachen suchte, die er durch seine Kaffeemühle drehen konnte, kam mir der Gedanke, dass bestimmte Dinge für einen Menschen etwas ganz anderes bedeuten als für einen anderen und dass Besitzverhältnisse historisch gesehen umstritten sind. Außerdem ist es ziemlich müßig zu sagen, dass etwas »in der Familie bleiben« soll, weil alle Menschen von einer kleinen Gruppe Homo sapiens in Ostafrika abstammen. Es wäre interessant gewesen, mit Diane darüber zu reden, aber sie hatte sich über das Lenkrad gebeugt und starrte finster durch die Windschutzscheibe. An jeder Ampel machte das Auto einen Ruck, weil sie so heftig bremste.

Nachdem ich eine Weile respektvoll geschwiegen hatte, fragte ich: »War er verheiratet oder getrennt?«

»Jup.« Es ist komisch, aber manchmal reden wir alle wie Penn.

Seufzend sah ich auf mein stummes Handy. Wenn Billy unsere Verlobung wirklich löste, würde ich dann noch stark genug sein, um einen Mann für Diane zu finden? Ich fragte mich, ob einem die Liebe irgendwann ausgehen konnte, so wie Geld.

Als wir von Oma nach Hause kamen, gingen wir alle in unsere Zimmer. Das machen wir immer, wenn wir nach Hause kommen. Wenn Diane und ich längere Zeit anderen Menschen ausgesetzt waren, müssen wir unsere psychologische Infrastruktur in Abgeschiedenheit neu aufbauen. Max ist eher extrovertiert und geht nur in sein Zimmer, weil niemand mit ihm spricht.

Mein Zimmer kehrte langsam zu seiner gemütlichen Unordnung zurück, mir fehlten nur Dianes Tagebücher unter meinem Bett. Sie hatten einen weiteren tiefen Schlund hinterlassen, wie das Loch, das die Fliegermütze gerissen hatte. Ständig verschwand etwas aus meinem Leben. Ich bin zu alt für Puppen, aber ehrlich gesagt vermisste ich die Familie Devereux. Mir fehlte ihre wundersame Welt am Rand der Katastrophe mit ihren ganzen schäbigen Details: dem Auto mit den drei Rädern, der durchhängenden Veranda, den halbnackten Kindern, die aus den Fenstern hingen. Arme, verrückte Mrs Devereux. Wahrscheinlich würde Mr Devereux irgendwann auftauchen, in einer alten Socke, die Diane bei einer Aufräumaktion übersehen hatte, oder eingeklemmt in der Ecke eines Lüftungsschachts, einen Fuß von der jungen Hiroshima abgekaut. Er würde nach seiner Familie fragen. Was war mit dem Haus passiert? Wo in aller Welt hatte er sein Auto gelassen?

Ich fand Diane am Küchentisch, wo sie eine Tasse von einem Tee trank, der »Sanfte Verführung« hieß. Ich nahm mir vor, ihn ganz unten im Teekorb zu verstecken, bevor Billy mich besuchte. Mir machte ich einen Süßholztee.

»Ich dachte, du hättest vielleicht gerne etwas Gesellschaft«, sagte ich, als ich das Honigglas zum Tisch brachte.

Traurig lächelte sie mich an. »Du bist mein Schatz.«

Wir hörten, wie Max auf der anderen Seite der Wand in seinem Zimmer etwas durch seine Kaffeemühle drehte. »Das ist echt schwer«, erzählte er Fred oder jemand anderem. »Aber es lohnt sich. Du musst (mahlen) einfach-nur (mahlen) weiter- (mahlen) machen.«

»Da hat Oma ihm ja genau das Richtige geschenkt«, sagte ich.

»Opapa hat recht«, sagte Diane. »Sie meint es gut. Und sie hat euch beide sehr lieb.«

»Hat sie dich lieb?«

»Das weiß ich nicht«, sagte Diane, »aber sie war eine gute Lehrerin. Im buddhistischen Sinne.« Sie rührte noch etwas Honig in ihren Tee und reichte mir das Glas. »Du und Max solltet ins Bett gehen. Kinder sollen jede Nacht zehn Stunden schlafen.«

»Ich bin kein Kind.«

»Streng genommen schon.«

»Ich fühle mich aber nicht so. Ich fühle mich wie deine Partnerin.«

»Ach, Schätzchen. Dr. Dhang sagt, diese emotionale Verantwortung ist nicht gut für dich. Wir müssen dafür sorgen, dass du eine richtige Kindheit hast.«

»Ich komme damit klar. Ich hole meine Kindheit nach, wenn ich vierzig bin. Ich habe große Pläne für uns, Diane.«

»Große Pläne.« Sie starrte in ihre Teetasse. Im gebrochenen Licht des Kronleuchters, in dem nur eine Glühbirne brannte, sah sie so hübsch aus – es war traurig, dass sie niemand außer mir sehen konnte. »Joe konnte mich sehen«, hat sie einmal erzählt. »Bevor ich ihn kennengelernt habe, hat mich nie jemand richtig gesehen. Verschiedene Leute haben verschiedene Teile gesehen, aber alles zusammen war nicht ich. Als Joe mich ansah, haben seine Augen geleuchtet, weil er mich erkannt hat.«

»Und«, sagte ich. »Wie war deine Verabredung heute Abend?«

»Ha«, machte sie. »Ha, ha, ha.«

»Erzähl mir mehr.«

»Ich habe ihn gefragt: ›Warst du schon mal verheiratet?‹ Er hat geantwortet: ›Ja, zwei Mal.‹ Ich dachte, das soll heißen, er ist jetzt Single.«

»Ja, logisch«, sagte ich.

»Männer sind so ätzend.«

»Was ist mit Penn? Er ist schon an uns gewöhnt.«

»Weißt du, Aris, wir drei sind schon eine Familie. Als du und Max klein wart, haben mich diese biederen Familien in deinen Bilderbüchern immer regelrecht angesprungen: Mutter, Vater, Hund, Katze … Ich dachte, ich muss den fehlenden Mann finden, aber vielleicht sind wir jetzt vollständig, so, wie wir sind. Wir sind eine dreiköpfige Familie mit einem Elternteil.«

»Einer mehr würde doch auch nicht stören.«

»Penn ist Atheist«, sagte sie. »Er raucht. Er wohnt bei seiner Mutter.«

»Sind wir nicht aufgeschlossen?«, meinte ich.

Sie schüttelte den Kopf. »Er liebt mich nicht.«

»Ach, Merm. Wie könnte jemand dich nicht lieben?« Ich streckte die Hand aus und berührte ihre kurzen Haare, ganz warm und seidig, wie das Fell hinter Hiroshimas Ohren. »Du bist schön. Du bist stark. Du bist klug. Du bist sogar gut organisiert!«

»Alt und fett«, sagte sie. »Klein und arm.«

»Vorsicht«, sagte ich. »Ich habe meine Zukunft vor Augen. Du willst mich doch nicht entmutigen.«

»Na gut, streich das. Aber dass ich gut organisiert bin – das ist reine Verzweiflung. Ich bin eine geläuterte Chaotin. Wenn ich morgens wach werde, habe ich das Gefühl, ich würde aus einem Koma aufwachen. Ich habe keine Ahnung, welchen Tag wir haben, oder auch nur, wo ich bin.«

Ich nickte. Das wusste ich aus ihren Tagebüchern. In so vielen Träumen hatte sie sich verirrt, fuhr durch Nebel, der mit jedem Kilometer dichter wurde. Sie vergaß, komplette Seminare an irgendeiner Universität des Lebens zu besuchen. Uhrenzeiger drehten sich rückwärts. In den meisten Träumen trug sie ein Baby bei sich, manchmal zwei, und sie hatte schreckliche Angst, sie zu verlieren.

»Du bist eine Überlebenskünstlerin«, sagte ich. Ich zögerte und überlegte, wie ich weiter für Penn argumentieren konnte. Ich wollte nicht an Dianes Selbstwertgefühl kratzen, aber für uns stand eine PMB auf dem Spiel. Am Ende griff ich auf einen ihrer AA-Sprüche zurück: »Wenn du dich auf das Problem konzentrierst, verschwindet die Lösung. Wenn du dich auf die Lösung konzentrierst, verschwindet das Problem.«

Sie lächelte mich an; jeder wird gerne zitiert. »Lösung«, fuhr ich fort. »Wenn Penn bei uns einzieht, wohnt er nicht mehr bei seiner Mutter. Und dass er Atheist ist? Du hast doch immer gesagt, jeder habe ein Recht auf seine spirituellen Überzeugungen.«

»Penn hat keine netten, stillen Überzeugungen. Er ist ein fanatischer Atheist.«

»Immerhin geht er zum Rauchen raus«, sagte ich, aber ich sah meine Felle schon davonschwimmen.

»Ich bin einsam«, sagte sie. »Das gebe ich zu. Ich bin in meiner Heimatstadt einsamer, als ich es in Alaska war, und da ist es echt leer.«

»Wir sollten wieder hinziehen.«

»Ich würde gerne umziehen, aber Alaska ist zu schwierig. Schön, aber schwierig.«

»Wie war es in Alaska?« Sie hat mir schon alle Alaskageschichten erzählt, aber ich will sie immer wieder hören. Ich liebe es, etwas über meinen Dad zu hören.

»Also«, fing sie an, »ich weiß noch, wie dein Vater einmal im Frühling, als die Straßen gerade nicht mehr vereist waren, zum Osteressen an den Polarkreis fahren wollte. Also haben wir einen großen Heilbutt aus der Gefriertruhe genommen, die einfach nur eine Kiste auf der Veranda war, und sind den Dalton Highway raufgefahren. Die Straße war nach dem Auftauen voller Risse. Hinter Fairbanks haben wir keinen einzigen Laster mehr gesehen. Nur Karibus, Adler und zwei Schwarzbären. Die zwanzig Liter Benzin aus dem Ersatzkanister hatte Joe schon verbraucht, wir mussten dringend eine Zapfsäule finden.

Am Yukon River fanden wir endlich eine Hütte, vor der eine uralte Zapfsäule stand. Als wir ausstiegen, kam dieser hagere Mann aus der Hütte. Er war so verwittert wie ein alter Zaunpfahl, und er hatte einen grauen Bart und trug vier oder fünf Hemden übereinander. Ich werde nie vergessen, wie er gelächelt hat.

Er sagte: ›Nennt mich Ned.‹ Da draußen legen sich manche Leute einen anderen Namen zu, damit niemand sie finden kann. Das war egal. Wir sind natürlich mit reingegangen und haben einen Kaffee getrunken und neben dem Holzofen an einem selbstgebauten Tisch gesessen. Ned hat gehäkelt.«

»Wie alt war ich da?«

»Zwei oder drei. Ich weiß noch, dass du jedes Mal ›Heiß‹ gesagt hast, wenn du in die Nähe des Ofens gekommen bist – das ist das erste Wort, das kleine Kinder in Alaska lernen. Ned hat eine kleine Puppe für dich gehäkelt, während wir da saßen und Kaffee tranken und uns unterhielten. Seine Stimme war eingerostet, er hatte seit Monaten mit niemandem gesprochen. Als wir den Kaffee getrunken hatten, gingen wir raus und sahen uns die schwere Kette an, die sein Hund einmal bei fünfunddreißig Grad minus zerrissen hatte. Den Hund haben wir auch gesehen, er war zum größten Teil Wolf. Um uns herum war alles weiß und still. Außer uns vieren und dem Wolfshund gab es niemanden auf der Welt. Bevor wir fuhren, hat Joe ein gutes Stück von dem Heilbutt abgehackt und es Ned gegeben.«

Sie stockte und starrte wieder in ihre Teetasse. »Weißt du, was ich damit meine?«

»Wir haben dort hingehört«, sagte ich.

»Genau.« Sie kratzte die Folie von einem Streifen Nikotinkaugummi und kaute nachdenklich. »Hier unten verbringt man seine Zeit damit, Kategorien durchzugehen: politische Ansichten, Religion, Schule, Familie, Einkommen … Einen einfachen menschlichen Kontakt gibt es nicht. Nicht mal innerhalb der Familie.«

Ich streckte die Hand aus, mit der Handfläche zu ihr. »Menschlicher Kontakt«, sagte ich. Als sich unsere Handflächen berührten, ging die letzte Glühbirne in der Küche aus.

In der Lab ging ich Ms Chu aus dem Weg. Ich hörte immer wieder ihre Worte: *Es muss etwas Schreckliches geschehen.* Kate gab zu bedenken, dass Ms Chu wohl kaum auf mich zumarschieren und sagen würde: »Hallo, Aris. Ist deine Protagonistin schon in eine Situation geraten, die sie nicht bewältigen kann und deren Auswirkungen ihr Leben verändern?« Aber sie würde es *denken.*

Allerdings hat Ms Chu ein sehr feines Gespür für soziale Hinweisreize und ließ mich während der Büchereistunde in Ruhe. Nachdem sie mir ein italienisches Theaterstück, *Sechs Personen suchen einen Autor*, empfohlen hatte, kümmerte sie sich um ein paar rüpelhafte Jungs aus unserer Klasse, die mit sozialen Hinweisreizen so gar nichts anfangen konnten. Berauscht von ihrem eigenen Hormoncocktail verwandelten sie unsere kühle, stille Bibliothek in eine dunkle, lärmende Kneipe. Anders drückte sich am Rand der Gruppe herum, er sah mitgenommen aus.

Als er sich an mich heranwanzte und fragte, ob ich in letzter Zeit etwas von Billy gehört hätte, sagte ich streng: »Das hier ist eine Bibliothek. Ich lese. Das macht man in Bibliotheken so. Hol dir ein Buch.«

Tatsächlich hatte ich von Billy Starr keinen Mucks gehört. In Naturwissenschaften fand ich drei neue Fotos von seiner »Cousine« Tiffany auf seiner Facebook-Seite.

Nachmittags zu Hause entdeckte ich, dass Tiffany ihm jetzt auf Twitter und Instagram folgte. Als mein Handy klingelte, zuckte ich zusammen und dachte: *Er ruft an!* Das war natürlich albern – meine

Freunde und ich hatten seit der dritten Klasse nicht mehr »telefoniert«.

Es war Oma, die sich selten mit einem »Hallo« aufhält.

»Deine Mutter geht nicht an ihr Handy«, erklärte sie. »Ich habe sie zwei Mal angerufen. Wo ist sie?«

»In der Badewanne.«

»In der Badewanne? Ich dachte, sie wäre noch bei der Arbeit.«

»Ach ja, stimmt. Sie ist bei der Arbeit. Da solltest du sie vielleicht nicht anrufen, oder?«

»Also, ich kann mir doch nicht jeden Terminplan merken. Wer ist bei euch? Ist Penn da?«

»Mmh-mmh. Ich meine, ja, Ma'am. Er ist hier.«

»Wieso ist er bei euch, wenn sie badet?«

»Sie ist bei der Arbeit.«

»Es ist doch schon spät. Ich kann mir gar nicht vorstellen, warum sie jetzt noch arbeiten sollte. Sie muss Penn ja ein Vermögen zahlen.«

Mir wurde vom Lügen schon schwindlig, deshalb sagte ich nichts. Am Ende beantwortet Oma ihre Fragen sowieso selbst.

»Wahrscheinlich lässt sie eine Klausur nachschreiben«, sagte sie. Ich hörte durchs Telefon, wie sie Opapa zurief: »Sie ist noch nicht zu Hause. Sie lässt ein paar Studenten eine Klausur nachschreiben. Die Kinder sagen mir einfach nicht, wann sie zurückkommt.«

Irgendwann kam sie darauf, warum sie eigentlich angerufen hatte. Sie und Opapa wollten Samstagabend zum Essen kommen, um ihre Diamantene Hochzeit zu feiern. »*Mein* Diamantenes Jubiläum« nannte sie es, als würde Opapa gar keine Rolle spielen. Sie wollte wissen, ob es diese goldfarbene Tischdecke noch gebe, die sie Diane vor einer Weile gegeben hatte. Sie hoffte, dass Diane sie nicht weggeworfen habe. Wenn es nicht zu viele Umstände mache, sollten wir den Tisch damit decken. Gold, erklärte sie mir, sei die Farbe für die Diamantene Hochzeit. Und für die Fotos könnten wir doch bitte alle etwas Goldenes tragen.

»Nur Königinnen dürfen ihre Jahrestage ›Diamantenes Jubiläum‹ nennen«, sagte ich.

Sie schwieg für einen Moment, weil sie verletzt war. Dann verzieh sie mir, immerhin war ich noch keine dreizehn.

»Ach, papperlapapp«, sagte sie. »Ich kann meinen Jahrestag doch wohl nennen, wie ich will. Ich habe es lange genug mit deinem Großvater ausgehalten.« Dann erzählte sie ausführlich, dass er schwerhörig werde und zu stolz sei, um es zuzugeben, und dass er überhaupt nicht lustig sei und nicht ins Kino gehen wolle und ständig hinter ihr herräume, er stelle ihre Sachen einfach um, und sie finde nichts mehr, bla bla blubb.

Ich stellte sie auf Lautsprecher und sah mir meine Facebook-Seite an. Es gab die ersten Fotos von Tiffany und Billy zusammen. Tiffany hatte bei Billys Basketballfoto »Gefällt mir« angeklickt. Bei irgendeinem blöden Foto von ihr hatte Billy »Gefällt mir« angeklickt. Offenbar spielte sie auch Basketball.

»Aris!«, brüllte Oma ins Telefon. »Aris? Ich höre dich nicht. Mit deinem Telefon stimmt was nicht.«

Max kam in die Küche. »Sie hat dich auf laut gestellt, Oma!«, rief er, während er an einer Küchenzeile hin- und an der anderen zurücklief und dabei mit der Hand auf die Arbeitsplatte trommelte.

Wir schwiegen, während Oma diese Information erst mal verdaute. Dann sagte sie: »Tja, ich verabschiede mich mal lieber. Ihr habt alle zu tun.«

»Aris«, sagte Max, nachdem sie aufgelegt hatte. »Spielst du mit mir Pokémon?«

»Nein.«

»Warum nicht?«

»Ich bin beschäftigt«, antwortete ich.

»Hast du was?« Er kam näher und starrte mir ins Gesicht, aber ich scheuchte ihn zurück. »Hast du geweint?«

»Nein.«

»Du siehst komisch aus.«

»Danke. Du auch.«

Er trommelte weiter auf die Arbeitsplatte. »Bald sind wir arm«, sagte er. Er öffnete eine Schranktür und schloss sie wieder und öffnete sie und schloss sie und öffnete sie und schloss sie. »Bald sind wir arm und hungern. Ist dir das egal, Aris?«

Ich starrte auf eine gesprungene Bodenfliese und stellte mir vor, wie ich immer kleiner wurde, bis ich in den Riss gleiten und für immer verschwinden konnte. War es mir egal?

»Spielst du nachher mit mir? Um Viertel nach sieben?«

»Ich muss meine Hausaufgaben machen.«

»Du machst nie Hausaufgaben.«

Das stimmte. Ich hatte meine Hausaufgaben brach liegen lassen, während ich an meinem Roman schrieb.

»Spielst du morgen mit mir?« Er öffnete noch mal den Schrank und holte eine uralte Tüte Marshmallows heraus. Diane kaufte keine mehr, seit Penn ihr erzählt hatte, sie seien aus Erdöl gemacht.

»Wahrscheinlich«, sagte ich.

»Wann morgen? Spielst du morgen früh um neun Pokémon mit mir?«

»Wahrscheinlich.« Ich mopste ein paar Marshmallows, ging durch den Flur und blieb kurz vor Dianes Badezimmertür stehen, um das sanfte Plätschern in der Wanne zu hören. In meinem Zimmer setzte ich mich an den kleinen weißen Schreibtisch von Sears, dessen Aufbau Diane eine Woche gekostet hatte und den ich nie benutze. Laut dem Kalender, den sie an meine Pinnwand gehängt hatte, blieben mir nicht mal zwei Wochen, um meinen Roman zu beenden.

Zwei Wochen! Ich setzte meine Stirnlampe auf, schnappte mir mein Laptop und tauchte unter das Bett ab. Seit ich Dianes Tagebücher weggeräumt hatte, waren ein paar neue Wollmäuse gewachsen, und ein Klebezettel war von der Wand gefallen. Ich schob die losen Blätter zusammen, die aus Dianes Tagebüchern gerutscht waren: ein alter Trainingsplan fürs Fitnessstudio, ein paar Rechnungen und dann – ich weiß nicht, wie ich sie übersehen konnte – eine Kurzgeschichte, zusammengetackert und gefaltet. Unter dem Bett, im dämmrigen, staubigen Licht, las ich sie.

Greensleeves
von Diane Montgomery-Thibodeau

Als Joes Mutter starb, flogen wir für die Beerdigung nach Houma.

»Kommt Mr Lafontaine auch?«, fragte ich.

Er zuckte mit den Schultern, als sei das egal, dann sah er mich durchdringend an. »Ich bitte dich, sag nichts und tu auch nichts.« Ich wollte genau so mit den Schultern zucken wie er, aber das ließ er nicht gelten. Er sah mich an. »Ich bitte dich darum«, sagte er.

Als wir noch nicht verheiratet waren, sagte er einmal: »Jetzt kommt der tote Fisch auf den Tisch.« Ich sah ihn vor mir in der Küche des Restaurants, in dem er arbeitete, wie er sich in seiner weißen, blutbespritzten Schürze mit einem dünnen Messer, halb so lang wie mein Arm, in einen Heilbutt stemmte. Das Fischauge starrte direkt an die Decke. Auf seinen braunen Handrücken glitzerten Schuppen wie silberne Pailletten. Dann blickte ich durch das Fenster unseres Wohnwagens auf unsere leere weiße Welt in Alaska und spürte den Schmetterlingstritt des Fötus.

Opfer wählen in der Regel ähnliche Opfer, habe ich in einem Buch aus der Bibliothek gelesen. Also würde es ein siebenjähriger Junge sein, der Sohn eines Nachbarn, jemand, dessen Dad vor Kurzem gestorben war, ein groß gewachsenes

Kind mit braunen Augen, mit fünf Geschwistern und einer überlasteten Mutter, ein Junge, der einen Mentor brauchte, vielleicht einen Diakon und den Polizeichef der Stadt Houma in Louisiana. Er würde ihn zum Baseballtraining der Little League fahren. Es würde immer und immer wieder passieren, im Keller des Hauses, das dem Mann gehört. Der Junge würde nichts verraten, denn wenn er es doch tat, würde der Polizeichef/Diakon Lafontaine der Mutter sagen, er habe getrunken. Ich versuchte mir vorzustellen, in was für ein Glas ein Mann einem Siebenjährigen Whiskey einschenken würde. In einen Plastikbecher, der nicht zerbrechen würde, wenn der Junge ihn auf den Kellerboden fallen ließ? Drei Jahre lang ging das so.

»Warum hat er aufgehört?«, fragte ich Joe.

»Das weiß ich nicht.« Er steckte die Hände in die Taschen, sein Kopf streifte fast die vom Wasser fleckige Decke des Wohnwagens. »Vielleicht hatte er mich satt. Oder er hat einen anderen gefunden.«

»Ich bringe ihn um«, sagte ich.

»Ist gut. Mach das.« Er zog seine Jacke an, nahm die Schneeschuhe von den Nägeln an der Wand und ging hinaus.

Ich nähte ein Trägerkleidchen aus schwarzem Samt für Aristoteles, ein Trauerkleid. Ich säumte den Rand mit einem rosafarbenen Band und hob ein Stück für eine rosa Schleife auf. Sie war eine echte Schönheit, mit Joes großen, dunklen Augen und den Rubinsteckern in den Ohren.

»Vielleicht bekommst du einen Alligator zu sehen«, sagte ich zu ihr.

Das Samtkleid war zu warm für Louisiana, sogar im Februar. Aris zog es mitten im Trauergottesdienst aus, nachdem sie aus meinen Armen geschlüpft und zum Sarg gesaust war, in dem ihre Großmutter in ihrem roten Lieblingskleid lag, die

Augen zu einem ewigen Schlaf geschlossen. Ich fing Aris ein und trug das kreischende Kind nach draußen.

»Heiß!«, schrie sie und schob mich mit ihren feuchten Ärmchen weg, als ich ihr das Samtkleid über den Kopf ziehen wollte. Also ließ ich sie in ihrer Unterhose und ihren Mary Janes mit mir auf dem Parkplatz herumlaufen und Alligatoren suchen. Als sie weinte, weil die Sonne ihren Augen wehtat, setzte ich ihr eine Micky-Maus-Sonnenbrille auf. Die Schleife saß fest auf ihrem glänzenden Kopf.

Wir kamen am Fenster des Beerdigungsinstituts vorbei, und *sie blieb stehen, um sich eine Aufnahme von »Greensleeves«* anzuhören.

»Das ist Daddys Lied«, sagte sie. Sie hatten Joe gebeten, bei der Trauerfeier Saxofon zu spielen, aber er wollte nicht. Früher hatte er für seine Mutter gespielt, wenn sie anrief, hatte das Telefon laut gestellt und sich das Saxofon vor die Brust gehängt. Sie sprachen miteinander Französisch. *»Je t'aime, Maman.«*

Als die Leute nach der Trauerfeier durch die Tür strömten, hielt ich nach Mr Lafontaine Ausschau. Ich dachte, irgendwie würde ich ihn erkennen, aber die vielen Menschen verwirrten mich. Nach den langen dunklen Monaten in Alaska wurde mir von der Sonne schwindlig. Das breite Kreol klang eher französisch als englisch.

»Meine Frau«, stellte Joe uns vor. »Meine Tochter.«

»Deine Fraaau«, antworteten sie gedehnt. »Deine Tochtah«, mit der Betonung am Ende.

»Mon cher«, nannte ihn eine ältere Frau und zog ihn in ihre Arme, und er wurde in einer Woge aus Schultern und Rücken in Schattenfarben davongetragen.

»Ich finde die Beerdigung langweilig«, sagte Aris. »Ich will jetzt nach Hause.« Sie gab mir ihre Brille und drückte das

Gesicht an mein Bein, um sich vor dem Licht zu verstecken. »Mir ist heiß«, sagte sie. »Ich habe Durst. Merm, mein Schuh ist abgegangen.«

Eines Nachmittags, als das Eis auf den Straßen langsam zu einem bierfarbenen Matsch taute, stapfte ich von meinem Job in dem Kaffeebüdchen nach Hause und fand Joe lang ausgestreckt mit dem Baby auf unserer Matratze. Er trug, was er den ganzen Winter über getragen hatte, ob im Bett oder draußen: lange Unterwäsche und eine Jogginghose, einen Rollkragenpulli, einen Pullover und zwei Paar Wollsocken. Sie lag in seinen Armen, erschreckenderweise mit nichts als nackter Haut. Sie trug nicht einmal eine Windel.

»Warum hast du sie ausgezogen?«, fragte ich. Es war die Art, wie ich den Worten jede Betonung nahm, sie glättete und schärfte, als wollte ich etwas sezieren.

Er sah mich an, in mich hinein. »Sie ist immer so dick eingepackt«, sagte er. »Ich will wissen, wie sie aussieht.«

Die Kleine fixierte mit ihrem Blick meine Brust. Sie war blass, lang im Oberkörper und zu dünn, fand ich. Nachts streckte ich oft eine Hand in den Schaffellsack, den wir zwischen uns nahmen und in dem sie es warm und weich hatte, und hielt einen Finger unter ihre winzige Nase, um zu sehen, ob sie noch atmete. »Sagst du ihr, dass du sie lieb hast?«, hatte er mich gefragt.

»Sie kennt die Wörter noch gar nicht.«

»Sie versteht es«, sagte er.

Später fiel mir wieder ein, dass ich einmal eine neue Puppe bekommen und sie ausgezogen hatte, um sie mir anzusehen, um mich vertraut zu machen, aber die Erinnerung kam zu spät.

»Das ist einfach seltsam«, sagte ich und ging den halben Schritt, den es zur Küche brauchte. Über der winzigen Spüle blickte man durch ein Fenster, das nur wenig größer war als mein Gesicht, auf die verrostete Wand des nächsten Wohnwagens. Ein paar Wochen zuvor hatte der Schnee das Fenster noch bedeckt, aber jetzt schmolz er. Ich konnte durch das fahle Licht ins Fenster gegenüber sehen, dort rührte sich nichts.

»Ich weiß, was du denkst«, sagte er vom Bett aus.

Ich schüttete eine Tasse kalten Kaffee in die Spüle und kratzte den Kaffeesatz sorgfältig aus dem fingerhutgroßen Abfluss, damit er nicht verstopfte. Ich betete. *Bitte, Gott. Bitte hilf mir. Bitte hilf uns.*

Plötzlich, als ich mich gebückt hatte und Aris ihren Schuh anzog, stand Mr Lafontaine neben mir. »Hallo«, sagte er. Ich richtete mich zu schnell auf und blinzelte, um die bunten Flecken zu vertreiben, die vor meinen Augen tanzten. Er sah ganz anders aus, als ich ihn mir vorgestellt hatte. *Das ist er nicht*, sagte ich mir.

Als Joe mir zum ersten Mal von Mr Lafontaine erzählte, rief ich bei einer Nonnen-Hotline an. Weil ich als Baptistin groß geworden war, waren Nonnen für mich immer reizende Damen mit rosigen Wangen und freundlichen Fältchen um die Augen gewesen.

»So was passiert ständig«, sagte die Nonne mit einem Brooklyner Akzent. Sie schwieg lange, als wollte sie mir die Gelegenheit geben, ihr etwas zu erzählen, das sie noch nicht wusste. »Seien Sie froh, dass Ihr Mann noch lebt«, sagte sie. »Viele von ihnen töten ihre Opfer. Dann können sie nichts verraten.«

Ich dachte daran, wie der Mann im Keller seines Hauses einem kleinen Jungen ein Glas Whiskey gereicht hatte. Da unten hatte es sicher eine Dartscheibe gegeben, vielleicht einen Kicker, ein paar Poster von Football- oder Baseballspielern. Little League. »Ich nehme Joe gerne zum Training mit, wenn ich meine Jungs hinbringe«, wird er der Mutter angeboten haben. Es gab eine Mrs Lafontaine und zwei Kinder, einen Hund, eine Katze.

Ich stellte mir die schweißtreibende, verhangene Sonne von Louisiana vor, die schwüle Luft auf dem Spielfeld, die wachsenden Schweißflecken unter den Achseln von Polizeichef Lafontaine, den Deogeruch. »Erster Strike! Fass den Schläger kürzer, Junge! Nimm die Hände höher.« Später seine große Hand, mit der er dem Jungen auf den Rücken klopft, die er kurz zwischen den vogelartigen Schulterblättern liegen lässt. »Ich bin stolz auf dich, Junge. Du hast dich ordentlich angestrengt.«

»Mark Lafontaine«, stellte er sich vor, schüttelte mir die Hand und sprach mich mit dem Namen von Joes Exfrau an. Er hatte dunkelblonde, grau durchzogene Haare und helle Augen. Er war groß gewachsen und hatte eine recht straffe Körperhaltung, aber er war ein gewöhnlicher Mann, ein Ehemann, ein Vater.

»Es ist wirklich schön, Joe nach so vielen Jahren zu sehen«, sagte er.

Die Worte wollten schon aus mir heraus. Ich hatte sie vor dem Spiegel geübt, beim Einschlafen aufgesagt, beim Aufwachen wiederholt. In vielen Versionen: *Sie sind also der Mann, der meinen Ehemann als Kind missbraucht hat. Schön, Sie endlich mal kennenzulernen. / Hallo. Freut mich, Sie kennenzulernen. In letzter Zeit mal wieder kleine Jungen vergewaltigt? Mr Lafontaine! Ja, Joe hat oft von Ihnen geredet. Er hat mir alles erzählt.*

Dann würde ich ihm die Faust ins Gesicht schlagen. Dann würde ich eine Smith & Wesson ziehen und den Abzug drücken. Dann würde ich schreien und schreien und schreien.

Die stehende, feuchte Luft war erdrückend, sie drängte von allen Seiten auf mich ein, presste mir den Atem aus den Lungen, ließ den Reißverschluss meines Kleides heiß auf meinem Rücken liegen. Er sah auf Aris hinunter.

»Und wie heißt du?«

Plötzlich drängte sich Joe zwischen uns, er lächelte und machte eine Bemerkung darüber, wie die Saison für die LSU lief.

Sie unterhielten sich über Football.

Auf dem Weg zum Friedhof drückten Aris und ich uns die Nasen an den Autofenstern platt und suchten im trüben Sumpf neben der Straße nach etwas, das sich bewegte. »Schlamm«, sagte Aris. »Schlamm, Schlamm, Schlamm.« Mit einer Hand schlug sie auf den Autositz. »Beißt dich!« Jeder Stock, der im Wasser trieb, sah wie ein Alligator aus.

»Man kann sie nicht sehen«, sagte Joe. »Sie zeigen sich nur, wenn sie es wollen.«

»Da waren Luftblasen«, sagte ich, aber er hielt nicht an.

An diesem Abend bestellten wir in einem Restaurant Flusskrebse mit Maiskolben und Eistee. Die Flusskrebse wurden in einer Plastiktüte in einem Eimer serviert. Jemand nannte sie »Matschkäfer«. Joe nahm einen heraus, drehte ihm sanft den Kopf ab und saugte den Saft aus. Ich beobachtete, wie er das Fett aus dem Kopf kratzte und dann den Schwanz abbrach.

»Daddy isst Kakerlaken«, sagte Aris, die ihn gebannt beobachtete. Er grinste sie an, dass seine Zähne blitzten und alles um ihn erstrahlte.

Mein Gott, dachte ich, *er hat dem Scheißkerl vergeben.*

Ich ließ Dianes Geschichte unter dem Bett liegen. Ich setzte mich an meinen weißen Schreibtisch von Sears und rutschte mit meinem Stuhl ganz nach vorne, obwohl ich mit den Knien am Holz entlangschrammte. An meinem winzigen Tisch fühlte ich mich sicher, Herrin der Lage. Vor langer Zeit einmal war ich ein kleines

Mädchen, für das älter zu werden bedeutete, Geburtstage zu feiern. Ich hatte noch nicht das Tagebuch meiner Mutter gelesen, nicht mehr über meine Vergangenheit erfahren, als ich wissen wollte. Ich hatte noch nie etwas von *Polizeichef Lafontaine* gehört.

Es war zu spät; ich wusste, was ich wusste. Für den Rest meines Lebens würde das Bild, wie mein siebenjähriger Vater von einem Mann in einem Keller missbraucht wurde, in meinem Kopf leben.

Durch die Wand hörte ich, wie Diane aus der Badewanne stieg. Jetzt würde sie auf der Badematte im Dunst stehen, den Lavendelgeruch des Schaumbads am Körper, unmelodisch summen und sich dabei trocken tupfen. In ihren Haaren würde noch ein bisschen Schaum hängen. Als ich klein war, haben wir alle zusammen gebadet. »Pass nur auf, dass sein Kopf nicht untertaucht«, sagte sie, wenn wir Max hin und her reichten, der ziemlich glitschig war. Man sollte nicht glauben, dass es so viel Arbeit ist, einen so kleinen Körper sauber zu bekommen, aber das war es. »Man braucht ein ganzes Dorf, um ein Baby zu waschen«, sagte ich, und sie grinste unter der hohen Schaummütze, die ich ihr auf den Kopf gesetzt hatte.

Mit einem Mal wollte ich zu ihr laufen und ihr alles erzählen. Ich würde sagen: *Mum, ich habe deine Tagebücher gelesen. Ich habe über den Keller gelesen.* Vielleicht würde sie sagen: *Ach, Aris, das ist nur eine Geschichte. Es ist erfunden.* Sie würde sagen: *Es gibt gar keinen Mr Lafontaine.*

Aber es gab einen Mr Lafontaine. Ich wusste es. Im Innersten hatte ich es schon immer gewusst. Deshalb war sie mit mir und Max an den Häusern der Pädophilen in der Gartenstadt vorbeigefahren. Deshalb hatte sie mir einen Anti-Menschenhandel-Pullover angezogen, wenn wir zum Flughafen fuhren. Wenn mich mal ein Mann komisch ansah, war Diane sofort bei mir und sandte bedrohliche Schwingungen aus wie ein Zitteraal. Eilmeldung für

Aris: Es gibt Böses auf dieser Welt. Ich weiß, ich habe das immer gewusst, aber –

Ich glaube, ich kann das nicht mehr, erzählte ich Dr. Dhang in Gedanken. *Ich kann nicht weitermachen.* Ich sah mich auf dem Samtdiwan liegen, während sie ihre Brille zurechtschob, um mich vom anderen Ende des langen Zimmers aus zu mustern.

Hast du Selbstmordgedanken?, würde sie mich fragen.

So einfach ist das nicht, würde ich antworten. Meine Montgomery-Gene würden sich melden, und ich würde mich in die Sicherheit der Analyse zurückziehen, das Problem pragmatisch angehen.

Der Autor von *Romane schreiben in 30 Tagen!* ist prinzipiell dagegen, Figuren sterben zu lassen. Im Kapitel über das Ende warnt er Schriftsteller davor, Büffeljäger zu spielen und die Figuren über eine Klippe zu jagen, nur um die Geschichte zu beenden. Das kann offenbar verlockend sein. Er weist im Buch auch auf das Offensichtliche hin – wenn man einen Ich-Erzähler um die Ecke bringt, ist die Geschichte vorbei.

Selbst wenn ich es logistisch hinbekäme, mich in meinem eigenen Roman zu töten, bliebe die Frage, mit welcher Methode. Wir sind wahrscheinlich die Einzigen in Kanuga, die keine Schusswaffe besitzen. In Georgia braucht man nicht mal eine Erlaubnis, um eine Waffe zu besitzen, solange man sie nicht am Körper trägt. In Kanuga haben die Leute eine Pistole im Handschuhfach, ein Gewehr im Fenster ihres Pick-ups und zu Hause noch ein paar Kalaschnikows. Man bekommt Waffen bei Walmart, und Max nervt Diane ständig, sie solle eine in den Einkaufswagen legen. »Nein«, sagt sie jedes Mal. »Wir haben eine Machete.«

Nein, Dr. Dhang, ich denke nicht an Selbstmord. Ich habe etwas Besseres vor. Die Idee kam wie ein Glühwürmchen, wie Dads Geist. Sie wuchs zu einem Lichtstreif an und dann, je länger ich darüber nachdachte, zu einem Feuerwerk am ganzen Himmel. Ich würde nach Houma, Louisiana, fahren und mir Mr Lafontaine vornehmen.

Ich stellte mir vor, wie ich die Klinge der Machete gegen seinen hüpfenden Adamsapfel drückte, wie sein Blick ängstlich hin und her huschte, als ich sagte: »Ich bin Aristoteles Thibodeau, Joes Tochter.« Diane hatte es nicht geschafft, ihm entgegenzutreten, aber ich würde es tun.

Ich würde Billy mitnehmen, falls ich Verstärkung brauchte. *Billy,* würde ich sagen, wenn ich vor seiner Tür in Boston im Schneegestöber stände, *ich weiß ja, dass du mich in letzter Zeit ignoriert hast und dass du wahrscheinlich mit deiner Cousine zusammen bist, aber du musst mir helfen, eine Rechnung zu begleichen.* Natürlich würde Billy sich auf unserer heldenhaften Mission neu in mich verlieben, aber ich versuchte, nicht zu lange über die Einzelheiten nachzudenken: die Sonnenbrillen, die wir tragen würden, wie ich seine Hand zur Seite schieben würde, um selbst an die Tür von Mr Lafontaine zu klopfen, wie der Mond über dem Bayou stehen würde, wenn wir den bösen Mann hinter Gitter gebracht hätten und Billy mich in den Armen hielte. Ich konnte die Sache in Ordnung bringen.

Am Freitag, dem 20. Februar, als alle im Haus schliefen, holte ich die Machete aus dem Auto und versteckte sie unter meinem Bett. Gäbe es einen Polizeibericht über das, was am Samstag, dem 21. Februar, passierte, würde er so aussehen:

POLIZEIBERICHT 001001
POLIZEIBEHÖRDE VON KANUGA

Am 20. Februar um 23.00 Uhr schickt Aristoteles Thibodeau, wohnhaft Plum Lane 17, eine Facebook-Nachricht an Billy Starr, wohnhaft in Northampton, Massachusetts.

Ich brauche dich. Wir haben eine wichtige Aufgabe.
Ruf mich an.

Sie erhält darauf keine Reaktion.

0.30 Uhr Ms Thibodeau schickt Billy eine zweite Nachricht.

Du sagst, ich sei eine Idealistin, aber wenn *wir* nicht die Welt verändern, wer dann? Ich weiß, wo wir anfangen können.
Ich habe etwas Schreckliches über meinen Vater herausgefunden.
Wir können die Welt sicherer machen. Hilfst du mir?

1.16 Uhr Ms Thibodeau schickt Billy eine dritte Nachricht.

Ich weiß, dass du nicht schläfst. ICH BIN KEIN STALKER, aber dein Status bei Facebook ist ONLINE. Hallo?

4.30 Uhr

Du hast ewig KEINE EINZIGE MAIL ODER NACHRICHT von mir beantwortet. Ich will nicht verzweifelt klingen oder so, aber ist das dein Ernst? Bedeute ich dir gar nichts?

8.00 Uhr An Ms Thibodeaus Zimmertür wird angeklopft. Ihre Mutter, ebenfalls wohnhaft Plum Lane 17, erklärt laut Aussage, sie wolle Besorgungen machen und sei in ein paar Stunden zurück. Ms Thibodeau wird informiert, dass Penn MacGuffin, ein Angestellter, vor 10.00 Uhr auf dem Grundstück erscheinen und die Arbeit an einem Außengebäude auf dem Gelände (Schuppen/Spielhaus) fortsetzen werde.

8.40 Uhr Es folgt ein zweites Klopfen an Ms Thibodeaus Zimmertür, die offenbar abgeschlossen ist. Ein Bruder, Max Thibodeau, Alter 8 Jahre, bittet um Einlass. Er klopft mehrfach und schiebt schließlich einen Zettel unter der Tür hindurch.

du hasst gesagt du spielst mit mir pokémon

8.50 Uhr Ms Thibodeau öffnet ihre Zimmertür.

Max Thibodeau, wohnhaft Plum Lane 17, wartet im Flur, in den Händen einen Schuhkarton mit sortierten, mit Gummibändern gebündelten Pokémon-Karten. Er sagt:

»Ich trainiere für den Titel Begabtester Pokémon-Spieler bis 10 Jahre, und du musst mir helfen. Ich habe dir ein besonderes Feuer-Deck zusammengestellt. Feuer-Pokémon sind nicht so einfach, weil man für sie viel Energie braucht, und die muss man nach einem Angriff irgendwie aus dem Stapel bekommen, aber ich habe dir ein Reshiram und ein Flambirex mit der Fähigkeit Tango Inferno gegeben. Das heißt, du kannst bei jedem Zug so viele Feuer-Energiekarten anlegen, wie du –«

[Sein Vortrag wird von einer Textnachricht von einem unbekannten Absender an Ms Thibodeaus Handy unterbrochen.]

Hi, ich bin Tiffany, alles ok bei dir? Billy macht sich Sorgen

Als Ms Thibodeau nicht antwortet, erlangt Max ihre Aufmerksamkeit, indem er den Pappkarton schüttelt und seinen Vortrag weiterführt. »Wie du willst. Du kannst mit Blauflammen angreifen. Das heißt, ein Pokémon mit 130 KP kann in jeder Runde 120 Schaden verursachen!«

Zu diesem Zeitpunkt tätigt Ms Thibodeau eine falsche Aussage: Sie verspricht ihrem Bruder, sie würde sich um 9.15 Uhr mit ihm im Schuppen/Spielhaus treffen und mit ihm Pokémon spielen. Er wird angewiesen, dort auf sie zu warten.

9.05 Uhr Ms Thibodeau, gekleidet in Jeans, knöchelhohe Converse und ein dunkles Kapuzenshirt und im Besitz einer Machete, verlässt zu Fuß den Wohnsitz.

Protokoll: Es war kalt. Ich trug zwar ein Sweatshirt, aber die Kapuze hatte keine Kordel mehr, deshalb blies der Wind sie mir ständig vom Kopf. Meine Ohren waren fast eingefroren. Unterwegs trug ich die Machete mal links und mal rechts, damit ich die freie Hand in meiner Tasche wärmen konnte.

Ein paar ausgefranste Wolken hingen am grauen Himmel, und es roch nach feuchter Kleidung. In der ganzen Plum Lane war es still in den Häusern. Ab und zu sah ich durch ein Wohnzimmerfenster das blaue Flackern eines Fernsehers oder an einer Straßenecke einen Minivan, aber die Kälte hat bei Südstaatlern die gleiche Wirkung wie bei Eidechsen, sie macht uns regungslos.

Nur die Hunde waren lebhaft, sie bellten aufgeregt hinter ihren Zäunen, als ich in die Peach Street einbog. In der Auffahrt des Hauses mit den grünen Fensterläden fuhr ein Junge mit seinem Fahrrad auf und ab. Er war etwa so alt wie Max, den Reißverschluss seiner dünnen Kapuzenjacke hatte er bis zu seinen geröteten Wangen hochgezogen und die Bündchen über die Hände gezogen. Er trampelte wie wild bis zum Straßenrand, machte eine Vollbremsung, drehte um und trampelte wie wild die Auffahrt hinauf bis zur nächsten Vollbremsung und Kehrtwende. Als er wieder heruntergesaust kam, konnte ich sehen, dass seine Augen von der Kälte tränten, vielleicht weinte er auch. Er war im gleichen Alter wie mein Dad, als Mr Lafontaine ihn in den Keller brachte. Nicht Max – ich durfte mir nicht mal vorstellen, dass jemand Max etwas antat –, aber dieser Junge in Max' Alter; er war klein. Er musste »Ja, Sir« sagen. Wenn er weinte, nannte der Mann ihn ein Baby. Er würde alles glauben. Er würde schreckliche Angst haben.

9.12 Uhr Ms Thibodeau erreicht das Ende der Peach Street, die in den Muscadine Circle mündet, eine Straße rund um einen kleinen See.

Protokoll: Links herum wäre ich an Nummer vier vorbeigekommen, dem Haus des Pädophilen am Muscadine Circle, aber aus Gewohnheit ging ich nach rechts. Vor meinem inneren Auge konnte ich die Gartenstadt wie bei Google Maps auf Dianes Computerbildschirm sehen, mit roten Nadeln, die alle Adressen von Kinderschändern markierten. »Er sieht vielleicht ganz normal aus«, hatte Diane uns erklärt. »Wie ein Lehrer oder der Vater eines Freundes. Lasst euch auf keinen Fall anfassen, wenn ihr mit jemandem allein seid.« Über Kinderschänder zu reden brachte sie auf. Die durchgekauten Nikotinkaugummis türmten sich auf ihrem Schreibtisch zu einem gelben Hügel. Hätte sie einen Mann gehabt, hätte er sie in den Arm genommen.

9.15 Uhr Ms Thibodeau folgt weiter dem Muscadine Circle.

Protokoll: Als Kate einmal ein Foto von Joe sah, meinte sie: »Omeingott, sieht der heiß aus.«

Ich sagte: »Fang bei meinem Dad nicht an zu sabbern, okay?« Billy ist auch heiß, aber er sieht Joe überhaupt nicht ähnlich. Er sieht aus wie der typische amerikanische Junge von nebenan, was, meint zumindest Diane, eigentlich nicht mein Geschmack ist. Woher will sie das wissen? Wir könnten einen normalen Menschen in der Familie gebrauchen. Während ich um den See stapfte und dabei die Hände abwechselnd in die Tasche meines Sweatshirts steckte, um sie warm zu halten, dachte ich an unsere erste Verabredung. (Die Treffen in der Sakristei zählen nicht.) Wir waren im Kino, saßen fünf Reihen hinter Diane und hatten Max zwischen uns, bis Billy ihn mit fünf Dollar für Popcorn losschickte. An den Film kann ich mich nicht erinnern. Billys

Zunge schmeckte nach Junior Mints und Coca-Cola und dem Metall seiner Zahnspange. Sein Mund wirkte beinahe wie losgelöst, als würde er zu Billy gehören und irgendwie auch nicht. Und ich fühlte mich, als würde ich zu ihm gehören und irgendwie auch nicht. Während wir uns küssten, fragte ich mich die ganze Zeit, ob er sagen würde, dass er mich liebe.

Der Kanadareiher lässt sich am See nicht blicken, wenn man ihn sucht, deshalb hielt ich den Kopf gesenkt und den Blick auf meine Füße geheftet. »Gott ist, Gott ist nicht, Gott ist, ist nicht, ist, ist nicht.« Unter meiner warmen Hand in der Tasche vibrierte mein Handy.

9.20 Uhr Ms Thibodeau bekommt eine Textnachricht von einer Nummer, die sie kürzlich im Adressbuch ihres iPhones unter dem Namen »SCHLAMPE« gespeichert hat.

Billy hat früher ständig von dir erzählt, aber er ist drüber weg, nur zur Info, mgmvut[28]

9.21 Uhr Textnachricht von Ms Thibodeau an SCHLAMPE:

Wgdewdb?????[29]

28 Mal gewinnste, mal verlierste. Und tschüss.

29 Was glaubst du eigentlich, wer du bist?

Protokoll: Ich hätte noch mehr geschrieben, aber meine Finger waren eiskalt, deshalb klemmte ich mir die Machete unter den Arm und vergrub beide Hände in den Taschen. Die Kapuze wurde mir wieder vom Kopf geweht, und als ich aufblickte, sah ich, nur ein paar Meter vor mir, den Reiher.

Blauer als sonst hob er sich von dem glatten silbrigen Wasser ab. Ich ging leise weiter und hoffte, ich könnte mir dieses seltsame Bartgeflecht, das er um den Hals trug, genauer ansehen, aber obwohl er den Kopf nicht umwandte – dafür war er viel zu cool –, wusste er bei jedem Schritt, wo ich war. Im Wasser schwammen drei, vier Enten, graue und schwarze, die den letzten Flug nach Florida verpasst und jetzt die Köpfe unter die Flügel gesteckt hatten. Der Reiher schien über sie hinweg etwas zwischen den kahlen Baumstämmen zu beobachten. Ein Kanadareiher sieht einen niemals direkt an. Als er mit drei sanften Flügelschlägen auf-flog, wirkte es, als habe ihn eine unsicht-bare Hand hochgehoben. Dann war er ver-schwunden.

9.30 Uhr Ms Thibodeau verlässt die Gartenstadt über die Apple Lane und nähert sich dem Highway 11.

Protokoll: Der Reiher war vor mir und hinter mir und wieder vor mir, er tauchte wie von

Geisterhand aus dem Nichts auf und verschwand mit drei Flügelschlägen wieder spurlos. Es schien, als wäre nicht nur *ein* Reiher dort, aber es war nur einer. Armer einsamer Vogel. Und ich dachte: *Scheiß auf Billy. Fahr per Anhalter nach Louisiana. Such Mr Lafontaine und begleiche die Rechnung.*

9.35 Uhr Textnachricht von Billy Starr:

Tml, dass ich mich nicht gemeldet hab – Handy verloren, alles okay?

9.36 Uhr Ms Thibodeau wirft ihr Handy in der Apple Lane auf den Fahrweg und geht weiter Richtung Süden zum Highway 11.

Protokoll: Für ein paar Minuten blieb ich am Straßenrand stehen und betrachtete die Sonne. Wenn die Sonne im Osten aufging, was sie natürlich tat, sollte sie links von mir sein, wenn ich nach Süden wollte, wo Louisiana lag. Ich musste den Highway überqueren, um mich in die richtige Richtung mitnehmen zu lassen, aber es waren nur wenige Fahrzeuge unterwegs, die meisten davon Holztransporter.

9.38 Uhr Ms Thibodeau gibt näherkommenden Fahrzeugen Zeichen (streckt den Daumen heraus).

9.42 Uhr Clement P. Harris aus Waycross, Georgia, ein Angestellter von S&P Trucking, hält an und bietet Ms Thibodeau an, sie mitzunehmen.

Protokoll: Lastwagen haben einen langen Bremsweg. Ich musste fast einen halben Block weit laufen, bis ich die Stelle erreichte, an der die Räder endlich aufgehört hatten, sich zu drehen, und dann war ich nicht sicher, ob der Fahrer meinetwegen angehalten hatte. Hatte er vielleicht einfach so gehalten? Es war mein erstes Mal als Anhalterin. Einen Moment lang stand ich am Straßenrand und wusste nicht, was ich machen sollte. Der Einstieg zum Führerhaus war ganz schön hoch, und ich wollte nicht raufklettern und wie ein Affe in der Tür hängen, vor allem nicht, wenn er nicht meinetwegen gehalten hatte. Ich kam mir dumm vor, wie ich da stand, und wollte schon wieder gehen. Plötzlich beugte er sich über den breiten Sitz und öffnete die Beifahrertür.

»Soll ich dich mitnehmen?«, fragte er.

Ich dachte: *Nein.* Diane sagt, man solle immer auf diese erste Antwort hören, auf die Antwort, die aus dem Bauch kommt. Meine Antwort war ein klares Nein, aber es war mir auch peinlich, Nein zu sagen, nachdem ich den Daumen rausgestreckt hatte und dem Lastwagen den ganzen Weg gefolgt war und dann nur dagestanden hatte, bis er die Tür selbst öffnen musste. Ich kletterte hoch und stieg ein.

Er hatte struppige rote Haare. Sie kamen büschelweise unter seiner Mütze hervor und wuchsen als zotteliger Bart. Auch seine Augenbrauen waren rot. Auf den Fingern seiner Hand, die das Lenkrad gepackt hielt, waren rote Härchen, er trug keinen Ring. Er hatte kaum Wimpern, und seine Pupillen waren erweitert, als hätte er beim Optiker Augentropfen bekommen. An seinem Rückspiegel hing ein Lufterfrischer in Form eines Kreuzes.

»Wohin soll's denn gehen, junge Dame?«, fragte er.

»Louisiana.«

»Ach, ehrlich?« Er musterte mich zu lange, und ich steckte die Hände in die Taschen meines Kapuzenshirts, zog es enger um mich. Die Machete hatte ich mir zwischen die Knie geklemmt.

»Du schleppst ja ein verdammt großes Messer mit«, sagte er. »Das Ding ist fast so groß wie du.«

Dann fing er an zu lachen. Ich lachte auch; es ist eine schlechte Angewohnheit von mir, über Sachen zu lachen, die überhaupt nicht lustig sind, damit der andere denkt, sein Witz sei doch lustig. Also lachten wir, und er sah mich so seltsam an, dass ich mich gar nicht klein genug machen konnte, als ein Auto hupte.

9.48 Uhr Penn MacGuffin trifft am Ort des Geschehens ein. Grüner Mazda-Pick-up Baujahr 1989.

Protokoll: »Was soll denn der Scheiß?«, fragte der Lkw-Fahrer. Penn hatte neben uns gehalten, obwohl da keine richtige Fahrbahn war. Sein Fenster war offen. Er hupte noch einmal.

»He, Kumpel, was ist los?«, fragte der Fahrer durch sein Fenster.

»Lass sie raus«, sagte Penn.

Der Lkw-Fahrer trank einen Schluck von seinem Mountain Dew, fuhr sein Fenster hoch und trat aufs Gas. Besonders schnell konnten wir nicht fahren, weil es bergauf ging.

»Louisiana«, sagte er gedehnt. »Wer ist denn da unten? Dein Freund?«

»Nein«, antwortete ich. »Mein Freund ist in Boston. Wir haben Schluss gemacht.«

»Wie schade aber auch.« Er steckte sich eine Zigarette an, ohne mich zu fragen, ob es mich störe, aber als ich anfing zu husten, ließ er das Fenster herunter.

Da tauchte Penn wieder auf, er setzte sich in seinem Pick-up neben uns. Er fuhr tatsächlich auf dem Mittelstreifen.

9.55 Uhr Der Fahrer des grünen Pick-ups überholt den Holztransporter auf dem Mittelstreifen und stellt sich quer auf den Highway, was den Verkehr auf beiden Fahrspuren behindert. Er verlässt das Fahrzeug und nähert sich dem Holztransporter auf der Beifahrerseite. Er bedeutet Ms Thibodeau, aus dem Fahrzeug zu steigen, aber sie verbleibt im Fahrerhaus.

Protokoll: Ich konnte mich nicht bewegen. Penn musste die Pistole doch sehen, auch wenn der Lkw-Fahrer sie hinter der Flasche Mountain Dew hielt. (Hatte er sie bei Walmart gekauft? Mit einem rot behaarten Finger auf die Glasvitrine gezeigt, sie in seinen Einkaufswagen gelegt? Vorsicht, Walmart-Kunden! Hatte er gedacht: *Vielleicht brauche ich die irgendwann. Vielleicht muss ich irgendwem eine Kugel ins Herz schießen.*)

Jetzt hielt der Fahrer die Flasche Mountain Dew in der linken Hand und die Pistole in der rechten. Wäre ein Auto vorbeigefahren, wäre sie nicht zu sehen gewesen. Penn kam noch näher heran, direkt auf den Lauf zu. Als er die Tür auf meiner Seite des Fahrerhauses öffnete, schob er mich mit der Schulter zur Seite. Jetzt war nichts mehr zwischen Penn und der Pistole.

»Geh zu meinem Auto, Aris«, sagte er. »Steig ein. Fußraum.«

»Okay«, sagte ich, aber ich lief rückwärts, langsam, die Machete in der Hand. Ich konnte Penn nicht den Rücken kehren.

»Ich bringe dich um«, sagte der Lkw-Fahrer.

Er ließ die Flasche fallen und zeigte offen die Pistole, die auf Penns Brust gerichtet war.

»Habe ich verstanden«, sagte Penn. »Sie ist zwölf.«

Der Lkw-Fahrer beobachtete mich durch seine Windschutzscheibe, als ich rückwärts weiterging. Hatte er mich für älter gehalten? War er ein Kinderschänder? Durch die spiegelnde Scheibe sah sein Gesicht aus wie eine rote Maske mit niemandem dahinter. »Wenn ihr in zwei Minuten nicht weg seid«, sagte er zu Penn, »fahre ich deine Karre platt.«

10.00 Uhr Ms Thibodeau und Mr MacGuffin steigen in den grünen Mazda und fahren nach einer Kehrtwende auf dem Highway 11 Richtung Norden.

Protokoll: Als ich im Fußraum von Penns Pick-up lag, waren meine Ohren wie erstarrt, sie warteten nur auf einen Schuss. Er kam nicht. Bei der Kehrtwende hatte ich das Gefühl, als würden wir uns ewig weiterdrehen, aber Penn ist ein guter Fahrer.

Nach einer Weile sagte er: »Die Luft ist rein.« Ich kletterte auf den Sitz und schnallte mich an. Eigentlich wollte ich ihn nicht ansehen, damit er mich nicht ansah, aber ich konnte nicht anders. Sein Gesicht war angespannt, und er hatte einen seltsamen, stechenden Geruch an sich. An seinen Händen traten dicke blaue Venen hervor, weil er das Lenkrad so fest gepackt hielt.

Als wir wieder in der Gartenstadt waren und die Apple Lane mit den vertrauten kleinen Backsteinhäusern, den Fahrrädern in den Auffahrten und den Mülltonnen auf der Straße hinunterfuhren, wurde Penn langsamer. »Ist das da mitten auf der Straße dein Handy?«, fragte er.

Ich nickte.

»Du bleibst IM AUTO«, sagte er. Dann stieg er aus und holte es.

Als er mir das Handy gab, sagte ich: »Du kannst rauchen, wenn du willst.«

»Das ist verdammt richtig.« Er zündete sich eine Zigarette an, ließ aber das Fenster herunter. Er bog in den Muscadine Circle ein und sagte: »Wir fahren eine Runde um den See und unterhalten uns ein bisschen.« Der Reiher war nicht am See. Sogar die Enten waren irgendwohin verschwunden. Das Wasser war eine flache graue Scheibe.

»Geht es dir gut?«, fragte er. »Hat er dich angefasst?«

»Nein, hat er nicht.«

»Hast du ihn angehalten?«

»Ja.«

»Dieser Mistkerl war auf Crystal oder so. Wo ist denn die stets aufmerksame Polizei von Chutiksee County, wenn man sie braucht?

Aber sie schnappen ihn schon noch. Die Bullen schlafen vielleicht, wenn ein bewaffneter Lkw-Fahrer eine Minderjährige mitnimmt, aber wenn ein Gegenstand mehr als einen Meter zwanzig über ein Fahrzeug hinausragt und keine rote Fahne hat, schalten sie die Sirene ein.« Er hielt eine Hand am Lenkrad, mit der anderen griff er in seine Gesäßtasche und zog ein ausgefranstes rotes Stoffviereck heraus.

Ich wollte ihn fragen, wie er an die Fahne gekommen war, aber mein Handy machte in meiner Sweatshirttasche boing, boing, boing. Das war Max' Klingelton.

»Geh ran«, sagte Penn. »Sag ihm, wir sind in einer Minute da.« Er griff nach seinem Feuerzeug und legte es wieder weg. »Schon gut. Gib mal her.« Er nahm mir das Handy aus der Hand.

»Wir sind in einer Minute da, Max«, sagte er und drückte das Gespräch weg. Kopfschüttelnd sah er mich an. »Aris, wenn ich mal fragen darf: Wohin wolltest du denn mit einer Machete?«

»Houma, Louisiana? Wo mein Dad herkommt?«

»Ich muss dir wohl nicht sagen, wie verdammt scheißgefährlich das war.« Er steckte sich eine zweite Zigarette an und kramte dann unter seinem Sitz herum, bis er ein schmutziges Handtuch fand. »Eine Ecke ist noch sauber. Ich ertrage es nicht, ein Mädchen weinen zu sehen.«

»Erzählst du es Diane?«

»Nein, das brauche ich nicht. Du erzählst es ihr.«

»Muss ich?«

»Nein, aber du wirst.« Wir fuhren schweigend weiter, während er den Qualm aus dem Fenster blies.

Dann räusperte ich mich und holte tief Luft. »Penn? Ich weiß nicht, wie ich es sagen soll, aber diese komische Sache zwischen dir und Diane?«

»Welche komische Sache?«, fragte er mit einem Pokerface.

»Ich meine, es hat nicht funktioniert, oder?«

»Können wir ein anderes Mal darüber reden?«

»Klar«, sagte ich, dabei hatte ich Angst, dass es kein anderes Mal geben würde. Wenn Diane es nicht mit Penn vermasselt hatte, hatte ich es bestimmt geschafft. Wer will schon der Vater eines Mädchens werden, wegen dem man irgendwann eine Pistole vor der Nase hat?

Als wir in die Auffahrt einbogen, kam Max aus dem Haus gerannt. »Wo wart ihr denn?«, fragte er und wischte sich mit dem Ärmel über die Augen. »Aris hat mich allein gelassen. Ich habe immer wieder angerufen, und sie hat sich nicht gemeldet.« Er warf einen misstrauischen Blick auf meine Hände. »Habt ihr ohne mich Eis gegessen?«

10.20 Uhr Ms Thibodeau betritt ihr Zuhause in der Plum Lane 17. Sie ist unversehrt, aber aufgewühlt. Sie berichtet von einem paranormalen Vorkommnis im Wohnzimmer: Der leere Schaukelstuhl, den ihre Eltern für sie als kleines Kind gebaut haben, bewegt sich.

Protokoll: Ich wollte mich nur noch in meinem Zimmer verkriechen, aber als ich durchs Wohnzimmer kam, blieb ich stehen. Es war dämmrig, das einzige Licht kam von der schwachen Wintersonne, und es war unheimlich still, bis auf den leeren Schaukelstuhl, der sich bewegte. War Joe hier?

Ich schloss mich in meinem Zimmer ein. Obwohl ich Penn im Garten an dem Spielhaus herumhämmern hörte und wusste, dass Diane bald nach Hause kommen würde, erschien mir alles unsicher. Billy war mit mir fertig, er war schon seit Langem mit mir fertig, wohl seit er nach Boston gezogen war. Diane hatte ihre Arbeit verloren. Ich hatte unsere PMD vergrault und war wahrscheinlich gerade einem entsetzlichen Tod entgangen. Ich dachte daran, wie der Lkw-Fahrer mich aus seinen leeren Augen angesehen hatte, dachte an die roten Haare auf seinem Handrücken –

Max klopfte an meine Tür; es klang wie ein Schuss, und ich schreckte zusammen.

»Verschwinde!«, rief ich.

»Du hast gesagt, du würdest mit mir Pokémon spielen.«

»Später.«

»Heute Morgen, hast du gesagt. Du hast es versprochen.«

»Hör auf!«, schrie ich. »Hör einfach auf, hör auf, hör auf!«

Einen Moment lang war es still. Dann hörte ich durch die Wand zwischen unseren Zimmern, wie Max mit sich selbst sprach. »Hör auf«, sagte er und machte dabei eine Mädchenstimme nach. »Hör auf, hör auf, hör auf.« In seiner eigenen ruhigen Jungenstimme erwiderte er: »Womit denn? Ich habe dich nur gebeten, mit mir Pokémon zu spielen. Ist das ein Verbrechen?« In der Stimme eines anderen gab er sich selbst recht. »Nein, das ist kein Verbrechen. Und das ist deine Schwester? Echt? Alter, das tut mir leid.«

Ich stützte die Ellbogen auf meine Frisierkommode und starrte in den Spiegel. Da war ich also, eine Zwölfeinhalbjährige mit krausen Haaren und braunen-nicht-violetten Augen – eine völlig Fremde. Ich hatte mit einer Machete am Highway gestanden und den Daumen rausgestreckt. Was hätte ich machen wollen? Mr Lafontaine den Kopf mit der Machete abschneiden? Die Klinge war nicht mal scharf. War ich verrückt? Wahrscheinlich war ich verrückt. Penn hatte recht – ich musste Diane sagen, was passiert war. Als ich das Gebell der Hunde und dann Dianes Stimme hörte, als sie die Tür öffnete, war ich bereit, es ihr zu erzählen. Sie würde zuhören. Sie würde meine Hand halten und sagen: *Du wolltest per Anhalter fahren? Wohin wolltest du? Bist du wahnsinnig? Großer Gott, Aris. Schätzchen! Er hatte eine Pistole?* Dann würde sie ihr Handy nehmen und für mich diesen Termin bei Dr. Dhang vereinbaren.

Mein Plan, Diane mein Herz auszuschütten, wurde durchkreuzt, als sie mit Charles hereinkam. »Seht mal, wen ich bei Kroger gefunden habe«, sagte sie strahlend. Beide waren mit Einkaufstüten beladen. Als Penn aus dem Garten hereinkam, um zu helfen, stellte sie ihn vor: »Penn, das ist Charles, mein ehemaliger Student.«

»Ehemaliger?«, fragte Charles.

»Das erkläre ich Ihnen gleich.« Diane strich sich den Pony aus den Augen. »Ich hoffe, es stört Sie nicht, Charles, aber ich habe Penn von Ihrem juristischen Problem erzählt. Er findet es schrecklich.« Penn und Charles schüttelten sich um die Einkaufstüten in ihren Armen herum die Hand.

»Das ist echt mies, Mann«, sagte Penn. »Tut mir leid. Ich hoffe, Sie können dagegen angehen.«

»Ich habe ihn hierher eingeladen, damit wir seiner Stellungnahme den letzten Schliff geben können«, erklärte Diane.

»Ich bin für Ihre Hilfe echt dankbar«, sagte Charles. »Ich habe dieses Ding so oft umgeschrieben, dass ich den Wald vor lauter Bäumen nicht mehr sehe. So etwas ist mir noch nie passiert. Ich bin zwar zu schnell gefahren, aber Gefängnis?«

»Wieder einmal siegt die Ungerechtigkeit in Kanuga«, sagte Penn.

»Ich weiß nicht, ob Sie mein Foto in der Zeitung gesehen haben. Das hat meine Mom ganz schön mitgenommen. Alle unsere Verwandten haben sie angerufen.«

»Ist das nicht illegal?«, fragte Diane. »Sie wurden doch nicht verurteilt.«

»Typisch Boulevardpresse«, sagte Penn und quetschte die letzte Tüte auf die Arbeitsplatte. Offenbar hatte Diane unser ganzes Lebensmittelbudget auf den Kopf gehauen. Wir sorgten gerade mit Beuteln voller gefrorener hähnchenähnlicher Nuggets, schweineähnlicher Würstchen und rindfleischähnlicher Burger für eine lange entbehrungsvolle Zeit vor.

Max durchstöberte die Taschen nach etwas Genießbarem. Er öffnete eine Tüte mit unbehandelten Mandeln, nahm eine heraus, leckte daran, verzog das Gesicht und steckte sie wieder in die Tüte.

»Max!«, rief Diane. »So was macht man nicht.«

»Das war aber eklig«, erklärte Max.

»Jetzt musst du jede einzelne von diesen unbehandelten, ungesalzenen Mandeln essen«, sagte Penn. »Bis du die findest, an der du geleckt hast. Danach schlagen wir ein paar Nägel ins Spielhaus.«

»Ms Montgomery-Thibodeau«, sagte Charles, nachdem sie gegangen waren. »Ich hoffe, ich habe nicht Ihre Karriere gefährdet.«

»Sie können mich jetzt Diane nennen. Ich bin nicht mehr Ihre Dozentin, und nein, Sie haben meine Karriere nicht gefährdet. Ehrlich gesagt habe ich gekündigt.«

»Wie schade«, sagte Charles. »Das ist ein Verlust für das CCK. Sie waren eine großartige Dozentin. Für mich waren Essays immer nur eine Pflichtübung, bis ich Ihr Seminar besucht habe. Als Sie uns am ersten Tag sagten, wenn ein Autor einen Essay beende und noch der gleiche Mensch sei wie am Anfang, habe er etwas falsch gemacht, dachte ich, Junge, das wird schwer, eine Eins zu bekommen. Sie haben mich verändert.«

»Sie haben sich selbst verändert, Charles. Sie haben etwas gewagt.« Sie seufzte wie immer, bevor sie jemandem einen Vortrag hält, und ich zuckte zusammen. Ich zucke jedes Mal zusammen, auch wenn ihre Vorträge gut sind. »Ihr nächster Lehrer wird Sie finden«, sagte sie leise. »Niemand weiß, wann oder wie es passiert.

Machen Sie sich bereit und warten Sie.« Kunstpause. Als sie weiterredete, fing ich an, die Lebensmittel einzuräumen. Sobald Charles ging, wollte ich mein Geständnis ablegen. Aber noch bevor ich die letzte Dose Wachtelbohnen auf der Bohnenpyramide ausbalancieren konnte, hatte Diane ihn zum Freewriting an den Küchentisch gesetzt.

»Ich stelle den Timer auf drei Minuten«, erklärte sie dem armen Charles, »und Sie schreiben ohne Pause durch. Die Übung kennen Sie ja noch aus dem Seminar. Schreiben Sie, was Ihnen gerade durch den Kopf geht – egal, was. Schreiben Sie, so schnell Sie können. Ohne Interpunktion. Bewegen Sie die Hand immer weiter. Wenn Ihnen nichts einfällt, wiederholen Sie einfach das letzte Wort, das Sie geschrieben haben.« Sie ging zum Ofen und legte eine Hand auf den Timer. »Hören Sie auf keinen Fall auf zu schreiben. Fertig?«

»Fertig.« Charles' Bleistift bewegte sich über das Blatt.

»Diane«, sagte ich. »Ich muss mit dir reden. Ich muss dir was Wichtiges erzählen.« Sie warf einen Blick auf den Timer und dann auf Charles. »Na gut«, sagte sie und winkte mich vom Tisch weg, damit wir ihn nicht störten.

»Stimmt etwas nicht, Aris?« Ihr Gesicht zu sehen ging mir in diesem Moment echt ans Herz – ihr Muttergesicht, der liebevolle, besorgte Blick, das hoffnungsvolle Lächeln. *Sie kann es schon verkraften*, dachte ich. *Sie schafft das. Sie kann für mich da sein. Diane*, würde ich sagen, *Merm. Ich habe was Dummes gemacht. Ich brauche deine Hilfe.*

Der Timer klingelte.

»Aua«, sagte Charles. Er lehnte sich zurück und streckte seine langen Finger. Dann knackte er mit den Knöcheln. »Das war nicht leicht.«

Penn öffnete die Tür. »Charles, ich habe ein Buch, das ich Ihnen gerne leihen würde. Vielleicht haben Sie es auch schon mal gelesen – *Walls and Bars, Prisons and Prison Life in the ›Land of the Free‹* von Eugene Debs?«

»Nein, das kenne ich noch nicht.« Charles lächelte. »Und das haben Sie immer dabei?«

»Ja, schon. In meinem Pick-up. Wenn ich mal angehalten werde, bin ich erledigt. Natürlich bräuchten die Polizisten einen Durchsuchungsbeschluss. Nein, Moment – bräuchten sie nicht. Kommen Sie mal mit zum Auto, ich gebe Ihnen das Buch.«

Als sie gegangen waren und Diane gerade nicht hersah, beugte ich mich über den Küchentisch und las, was auf dem Notizblock stand.

Hören Sie auf keinen Fall auf aufhören anhalten Blaulicht anhalten steigen Sie aus Hände hoch ich habe gesagt Hände nach oben er ist sauber das ist mir egal öffnen Sie den Kofferraum Maul halten Hände hoch Hände nach hinten hinten ans Ende der Besucherschlange ja Sir er ist mein Daddy Vater mein der du bist im nein Sir ja Sir Sie haben gegen das Gesetz verstoßen Junge haben Sie keinen Respekt vor dem Gesetz Junge Junge bist du aber gewachsen aber schwer für mich lebenslang eine Woche ist nix Junge du fängst gerade an

»Aris! Liest du etwa Charles' Schreibübung?« Diane riss mir den Notizblock aus den Händen und legte ihn verkehrt herum auf den Tisch. »Ich habe dir beigebracht, dass man ohne Erlaubnis nicht liest, was jemand anders geschrieben hat.«

Was zum Teufel sollte das denn? Vor ein paar Tagen hatten wir noch zusammen Hausarbeiten benotet. War ich in dieser Familie jetzt ein Elternersatz, eine gleichberechtigte Partnerin bei der Leitung des Montgomery-Thibodeau-Unternehmens oder nicht? Wollte ich diese Aufgabe überhaupt? Es war immer mein großes Ziel gewesen, erwachsen zu werden. Jedes Jahr kam ich dem Status Erwachsener etwas näher, aber jetzt – jetzt war ich mir nicht mehr so sicher. Ich hatte das Gefühl, ich würde eine lange, schmale Brücke überqueren und hätte begriffen, dass ich vielleicht gar nicht auf die andere Seite wollte. Ich konnte nicht weitergehen und ich konnte nicht umkehren. Ich dachte, das muss der Punkt sein, an dem man normalerweise einen Nervenzusammenbruch bekommt.

Ich musterte Dianes Aufmachung: graue Leggins, weiße Kittelbluse, goldene Haarklammern, die sich in ihren blonden Haaren verloren und nichts hielten. Kurz gefeilte Nägel für arbeitende Hände. Augen dezent geschminkt, Lippen betont, um den Wunsch nach Kommunikation zu unterstreichen. Wir standen an einem neuen Anfang, und sie liebte Anfänge sehr. Es war der Prolog eines neuen Buchs. Alles drehte sich darum, auf strahlend weißen Seiten neu anzufangen. Die Möglichkeiten erstreckten sich bis zum Horizont. Wir würden nicht mal das erste Kapitel erreichen.

Draußen hatte sich Charles zu Penn und Max auf der Baustelle gesellt. Bumm, bumm, bumm machten die Hämmer. Plötzlich hörten sie auf. Penn sagte etwas zu Charles. Charles antwortete. Beide schüttelten den Kopf und lachten. Jetzt schlugen die Hämmer eine Melodie: bummbummbumm bumm-di-bumm.

»Diane«, sagte ich, »dieses Mal schaffen wir es nicht.«

»Ich habe mir schon ein paar Sachen überlegt«, sagte sie. »Ich kann mich selbstständig machen.«

»Womit?«

»Ich habe gedacht, ich werde Ordnungsprofi.«

»Ernsthaft?«

»Ernsthaft.«

Ihre Stimme klang vor lauter Selbstbeherrschung angespannt, trotzdem musste ich nachbohren. »Die Kleiderschränke anderer Leute aufräumen? Ihren Krempel zur Heilsarmee bringen?« Ich flippte aus. »Diane, was willst du denn jetzt *machen*?«

»Womit soll ich was machen?«

»Mit deinem Leben«, antwortete ich leise. »Unserem Leben.«

Diane beschloss, sich aus diesem Gespräch auszuklinken. »Also«, sagte sie, als wäre alles wie immer, »ich fange jetzt mit dem Abendessen an. Denk dran, dass Opapa und Oma heute Abend wegen ihres Jahrestags herkommen. Ich dachte, ich probiere mal ein Soufflé aus oder vielleicht –«

»Diane«, unterbrach ich, »du bist arbeitslos.«

»Na schön.« Sie verschränkte die Arme vor der Brust. »Das weiß ich.«

»Wir stecken in der Klemme«, sagte ich. »Siehst du das nicht?«

Das hatte ich noch nie zu ihr gesagt. Ich hatte noch nie laut daran gezweifelt, dass wir überleben konnten. Ich war immer die Starke gewesen, die Stimme der Hoffnung, aber das war jetzt alles vorbei. Ich wusste, wie gefährlich es war, sie so im Stich zu lassen. Ein Alkoholiker konnte zwanzig Jahre lang trocken sein, und dann zack! Aus einem Drink wird eine Flasche, dann ein Kasten, und schon steht das Jugendamt vor der Tür. Diese Geschichte hatte ich schon hundert Mal bei den AA-Treffen gehört.

»Es sieht vielleicht wie ein Ende aus«, sagte Diane, »aber in Wahrheit ist es ein neuer Anfang. Manchmal muss man eine Tür schließen, bevor sich eine andere öffnet.«

»Entschuldige bitte«, sagte ich. »Ich bekomme jetzt einen Nervenzusammenbruch.«

»Was?«

»Kommt jetzt sehr ungelegen, oder?«, sagte ich. »Ich weiß, dass du dafür keine Zeit hast. Selbst wenn du Zeit hättest, wärst du nicht geerdet genug, um eine Sternschnuppe zu fangen.« Sofort wünschte ich, ich hätte nicht mit derart dramatischer Stimme »Sternschnuppe« gesagt! Wahrscheinlich dachte sie jetzt: *Schlechte Lyrik*, aber ihrem Gesichtsausdruck nach war sie völlig verblüfft.

»Ruf Kates Mutter an«, trug ich ihr auf. »Sag ihr, dass ich vorbeikomme, weil du die Nase voll hast und weil deine schwierigen Eltern zum Abendessen kommen.«

»Aris, geht es dir gut?«

»Klar. Was soll mit mir sein?«

»Du wirkst etwas angeschlagen.«

»Wahrscheinlich drehen nur gerade meine Hormone durch«, sagte ich in meinem alten beruhigenden Tonfall, aber er klang nicht echt.

Sie runzelte besorgt die Stirn und griff nach ihrem Handy.

An Kates Haustür sagte Diane: »Aris ist ein bisschen müde und nicht gut drauf. Wahrscheinlich die Hormone.«

»Ach, das kenne ich«, sagte Kates Mom. »Das können Sie mir glauben. Ich habe hier auch zwei Vorpubertierende. Manchmal wird es als alleinerziehende Mutter einfach zu viel.«

»Na ja«, sagte Diane, »ich glaube, es könnte an mir liegen. Ich habe gekündigt.«

»O nein! Das tut mir leid. Oder ist es was Gutes?«

Ich ließ sie auf der Veranda allein, damit sie sich weiter bemitleiden konnten, und ging zu Kate in ihr Zimmer. Kate und ihre Schwester teilen sich ein Zimmer, weil sie nach der Scheidung alle zu ihrer Großmutter ziehen mussten, aber mittendurch verläuft eine unsichtbare Grenze, die wir alle respektieren.

»Ich glaube, ich habe einen Nervenzusammenbruch«, erzählte ich Kate, »aber ich bin nicht sicher.« Wir lagen beide rücklings auf ihrem Einzelbett, Kopf an Fuß, damit wir genug Platz hatten. »Dabei machen meine Nerven gar nichts.«

»Man kann bei einem Nervenzusammenbruch völlig ruhig sein«, sagte Kate. »Der ganze Vorgang ist ziemlich mysteriös.«

Kates Schwester hockte auf dem anderen Bett und reihte Barbies für ein Speeddating mit dem einzigen Ken weit und breit auf.

»Geh mir aus dem Weg, du Schlampe«, sagte die zweite Barbie in der Schlange. »Ich bin dran.«

Kate warf ihr einen vorwurfsvollen Blick zu, aber in der Privatsphäre seines eigenen Zimmers darf man sagen, was man will – so lautet die Regel. Unter Kates Hälfte der Zimmerdecke hing eine Weihnachtslichterkette. Die Birnchen erinnerten mich an meinen glimmenden Geisterdad, den ich seit Tagen nicht mehr gesehen hatte. Was, wenn ich ihn nie wieder sah, nicht einmal ein Glühen? Er hatte sich in letzter Zeit nicht oft sehen lassen. Hatte die Fliegermütze ihn (größtenteils) mit fortgerissen? Oder veränderte ich mich? Als er starb, war ich ein süßes, kleines Mädchen ohne Schattenseite gewesen. Vielleicht war Mr Lafontaine einmal ein süßer kleiner Junge ohne Schattenseite gewesen. Irgendwann isst jeder vom Baum der Erkenntnis von Gut und Böse. Man isst den Apfel, und plötzlich ist man allein.

»Was passiert jetzt?«, fragte ich Kate.

»Na ja«, meinte sie und starrte an die Decke, »das kommt darauf an. Jede Kultur hat ihre eigene Methode, mit einem Nervenzusammenbruch umzugehen. Für die Oglala-Sioux öffnet er ein Fenster in die Geisterwelt, er kann gut der erste Schritt zu einer Karriere als Schamane sein. Im Nahen Osten, wo nur Frauen den Verstand verlieren – ja, ich weiß, von wem wird Geschichte doch gleich geschrieben, Jungs? –, gibt es eine Trommelzeremonie, die ›Zar‹ heißt und den bösen Geist besänftigen soll. In Malaysia gibt es die Krankheit Koro, ausgelöst durch Stress, dabei glauben Männer, ihr Penis würde schrumpfen und sich in den Körper zurückziehen. Geheilt wird sie, indem Freunde und Familienmitglieder den Penis festhalten. Ob man es glaubt oder nicht, die Krankheit ist ansteckend. Die Ureinwohner Kanadas bekämpften eine Angststörung namens ›Wendigo‹, bei der ein Mensch den unwiderstehlichen Drang verspürt, alle anderen zu essen, indem sie ihn zu einem Häufchen Asche verbrannten. In unserer Kultur, der weißen

Mittelschicht von Kanuga, reagiert man auf einen Koller, indem man ihn ignoriert.«

»Du hast wieder gelesen«, sagte ich.

»Es ist nie zu früh, sich zu orientieren. Ich weiß nicht, ob ich in die linguistische Anthropologie oder die Kulturanthropologie will.«

Nach ein paar Minuten sagte sie: »Ich habe dir erzählt, dass meine Mom einen neuen ›Freund‹ hat, oder?«

»Magst du ihn?«

»Ich finde ihn echt gruselig.«

»Er zieht sie mit seinen Blicken aus«, warf Kates Schwester ein.

»Dich auch«, sagte Kate.

Auf der anderen Zimmerseite verdrückten sich zwei Barbies unauffällig an den Rand des Bettes von Kates Schwester und fingen an zu tuscheln und zu kichern. Als Kate einen Schuh auszog und warf, drehten sich die Barbies um und schlichen Ken nach.

Ich weinte stumm. Kate drückte mir etwas Toilettenpapier in die Hand, und ich putzte mir die Nase.

»Erzähl einfach, wenn du so weit bist.« Sie legte die Hände hinter den Kopf. Gute alte Kate. Dr. Dhang verlangt dafür hundert Dollar pro Stunde.

Ich leckte mir über die salzigen Lippen und flennte: »Ich bin eine totale Katastrophe.«

»Ich bin ganz Ohr«, sagte Kate.

»Ich habe sämtliche Tagebücher von Diane gelesen.«

»Ah«, machte sie.

»Dann habe ich sie an Leute geschickt, die übers Internet Bücher von ihr gekauft haben.«

»Das ist schon allerhand«, sagte Kate. »Das soll nicht abwertend sein, ich meine nur.«

Sie warf einen Blick auf die geschlossene Zimmertür. Wir hörten das Tapp-Tapp-Tapp, mit dem ihre Mutter im Flur auf und ab lief, während sie mit Mr Friend auf dem Handy telefonierte. Auf der anderen Zimmerseite war der Schwarm Barbies in einem Anfall von Leidenschaft über Ken hergefallen, und jetzt fehlte ihm ein Bein. Unvermittelt ließen sie von ihm ab, stiegen in ihren Jeep und fuhren über die Bettkante, ohne den Mann, den sie verkrüppelt, aber mit einem Lächeln auf dem Gesicht zurückließen, noch eines Blickes zu würdigen.

»Bin gleich wieder da«, sagte Kate. »Ich muss mal.« Sie ging ins Bad, wo die Wände dünner sind und sie das Gespräch ihrer Mutter besser mithören konnte. Während sie weg war, klingelte und vibrierte mein Handy, als hätte es einen Orgasmus oder so was. Ich sah aufs Display und dachte, die Welt würde untergehen – Billy hatte auf eine Nachricht geantwortet, die ich ihm vor drei Wochen geschickt hatte.

Dann antwortete er auf eine Mail, die ähnlich alt war und in der ich ihm kurz von meinen Plänen für den Roman erzählt hatte.

Er antwortete auf eine weitere Textnachricht.

Dann wieder auf eine Mail.

Er beantwortete sogar Nachrichten wie: »Was geht?« Er öffnete die Links in meinen Mails und bedankte sich für einen nach dem anderen.

Als Kate zurückkam, sagte ich: »Billy schreibt mir. Oft.«

»Laut den Maya geht die Welt erst im Dezember unter«, sagte sie und sah mir über die Schulter.

Tml dass ich dir so wehgetan habe.

»Was soll ich antworten?«

»Zähl bis fünf«, sagte Kate. »Oder auch bis fünfzehn.« Aus einer Kommodenschublade holte sie ein übergroßes Kleidungsstück, ihren Schmusepulli. Er war marineblau und reichte ihr bis zu den Knien. »Dann frag ihn vielleicht, ob ihr reden könnt. Texten verzerrt die Wirklichkeit, finde ich.«

»Ich will nicht mit ihm reden«, sagte ich.

Ich schickte ihm ein Botox-Smiley: (|:() Dann fing er an zu sülzen, mit dieser Sache mit der Fernbeziehung komme er einfach nicht zurecht. Er hoffte, wir könnten Freunde bleiben, bla bla blubb. Ich antwortete mit einem Egal und einem schiefen Lächeln (:-1 :-7).

Zwei Minuten später schrieb Anders mir:

Hat Billy m d Schluss gemacht?

Als ich von Kate nach Hause kam, saß Max allein am Küchentisch, vor sich aufgestellt *Vietnam – Die wahre Geschichte*. Beim Lesen machte er sich über ein ganzes Grillhähnchen her, das ihm jemand vorgesetzt hatte. »Mom hat es mir mitgebracht, als sie noch mal zum Laden gefahren ist, um goldene Kerzen für die Diamanthochzeit zu besorgen«, erklärte er und schlug die Zähne in einen Hähnchenschenkel. »Sie hat gesagt, ich darf mir ruhig den Appetit verderben.«

Irgendwas war hier mächtig faul. Mir fiel auf, dass das goldfarbene Tischtuch ordentlich zusammengelegt auf der Arbeitsplatte lag.

»War sie auf dem Dachboden?«

»Jampf«, sagte er mit dem halben Vogel im Mund. Bevor ich mehr aus ihm herauskriegen konnte, kam Diane in die Küche gestürmt; sie war bleich, und die Haare standen ihr zu Berge.[30] »Aristoteles«, presste sie zähneknirschend hervor, »ich würde gerne kurz allein mit dir reden. In meinem Zimmer.«

Die Wände von Dianes Schlafzimmer sind in Entspannendem Grün gestrichen; Diane hat die Farbe wegen des Namens ausgesucht, toll ist sie nämlich nicht. Das Zimmer ist minimalistisch eingerichtet: Bett, Schreibtisch, Stuhl, die Kleidung in beschrifte-

30 Die zweite Hyperbel. Tut mir leid, aber ich habe eine Deadline. Und außerdem – haben Sie Dianes Haare mal gesehen?

ten Kartons im Wandschrank. Ihre Räucherstäbchen riechen wie Penn, wenn er Holz gehackt hat.

»Aristoteles Thibodeau«, sagte sie und schloss die Tür hinter uns. »Wo sind meine Tagebücher?«

Ich sah ihr direkt in die Augen und achtete darauf, mir nicht an die Nase zu fassen, weil Studien belegen, dass Lügner häufig den Blick abwenden und ihre Nase berühren. »Keine Ahnung«, sagte ich.

Diane ließ sich nichts vormachen. »Du hast sie vom Dachboden geholt.« Sie stemmte die Hände in die Hüften. »Wo sind sie?«

Die Hunde bellten. Im Wohnzimmer brüllte Max: »Oma ist hier!«

»Hallo da drinnen!«, rief Oma und klopfte ans Fenster. Sie trug eine goldglänzende Jacke, eine schwarze Hose und haufenweise falschen Diamantschmuck. Ihre riesige Handtasche hatte sie über eine Schulter geschlungen, in der Hand hielt sie einen Zeitungsartikel. Nachdem sie zwei Mal geklingelt hatte, klopfte sie an die Tür, die nicht abgeschlossen war, worauf die Hunde durchdrehten. Opapa war immer noch mit dem Aussteigen beschäftigt, was bei ihm eine Weile dauert, weil er immer noch mal nachsieht, ob auch wirklich alles ausgeschaltet ist. Dann muss er die ganzen Sachen einsammeln, die Oma im Auto gelassen hat, und den Müll auflesen, der sich in den fünfzehn Minuten Fahrtzeit angesammelt haben könnte.

»Scheiße.« Diane warf mir einen letzten finsteren Blick zu, bevor sie ihr Spiegelbild überprüfte. Ihre Haare waren nicht gekämmt, was Oma aufregen würde. Zur moralischen Unterstützung kämmte ich meine auch nicht.

»Juuhuu!«, rief Oma und öffnete selbst die Tür. »Jemand zu Hause?«

Zuerst ist es mit Oma immer witzig. Es gibt diese prickelnden Momente, wenn wir uns alle im Flur zusammendrängen und sie versucht, über die Hunde zu klettern, um mit der riesigen Handtasche durch die Tür zu passen. Sie redet in einem fort, brettert durch jedes Gespräch wie ein Auto ohne Bremsen und rumpelt über alles hinweg, was ihr in den Weg kommt.

»Ich habe deinen Quilt fertig, Aris«, sagte sie. »Henry bringt ihn mit rein. Sechs Monate habe ich an dem Ding gesessen. Ich war es so leid, dass ich fast aufgehört hätte. Ich habe in der Sonntagsschulklasse erzählt, dass ich einen Quilt über deine Lebensgeschichte mache, und sie meinten: ›Na, dann wird er ja klein.‹ Ich habe gesagt: ›Ha! Ihr habt ja keine Ahnung! Dieses Kind könnte so viele Geschichten erzählen, dass es für ein Doppelbett reichen würde.‹« Sie klopfte mir auf die Schulter. »Ich hoffe, er gefällt dir, ich mache nämlich nicht noch einen.«

»Danke, Oma.«

»Henry!«, rief sie. »Er ist so eine Trantüte. Geh schon, Hund, ich komme gar nicht ins Haus. Diane, ich habe dir einen Zeitungsartikel mitgebracht. Ich weiß, dass du es nicht magst, wenn wir dir Artikel mitbringen, aber dein Vater findet, diesen hier musst du lesen. Henry, bring den Quilt her!«

Endlich quetschte sich Opapa grinsend hinter ihr durch die Tür. Seine Augen strahlten, weil er sich so freute, uns zu sehen. Er umarmte mich und Max und hielt uns dann auf Armeslänge, damit er uns besser mustern konnte. »Meine Güte!«, rief er. »Ihr wachst ja wie Unkraut!« Er bückte sich und streichelte Lucky und Hiroshima. »Wie geht es meinen Hundeenkeln?« Er sagte ihnen, sie seien feine Hunde, so brav und klug und artig. »Wuff-wuff-wuff«, machte er, während sie um ihn herumsprangen.

»Henry!«, rief Oma, obwohl er nur ein, zwei Schritte neben ihr stand. »Hast du meinen Quilt aus dem Auto mitgenommen? Henry! Den Quilt, den ich für Aris gemacht habe. Ist dein Hörgerät eingeschaltet?«

»Wuff«, sagte Opapa leise zu Hiroshima, und dann blickte er mit großen blauen Augen auf, als würde er aus einem Traum auftauchen, und sah die Frau an, mit der er seit sechzig Jahren verheiratet war.

»Henry, wo ist die Zeitung?«, wollte sie wissen.

»Die hast du«, antwortete er.

»Nein, habe ich nicht. Ach, hier ist sie ja, in meiner Hand. Diane, nimm mal.« Sie ging zum Ofen und wedelte mit der Zeitung, um sie Diane zu geben, die jetzt Ofenhandschuhe trug.

»Leg sie auf den Tisch«, sagte Diane. Sie klang schroff, wie üblich, wenn sie mit Oma redete, aber dabei sah sie mich an. Wenn Diane wütend ist, versprühen ihre Augen ein übernatürliches grünes Strahlen. In einem Horrorfilm würden die Leute schreien, wenn sie diese Augen sähen, aber wir waren daran gewöhnt.

»Dein Vater und ich wollen, dass du diesen Artikel liest«, sagte Oma. Wenn sie Opapa in ihre Anweisungen einbindet, weiß ich schon, dass wir in Schwierigkeiten stecken; das gibt ihr mehr Schlagkraft. »Es geht um deinen Studenten, und dein Name wird erwähnt. Um diesen schwarzen Jungen, der verhaftet wurde. Sie wissen nicht, was er alles gemacht hat. Dein Name steht darin, als seine Dozentin. Du bekommst ja keine Zeitung, deswegen weißt du es vielleicht noch nicht. Sie sagen, du hast irgendwas zusammen mit ihm geschrieben, um ihm aus der Klemme zu helfen. Henry findet, dass du dich nicht einmischen solltest.«

»Welcher schwarze Junge?«, fragte Max.

»Schätzchen«, sagte Oma. »Dieser schwarze Junge in Dianes Seminar. Er ist zu schnell gefahren, in einem BMW. Ein teures Auto.«

»Ach, du meinst Charles«, sagte Max. »Er ist kein Junge. Er ist ein Mann.«

»Komm du mir nicht auch noch so! Viel mehr Kritik ertrage ich nicht.«

»Seine Hautfarbe ist egal«, sagte Opapa. »Aber du willst doch nichts tun, was deine Arbeit gefährdet. Du musst eine Familie ernähren.«

»Henry!« Oma knallte die Zeitung auf den Salat und funkelte Opapa böse an.

»Was ist?«

»Lass das sein.« Opapa fragte nicht, was er lassen sollte; er wusste, dass sie es ihm auch so sagen würde. »Du bist so rassistisch, wie man nur sein kann«, sagte Oma. »Tu nicht so, als wäre alles meine Schuld.«

»Setzt euch doch«, sagte Diane. »Das Essen ist noch nicht fertig.«

»Aris, kämm dir bitte die Haare. Du läufst ja herum wie deine Mutter.« Ich warf Diane einen Blick zu, um zu sehen, ob sie meine solidarisch ungekämmten Haare zu schätzen wusste, aber sie war stinkwütend. Als sie die Ofentür öffnete, drang Qualm heraus.

»Du hast was anbrennen lassen«, verkündete Oma, während Opapa sich auf die Suche nach einem der drei Feuerlöscher machte, die er im Haus verteilt hatte. Zum Glück war es draußen ganz dunkel, und er konnte nicht sehen, dass Penn den Schuppen zu einem Spielhaus umbaute, sonst hätte er gefragt, wo der Rasenmäher in Zukunft stehen solle und was wir uns wegen der Brandgefahr dächten.

»Es brennt nichts«, rief Diane ihm nach.

»Darum geht es nicht«, sagte er, als er zurückkam. »Es könnte brennen, und dann willst du nicht durchs ganze Haus laufen müssen, um einen Feuerlöscher zu suchen. Dazu hast du vielleicht gar keine Zeit. Wenn diese Küche zum Beispiel brennen würde –«

Diane ließ das verkohlte Soufflé in die Spüle fallen, zog die Ofenhandschuhe aus und nahm Oma den Zeitungsartikel »Dozentin des Christlichen College von Kanuga hilft Student bei Widerspruch gegen Verhaftung« aus der ausgestreckten Hand. Dann knüllte sie ihn zusammen und warf ihn in den Mülleimer. Schlagartig setzte in unserem Haus ein seltener Moment der Stille ein.

»Das glaube ich ja nicht!«, sagte Oma.

Diana baute sich vor dem Mülleimer auf und verschränkte die Arme vor der Brust.

An diesem Tag hatten sich meine Großeltern offiziell sechzig Jahre lang gegenseitig ertragen, aber keiner von uns hielt es noch eine Minute mit den anderen im gleichen Zimmer aus. Ich breitete den neuen Quilt auf meinem Bett aus. In den straffen, rabiaten Stichen meiner Großmutter lag meine Lebensgeschichte vor mir. Ich hatte ihr zugesehen, wie sie sich zum Nähen mit ihrer großen Lesebrille direkt unter die Lampe gesetzt hatte. Beim Arbeiten hatte sie die Stirn gerunzelt, und manchmal hatte sie den Faden nach oben gezogen und mit den Zähnen durchgerissen. Wenn sie an eine schwierige Stelle kam, hatte sie gesagt: »Ich gebe auf! Ich schaffe das nicht. Ich werfe das Ding in den Müll!« Dann hatte sie weitergearbeitet.

Der Quilt war wunderschön. Zur Feier meiner Geburt zog sich ein grüner Lichtwirbel der Aurora borealis in Alaska über einen schwarzen Hintergrund. Meine Geschichten wurden durch Symbole erzählt: durch einen Engel für Joe, ein Herz für Max' Geburt, ein Kreuz für meine Taufe und einen Stern für meine Verlobung mit Billy Starr III. Diane war ein weißer Schneemann auf einem schwarzen Quadrat. In ihrem Schneebauch war ein Babyschneemann, Max. Ein kleiner Schneemann, ich, stand neben ihr und hielt ihre Hand. Unsere hilflosen kleinen Hände waren aus Zweigen gemacht. »Wälz dich nicht darauf rum«, hatte Oma mich gewarnt. »Ich würde ihn sogar nur auslegen, wenn du Besuch hast.«

Als Diane in mein Zimmer kam, stand ich wie ein Museumsbesucher vor dem Quilt.

»Ich habe Pizza bestellt«, sagte sie und schloss die Tür hinter sich. »Und jetzt sag mir, was los ist.« Dann setzte sie sich auf mein Bett, einfach mitten auf den Quilt. »Wo sind meine Tagebücher?«

»Tja, lass mich mal nachdenken …«, sagte ich. Ich wusste nicht, wohin ich mich setzen sollte. Also blieb ich vor ihr stehen und trat von einem Fuß auf den anderen, während sie sich unruhig in meinem Zimmer umsah.

»Setz dich«, sagte sie.

Behutsam setzte ich mich neben sie auf den Quilt.

»Ich habe sie verschickt.«

»Verschickt? An *wen*?« Eigentlich kann ich ihr Gesicht nicht beschreiben, aber als Autorin ist das nun mal meine Aufgabe, also: Stellen Sie sich einen Clown vor, der gerade in einen Kübel mit toten Eichhörnchen getreten ist. Okay, das ist widerlich, ich weiß. Aber ihr Gesicht war ganz auseinandergezerrt und hing irgendwie zwischen verschiedenen Ausdrücken fest.

»Ich habe sie in die Umschläge für die Leute gesteckt, die Bücher von dir gekauft haben«, erklärte ich. »Als ich die Bestellungen fertig gemacht habe, habe ich zu jeder ein Tagebuch gelegt.« Eilig fügte ich hinzu: »Die Bücher habe ich auch verschickt.«

»Okay«, sagte sie und starrte mich mit offenem Mund an. »Das hast du gemacht.« Sie holte tief Luft. »Das hast du also gemacht. Du hast das Persönlichste, was ich habe, an wildfremde Leute geschickt.«

Ich nickte und arbeitete an meiner Atmung: *Einatmen, ich bringe meinen Körper zur Ruhe; ausatmen, ich lächle. Einatmen, ich verweile im Augenblick –*

»Ich nehme an, du hast sie gelesen«, sagte sie.

»Ja, Ma'am.«

»Großer Gott.« Sie beugte sich vor, bis ihre Ellbogen auf den Knien ruhten, und stützte den Kopf in die Hände.

»Da ist noch was«, sagte ich.

»Nein«, antwortete sie. »Da kann nichts mehr sein, Aris. Das war's. Das reicht.« Sie atmete ein paarmal tief durch. »Na gut, was noch?«

Ich versuchte zu reden, aber die Worte wollten nicht heraus. Ich spürte, wie ich am Morgen durch die Kälte gelaufen war: Plum Lane, Peach Street, Muscadine Circle, Apple Lane, die roten Nadeln auf Dianes Kinderschänderkarte, die ich vor mir gesehen hatte, als ich die Machete mal links und mal rechts trug, um eine

Hand in der Tasche aufzuwärmen, wo dieses verdammte Handy vibrierte und klingelte …

»Was ist hier los, Aris?«

»Ich weiß nicht.« Ich senkte den Blick auf unsere Hände. Wir haben schöne Hände. Auf dem linken Daumen hat sie einen Altersflecken, und sie trägt noch Joes Ring. Am Ende gestand ich.

»Ich habe ›*Greensleeves*‹ gelesen.«

»Den Liedtext?«

»Deine Geschichte. Über Dad und Mr Lafontaine, den Kinderschänder.«

»*Greensleeves*«, wiederholte sie langsam. »Joes Geschichte? O nein!« Sie rollte zur Seite, drückte das Gesicht in den Quilt und hielt sich die Ohren zu. Mit den Füßen (in Schuhen) berührte sie die Aurora borealis.

»Merm?«

Aus dem Flur schallte Omas Stimme: »Wir haben ganz sicher keine Pizza bestellt! Sie irren sich.«

Plötzlich klopfte sie an die Tür und wollte wissen, warum Diane sich hier mit mir verschanzt habe, obwohl sie doch herauskommen und eine Entscheidung wegen der Pizza treffen müsse.

»Das wird mir alles zu viel«, sagte Diane. Sie trommelte mit den Füßen auf Omas gequilteten Himmel und schlug auf das Kissen ein. Als Oma noch mal klopfte, setzte Diane sich auf. Mit eisiger, tonloser Stimme sagte sie: »Mutter. Geh weg.« Oma machte bla bla bla, aber Diane blieb eisern. Sie nahm mich in den Arm und flüsterte: »Solange keine Axt durch die Tür schlägt, sind wir in Sicherheit.«

»Sind wir nicht, Diane. Die Welt ist nicht sicher.«

»Wegen Mr Lafontaine?«

»Joe dachte auch, er wäre in Sicherheit. Alle haben gedacht, Mr Lafontaine wäre normal.«

»Ich weiß. Vielleicht tun sie das immer noch.«

»Er sollte sterben!«

»Aris.« Diane legte die Hände auf meine geballten Fäuste. »Aris, was hast du getan?«

»Habe ich doch erzählt. Ich habe deine Tagebücher gelesen und sie an fremde Leute geschickt.«

»Was noch?« Sie sah mir fest in die Augen.

Mir blieb nichts anderes übrig. So ruhig, wie ich konnte, und mit so wenigen Einzelheiten wie möglich berichtete ich von meiner äußerst kurzen Fahrt per Anhalter. »Wir sind nur drei Kilometer oder so gefahren«, sagte ich. »Penn war auf dem Weg hierher und hat gesehen, wie ich in den Laster gestiegen bin, deshalb ist er uns gefolgt. Als Erstes hat er die rote Fahne abgeschnitten, damit der Typ von der Polizei angehalten wird.«

»Ein Holztransporter?« Sie sah mich an, wie Opapa manchmal sie ansieht, und sagte, was er sonst zu ihr sagt: »Schätzchen, du bist wirklich nicht gescheit.«

Es war komisch zu sehen, wie Diane sich in Opapa verwandelte. Wir waren in eine Zeitschleife geraten. Ich war Diane als kleines Mädchen. Diane war Opapa. Alles passierte immer wieder, und auf eine seltsame Art waren wir alle der gleiche Mensch, teilten uns und verschmolzen und teilten uns wieder.

»Wohin wolltest du?« Plötzlich war Diane wieder sie selbst.

»Weiß nicht«, sagte ich.

»Wolltest du nach Boston fahren und Billy besuchen?«

»Zuerst ja, aber dann hat er mit mir Schluss gemacht. Er hat eine andere Freundin, glaube ich. Vielleicht. Es ist schwierig, okay?«

»Du wolltest Mr Lafontaine suchen, oder? Du warst unterwegs nach Houma, um diesen Mann zu suchen. Du wolltest ihn umbringen.«

»Es tut mir leid!«, rief ich und fing an zu schluchzen. »Die Welt ist böse, und ich bin böse.«

»Schscht«, machte sie und drückte mich an sich.

»Ich wollte ihn umbringen!«

»Aris – ich wollte ihn auch umbringen, als ich es herausgefunden habe. Ich habe meine dunkle Seite gesehen – die Seite, die sich über den Tod eines Menschen freuen würde.«

»Vielleicht kommt er in die Hölle«, sagte ich. »Glaubst du an die Hölle?«

Nachdenklich biss sie sich auf die Lippe. »Die Hölle ist, jemanden zu hassen«, antwortete sie schließlich. Sie seufzte und strich mir über die Haare. »Ich wünschte, du würdest das nicht wissen.«

»Vielleicht vergesse ich es ja wieder.«

»Manche Menschen würden das tun«, sagte sie und drückte mich noch enger an sich. Wir waren uns so nah, dass unsere Herzschläge sich aneinander anpassten. »Manche Menschen würden sich weigern, es überhaupt zu sehen. Aber du bist wie ich. Wir haben keine dicken Filter. Eine Zeit lang dachte ich, ich könnte trinken, um die Welt von mir fernzuhalten – aber das funktioniert nicht besonders gut.«

»Was kann ich tun?« Ich wischte mir die Nase am Ärmel ab. »Wie kann ich das aushalten, Merm?«

»Ich weiß nicht genau, was ich dir sagen soll.« Sie ließ die Schultern hängen. Ihre Stimme wurde undeutlich, und obwohl sie mich noch im Arm hielt, schien sie weiter weg zu sein. Ich erkannte die vertraute Bestürztheit in ihren Augen, einen gehetzten, ängstlichen Blick – *ich bin eine alleinerziehende Mutter ich weiß nicht was ich machen soll es passiert zu viel ich schaffe das nicht allein* –

»Sag mir *irgendwas*«, bat ich. »Du bist meine Mutter. Irgendwas musst du mir sagen.«

Sie pustete sich den Pony aus den Augen. Dann setzte sie sich auf, blickte mich unverwandt an und sagte: »Fahr nicht per Anhalter.« Sie drückte ihre Hand fest gegen meinen Kopf, als könnte sie meine geistige Entwicklung vorantreiben und vielleicht meine Zukunft formen. Leise fügte sie hinzu: »Bitte bleib am Leben, Aris. Ich könnte es nicht ertragen, wenn du stirbst.«

Wir lehnten uns aneinander, atmeten zusammen. Unsere Gedanken waren krabbelnde Spinnen, die ein neues Netz weben wollten. Im Raum zwischen den Gedanken versuchte ich zu beten. *Vater unser, der du bist im Himmel*, fing ich an, aber ich wollte nicht über Väter nachdenken, und der Himmel wirkte weit weg. Als Diane trocken wurde, wurde sie Atheistin, deshalb betete sie zu einem rosa Elefanten. Sie hat gesagt, es würde funktionieren. Ich stellte mir einen mittelgroßen rosa Elefanten in der Zimmerecke vor, in der mein Puppenhaus gestanden hatte, und betete: *Hallo.*

Plötzlich spürte ich um mich herum eine kühle Strömung, als wäre ich beim Schwimmen an eine kalte Stelle geraten. Als ich die Augen öffnete, lehnte Joe mit verschränkten Armen an der Zimmertür und betrachtete uns mit einer Mischung aus leiser Verzweiflung und Liebe. Nein, er war nicht für immer verschwunden.

»Na, da seid ihr ja«, sagte Oma, als Diane und ich wieder in die Küche kamen. »Ich dachte, wir wollten meine Diamanthochzeit feiern; ich wusste nicht, dass ich alles allein machen muss.«

Max, der eine Wäscheklammer trug, um seinen Pony zurückzuhalten, hatte die Pizzaschachteln auf dem Tisch schon aufgeklappt. »Aris, Mom hat für uns Cola bestellt!«

»Dein Vater hat alles bezahlt«, sagte Oma. »Ich habe ja gedacht, du würdest heute Abend für uns kochen, aber das hat wohl nicht geklappt.«

»Ich bezahle die Pizzen«, sagte Diane.

»Nein!«, riefen Oma und Opapa wie aus einem Mund.

»Es macht mir nichts aus, die Pizzen zu bezahlen«, sagte Opapa. »Das mache ich gerne.«

Als wir alle am Tisch saßen, erhob Diane mit zittrigem Arm ihr Glas Cola light und sagte: »Ein Toast. Auf sechzig Jahre Mumm.«

»Ha-ha«, machte Opapa grinsend. Er gab Oma einen Kuss und erzählte die alte Geschichte, wie sie sich verliebt hatten. Sie besuchten im College das gleiche Seminar, und sie war das hübscheste Mädchen dort. Sie saß ganz vorne und bekam Einsen. Er saß hinten, bis die beiden ein Paar wurden, und dann bekam er auch Einsen. Vor Oma hatte er eine andere Freundin, aber sie war *zu* klug. *Dieses* Mädchen musste ein Buch nur ansehen –

»Ich schätze, einen Tag schaffen wir noch«, sagte Oma, und wir stießen alle an.

Zwanzig Minuten später hatten die raffinierten Kohlenhydrate Max völlig abdrehen lassen. Er saß in einem Meer aus Legos auf dem Wohnzimmerboden und wollte unbedingt für die Talentshow üben, mit Legosteinen zu bauen. Oma holte den Fotoapparat heraus.

»Breite dich nicht so aus«, riet Opapa. »Sonst verlierst du diese winzig kleinen Teilchen.«

»Lass ihn in Ruhe, Henry«, sagte Oma. »Er baut etwas. Max, was willst du in der Talentshow machen?«

»Was ich jetzt mache«, antwortete Max.

»Was machst du denn, Schätzchen?«

»Ich baue ein Raumschiff.« Er klickte einen Legostein an, der so groß war wie mein kleiner Finger.

»Ich erkenne gar nichts«, meinte Oma.

»Max«, sagte Diane sanft. »Schätzchen …«

»O Gott«, sagte ich. »Das schon wieder?«

»Na gut, das war's!«, brüllte Max. »Es ist vorbei!« Er sprang auf und schmiss die Legos an die Wand. »Ich habe kein Talent! Seht ihr? Ich bin dumm. Ich bin blöd. Ich gehe nicht zu der dummen, blöden Talentshow.« Tränen strömten ihm über das Gesicht. Er trat gegen den Wohnzimmertisch, dann fing er an, sich zu ohrfeigen. Diane holte tief Luft und tat, was Dr. Dhang ihr die ganze Zeit geraten hatte.

»Max, wenn du dich noch einmal schlägst, bekommst du eine Auszeit.«

Max verpasste sich einen Schlag in den Bauch.

»Acht Minuten«, sagte Diane. Sie stellte den Timer, eine Minute für jedes Jahr seines Lebens, und Max ging zu seiner Auszeit in die Waschküche, wohin er Lucky und Hiroshima mitschleppte. Nachdem er sich ein paarmal gegen die geschlossene Tür der Waschküche geschmissen hatte, war er still.

»Diane, ich finde, du solltest ihn nicht so wegschließen«, sagte Oma. »Er könnte sich wehtun.«

»Ohne Publikum schlägt er sich nicht«, erklärte Diane erschöpft.

In der Waschküche sagte Max: »Sitz. Jetzt mach Platz. Roll dich. Nein, Lucky, nicht so. Roll dich rum! Du bekommst kein Lecker, Hiroshima. Versuch es noch mal.«

»Lass ihn rauskommen, Diane«, sagte Oma. »Ich will mich verabschieden.«

»Erst muss der Timer klingeln«, sagte ich.

»Gibt Laut!«, rief Max. Wir hörten ein knappes Bellen, dann klingelte der Timer, und Max war auf Bewährung draußen. Er kam ins Wohnzimmer stolziert, die Taschen vollgestopft mit Pup-Peroni-Hundeleckerli, Lucky und Hiroshima auf den Fersen.

»Meine Damen und Herren«, verkündete Max und marschierte zur Mitte des Teppichs. »Sie werden nun Zeugen eines Wunders.« Mit einem Pup-Peroni in der ausgestreckten Hand befahl er Hiroshima gebieterisch, Platz zu machen. »Jetzt schlag ein«, sagte Max. Hiroshima blickte erwartungsvoll zu ihm auf und hob eine Pfote in Max' Hand.

»Das ist doch mal ein Talent«, sagte Opapa.

»Von wem?«, fragte Oma. »Von ihm oder dem Hund?«

»Ignorier sie«, sagte Diane. »Du hast deine Nummer gefunden, Kumpel.«

»Ignorier mich nicht«, bat Oma. Für einen Sekundenbruchteil wirkte sie verletzt. Dann räumte sie ihre riesige Handtasche ein, aus der immer irgendwas herausfiel, und stand auf. »Henry, sie haben genug von uns. Wir gehen. Beeil dich.«

Opapa tat, was er meistens tut, wenn Oma sagt, er solle sich beeilen. Er schindete Zeit. Unter ihren bösen Blicken machte er dieses und jenes, und dann brachte er den Müll raus. Ein paar Minuten später kam er mit dem Zeitungsartikel, den er aus dem Müll gerettet hatte, wieder herein. Er strich den Artikel glatt und legte ihn auf den Küchentisch. Dann stellte er einen Scheck über achthundert Dollar aus und klemmte ihn an den Artikel, damit Diane ihn dieses Mal las, bevor sie ihn wegwarf.

Das Gerichtsgebäude von Chutiksee County steht in der Altstadt von Kanuga mitten im Baumwollkarree, ein Gebäudeflügel aus Backstein, in dem früher Baumwolle, Sklaven und manchmal schlechte Ehefrauen versteigert wurden. Das hatte sich natürlich alles geändert. Ohne die drei Meter große Statue von Nathan Bedford Forrest, dem Gründer und Großen Hexenmeister des Ku-Klux-Klans, der vor dem Gericht auf einem Pferd sitzt, hätte man nicht gewusst, dass es in Kanuga mal Rassismus gegeben hatte.

Die kühle, feuchte Luft zwischen den dicken Wänden des Gerichtsgebäudes roch nach bröckelnden Ziegeln. Am Empfangstresen saß eine Frau, die ihre Brille an einer Kette trug und gerade Chips aß, als die schweren Türen hinter uns zufielen. Diane ließ sie zu Ende kauen, bevor sie nach dem Weg fragte. Max und ich sahen uns in der Zeit überall um und hielten nach Kriminellen Ausschau.

»Das ist städtisch«, sagte die Frau schließlich, während sie sich die Mundwinkel mit einem Kleenex abtupfte. »Erste Tür rechts, am Wachmann vorbei.« Wir ließen uns mit dem Metalldetektor scannen, was Max und ich reibungsloser über die Bühne brachten als Diane, und betraten einen lang gestreckten Raum mit hohen, altmodischen Fenstern. Auf einem Podium, das von der amerikanischen Flagge und der Flagge von Georgia eingerahmt wurde, wartete ein gepolsterter Kunstledersessel auf den Richter. Eine Brüstung trennte ihn von uns, dem Volk, das auf Plastikstühlen saß. Charles und seine Mutter hatten sich schon gesetzt.

»Mama, das ist meine Dozentin, Ms Montgomery-Thibodeau«, stellte Charles sie vor und stand auf.

Miss Octavia, einen Kopf größer als Diane, fünfzig Kilo schwerer, stand auch auf. Sie trug einen Blazer und einen Rock mit Strumpfhose und Pumps, ergänzt um eine lange Perlenkette und passende Ohrringe. Ihre schimmernden schwarzen Haare waren zu einem Pagenkopf geglättet, da bewegte sich nichts, als sie sich zu einer kurzen höflichen Umarmung zu Diane vorbeugte.

Für Diane hatten wir ein kleines Schwarzes ausgesucht, das mit flachen Schuhen und einem Blazer den Sprung von einer Cocktailparty in den Gerichtssaal geschafft hätte. Leider besaß Diane keinen richtigen Blazer. Im grellen Licht des Gerichtssaals sah ich jetzt deutlich, dass wir mit der Jeansjacke, die Diane für konservativ hielt, weil sie nicht ausgeblichen war, nicht die beste Wahl getroffen hatten. Die Jacke bedeckte zwar die Spaghettiträger des Cocktailkleids, versteckte aber den Ausschnitt nicht mal ansatzweise. Statt Nylons trug sie eine dicke blickdichte Strumpfhose, und ihre flachen Schuhe waren Ballerinas. Das ganze Outfit schrie »HIPSTER«.

Meine Ohren wurden heiß, als Charles' Mutter sie musterte, aber Miss Octavia lächelte so,dass man ihren goldenen Backenzahn sehen konnte, und sagte: »Charles und ich sind Ihnen sehr dankbar dafür, dass Sie ihm bei seiner Stellungnahme geholfen haben. Sie haben sich großartig für meinen Sohn eingesetzt.«

»Charles ist ein anständiger junger Mann«, sagte Diane. »Einer meiner besten Studenten. Diese Anklage ist völlig unbegründet.«

Miss Octavia lächelte matt und setzte sich. Von meinem Platz neben ihr aus konnte ich die braunen Ränder rund um ihre violetten Kontaktlinsen sehen.

Charles trug einen dunklen Anzug und eine blassgelbe Krawatte, aber keinen Hut. Wie wir bemerkten, als Penn hereinkam, sind Kopfbedeckungen in Gerichtssälen nicht erlaubt. Der Gerichtsdiener forderte Penn mit einer ärgerlichen Geste auf, die Mütze abzunehmen. Als Penn es tat, gab ich mir Mühe, nicht auf seinen glänzenden Schädel zu starren – das war jedenfalls mal ein neuer Look.

Als alle ihre Plätze eingenommen hatten, sagte der Gerichtsdiener: »Bitte erheben Sie sich. Die Sitzung des Gerichtshofs von Chutiksee County im Staat Georgia ist hiermit eröffnet. Den Vorsitz führt Richter Burr Wiglett.« Der Richter, ein kleiner weißer Mann, dessen Robe über den Boden schleifte, betrat den Saal und setzte sich auf den großen Stuhl.

»Ich bitte um Ruhe«, sagte Burr Wiglett lustlos und schlug mit seinem Hammer auf den Tisch. Er hatte dicke Tränensäcke unter den Augen. Während er mit monotoner Stimme einen Stapel Vertagungsgesuche, Anträge und Anklageschriften durchging, schweiften meine Gedanken zu dem letzten Essay von Charles Hutchins ab, den ich für Diane benotet hatte.

Charles Hutchins
Anglistik 1102

Literarischer Essay: Mein Elefant

Ich habe einige Kommentare in den Text geschrieben, aber sie wieder gelöscht. Nachdem ich diesen Essay mehrmals gelesen hatte, klangen sie dumm. Das ist eine Einser-Arbeit, mit so vielen ++++++, wie Sterne am Himmel stehen.

»Ich habe einen Elefanten gesehen« ist ein alter Army-Ausdruck für: »Ich war in einem Kampfeinsatz.« Vor zwei Jahren, als mich die United States Army im Alter von neunzehn Jahren in den aktiven Dienst berief, sah ich meinen Elefanten. Ich dachte immer, ich könnte das nicht beschreiben, aber ich werde es versuchen.

Krieg ist laut. Darüber habe ich nie nachgedacht, bevor ich mich im Pech-Tal in Afghanistan wiederfand – die Querschläger der Artillerie, das Dröhnen der Granatwerfer, die ohrenbetäubenden Explosionen der Raketen, das alles zu den Sirenen und den verrauschten Durchsagen über *Big Voice*, den Lautsprecher auf dem Stützpunkt. »Übung, Übung, Übung. USBV vor der Base entdeckt. Deckung, Deckung.«

Außerhalb des Stützpunkts brüllte das Funkgerät: »Melden, melden, Blue 4, wo sind Sie? Granatbeschuss, drei Mann gefallen, sieben verletzt. Treibstoff und Mun knapp.« Ich entsicherte mein M4 und rannte im Zickzack eine staubige Straße zwischen Maisfeldern entlang, hinein in die Kampfzone. Die Stängel standen hoch und leuchteten grün.

Zu Hause in Georgia hatte ich meiner Großmutter im Garten geholfen. Kurz vor der Erntezeit hatte sie mich oft ins Maislabyrinth geschickt, um Kolben mit einem trockenen Maisbart zu suchen – sie nannte das »Mutterhaar«. Sie waren erst reif, wenn der Maisbart dick und ausgetrocknet war, aber meine Meemee pflückte ein paar Kolben schon vorher und kochte aus dem glänzenden, seidigen gelben Haar einen Tee gegen ihre Arthritis. Wenn ich die unreifen Kolben zusammendrückte, sickerte manchmal eine dünnflüssige weiße Milch zwischen meinen Fingern hervor, und ich dachte an ihre steifen, gekrümmten Finger, an die Linderung ihrer Schmerzen.

Hier wirkte das Grün strahlender, weil alles andere die Farbe von Staub hatte – wir nannten das »Mondstaub«. Er fühlt sich wie Mehl an, als wäre man komplett mit Mehl überzogen. Er lag auf unseren Uniformen und Waffen, auf unserem Bettzeug, unserem Essen; wir atmeten ihn sogar.

Der Mann kam durch den Mais, er hatte mich fast erreicht, bevor ich seinen erhobenen Arm sah. War das eine USBV oder nur ein Stein? Ich denke nie: Hatte er den Arm gehoben, um sich zu ergeben? Wenn man das denkt, stirbt man. Ich schoss. Einen schrecklichen Moment lang schien der ganze Lärm um mich herum zu verstummen. Das einzige Geräusch war sein Ächzen. Sein Gehirn war aus dem Hinterkopf gespritzt. Aber das war nicht das Bild, das ich ständig vor mir sah, als ich in dieser Nacht oder allen Nächten danach in meinem Stockbett versuchte, ein Auge zuzumachen. Was ich sah und was ich aus irgendeinem Grund nicht vergessen kann – mein Elefant –, war Maishaar, das glänzende gelbe Zeug voller Milch an den unreifen Kolben.

Als Penn mich an der Schulter berührte, zuckte ich zusammen. Dann sah ich aus dem Fenster, auf das er mit dem Kopf deutete. Draußen auf dem Parkplatz stiegen Männer in orangefarbenen Overalls einer nach dem anderen in den Arbeitsbus des Gefängnisses von Chutiksee County. Ich erkannte die struppigen roten Haare von dem Typen, der mich mit seinem Holztransporter mitgenommen hatte.

»Ohne Signalfahne wird man immer angehalten«, flüsterte Penn. »Keine gute Idee, dann high zu sein.«

Diane sah kurz zu uns herüber und sofort wieder weg, bevor Penn ihren Blick auffangen konnte. Ich spürte eine gewisse Anspannung, aber ich konnte nicht genau sagen, in welcher Phase dieser Beziehung wir uns befanden. Anfängliches Interesse – jup. Erste Zurückweisung – jup. Eifersucht offenbart – jup.

»Charles Hutchins«, rief der Gerichtsdiener auf.

Der Richter winkte einen Polizisten heran, der in der Nähe der Wand gesessen hatte. Auf dem Podest steckten die beiden Männer die Köpfe zusammen und berieten sich leise.

»Was soll denn der Scheiß?«, flüsterte Penn.

Charles' lange Finger zupften nervös an der Erklärung, die ausgedruckt auf glattem weißem Papier auf seinem Schoß lag. Ein zweiter Polizist wurde zum Podium gerufen. Wieder wurde gemurmelt.

»Schätze, das ist der Zeuge«, sagte Penn. »Der darf am Kriegsrat teilnehmen.« Er beugte sich vor, die Hände zu Fäusten geballt. »Wir anderen sollten vielleicht einfach gehen. Das scheint eine private Veranstaltung zu sein.« Der Gerichtsdiener warf ihm einen finsteren Blick zu.

Miss Octavia saß vollkommen reglos auf ihrem Platz, die Hände im Schoß gefaltet. Ihr Lippenstift war tadellos. Man hätte ihr nie angesehen, dass ihr Mann wegen Mordes lebenslang im Gefängnis saß oder dass ihr Sohn vor Gericht stand, weil er zu schnell gefahren war, und deswegen wahrscheinlich eine Woche Haft auf ihn wartete.

Als Charles vor die Richterbank gerufen wurde, überragte er die beiden Polizisten, die ihn festgenommen hatten. Richter Burr Wiglett musste den Kopf in den Nacken legen, um Charles von seinem Platz aus anzusehen. Als der Richter eine Lesebrille aufsetzte und den Kopf senkte, um die Papiere vor sich zu lesen, schob sich sein Truthahnhals unter dem Kinn zusammen. Charles wollte ihm seine Erklärung geben, aber der Richter winkte ab.

Mit zitternder Hand hielt Charles die Blätter fest. Er trat von einem Fuß auf den anderen. Als der Richter ihn ansprach, hatte Charles Mühe, ein Wort herauszubekommen. Sein Adamsapfel hüpfte auf und ab, und in seinen Augen lag ein wilder, gehetzter Blick, als er den Raum nach seiner Mutter absuchte.

»Sehen Sie mich an, wenn ich mit Ihnen rede«, sagte der Richter. »Was haben Sie da in der Hand?«

Charles schluckte nervös. Er räusperte sich. »Ich habe eine Erklärung geschrieben«, antwortete er und streckte die Hand mit dem Ausdruck aus, aber niemand kam und nahm sie ihm ab.

»Wird der Angeklagte von einem Anwalt vertreten?«, fragte der Richter.

Die beiden Polizisten sahen sich an. Einer von ihnen zuckte mit den Schultern. Der Anwalt hatte den Fall hingeworfen, weil Octavia ihn nicht bezahlen konnte.

»Sir«, meldete sich Charles. »Euer Ehren. Ich habe zu meiner Verteidigung eine Erklärung verfasst. Wenn das Gericht es erlaubt, wenn ich darf, würde ich sie gerne vorlesen.«

»Wie lang ist sie?«, fragte der Richter. Charles hantierte mit dem Ausdruck herum. Er ließ ein paar Blätter fallen, hob sie auf, ließ sie noch mal fallen. »Zehn Seiten«, antwortete er leise. »Vielleicht auch elf.«

»Es sind nur fünf!«, flüsterte Diane.

»Wie schnell sind Sie am Abend des ersten Februar gefahren, bei einer erlaubten Geschwindigkeit von neunzig Stundenkilometern?«, fragte der Richter.

Charles schluckte. »Etwa siebenundneunzig.«

»Das ist falsch«, sagte der Polizist. »Euer Ehren, der Angeklagte ist mit hundertdrei Stundenkilometern geblitzt worden.« Er zeigte dem Richter ein Dokument, und der Richter nickte.

»Die Korrektur wird aufgenommen.« Er hob den Blick zu Charles, der am ganzen Körper schlotterte, und lächelte auf eine undurchschaubare Art. »Junger Mann«, sagte er, »wie ich höre, studieren Sie am Christlichen College von Kanuga.«

»Ja, Sir. Ja, Euer Ehren.«

»Das CCK ist eine ausgezeichnete Einrichtung. Meine Tochter hat dort ihren Abschluss gemacht, genau wie einige Kinder unserer Freunde. Wie Sie sich denken können, ist mir das Studieren nicht fremd. Ich habe mehrere hervorragende Universitäten besucht. Ich halte Bildung für sehr wichtig. Allerdings halte ich auch die reine Wahrheit für sehr wichtig. Als Sie von diesen Polizisten mit hundertdrei Stundenkilometern geblitzt wurden, waren Sie da unterwegs ins Krankenhaus?«

»Nein, Sir.«

»Es lag auch niemand auf dem Rücksitz Ihres Autos in den Wehen?« Einige Zuschauer lachten und wurden sofort zur Ordnung gerufen.

»Nein, Sir.«

»Sie sind auch nicht vor einem Feuer geflohen?«

»Nein, Sir.«

»Wurden Sie von einem Tornado verfolgt?«

»Nein, Sir.«

»Auch nicht von einem Löwen oder Tiger oder Bären, nehme ich an.« Der Richter blätterte in einem Ordner. »Ihren Akten nach habe ich keinen Grund anzunehmen, dass Sie vom Schauplatz eines Verbrechens geflohen sind.«

»Nein, Sir.«

»Nun denn, Mr Hutchins. Nachdem wir festgestellt haben, dass Sie keinen hinreichenden Grund hatten, mit Ihrem Fahrzeug – ein BMW war es, glaube ich – die von Ihrem Gesetzgeber festgelegte Geschwindigkeitsbegrenzung zu überschreiten, wüsste ich nicht, warum sich das Gericht eine zehnseitige Ausrede anhören sollte.«

»Einspruch«, sagte Penn und stand auf. Sofort kam der Gerichtsdiener einen Schritt näher, eine Hand an seiner Pistole.

»Sie«, sagte der Richter. Jetzt war seine Stimme tief und laut, seine Augen funkelten vor Wut. »Sind Sie an diesem Gericht vereidigt?«

»Nein«, antwortete Penn.

»Dann steht es Ihnen nicht zu, etwas zu sagen. Setzen Sie sich!«

Penn blieb stehen. Mit einer Kopfbewegung gab der Richter dem Gerichtsdiener zu verstehen, dass Penn in seinem Saal nicht mehr erwünscht war. Bevor er zur Tür geleitet wurde, setzte Penn seine

Mütze wieder auf. Er zeigte Charles einen erhobenen Daumen, dann war er verschwunden.

Kopfschüttelnd widmete sich der Richter wieder seinem Ordner. Er sagte lustlos: »Charles, das Gericht befindet Sie für schuldig, die Geschwindigkeitsbegrenzung um fast fünfzehn Stundenkilometer überschritten zu haben. Da Sie am Christlichen College von Kanuga studieren, unbescholten und nicht vorbestraft sind, werde ich die übliche Strafe aussetzen und Sie zu lediglich einer Woche Haft verurteilen; der Termin wird auf Ihre Vorlesungszeiten abgestimmt, damit Sie keine Seminare verpassen. Ich halte die Vorlesungspause im Frühjahr für angemessen.« Wieder schlug er mit dem Hämmerchen zu. »Die Sitzung ist geschlossen.«

Wir trafen Penn draußen wieder, als er gerade eine Zigarette an der Statue von Nathan Bedford Forrest ausdrückte. »Sie sind in einer Situation, in der Sie dieses Land befreien könnten«, sagte er zu Charles, dem die Tränen gekommen waren. Miss Octavia holte ein Taschentuch aus ihrer Handtasche und gab es ihm, aber sie selbst blieb aufrecht und groß neben ihm stehen, sah niemanden an, sagte nichts.

»Diese Strafe wegen zu schnellen Fahrens ist rechtswidrig«, sagte Penn.

»Penn hat recht, Charles«, stimmte Diane ihm zu. »Die Sache ist noch nicht abgeschlossen. Ich finde, Sie sollten Tagebuch schreiben, solange Sie eingesperrt sind, und einen Artikel beim *Kanuga News and Observer* einreichen.«

»Sie können dagegen angehen«, sagte Penn. »Wenden Sie sich an ein höheres Gericht. Dieser ganze Zirkus da drin war illegal.«

Charles putzte sich die Nase und versuchte es mit einem Witz. »›Wie ich meine Frühjahrsferien verbracht habe‹ wäre doch ein schöner Titel.«

»Ich weiß, dass es schwer ist«, sagte Diane, »aber ich glaube, Sie müssen über Ihren Dad schreiben.«

Miss Octavia runzelte die Stirn, aber Diane übersah diesen Hinweis.

»Sie stehen gerade an einem Scheideweg«, erklärte Diane ernsthaft. »Es ist unfair, aber es ist auch eine Chance, sich damit auseinanderzusetzen, welche Entscheidungen Menschen in den Fängen der Ungerechtigkeit treffen –«

»Entschuldigen Sie mal«, unterbrach Miss Octavia. »Um wessen ›Dad‹ soll es hier gehen?«

»Ich rede von Charles' Vater«, sagte Diane.

»Dann reden Sie von meinem Ehemann«, sagte Miss Octavia. »Und Sie reden über ein Thema, von dem Sie keine Ahnung haben.«

Nervös fummelte Diane an den Knöpfen ihrer Jeansjacke herum. »Charles hat seinen Vater in einigen Essays erwähnt, die er dieses Jahr bei mir geschrieben hat.«

Miss Octavia wandte sich zu ihrem Sohn um. »Was zum Teufel redet sie da?«

»Ich erkläre es dir, Mama«, sagte Charles. »Werde nicht wütend.«

»Hier ist keiner wütend«, sagte Miss Octavia.

»Seine Texte strahlen eine Klarheit und Ehrlichkeit aus, die den meisten meiner Studenten fehlen«, erzählte Diane. »Manches, was er schreibt, ist wirklich verstörend, und ich bewundere den Mut –«

»Habe ich mit Ihnen geredet?«, fragte Miss Octavia.

Diane wich einen Schritt zurück. Charles sog die Wangen ein, atmete tief aus und sagte: »Mama, Ms Montgomery-Thibodeau will nur, dass wir nicht schreiben, was die Leute unserer Meinung nach hören wollen, sondern was wir sagen müssen.«

»Charles' literarische Fähigkeiten haben sich in diesem Jahr dramatisch entwickelt«, sagte Diane. »Die Studenten –« Als Miss Octavia sich mit verschränkten Armen zu ihr umdrehte, versagte ihr für einen Moment die Stimme. »Sie sind davon fasziniert, wie er seine Erfahrungen erzählt. Er entdeckt seine Geschichte.«

»*Seine* Geschichte?« Miss Octavia hielt die Lippen so fest aufeinandergepresst, dass alle Farbe abgerieben war, und eine festgesprühte Haarsträhne hatte sich gelöst. Als sie mit dem Finger vor Dianes Nase herumwedelte, schaukelte die Perlenkette vor ihrer Brust hin und her. »Charles' Leben ist keine Geschichte für Ihr Seminar, Ms Montgomery-Thibodeau. Meine Familie ist kein *Projekt*, um das Sie sich kümmern müssten, damit Sie mit Ihrem Fähnchen wedeln und sagen können: ›Ich habe diesen armen schwarzen Menschen geholfen.‹«

»Mama, so hat sie das nicht gemeint«, sagte Charles, aber Miss Octavia duldete keinen Widerspruch.

»Charles ist *mein* Sohn!«, schrie sie. »Diese Geschichte ist *unsere* Geschichte, und sie ist *privat*!« Damit machte sie kehrt, klemmte sich ihre Tasche fest unter den Arm und stolzierte auf ihren hochhackigen Schuhen davon.

Am nächsten Tag, an dem Max' Talentshow stattfand, rief Charles an, um sich bei Diane dafür zu bedanken, dass sie zur Verhandlung gekommen war. Ich bekam mit, dass er sich für Miss Octavias Wutausbruch entschuldigen wollte, weil Diane immer wieder sagte: »Ich weiß, wie sehr Mütter ihre Söhne beschützen wollen, das können Sie mir glauben.« Sie sagte kein Wort davon, dass sie auf dem ganzen Weg vom Gericht nach Hause geheult und sich dann mit einem Stapel Ausgaben meiner *Seventeen* und einem Glas Erdnussbutter ins Bett verkrochen hatte. Sie hat ganz sicher keinen dicken Filter.

Andererseits verstand sie vielleicht wirklich, wie sehr Miss Octavia ihren Sohn beschützen wollte. Diane hatte Max betüddelt, seit er uns morgens mit einem laut trompeteten »Ich kann nicht zur Talentshow gehen! Ich bin krank!« geweckt hatte. Sie hatte Fieber gemessen, in seine Ohren und seinen Hals gesehen, gefragt, ob er groß gemacht habe, und die Diagnose Lampenfieber gestellt. Vor und nach dem Frühstück und noch mal nach der Schule zog er seine *Ich-bin-ein-Versager*-Nummer ab. Beim Abendessen versuchte er es wieder, aber er bekam nicht viel Sendezeit ab, weil Oma alle paar Minuten anrief und uns daran erinnerte, ja nicht zu spät zu kommen.

Wir kamen nicht wirklich zu spät, aber weil Oma und Opapa schon eine halbe Stunde lang gewartet hatten, als wir eintrafen, sah es so aus. Obwohl in der Aula noch gähnende Leere herrschte, hatte Oma ihren langen orangefarbenen Schal um ein paar Stühle gewunden, um uns Plätze zu reservieren.

»Du hast Penn ja gar nicht mitgebracht«, sagte sie, als wir den Schal losknoteten. »Ich dachte, er soll helfen.«

»Vielleicht hat er was zu tun«, sagte Diane.

»Was denn?« Misstrauisch kniff Oma die Augen zusammen. »Wo sind die Hunde?«

»Im Auto, ich habe das Fenster offen gelassen«, antwortete Diane.

»Wer bringt die Hunde hinter die Bühne?«, fragte Opapa.

»Henry! Darüber reden wir gerade. Penn sollte hier sein, er kommt zu spät.«

»Penn?«, fragte er.

»Ja, Penn«, wiederholte sie laut. »Dianes männlicher Freund. Sie sind aber nicht zusammen, glaube ich. Ich weiß es nicht. Sie erzählt uns ja nie was.«

Diane ignorierte sie. Demonstrativ.

»Also, wenn er in zehn Minuten nicht hier ist, ist es zu spät«, sagte Oma.

»Zu spät?«, schrie Max. »Heißt das, ich werde versagen?« Er war so nervös, dass er sich im Auto übergeben hatte, direkt nachdem die Hunde es vorgemacht hatten. »Ich glaube, ich kann nicht«, sagte er. »Mein Bauch tut weh.«

»Das sind nur die Nerven, Schätzchen«, sagte Diane. »Atme mal tief ein. Weißt du noch, was ich dir beigebracht habe? Ich atme ein und bringe meinen Körper zur Ruhe, ich atme aus und lächele.«

Er holte ruckartig Luft, dann atmete er aus, als wollte er ein Feuer auspusten. Dabei bekam ich seinen Atem ab.

»Mein Gott«, sagte ich. »Er hat die Hundekekse gegessen.«

»Habe ich nicht!«, rief er und klappte den Mund zu. In seinen Mundwinkeln hingen Krümel.

»Du solltest ihm Fleisch geben«, sagte Oma. »Ich würde auch Hundekekse essen, wenn ich Vegetarierin sein müsste.« Dann wuchtete sie sich ihre Tasche auf den Schoß, setzte ihre Brille auf und kramte, bis sie zwei Pfefferminzbonbons fand, die gut gegen Hundekekse-Atem waren.

»Ich bringe Max hinter die Bühne.« Diane nahm seine Hand. Man konnte die Befehle sehen, die sie ihm auf den Unterarm geschrieben hatte: »Sitz Platz Schütteln Rolle« und einen neuen, den sie geübt hatten, »Wackeln«. Seine Taschen waren mit Pup-Peronis vollgestopft.

»Penn kommt nicht«, sagte Oma nach einem Blick auf ihre Uhr. Um sich abzulenken, fragte sie mich nach Billy.

»Wir haben Schluss gemacht.« Es war komisch, es laut auszusprechen.

Oma wollte wissen, ob Billy in Massachusetts eine neue Freundin gefunden habe.

»Eine süßere als Aris kann er gar nicht finden«, sagte Opapa. »Das ist mal sicher.« Er schnitt eine Grimasse. Opapa hat nicht unbedingt eine schlechte Meinung von Männern, die sich um die Aufmerksamkeit der Frauen in unserer Familie bemühen. Sie ist neutral. Allerdings auf eine ganz bestimmte Art neutral. Macht der jeweilige Verehrer eine falsche Bewegung, ist Opapa sofort zur Stelle mit seiner Missachtung und der Genugtuung, er habe es doch schon immer gewusst. Opapa ist komplizierter, als er sich anmerken lässt.

Anders kam herüber, um Hallo zu sagen. Oma machte er ein Kompliment zu ihrem Schal, Opapa schüttelte er die Hand, sah ihm direkt in die Augen und sprach ihn mit »Sir« an. Er zeigte Interesse an Max' Talent. Einen Moment lang erlebte ich Anders mal von seiner positiven Seite, aber als niemand hinsah, trampelte er mir mit dem Absatz fest auf die Zehen und zeigte sein teuflisches Grinsen.

»Wenn du hier bist, muss irgendein armes Dorf ohne seinen Trottel auskommen«, sagte ich, bevor er zurück zu seinem Platz sauste.

»Was für ein reizender Junge«, meinte Oma. »Ist das da drüben sein Vater? Er sieht aber nett aus. Das ist der, dem die Frau weggelaufen ist. Ich weiß gar nicht, was sie hatte. Mir fällt doch beim besten Willen nicht ein, wie sie heißen.«

Genau in diesem Moment tauchte Penn auf. Er kam durch die Hintertür, mit einem T-Shirt, auf dem *Beste Nanny aller Zeiten* stand, und einer Frau an seinem Arm. Gleichzeitig betrat Diane den Zuschauerraum durch die Bühnentür. Sie waren wie zwei Kugeln, die aus unterschiedlichen Richtungen auf uns zurollten, eine Penn-und-die-andere-Frau-Kugel und eine Diane-Kugel. Oma wurde hektisch. Sie sah zu Diane hinüber, dann zu Penn und seiner Freundin, wieder zu Diane und schließlich zu mir.

»Wer ist das Mädchen bei ihm?«, fragte sie, als müsste ich das wissen.

Auf der Bühne bat Mrs Waller, alle mögen sich doch bitte setzen, damit es losgehen könne. Penn beugte sich über die Lehne von Dianes Stuhl und flüsterte: »Kleine Hiobsbotschaft. Die Hunde sind weg. Die Heckklappe steht offen, und der Reißverschluss der Hundebox ist auf.«

»Jemand hat die Hunde gestohlen!«, sagte Oma. »Max wird totunglücklich sein.«

»Keine Angst«, sagte Penn. »Ich finde sie, bevor er dran ist.«

»Ich bin Max' Großmutter«, stellte Oma sich der Frau vor, die Penn von Gott weiß wo mitgeschleppt hatte. Sie gaben sich auf diese typische Südstaatlerinnenart die Hand. »Und wie heißen Sie?«

Sie hieß Cynthia. Oma lächelte Cynthia an und wartete auf weitere Erklärungen.

Bevor Cynthia beschreiben konnte, welche Rolle sie in Penns Leben spielte, wurde das Licht gedimmt, und der Vorhang hob sich. Ich hatte Panik, Max würde ohne seine Hunde im Scheinwerferlicht stehen, aber es war nur der Schuldirektor, der lang und breit erzählte, wie dankbar er für diese talentierte Bande Drittklässler sei, für ihre fleißigen Lehrer und natürlich für ihre Familien, die sie unterstützten. Wie jedes Mal betonte er, dass wir hier an der Lavender Mountain Laborschule eine Familie seien.

Quer durch die Aula versuchte Anders, mich auf sich aufmerksam zu machen. *Das mit Billy tut mir leid*, formte er stumm mit den Lippen, dann legte er eine Hand auf sein Herz.

»Wer kann denn das Auto aufgemacht und die Hunde herausgelassen haben?«, überlegte Oma.

Plötzlich begriff ich. Anders! Anders Anderson hatte das gemacht! Entschuldigen Sie die Melodramatik, aber manchmal geht es nicht anders: Hass stieg mir wie bittere Galle die Kehle herauf, ein Vorbote des Zorns, der aus der geballten Faust meines Herzens barst, um seine anzüglich grinsende, teuflische Visage zu zerschmettern wie eine Bombe vom Typ CBU-59 Rockeye II ein vergammeltes Ei, das jemand auf einem Schandpfahl platziert hatte. Ich reckte den Hals, um diesen Füße tretenden, Hunde stehlenden, notgeilen kleinen Mistkerl zu entdecken und ihm den Stinkefinger zu zeigen. Eine Frau mit bauschiger Frisur versperrte mir die Sicht.

Während wir Hammond Golden für seine Taekwondo-Vorführung applaudierten, stahl Penn sich hinaus, um die Hunde zu suchen. Als er zurückkam, flüsterte er: »Kein Glück.«

»Max ist als Nächster dran!«, sagte ich.

Penn ging wieder, um im Wald nach den Hunden zu suchen,

und ich lehnte mich widerstrebend zurück und hörte mir an, wie Madison Fuller ihre Geige quälte. Oma nutzte die Gelegenheit, um einen Kontakt zwischen Cynthia und Diane zu knüpfen, die sich bisher ignoriert hatten.

»Diane«, sagte sie und tippte ihr fest auf die Schulter. »Kennst du Cynthia schon?« Diane und Cynthia setzten ein gekünsteltes Lächeln auf. Mit erhobener Stimme, damit man sie bei dem Lärm, den Madison mit ihrem Bogen auf den Saiten ihrer Geige produzierte, auch hören konnte, zählte Oma alle Gemeinsamkeiten zwischen Cynthia und Diane auf, also dass sie in Kanuga wohnten und Penn kannten.

Diane sagte Oma, sie solle still sein. Während sie sich über Cynthias Kopf hinweg Grimassen schnitten, holte Cynthia ein pinkfarbenes Döschen Lipgloss aus ihrer Handtasche. Sie spähte in den winzigen Spiegel, öffnete den Mund und trug mit einem Minipinsel Lipgloss auf. Dann strich sie sich über die Haare, die perfekt frisiert waren.

Im Vergleich wirkte Diane ein wenig mitgenommen. Ihr Dutt zeigte erste Auflösungserscheinungen, und ihr Gesicht war grau vor Sorge. Ich durchsuchte ihre Handtasche nach einem Lippenstift, fand allerdings nichts außer einem Portemonnaie, einem Handy und einem Heft mit To-do-Listen.

»Max schafft das schon«, flüsterte ich. Sie nickte und biss sich auf die Lippe.

»Wie haben Sie Penn kennengelernt?«, wollte Oma von Cynthia wissen.

»Wir sind Nachbarn«, antwortete Cynthia leise. Sie warf Diane einen argwöhnischen Blick zu und errötete. »Sein Auto ist liegen geblieben, deshalb habe ich ihn hergefahren.«

Sofort schrieb ich Kate.

Schlampenalarm!

Madison beendete ihr Solo. In der kurzen Pause, bevor das Publikum aufstand und applaudierte, verkündete Oma: »Das Mädchen braucht mal Unterricht.« Ich mochte mir gar nicht vorstellen, welchen Trick sich Max ohne die Hunde spontan ausdenken würde und wie das Publikum vielleicht aufstehen und genauso scheußlich klatschen würde.

Penn kehrte in die Aula zurück, er schüttelte den Kopf und hob die leeren Hände. Als Cynthia ihm etwas zuflüsterte, legte sie ihm eine Hand aufs Knie! Ich hätte ihr gern gesagt, dass Penn nur Hunde berühre, aber da ging schon für Max der Vorhang auf.

»Und nun«, verkündete Mrs Waller auf der Bühne, dann unterbrach sie sich und schüttelte das Mikro, damit es aufhörte zu knistern. »Nun möchte ich Ihnen unseren Max Thibodeau präsentieren, zusammen mit seinen Hunden Lucky und« – sie starrte auf das Blatt in ihrer Hand – »Hiro?« Sie schob ihre Brille hoch und startete einen zweiten Versuch. »Hiroshima?« Sie legte den Kopf schief. »Habe ich das richtig verstanden? Dein Hund heißt Hiroshima?«

Das Publikum lachte leise.

Max stand allein auf der Bühne und sah zu Boden. Der Beleuchter schwenkte den Scheinwerfer, um die Hunde zu suchen. Am Ende umfasste der Lichtkreis nur Max. Normalerweise wirkt Max wie ein großer Mensch, weil er laut ist. Der stumme Max allein auf einer Bühne war ein kleiner Junge. Obwohl ich ihm für seinen Auftritt ein elegantes Outfit ausgesucht hatte, hatte er lieber seine marineblaue Hose und ein schwarzes Hemd mit dem traditionellen Zahnpastafleck über dem Herzen angezogen.

Max murmelte etwas Unverständliches.

»Oh-oh«, machte Oma.

Um mich herum rutschten die Leute auf ihren Stühlen hin und her, raschelten mit ihren Programmheften, räusperten sich. Bei einer solchen angespannten Atmosphäre würde Max schreien, sich hinwerfen und den Kopf auf den Boden schlagen. Mir schnürte sich die Brust zu. Diane neben mir konnte nicht einmal atmen.

Allerdings hatte Mrs Kierkegaard, unsere Erzieherin aus dem Kindergarten, Max verstanden. Sie ging mit einem Stuhl auf die Bühne. Nachdem sie sich mit Max im Flüsterton beraten hatte, wandte sie sich dem Publikum zu, strich sich die Haare hinters Ohr und lächelte mit ihren hübschen weißen Zähnen.

Im selben Ton, in dem sie immer Durchsagen machte, kündigte sie uns an, wir würden gleich eine außergewöhnliche Darbietung von Max Thibodeau erleben. Sie hielt das Mikrofon auf Armeslänge von sich weg und beriet sich noch einmal leise mit Max. Dabei steckte er die Hände in die Taschen und nahm sie wieder heraus, kratzte sich am Kopf und blickte verzweifelt an die Decke, aber sie nickte und lächelte immer weiter. Schließlich richtete sie sich auf und sagte ins Mikrofon: »Meine Damen und Herren, sehen Sie nun Max, einen meiner absoluten Lieblingsschüler. Er wird etwas zutiefst Bemerkenswertes und Wunderbares tun.« Dabei verströmte sie eine solche Autorität, dass sogar Oma still war. »Was Sie gleich sehen werden, mag einfach wirken, aber glauben Sie mir, das ist es nicht.« Sie blickte kurz zu Max und wandte sich dann wieder uns zu. »Max«, sagte sie, »wird meditieren.«

Max setzte sich auf den Stuhl. Seine Füße baumelten fast eine Handbreit über dem Boden, und im ersten Moment wusste er nicht, was er mit seinen Händen machen sollte. Dann fiel ihm ein, dass er sie zu einem Ei geformt vor sich halten musste. Anfangs scharrte noch hier und da jemand im Publikum nervös mit den Füßen. Ein Baby wimmerte.

»Dem Jungen muss mal der Pony geschnitten werden«, meinte Oma, worauf wir beide *Psst!* machten. Max saß vollkommen reglos da, während sein Geist in die ovale Form seiner Hände überging. Im Licht des Scheinwerfers wurde sein rundes Gesicht zu einem weißen, schimmernden Mond. Man konnte beinahe hineinsehen.

Während wir zusahen, traf irgendwo tief in Max die kabbelige See seines Selbst auf die unnachgiebige Welt, und Max wurde von Ruhe erfüllt. Wie kam das? Das Schimmern fand ich nicht mal so erstaunlich wie das Stillsitzen.

Ich startete die Stoppuhr auf meinem Handy. Eine Minute, eineinhalb, zwei Minuten. Max rührte sich nicht. Ich roch Cynthias Lipgloss. Dreieinhalb Minuten. Max saß als erleuchtete Skulptur auf seinem Stuhl auf der Bühne. Vier Minuten …

»Henry«, sagte Oma, »ich habe dir den Fotoapparat gegeben. Wo ist er?«

Henry schüttelte den Kopf.

»Doch, habe ich!« Sie durchwühlte ihre Handtasche. »Ach, hier ist er ja!«

Sie machte ein Foto, aber darauf sieht Max nur aus wie ein Junge auf einem Stuhl.

Beim Empfang nach der Talentshow mussten wir uns anstellen, um mit Max zu sprechen. Als wir ihm endlich so nahe kamen, dass wir ihn berühren konnten, drängelte sich Mrs Kierkegaard vor uns.

»Tut mir leid«, sagte sie, »aber ich muss diesem Jungen sagen, wie absolut großartig er ist.« Sie legte ihm die Hände auf die Schultern und drehte ihn zu sich. »Max, du bist absolut großartig. In meinen siebenundzwanzig Jahren als Erzieherin habe ich wirklich noch nie erlebt, dass ein Kind in einer Talentshow stillsitzt und meditiert.«

Max knabberte an einem Keks und blickte mit dem Gleichmut einer Kuh zu ihr auf.

»Ich habe ihn großgezogen.« Oma schob sich näher heran. »Ich habe geholfen, ihn großzuziehen.«

Diane verdrehte die Augen, doch bevor noch weitere Besitzansprüche gestellt wurden, zog Anders an meinem Arm.

»Fass mich nicht an«, sagte ich. »Niemals.«

»Na, Entschuuuuldigung. Ich wollte dir nur sagen, dass eure *Nanny* eure Hunde gefunden hat.«

»Ach, echt? Nachdem *du* sie rausgelassen hast?«

»Was erzählst du da? Ich habe eure Hunde nicht angefasst.«

»Ähm, 'tschuldigung«, sagte Max.

»Hast du wohl! Du hast das Auto aufgemacht und sie rausgelassen, damit Max nicht auftreten kann.«

»Hallo«, sagte Max. »Auf ein Wort, bitte.«

»Warum sollte ich so was Gemeines tun?«, fragte Anders.

»Weil du ein schrecklicher Mensch bist. Es gibt bestimmt ein passenderes Wort für dich, aber ich bin so wütend, dass es mir jetzt nicht einfällt, und es ist auch egal, weil du jetzt offiziell aus meinem Roman fliegst!«

»Was?« Anders sah mich mit großen Augen an, seine Wangen waren knallrot. Wütend klatschte er mir eine kleine Schachtel in die Hand. »Ohne Nüsse«, sagte er. »Weil du selbst eine blöde Nuss bist.« Dann rannte er aus der Aula.

»Schokolade!«, rief Max. »Kann ich welche haben?«

»Schmeiß sie weg«, sagte ich. »Wahrscheinlich ist sie vergiftet.«

»Aris?«

»Was ist, Max? Ich bin beschäftigt, ich muss jemanden hassen.«

»Anders hat die Hunde nicht rausgelassen.« Er schenkte mir ein gefährlich charmantes Lächeln.

»Max«, sagte ich streng. »Was hast du gemacht?«

»Es war keine Absicht! Ich schwöre! Ich hatte es satt, auf Penn zu warten, deshalb wollte ich sie selbst aus dem Auto holen. Dann habe ich ein Reh gesehen. Ein großes. Ich weiß nicht, wie das passiert ist, aber als ich Hiroshima am Halsband festhalten wollte, ist Lucky über meinen Kopf gesegelt. Kein Scherz. Sie ist geflogen. Wie ein Pterodactylus. Wir sollten sie bei einer Hundeshow oder so anmelden. Und dann – ich weiß auch nicht, wie *das* genau passiert ist – hat Hiroshima mich umgeworfen und ist Lucky nachgelaufen.«

Er zog seinen Ärmel hoch und hielt mir seinen nackten Ellbogen unter die Nase. »Siehst du? Da habe ich einen blauen Flecken. Vielleicht habe ich mir sogar den Arm gebrochen.«

Ich seufzte, was genau wie bei Diane klang, und gab ihm die Schachtel Schokolade. Er nahm den Deckel ab, sah hinein und schnupperte. »Kann ich zwei haben?«

Oma schneite vorbei und sagte, sie würde Opapa nach Hause bringen, ihm sei schlecht.

»Ist er krank?«, fragte Diane stirnrunzelnd.

»Es war nur zu viel Aufregung für ihn«, erklärte Oma. »Das ist ihm auf den Magen geschlagen.«

Bevor noch etwas schiefgehen konnte, tauchte Ms Chu auf, die in ihrem fließenden grauen Kleid aussah wie ein Geist. Sie raunte mir zu, ich solle mit in die Bibliothek kommen. »Ich habe ein Buch, das du vielleicht brauchen könntest.«

Die Bibliothek roch nach Kiefernöl und Büchern. Bis auf das Zuschlagen der schweren Holztür und das Rascheln von Ms Chus Kleid war es still. Als sie an der goldenen Lampenkette zog und Schatten an die Wand warf, ließ ich mich in einen roten Kunstledersessel in der Leseecke sinken.

»Langer Tag?«, fragte sie. Ich nickte. Ein paar Minuten lang saßen wir nur da und beobachteten die Staubpartikel in der Luft. Sie fragte mich, wie weit mein Roman sei.

»Fast fertig«, antwortete ich.

»Das ist gut. Was hast du entdeckt?«

»Ach, Sie wissen schon. Das Übliche. Chaos gegen Ordnung, Frau gegen Natur, Gut gegen Böse, Individuum gegen Gesellschaft, die Übel des Rassismus, die Auswirkungen des Kapitalismus auf das Individuum, die Illusion ewiger Liebe, Verlust der Unschuld, äußerer Schein gegen Realität, der Kreislauf des Lebens …« Den Rest konnte ich ihr nicht erzählen. Sie würde es lesen müssen.

»Ah«, machte sie.

»Ich war zu meinen Figuren manchmal unfair«, gestand ich, »und fast hätte ich Anders rausgeworfen.«

»Ich würde Anders nicht ausgrenzen«, sagte Ms Chu. »Er ist sehr sensibel.« Sie faltete die Hände auf dem Schoß. »Er ist dein Spiegel.«

Na toll, dachte ich, aber ich sagte es nicht. Als mein Blick über die polierten Regale glitt, stellte ich mir vor, ich würde zwischen die Buchdeckel schlüpfen, die Wörter auf den Seiten als Erhebungen spüren, einzelne Zeilen wie die Sprossen einer Leiter erklimmen. Ganz tief in einer Geschichte würde ich vielleicht loslassen und für immer fallen.

»Ms Chu?«

»Ja?«

»Ich weiß nicht, wie ich den Roman enden lassen soll. Ich glaube, ich habe nicht lange genug gelebt, um zu wissen, wie Dinge enden.« Ich dachte an Joe, der über das schwarze Eis rutschte, das Lenkrad fest gepackt, die Zähne zusammengebissen, das Herz rasend. Hatte er gedacht: *Dieser Kinderschänder Lafontaine darf leben, und ich werde von der Erde gefegt, mache meine Frau zur Witwe, meine Kinder zu Waisen?* Oder war der Tod eine Erleichterung? Hört das Leiden jemals auf?

»Sieh dir den Anfang an«, sagte Ms Chu. »Da ist normalerweise das Ende.«

»Also forme ich einen Kreis?«

»Nein«, sagte sie. »Eine Spirale. Das Ende kehrt zum Anfang zurück, aber auf einer höheren Ebene.« Mit sanften Schritten ging sie zu ihrem Schreibtisch und kam mit einer zerlesenen Ausgabe von *Writer's Market* zurück, mit allen Adressen, die man sich als Autor wünschen konnte. »Ich habe darauf gewartet, dir das zu geben, Aris. Ich glaube, du bist jetzt so weit.« Auf dem Deckblatt stand eine Widmung: *Für meine Frau Mandy, in ewiger Liebe – Douglas.*

Als ich den Parkplatz betrat, sah ich das silbrige Schimmern, mit dem ein glatter Stein von Max in den Fischteich flog. Offenbar hatte Anders ihm beigebracht, Steine hüpfen zu lassen. Er hatte es bestimmt von seinem Dad gelernt. Man braucht keinen Penis, um Steine zu ditschen, aber manche Dinge machen alleinerziehende Mütter einfach nicht, und dazu gehört es, rumzustehen und Steine ins Wasser zu werfen.

Diane hatte die Hunde ins Auto geladen, lehnte jetzt an der Motorhaube und verabschiedete sich von Penn. Er neigte den Kopf dicht zu ihr. Sie lächelte ihn auf ihre besondere Art an. Ich schwöre, es hat so ausgesehen, als würden sie sich gleich küssen. Cynthia fand das offenbar auch, sie drückte nämlich in diesem Moment auf die Hupe. Sie fuhr ein silbernes Auto, auf dem »*KEEP CALM AND GO SHOPPING*« klebte. An ihrem Rückspiegel hingen schimmernde rosa Perlenschnüre.

»Hallo, Jungs.« Ich ging zum Teich und spielte mehr Mut vor, als ich besaß. Durch das Steinewerfen war das Wasser trüb geworden, kein einziger Fisch war in Sicht. Als ich mich vorbeugte, um vielleicht doch einen zu entdecken, schmiss Anders einen so großen Stein ins Wasser, dass mein ganzer Oberkörper nass gespritzt wurde.

»Ups«, sagte er. »Kleiner *Wet-T-Shirt-Contest.*«

Das soll mein Spiegel sein, Ms Chu? »Und ich wollte mich gerade entschuldigen«, sagte ich, während ich mein Oberteil auswrang.

»Die Sache mit den Hunden war ein Missverständnis«, sagte Max. »Das habe ich ihm erklärt. Ich habe gesagt, du schreibst ihn wieder in deinen Roman.«

»Was soll das – bist du mein Lektor?«

»Ich schreibe den Teil über mich selbst und schicke ihn dir per Mail«, sagte Anders.

»Außerdem«, fuhr Max fort, »brauchen wir ein Autorennen. Wir brauchen auf jeden Fall dringend ein Autorennen.«

Ich musterte meinen kleinen Bruder mit seinen Flecken von Zahnpasta, Hundekeksen und Schokolade und Matsch bis zu den Knien, weil er in den Teich gewatet war. Er gab einen kehligen Laut von sich. War das der gleiche Junge, der vor nicht mal einer Stunde vor einem unruhigen Publikum eine göttliche Verbindung mit dem ewigen Geist erlangt hatte? Genau genommen hatten wir sogar eine Verfolgungsjagd in diesem Roman, eine sehr kurze, eher langsame, mit einem Laster. Das würde ich Max nie erzählen, er würde sich vor Sorge seinen kleinen Kopf zerbrechen. Jedes Mal, wenn wir einen Holztransporter überholen, würde er seine Waffenapp zücken, was Probleme geben könnte.

Max' Verfolgungsjagd lief so ab: Wir fuhren durch die Tore der Lavender Mountain Laborschule, zwei Autos hinter Cynthia. Diane wirkte etwas angespannt. Sie kaute zwei Nikotinkaugummis auf einmal, und an roten Ampeln ließ sie den Motor aufheulen, was nicht nötig war.

Plötzlich rief Max: »Guckt mal! Da sind sie! Am Straßenrand!«

Cynthia hatte auf dem Seitenstreifen gehalten. Penn beugte sich durch die offene Beifahrertür, offenbar stritt er sich mit ihr. Auf einmal streckte sie die Hand aus und knallte die Tür zu. Ihre Reifen drehten auf dem Schotter durch und quietschten, als sie wieder auf den Highway fuhr.

Diane bremste und ließ das Fenster herunter. »Sollen wir dich mitnehmen?«

»Kleines Missverständnis«, erklärte Penn, als er sich auf den Sitz schob.

»So was kommt vor«, sagte Diane gelassen. (Gut gemacht, Diane!)

Als sie gerade losgefahren war, rief Max: »Cynthia dreht um! Sie kommt zurück! Sie holt auf! Gib Gas, Mom!«

»Da ist aber jemand interessiert«, sagte ich mit einem vielsagenden Blick auf Penn.

»Und jemand anders nicht«, antwortete er.

»Hat einer von euch Nägel mit, die ich aus dem Fenster werfen könnte?«, fragte Max.

»Zieh den Kopf ein«, sagte Diane.

»Heftzwecken würden vielleicht auch gehen.« Er streckte den Kopf immer noch aus dem Fenster.

»Fenster zu!«, brüllte Diane. Dann schaltete sie das Radio ein und trat aufs Gaspedal. Es lief einer ihrer alten Lieblingssongs, *»Bad Reputation«* von Joan Jett. Ein leises Lächeln zog ihre Mundwinkel nach oben.

Hinter uns schaukelten die rosa Perlen wild an Cynthias Rückspiegel hin und her, und Max wünschte sich laut, er hätte eine Bombe.

»Das ist Plan Zulu«, verfiel Penn in das Funkalphabet des Militärs. »Fahr beim Quik Mart einfach rechts, Diane, wenn es dir nichts ausmacht.«

»Als Alternative könnten wir uns zwischen zwei Sattelschlepper setzen«, sagte Max, als wir abbogen. »Und wenn sie nicht hersieht, fahren wir in einen Graben.«

»Plan Yankee«, meinte Penn.

»Haltet euch fest!« Diane bog mit einer scharfen Linkskurve auf den Parkplatz eines Großmarkts ab.

»Oh nein«, sagte Max. »Da ist sie wieder!«

»Sie hat die erste Kurve mitbekommen«, sagte Penn. »Ich glaube, dieser Parkplatz hat keine andere Ausfahrt. Ihr solltet mich rauslassen. Ich erledige das.«

»Nö«, sagte Diane.

»Das war mein Ernst«, meinte Penn. »Das ist doch keine Verfolgungsjagd.«

»Doch, ist es«, sagte Max.

»Auf dem Markt für zeitgenössische Belletristik kann man heutzutage ohne Verfolgungsjagd nicht mithalten«, erklärte ich.

»Diane?«

»Du bleibst bei uns, Penn. Du warst immer bei uns.« Mit glänzenden Augen sah sie ihn an, und in mir stieg Hoffnung auf. Wir waren vier in unserem Team.

»Na dann, alles klar. Diane, ich glaube, wir können uns zwischen die beiden Müllcontainer da hinten quetschen. Fahr rückwärts rein, wenn du nichts dagegen hast, und wenn sie uns doch findet, fahren wir mit Schwung auf ihre Motorhaube und springen über ihr Dach.«

»Du solltest dir mal eine neue Batterie für dein Auto besorgen«, sagte Diane, während sie rückwärts ohne Licht zwischen die Müllcontainer fuhr.

»Ach was, die kriege ich wieder hin«, sagte Penn.

Zwischen den beiden Containern auf dem großen Parkplatz entdeckte Cynthia uns nicht. Offenbar gab sie auf. Penn erzählte, sie habe eine kurze Aufmerksamkeitsspanne. Anschließend brachten wir Penn natürlich nach Hause.

Die Nacht war dunkel und neblig, der Mond am Himmel nur eine Schliere, als wir auf den Schotterweg zu dem Haus bogen, in dem Penn und seine Mutter wohnten, weit draußen auf dem Land. Ein Hund rannte aus dem Haus und bellte uns an, als Penn ausstieg. »Bringst du mich noch zur Tür?«, bat er Diane.

»Ich komme mit!«, rief Max. »Wartet auf mich!«

»Du bleibst im Auto«, sagte Diane. Ich zwinkerte ihr nicht zu oder machte irgendwas anderes Geschmackloses, dabei hätte ich es gerne. Im ersten Stock ging ein Licht an. Ich hoffte inständig, die alte Frau würde nicht herunterkommen. *Penn ist auch alt*, beruhigte ich mich. *Wenigstens mittelalt, wie Diane. Sie wissen bestimmt, wie das geht.* Ich beschloss, der Kuss und die Zurückweisung auf unserer Veranda an dem Abend, an dem Diane gekündigt hatte, würden nicht zählen. Billy und ich hatten diese Phase am Anfang unserer Beziehung auch durchgemacht. *Wow! Klar finde ich dich anziehend* [hier Knutschszene einfügen] ... *aber wenn ich so darüber nachdenke, sind Beziehungen nichts für mich.* Diane hatte mich ja daran erinnert, dass Penn einige Macken hat. Wer hat die nicht? Wir reden hier nicht von Menschen frisch aus dem Prägewerk. Penn und Diane haben schon eine Menge Leben hinter sich, und sie müssen einige Sachen klären. Dafür sind vielleicht ein paar Campingausflüge, etwas Meditation und ein heißes Bad für Diane nötig.

»Was machen die da so lange?«, wollte Max wissen und reckte den Hals, um sie über den Sitz hinweg zu beobachten. Er versuchte, das Fenster zu öffnen, aber der Motor war ausgestellt.

»Sie verlieben sich«, sagte ich. »Das dauert schon ein paar Minuten.«

Neben einem Gartenschlauch waren die beiden stehen geblieben. Penn rollte ihn langsam auf, während Dianes Silhouette den Hund streichelte.

Na los, na los, dachte ich, *vergiss den Gartenschlauch. Küss sie!*

In *Romane schreiben in 30 Tagen!* heißt es, jede Liebesgeschichte sei voller Enttäuschungen. Sobald der Leser glaube, die Liebenden würden sich endlich kriegen – zack! Ein Hindernis. Leser seien ganz hin und weg, wenn Liebesgeschichten sie derart quälen. Das ist krank, aber was soll man als Autor machen? Wir liefern nur die Ware.

Hinter einem Fenster im Erdgeschoss ging das Licht an. Der Hund lief zur Tür. Plötzlich ging Diane auf Penn zu. Im fahlen Mondlicht war sie eine Königin, majestätisch (soweit das bei ihrer Größe ging) und stolz. Ihr Dutt hatte sich komplett aufgelöst, ihre Haare rahmten ihr Gesicht ein. Als ihre Schultern bebten, dachte ich, sie würde schluchzen, aber dann hob sie den Kopf, und im Licht, das aus dem Haus fiel, sah ich, dass sie lachte. Was war denn so witzig? Mit einem Schritt war er bei ihr und schlang die Arme um ihre Taille. Ihre Hände glitten seine Arme hinauf und über seinen breiten Rücken, als sie sich küssten.

Sie hielten sich dran. Knutschten, spielten Speichelhockey, traten in leidenschaftliche Verbindung miteinander, machten rum, erschufen einen Raum körperlichen Verlangens und fokussierter Erregung, Penn als Superchecker und Diane als Schöne der Nacht. Ich überlegte schon, ob ich ein Brüderchen oder ein Schwesterchen bekommen würde. Wo würde es schlafen? Wie würde ich es nennen?

Irgendwann kam eine alte Frau auf die Veranda und rief: »Buddy? Bist du das da draußen?«

Auf der dunklen, wunderbaren Fahrt nach Hause, auf der Max schlief und Diane leise Liebeslieder im Radio laufen ließ, stellte ich mir mein neues Leben mit vollzähligen Eltern vor. Morgens beim Aufwachen würde ich brutzelnden Speck riechen. In der Küche würde ich Penn treffen, der in einem Flanellschlafanzug mit Schottenmuster Buttermilchpfannkuchen wendete. Er würde Anwalt oder so was werden, damit Diane nicht als Hausmädchen arbeiten musste. Abends würde er die Tür aufstoßen und rufen: »Was geht, Labormäuse?« Würden wir ihn umarmen?

Er und Diane würden sich küssen, als Mann und Frau.

Wenn mich jemand nach meinem Dad fragen würde, würde ich nicht sagen: »Er ist gestorben.« Stattdessen würde ich antworten: »Oh, er ist Anwalt. Er holt Unschuldige aus dem Gefängnis.« Genau so ein Anwalt würde Penn nämlich sein. Er würde Menschen wie Charles verteidigen, wenn Miss Octavia nicht mehr sauer auf uns war. Er würde Eugene Debs im Gerichtssaal zitieren und den Süden revolutionieren. Wenn Penn erst mal einiges verändert hatte, hätten wir vielleicht gar nichts mehr dagegen, hier zu wohnen. Sollte ich ihn als meinen Stiefvater bezeichnen? Als Stiefdad? Es gab so viele Einzelheiten zu klären. So viel zu erledigen. Es war wie Weihnachten.

Fallende Handlung

Doch Wort ist That, ein Tröpfchen Dint' entfacht,
(Wenn es wie Thau auf den Gedanken fällt,)
Was Tausend, ja Millionen denken macht.
Lord Byron[31]

Laut *Romane schreiben in 30 Tagen!* entwickeln Autoren Albträume, wenn sie zum Ende ihres Buchs kommen. Meine fingen nach 25 Tagen an. Ich träumte, das Buch würde in einem Abwasserkanal davontreiben, jemand würde mein Laptop in einen unendlich tiefen Briefkasten werfen, Hiroshima würde mein Manuskript fressen, Seite für Seite. Mein schlimmster Traum drehte sich natürlich um die Kritiker.

Sie sitzen an einem blank polierten Tisch in einem Büro im obersten Stock eines New Yorker Wolkenkratzers, umgeben von Fenstern, allerdings ist außer grauem Himmel und Häusern nichts zu sehen. Sie sind alle dünn, schwarz gekleidet und sprachbegabt. Einer von ihnen nippt an einem Glas süßem Eistee mit einem Zweig Minze aus Dianes Garten. Eine Frau mit einem maßgeschneiderten Kostüm und einer kleinen grauen Mütze mit einem Eichhörnchenschwanz hält mein Manuskript in den Händen.

»Es wirkt wirklich etwas effekthascherisch«, sagt sie, »aber an manchen Stellen –«

31 Lord Byron, ich werde schon nicht größenwahnsinnig. Aber wer weiß?

»Hatten wir Pädophilie diese Saison nicht schon?«, fragt ein junger Nigerianer mit britischem Akzent. Er deutet mit dem Kopf in die Ecke, in der ich splitternackt stehe und nicht weiß, was ich mit meinen Händen anstellen soll.

»Die Frage ist ja noch«, sagt eine andere Frau und setzt sich ruckartig kerzengerade auf, »was sie mit den Großeltern macht.« Alle sehen mich an.

Hier kommt die fehlende Sexszene. Ganz genau, sie FEHLT. Wir sind bei Tag 26, haben noch vier Tage, um den Roman zu beenden, und keine Sexszene. Ist Penn MacGuffin etwa WIEDER mit dieser lahmen Ausrede gekommen, er sei nicht bereit für eine Beziehung? Ich meine, Alter, der Rollstuhl wartet. Nein, natürlich nicht. Meine PMB war bereit für Bett und Altar und die neue Rolle als Vater einer lebhaften Zwölfeinhalbjährigen und eines achtjährigen Wirbelwinds. Ganz bestimmt.

Diane beschloss allerdings, ihr sei ihre Unabhängigkeit wichtig.

»Du ruinierst meinen Roman«, sagte ich zu ihr, als sie ihre Entscheidung bei unserer spontanen Donnerstagabendbesprechung verkündete.

»Du kannst nicht alles kontrollieren, Aris«, sagte sie.

»Ich habe gesehen, wie ihr euch geküsst habt«, erzählte Max und wickelte ein Dum Dum für seine neue Sammlung aus. »Vor Penns Haus, nach der Verfolgungsjagd.« Als ihm der Lutscher herunterfiel, hob er ihn schnell auf und leckte ihn ab. »Das war eklig.«

»Es war wunderschön«, sagte ich. »Der perfekte Auftakt zu einem vollkommenen Liebesleben.«

»Aris, also wirklich! Halt dich an deine Grenzen.«

»Das menschliche Gehirn ist darauf ausgelegt, Mustern zu folgen«, sagte ich. »Das habe ich in *Romane schreiben in 30 Tagen!* gelesen. Der Leser will der Geschichte nicht nur folgen, er *muss* es. Wir haben uns zu Wesen entwickelt, die darauf programmiert sind, das Puzzle zusammenzusetzen, und wenn ein Teil fehlt, flippen wir aus. Meine Leser fallen hier in ein Loch, wo ein Plot sein sollte. Meine dreißig Tage sind fast um, und ICH HABE IMMER NOCH KEINEN VATER.«

»Außerdem hat Mom keine Arbeit«, erinnerte Max uns.

Diane nahm ihr Klemmbrett in die Hand und hakte etwas ab. Ich habe keine Ahnung, was sie ihrer Meinung nach gerade erledigt hatte. Geduldig lächelte sie uns an. »Ich weiß, dass ihr beide deswegen enttäuscht seid«, sagte sie. »Ich weiß, wie sehr ihr Penn mögt, und ich mag ihn auch. Sehr sogar. Und er mag uns – alle drei. In gewisser Weise ist er ein Teil unserer Familie. Allerdings wird er nicht mein Mann. Er wird nicht euer Stiefvater. Nein, Aris, ich werde nicht mit ihm schlafen.«

»Iih«, machte Max.

»Penn und ich haben darüber geredet. Er sagt, er sei sich immer noch nicht sicher, dass er eine erwachsene Beziehung führen könne – Aris, an diesem Abend neulich habe ich dein kleines Gesicht an Max' Fenster gesehen, also hast du unser Gespräch wahrscheinlich gehört. Seine Ehe hat nicht gehalten, und er muss da noch einiges für sich klären. Er ist nicht bereit für etwas Neues.«

»Aber du hast ihn NOCH MAL geküsst«, sagte ich.

»Das lag an der Verfolgungsjagd«, meinte Max kopfschüttelnd. »Tut mir leid, dass ich davon angefangen habe.« Er lehnte sich zurück und kippelte mit dem Stuhl nach hinten, dann fiel ihm ein, dass er hinfallen und sich den Kopf anschlagen würde, und er stellte den Stuhl wieder ab.

»In einer traditionellen Familie würden die Kinder ihre Mutter nicht nach ihrem Liebesleben ausfragen«, sagte Diane wie zu sich selbst.

»Wir sind nicht traditionell«, erinnerte ich sie, »und das hier ist ein Familientreffen, bei dem wir alles besprechen, was uns durch den Kopf geht.«

»Stimmt«, sagte Diane. Sie holte tief Luft. »Ich habe Penn gesagt, dass ich keine Beziehung will.«

»Warum?«, fragten Max und ich wie aus einem Mund.

»Ich bin gerne unabhängig.« Sie zuckte mit den Schultern. »Ich schlafe gerne allein in meinem Bett. Ich entscheide gerne selbst über mein Geld und alles andere. Ich mag es, dass ich furzen kann, wenn ich will, und keine angeheiratete Familie habe.«

»Ein Ehemann könnte arbeiten gehen«, sagte Max. »Dann könntest du Hausfrau werden und bei uns bleiben.«

»Wir sind doch nicht in den Fünfzigern«, sagte ich.

»Ich möchte gerne mehr Zeit mit euch hier verbringen«, sagte Diane. »Bei meinem neuen Job kann ich zu Hause arbeiten. Ich habe darüber meditiert, welche Aufgabe ich in dieser Welt habe, wie ich der Gemeinschaft dienen kann. An der genauen Zielsetzung feile ich noch, aber ich weiß, ich will Vollzeitmutter sein und Menschen helfen, Raum in ihrem Leben zu finden, damit sie den Augenblick intensiver erleben können.«

»Entrümpeln?«, fragte ich.

»Ja, so kann man es nennen. Wir fangen auf der materiellen Ebene an, nehmen uns das Chaos als grundlegendes Problem vor und entwickeln ein durchorganisiertes Umfeld und einen Terminkalender mit Spielräumen. Danach können wir das Gewirr von Problemen angehen, die sich in dieser Unordnung ausgedrückt haben. Wir erschaffen die Umgebung, die unseren Geist widerspiegelt, und der Geist selbst ist eine Umgebung, in der sich der metaphysische Raum des Universums spiegelt. Und so betreten wir das Reich des spirituellen Bewusstseins.«

»Sie wird Hausmädchen«, sagte ich zu Max.

Gekränkt sah Diane mich an.

»Was ist mit unserem Spielhaus?«, fragte Max. »Es ist noch nicht fertig. Es ist im Grunde immer noch ein Schuppen.«

»Das wird Penn fertig bauen«, sagte Diane. »Er ist immer noch unsere PMB. Übrigens glaube ich, Charles wird ihm helfen. Die beiden haben sich offenbar angefreundet. Jedenfalls hat Charles gesagt, dass er morgen vorbeikomme.«

Max zog sich den abgelutschten Stiel aus dem Mund und begutachtete ihn. »Zwei Männer im Garten machen noch keinen Dad«, sagte er.

In dem Moment brannten sämtliche Glühbirnen im Haus durch.

»Manchmal brauchen wir in einer Woche einen ganzen Karton Glühbirnen«, erklärte Diane dem Elektriker am nächsten Nachmittag. Opapa hatte ihn hergebracht. Er hieß Danny. Er hatte einen Bauch wie eine Wassermelone und trug einen steifen neuen Overall.

»Du gibst ja ein Vermögen für Glühbirnen aus«, sagte Opapa. »Glühbirnen sollten ein halbes oder sogar ein ganzes Jahr lang halten. Ich hoffe, du lässt das Licht nicht brennen, wenn es nicht nötig ist. Wenn doch, wirfst du dein Geld einfach weg.« Wenn Opapa sich vorstellt, Diane würde Geld wegwerfen, sieht er aus, als habe er Schmerzen.

»Ich sehe mir mal den Verteilerkasten an«, sagte Danny.

Während er und Opapa den Verteiler überprüften, klopfte Charles an die Tür.

»Immer herein«, sagte Diane und wischte sich die Hände an ihrer Schürze ab. »Ich backe gerade Brownies mit schwarzen Bohnen. Hiroshima, sei still. Du kennst Charles doch.«

»Brownies mit schwarzen Bohnen?«

»Die schmeckt man gar nicht«, sagte sie, was stimmt.

Charles bückte sich, um Hiroshima zu streicheln. Dann musste er Lucky streicheln. Und wieder Hiroshima. Dann Lucky. Die Hunde sind wahnsinnig eifersüchtig aufeinander. Als er wieder aufstand, überragte er Diane ordentlich. Sogar in Jeans und T-Shirt wirkte er wie jemand Wichtiges.

Diane zündete eine Kerze an und stellte sie auf den Tisch neben dem Sofa. Obwohl es mitten am Tag war, war es dunkel und trübsinnig. »Setzen Sie sich«, sagte sie.

»Ist bei Ihnen der Strom ausgefallen?«

»Nur das Licht«, antwortete Diane. »Der Elektriker sieht sich das Problem gerade mit meinem Dad an.«

Sie sah so hübsch aus im Kerzenlicht – ich wünschte, Penn wäre hier gewesen, um sie zu sehen. Er hätte seine Meinung geändert. So sollte es doch laufen. Sie sagt Nein. Er sagt Bitte, bitte, bitte. Dann sagt sie Ja, und wir leben glücklich bis an unser Ende.

»Gibt es etwas Neues wegen Ihrer Anklage?«, fragte sie Charles.

»Ja, Ma'am«, antwortete er. »Ich habe beschlossen, meine Strafe in der vorlesungsfreien Zeit abzusitzen, die in zwei Tagen beginnt. Dann habe ich es hinter mir. Ich wollte herkommen und es Ihnen persönlich sagen.«

»Ich wünschte, der Richter hätte Sie bei der Verhandlung Ihre Erklärung vorlesen lassen. Sie war wunderschön. Jeder Text, den Sie schreiben, ist kraftvoller als der davor.«

»Danke«, sagte Charles. »Ich dachte, durch das Schreiben könnte ich meine Probleme lösen, aber ich habe mir damit noch mehr eingebrockt.«

»Charles, es tut mir leid, dass ich dazu beigetragen habe. Ich habe bei Ihnen den Eindruck erweckt, Sie könnten sich durch Ihr Schreiben die Gefängnisstrafe ersparen – aber nur, weil ich es selbst geglaubt habe. Ich bin gar nicht auf den Gedanken gekommen, dass der Richter Ihnen nicht erlauben könnte, Ihre Erklärung vorzulesen.«

»Wir tragen alle manchmal Scheuklappen«, sagte Charles. »Als Anglistikdozentin glaubt man natürlich, die Leute würden lesen. Aber die Erklärung zu schreiben hat mir wirklich geholfen, die Situation besser einzuschätzen. Und erst das Freewriting! Wenn meine Mama das jemals sehen würde …« Kopfschüttelnd stieß er einen leisen Pfiff aus. »Es tut mir leid, dass sie nach der Verhandlung so auf Sie losgegangen ist. Sie will kein Wort über meinen Vater hören. Es soll niemand etwas von ihm wissen. Mama findet, dass Familienangelegenheiten nur die Familie etwas angehen.«

Diane nickte. »Und sie ist eine Mutter. Sie will Sie beschützen, besonders jetzt. Sie sind im Moment verletzlich, und die Vorstellung, Sie würden Geheimnisse preisgeben, empfindet sie als Bedrohung.«

»Hat sie vielleicht recht?«

Darüber dachte Diane nach. »Man hat an Geheimnissen schwer zu tragen, aber sie sind keine Rüstung. Es erfordert Mut, etwas zu offenbaren. Wenn Sie aus diesem Mut schöpfen, um sich immer wieder neu auszudrücken – genau das macht Sie stark.«

»Ms Montgomery-Thibodeau, ich will Ihnen ja nicht widersprechen, aber –«

»Nennen Sie mich bitte Diane. Ich bin nicht mehr Ihre Dozentin.«

»Diane …« Er lächelte nervös. »Diane, ich glaube ja auch, dass es stark macht, seinen Mut zu beweisen, aber mir ist nicht wirklich wohl dabei, über persönliche Dinge zu schreiben. Ehrlich gesagt sehe ich mich überhaupt nicht als Schriftsteller.« Er neigte sich auf dem Sofa näher zu ihr und sagte: »Sie dagegen – ein Buch mit Ihrem Namen darauf kann ich mir gut vorstellen.«

»Ich schreibe nicht mehr«, sagte Diane.

»Sie unterrichten nicht, Sie schreiben nicht. Was tun Sie überhaupt, wenn ich fragen darf?«

»Ich atme«, antwortete Diane. »Das ist schwerer, als es aussieht.«

Opapa und der Elektriker kamen herein, sie redeten und schüttelten dabei die Köpfe. Als Diane Charles als einen ihrer Studenten vorstellte, blitzte in Opapas Augen etwas auf, weil er Charles erkannt hatte, aber er sagte nur, er würde sich freuen, ihn kennenzulernen.

»Jup.« Danny drehte die Glühbirne in seiner kräftigen Hand hin und her. »Sehen Sie, wie dick der Glühfaden ist?« Er reichte Opapa die Birne wie ein rohes Ei. »Das ist eine Markenglühbirne. Die sollte nicht so schnell durchbrennen. Die Stromkabel sind in Ordnung. Schalter sind in Ordnung. Die Spannung liegt bei hundertzwanzig, wie es sich gehört.«

»Komm mal her, Diane«, bat Opapa. »Du musst diese Dinge lernen. Ich bin vielleicht nicht immer da, um dir zu helfen.«

In diesem Moment klingelte der Timer des Ofens, und Diane verkrümelte sich, um die Brownies auf den Tisch zu stellen.

Danny musterte Charles ausgiebig. »Ich habe Sie schon mal irgendwo gesehen«, sagte er.

Charles zog eine Augenbraue hoch, dann ging er ins Bad, um sich die Hände zu waschen.

Leise, fast zu sich selbst, sagte Danny: »Ich kenne den irgendwoher. Vielleicht aus der Zeitung …«

Opapa sah ihm direkt in die Augen und sah ihn einfach weiter freundlich an und gab ihm damit zu verstehen, dass er in diesem Punkt stocktaub war und nur ein Dummkopf weiterreden würde. Das hatte er schon oft bei Oma geübt.

»Opapa«, sagte Max, »komm mal mit raus und schau dir das Spielhaus an, das wir aus dem Schuppen machen. Wir wollen es lila streichen, mit der Farbe, die Mom für die Fensterläden gekauft hat. Du hast nichts dagegen, dass wir es lila streichen, oder? Das kann von der Straße aus niemand sehen.«

»Dabei fällt mir was ein«, sagte Diane. »Charles – Penn hat mir geschrieben und gefragt, ob Sie ein paar Farbwannen besorgen könnten. Er hat vergessen, sie im Laden zu kaufen.«

»Ich hole sie.« Charles zog seine Autoschlüssel aus der Tasche. Ich glaube, er war erleichtert, Danny zu entkommen.

»Lila?«, fragte Opapa, als er Max und mir zum Spielhaus folgte. »Wo habt ihr den Rasenmäher gelassen?« Er öffnete die Tür seines ehemaligen Schuppens. »Ihr könnt den Rasenmäher nicht in die Garage stellen. In dem Ding ist Benzin. Euer Haus wird in die Luft fliegen.«

Max und ich taten so, als hätten wir keine Ahnung, wo der Rasenmäher und die Gartengeräte abgeblieben waren.

»Wer macht das überhaupt für euch? Penn? Wo ist er?«

Wieder konnten wir keine Antwort geben. Er lief im Schuppen umher und nahm das unfertige Obergeschoss, mein Büro, unter die Lupe. Er interessierte sich doch dafür, er konnte gar nicht anders.

»Wie kommst du da hoch?«

»Penn baut eine Leiter«, sagte ich. »Und einen Speiseaufzug.«

»Einen Speiseaufzug?« Opapa lächelte. »Penn kann so ziemlich alles, oder?« Dann runzelte er wieder die Stirn. »Er muss da oben ein Geländer oder so was anbringen, sonst fällst du herunter und brichst dir den Arm. Das ist zu gefährlich.«

»Der erste Stock bekommt Wände. Das ist mein Büro.«

»Und ein Dach«, fügte Max hinzu. »Vielleicht mit einem Schornstein.«

»Ohne Schornstein«, sagte ich. »Wir haben doch keinen Kamin.«

»Penn hat ›vielleicht‹ gesagt.«

»Ihr könnt hier auf keinen Fall Feuer machen«, sagte Opapa aufgeregt. »Bei den alten Gasdämpfen hier im Schuppen würde der Laden in zwei Minuten in Flammen aufgehen. Er könnte explodieren.«

»Wir bauen keinen Kamin«, versprach ich Opapa und tätschelte ihm den Rücken, damit er sich beruhigte. Sein Gesicht war knallrot, und ich konnte auf seinem Rücken seinen Herzschlag spüren.

»Eure Mutter hätte mich um Erlaubnis fragen sollen, bevor sie das alles macht. Ich wusste davon nichts. Wie will sie das bezahlen?«

»Es ist umsonst«, sagte Max.

»Nichts ist umsonst«, widersprach Opapa. »Ich habe in achtzig Jahren vielleicht nicht viel gelernt, aber das weiß ich genau. Nichts, absolut nichts ist umsonst.« Er fing an, Holzstückchen vom Boden aufzulesen. »Hier ist ein Nagel«, sagte er. Schnaufend hielt er ihn hoch. »Seht euch dieses Mistding mal an. Irgendwer wäre draufgetreten und ins Krankenhaus gekommen. Ich hoffe, ihr seid alle gegen Tetanus geimpft. Das muss man auch auffrischen lassen. Wenn man sich einen rostigen Nagel in den Fuß tritt und sich das entzündet ...« Er zog ein weißes, gebügeltes Taschentuch aus seiner Gesäßtasche, wischte sich die Stirn ab und steckte es wieder ein. Er sah sich noch einmal den Nagel an und suchte nach Rost, dann steckte er ihn in die Hosentasche. »Ihr habt euch einfach auf dieses Projekt gestürzt, ohne irgendwen zu fragen«, sagte er. »So etwas muss man sorgfältig planen. Man kann das nicht so holterdiepolter machen, überall Nägel auf dem Boden liegen lassen und Benzin in die Garage stellen ...«

Max kamen die Tränen. »Bitte nimm uns unser Spielhaus nicht weg, Opapa. Bitte. Ich hebe auch alle Nägel auf. Wir müssen es nicht lila streichen. Wir können es grau streichen oder in irgendeiner anderen Farbe – in deiner Lieblingsfarbe.«

»Warum weinst du denn?« Opapa holte das Taschentuch wieder hervor und faltete es auseinander, um Max die Tränen wegzuwischen. »So, na komm, hör auf. Ich gönne euch doch euren Spaß. Euch soll nur nichts passieren. Wir wollen doch nicht, dass jemand ins Krankenhaus muss, oder?« Als er Max beruhigt hatte, sah er zum Haus hinüber; seine Zungenspitze schaute aus dem Mundwinkel, wie immer, wenn er sich konzentriert. »Ich verstehe einfach nicht, was mit den Glühbirnen los ist«, sagte er. »Es ist ein Rätsel.«

In der Küche stand Danny auf einer Leiter, in der Hand einen Schraubendreher, und spähte in eine Lampenfassung.

»Ich sage Ihnen was«, meinte er und kletterte herunter. »Es klingt vielleicht komisch, aber das habe ich schon mal gesehen.« Er steckte den Schraubendreher in seine Gesäßtasche. »Sie haben hier einen Geist.«

Opapa lachte, aber Danny stimmte nicht ein.

»Ich meine das ernst«, sagte Danny. »Sie können es einen ›Geist‹ nennen oder ein ›Gespenst‹ oder wie Sie wollen. Es gibt verschiedene Namen. Wissenschaftlich gesehen haben Sie hier im Haus ein ziemlich starkes elektromagnetisches Feld.«

»Ist das so«[32], sagte Opapa. Das war keine Frage.

»Irgendjemand hier nimmt das auf und leitet es weiter«, sagte Danny. Misstrauisch sah er uns der Reihe nach an. »Ich kannte mal eine Dame, die hatte das gleiche Problem. Wenn sie in ein Zimmer gekommen ist, sind die Birnen durchgeknallt. Eine nach der anderen.«

»So was aber auch«[33], sagte Opapa.

»Und ob, Sir. Bei ihr wurde es so schlimm, dass die Laternen ausgingen, wenn sie über die Straße lief. Lampe für Lampe, sobald sie unter ihnen war.«

»Erstaunlich«[34], meinte Opapa.

»Na ja, ihre Familie hat irgendwann geglaubt, sie hätte einen bösen Geist in sich – Sie wissen ja, wie die in Alabama so sind. Sie haben einen Exorzismus durchgeführt. Ich weiß ja nicht, was Sie von Schlangenkirchen halten, aber zu so einer haben sie die Frau gebracht, um den bösen Geist auszutreiben.« Danny schüttelte den Kopf über diese wundersamen Dinge. »Ich sehe das ja so«, fuhr er fort, »wenn Gott sich schon die Mühe macht, einer Giftschlange eine Rassel zu verpassen, hat er seinen Teil erledigt. Wenn man dann nicht schlau genug ist, ihr aus dem Weg zu gehen –«

»Da, schon wieder.« Max zeigte an die Decke. »Es ist wieder eine Glühbirne ausgegangen.«

32 Von einem Gentleman aus dem Süden heißt das so viel wie: »Sie reden Scheiße.«

33 »Sie reden immer noch Scheiße.«

34 Siehe vorherige Fußnote.

»Man glaubt's ja kaum«, sagte Opapa, und Danny schüttelte den Kopf.

»Worauf ich hinauswill«, erklärte Danny, »ist, dass die Dame am Ende ein Opfer bringen musste.«

»Hat sie ein Schaf getötet?«, fragte Max.

»Nein, junger Mann, hat sie nicht. Sie ist nach Michigan gezogen. Sie musste da oben unglaublich viel Miete zahlen, und es war kalt wie der Deubel. Aber das Haus hat sie verkauft – darauf wollte ich hinaus. Sie haben hier überschüssige Energie – ob Sie es einen ›Geist‹ nennen wollen oder was auch immer. Das kommt mit dem Strom mit. Es ist wie ein Vibrieren, aber eines, das die meisten Leute nicht spüren. Ich glaube nicht, dass das bald verschwindet.«

Danny ließ sich von Opapa einen Scheck geben, dann ging er. »Jeder hat eine Geschichte«, sagte Opapa, während er einen neuen Karton Glühbirnen öffnete. Er hatte sich noch nie näher mit dem Thema Geister beschäftigt. Sein Fachgebiet war es, in der Geschäftswelt mit Leuten umzugehen, und mit den Tricks von Elektrikern kannte er sich aus. Trotzdem sah er blass und müde aus.

»Leg dich doch ein bisschen aufs Sofa«, schlug Diane vor und brachte ihm ein Glas Wasser. Opapa sagte Nein, er sei von der Arbeit in der Garage dreckig, er wolle das Sofa nicht schmutzig machen. Dann tat er etwas ganz Seltsames – er legte sich mitten im Wohnzimmer auf den Boden und hielt für zehn Minuten ein Nickerchen.

Kurz nachdem Opapa gegangen war, stand Penn vor der Tür. Es sah ehrlich langsam so aus, als hätten wir ein reges Privatleben. Jemand kam, jemand ging – ich habe eine Deadline, Leute! Romane schreiben sich nicht von selbst. Allerdings hielt Penn eine Tasche in der Hand, und das war interessant. Diane winkte ihn herein, als sie am Fenster vorbeilatschte. Sie trug eine Jogginghose und ein T-Shirt mit dem verblassten Aufdruck *ALASKA* auf der

Brust. Mit Sicherheit kein Outfit, in dem man sich trennt. Ein Kapitel sollte man so beenden, dass der Leser mehr will, und wenn man eine Beziehung beendet, sollte man verführerisch aussehen. Oder wusste sie das nur nicht?

»Ich habe bei der Heilsarmee was gefunden, das dir gefallen könnte«, sagte Penn und gab mir die Tasche.

»Meine Fliegermütze!«, kreischte ich. »Du hast sie gefunden!«

»Das gibt's ja nicht!«, rief Diane, die gerade ins Wohnzimmer kam. »Ist es dieselbe?«

»Das ist meine Mütze«, bestätigte ich und setzte sie auf. Ich pfiff auf die Regeln und schlang die Arme um Penn.

»Jetzt muss ich baden«, sagte er, aber er lächelte dabei.

Diane berührte die Mütze auf meinem Kopf zaghaft, als wäre sie lebendig. »Es tut mir so leid, dass ich sie weggegeben habe. Das war falsch. Penn, darf ich dir das Geld dafür geben?«

»Vielleicht ein anderes Mal«, sagte er und sah zu Boden.

Ich schickte Diane telepathisch eine Nachricht: *Und diesen Mann lässt du abblitzen?*

Er und Diane ignorierten sich an diesem Nachmittag nicht völlig – nur so sehr, dass sie wie ein echtes Ehepaar wirkten. Er unterhielt sich größtenteils mit Charles, der ein bisschen Erfahrung mit Gipskarton hatte. Während sie am Spielhaus arbeiteten, diskutierten sie über die Existenz Gottes. Max trottete ihnen hinterher und las Nägel auf. Diane und ich standen für Beratertätigkeiten auf der Veranda zur Verfügung, wo wir die letzten Brownies aßen.

»Was genau sind denn die Symptome einer Schreibblockade?«, fragte ich sie. Mir blieben drei Tage, um meinen Roman zu beenden, und es gab noch einige Probleme zu klären.

Bevor sie antworten konnte, klingelte ihr Handy. »Verdammt«, sagte sie, als sie sah, wer anrief. Sie meldete sich. »Hallo, Mom. Ich kann jetzt nicht, ich rufe dich zurück.«

Plötzlich stand sie auf. Sie wandte mir den Rücken zu und sagte: »Was? Wann? Er war doch gerade noch hier. O Gott, nein!«

Bitte nicht Opapa, betete ich. *Nimm mir nicht auch meinen Opapa.*

Dabei wusste ich, dass es um ihn ging, schon bevor Diane das Handy ausschaltete und uns ansah.

»Mein Vater hatte einen Schlaganfall«, sagte sie.

Ich schreibe keine Krankenhausszenen. Ich bin dafür dankbar, dass wir in diesem Land einen so guten Zugang zu medizinischer Versorgung haben, vor allem, wenn wir krankenversichert sind, aber ich hasse Krankenhäuser. Wenn ich mich in einem wiederfinde, suche ich sofort den Ausgang, der meistens versteckt ist. In Büchern überspringe ich Szenen in Krankenhäusern immer.

Das Einzige, was ich hier von Opapas Aufenthalt in Zimmer 311 weitergebe, ist das Bild, das er für den Neurologen gemalt hat. Der Arzt bat ihn, eine Uhr zu zeichnen.

»Was für eine Uhr?«, fragte Opapa.

»Ein ganz normales Zifferblatt.« Der Arzt gab ihm einen Block und einen Stift. »Rund, mit Zahlen und Zeigern. Wie Sie wollen.«

Während Opapa die Uhr malte, lächelte der Arzt uns an. »Hochmoderne Diagnosetechnik«, sagte er.

Hier ist Opapas Uhr.

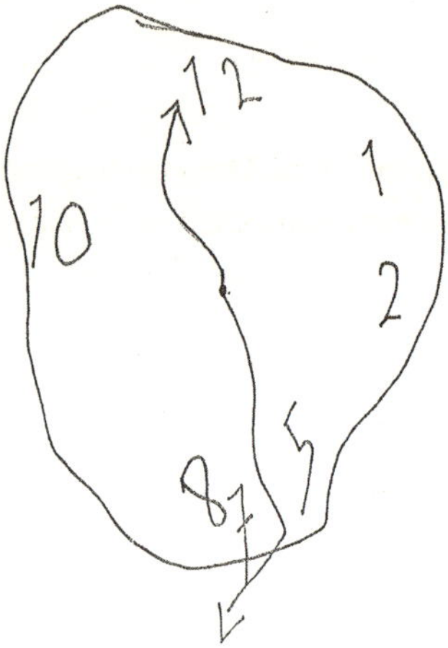

Ich fotografierte sie mit meinem Handy, schickte Kate das Foto und erzählte ihr von dem Schlaganfall, den der Arzt als »flüchtigen Schlaganfall« bezeichnete. Dann googelte ich Salvador Dalís Gemälde *Die Beständigkeit der Erinnerung*. Das war's – das war die Alzheimer-Uhr! Ich zeichnete Dalís Uhr ab und schickte sie Kate.

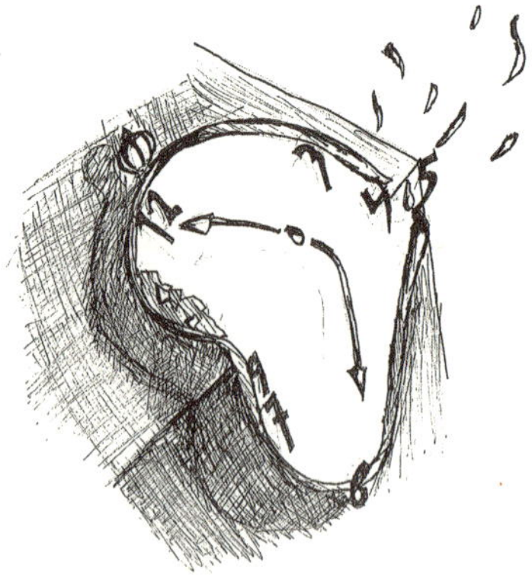

Kate schrieb zurück.

:O Er ist in der 4. Dimension!

Zuerst gefiel Opapa die vierte Dimension gar nicht. Er fragte immer wieder nach seinem Scheckheft, und er verdächtigte Oma, sie habe eine Affäre mit einem der Pfleger. Dafür schlug er sich bei der Physiotherapie gut, und er nannte seine junge Therapeutin »meine Trainerin«. Er weigerte sich, für die Ärzte noch mehr Uhren zu malen.

»Ich bin doch kein Künstler«, erklärte er ihnen, und sie schickten ihn nach Hause.

Am Tag bevor Charles ins Gefängnis ging, besuchte er uns. Max bewunderte vom Fenster aus den BMW, der ordentlich in unserer Auffahrt parkte – er hatte beschlossen, sich mit sechzehn auch so einen zuzulegen.

Plötzlich rief er: »Miss Octavia ist hier!« Wir beobachteten, wie Charles zur Beifahrerseite ging, um seiner Mutter die Tür zu öffnen, und dann ihre Taschen zum Haus trug.

»Ach, du meine Güte!«, sagte Diane mit dieser typischen Gastfreundlichkeit der Südstaatler. »Das ist ja eine Freude. Immer herein mit Ihnen.«

»Charles hat mir erzählt, dass Ihr Vater einen Schlaganfall hatte«, sagte Miss Octavia. »Es tut mir sehr leid. Ich habe für Sie alle Abendessen gekocht – wahrscheinlich können Sie im Moment gar keinen Gedanken ans Kochen verschwenden. Wir bleiben auch nicht lange.«

Wusste Miss Octavia, dass Diane nie einen Gedanken ans Kochen verschwendete? Musste sie wohl, denn nachdem wir die Taschen ausgepackt hatten, stand ein Festmahl auf dem Tisch: Brathähnchen (eine riesige Servierplatte voll – ein echtes Gemetzel im Hühnerstall), ein kalter rosiger Schinken, cremiger Kartoffelsalat, Krautsalat, Maiskolben, mein Lieblingsauflauf mit Brechbohnen (der mit den frittierten Zwiebelringen obendrauf) und eine dreistöckige Schokoladentorte.

»Das können wir auf keinen Fall alles alleine essen«, sagte Diane. Sie rief Oma und Penn an und sagte allen, sie sollten vorbeikommen.

»Wie geht es Ihrem Vater?«, fragte Miss Octavia.

»Er erholt sich schnell. Er hatte eine TIA, das ist ein leichter Schlaganfall, aber er hat neurologische Probleme zurückbehalten, die die Ärzte nicht ganz verstehen. Der körperliche Schock hat vielleicht eine beginnende Demenz ausgelöst.«

»Das ist ein Deus ex Machina«, sagte ich und leckte einen Finger ab, der aus Versehen den Schokoladenguss gestreift hatte.

»Wie bitte?«, fragte Charles.

»Aris schreibt einen Roman«, erklärte Diane.

»Ich dachte, du solltest heute mit deinem Roman fertig sein«, sagte Max.

»Ich stecke fest, okay?«

»Ich habe damit kein Problem«, sagte Max. »Ich dachte nur, heute wäre der letzte Tag.«

»Genau gesagt ist heute der achtundzwanzigste Tag. Ich habe dreißig.«

»Wir haben aber kein Schaltjahr«, sagte er.

»Schaltjahre haben mit meiner Deadline nichts zu tun!«, zischte ich, und dann musste ich rausgehen. Eine Schreibblockade ist eine ernste Sache. Ich setzte meine Fliegermütze auf. Als ich sie richtig zugemacht hatte, wurde ich ruhiger, aber die Blockade bröckelte nicht mal. Nach ihrer letzten Leserunde hatte Ms Chu gesagt, in meinem Roman wären genug schlimme Dinge passiert – das hätte ich gut hinbekommen –, aber jetzt müssten die Figuren reflektieren. Sie wollte eine Szene haben, in der Aris und Max reflektieren. Ich erklärte ihr, dass Max, abgesehen von dem Ausreißer bei der Talentshow, nicht lange genug still blieb, um zu reflektieren. Und wir anderen waren mit unserem neuerdings regen Privatleben beschäftigt.

Als Penn mit einem Werkzeuggürtel ins Haus kam, grinste Charles erleichtert. »Ich hatte gehofft, dass wir die Gipskartonwand heute fertig bauen können«, sagte er. »Es hätte mich schrecklich geärgert, alles eine Woche liegen zu lassen.«

»Ich hoffe, ihr Männer setzt euch erst mal hin und esst«, sagte Miss Octavia.

»Penn isst nicht«, erklärte Max.

Miss Octavia hielt mit dem Messer über dem Schinken inne, legte den Kopf schief und sah Penn an. »Fehlt Ihnen etwas?«

»Ja, Ma'am«, sagte Penn. Er neigte demütig den Kopf, dann schlenderte er hinaus.

Bemerkte ich da bei Diane einen sehnsuchtsvollen Blick, als sie seinen Abgang beobachtete? Was würde passieren, wenn das Spielhaus fertig war? Würde er nicht mehr vorbeikommen? Miss Octavia sah Penn hinterher, sah Max an, der ihm mit einem Hähnchenschenkel unter seinem Shirt nach draußen folgte, und dann Diane. Sie wusste, wann sie es mit einer Liebesgeschichte zu tun hatte. Ich hatte gehofft, wir könnten darüber reden – jetzt waren ja nur noch die Frauen in der Küche –, aber Diane hatte innerlich Anlauf genommen, um sich zu entschuldigen.

»Octavia«, sagte sie, als sie sich ein Glas Tee einschenkte, »mir ist klar, dass ich Sie bei Charles' Verhandlung beleidigt habe.«

Miss Octavia starrte wie gebannt auf den Krautsalat, den sie gerade umrührte.

»Vor lauter Begeisterung über Charles' Essays, die wirklich vielversprechend sind, habe ich nicht daran gedacht, was es für Ihre Familie und für Sie bedeutet, wenn sie bekannt werden. Das war unsensibel.«

»Meine Knie melden sich«, sagte Miss Octavia. »Ich glaube, ich setze mich mal kurz hin.« Als sie sich an den Tisch setzte, verschwand der Stuhl unter ihr. Sie trug ein weißes Sweatshirt mit *Leben Lieben Beten* auf der Brust und große rote Kreolen. »Er hat mir die Essays gestern Abend gezeigt«, erzählte sie. »Ich habe sie gelesen. Alle. Nicht nur einmal. Und ich habe Ihre Anmerkungen gelesen, Diane – deine auch, junge Dame.«

Als sie mich mit diesen violetten Augen ansah, schrumpfte ich zwei Nummern. Woher wusste sie das? Bevor Diane eine schlaue Erklärung dafür einfiel, dass sie ein Kind die Hausarbeiten ihrer Collegestudenten benoten ließ, sprach Miss Octavia weiter.

»Ich sehe mehr, als Sie glauben. Diese Essays – na ja, jetzt weiß ich, warum Charles keinen Mais mehr isst.« Mit dem Handrücken wischte sie sich eine Träne aus dem einen und dann aus dem anderen Auge. »Er ist ein guter Mann. Er sollte nicht ins Gefängnis müssen – ins Gefängnis!«

Diane reichte ihr eine Serviette. Sie suchte nach den richtigen Worten, aber es gab keine. Draußen schlugen alle drei Hämmer auf das Spielhaus ein: bummdibumm kam von Penn, bummbummbumm von Charles, bummbatschaua von Max.

»Es tut mir leid«, sagte Diane. »Es ist unfair.«

Miss Octavia trocknete sich mit den Ecken der Serviette sorgfältig die Augen, dann straffte sie die Schultern. Als sie antwortete, übertönte ihre Stimme das Hämmern. »Wer hat gesagt, das Leben sei fair?«

Das war eine rhetorische Frage; Diane und ich hielten den Mund.

»Der Herr stellt Charles jetzt auf die Probe«, sagte Miss Octavia, »aber er wird ihm nicht mehr auferlegen, als er ertragen kann. In der Bibel, im ersten Korintherbrief steht, dass Gott ›euch nicht lässt versuchen über euer Vermögen, sondern macht, dass die Versuchung so ein Ende gewinne, dass ihr's könnet ertragen‹.«

»Penn ist Atheist«, erzählte ich.

»Ach, wirklich.« Miss Octavia nippte an ihrem Tee und beobachtete Penn durch die Glastüren, als wäre er ein Tier im Zoo. »An irgendetwas muss man glauben«, sagte sie. »Und wenn es nichts ist.«

»Ich hoffe, seine Überzeugungen sind Charles nicht in irgendeiner Weise abträglich«, sagte Diane. »Penn mag Charles. Er bewundert ihn. Er möchte sein Freund sein. Penn ist …« Sie stockte. »Also, das würde er gar nicht gerne hören, aber er ist Christus ähnlicher als die meisten Christen.«

Miss Octavia lachte und zeigte wieder ihren goldenen Backenzahn. »Ach, Charles liebt Atheisten. Ich glaube fast, das könnte doch Gottes Werk sein.«

Als ich auf die Veranda ging, versuchten Penn und Charles gerade wieder, sich gegenseitig zu bekehren.

»Na gut«, sagte Penn, mit einem Arm aufs Geländer gestützt. »Du behauptest also, dass Gott existiere und man ihn nur nicht sehen könne, wie Radiowellen. Tatsächlich ist es Physikern gelungen, Radiowellen mit Licht zu messen, das von einer vibrierenden Mikromembran reflektiert wird, aber das lasse ich mal für den Moment beiseite. Sagen wir einfach, wir können Gottes Existenz nicht nachweisen, weil er nicht will, dass wir sie nachweisen können. Warum versteckt er sich?«

»Damit er sich offenbaren kann.«

»Typisches Scheinargument«, sagte Penn. »Dabei könnte man das Gleiche über Kobolde sagen. Wie offenbart er sich denn?«

»Zum Beispiel«, antwortete Charles, »durch mich. Durch diese Diskussion. Weißt du, in diesem Fall ist die Seele die vibrierende Mikromembran.«

Penn lächelte, nahm die Zigarette, die er sich hinters Ohr geklemmt hatte, und steckte sie sich an.

Als ich wieder hineinging, kam Oma gerade durch die Haustür. »Juuhuu!«, rief sie. »Jemand zu Hause?«

»Wo ist Dad?«, fragte Diane.

»Ach, er ist wahrscheinlich noch nicht ausgestiegen. Er ist so eine Trantüte.«

»Mom!«, rief Diane. »Er hatte einen Schlaganfall! Lass ihn doch nicht allein im Auto!«

»Pah!«, machte Oma. »Dem fehlt nichts. Er hat einen Stock bekommen. Er trödelt nur. Geh raus und sieh nach.«

Als Diane durch die Tür schoss, wandte Oma sich an Miss Octavia. »Sie sind bestimmt die Freundin, die das viele Essen mitgebracht hat.«

»Ja, Ma'am«, sagte Miss Octavia. »Ich habe gehört, dass Ihr Mann einen Schlaganfall hatte, und dachte, Sie könnten eine kleine Stärkung gebrauchen.«

Ich hatte Angst, Oma könnte etwas herausrutschen wie: *Ist der schwarze Junge im Garten Ihr Sohn? Ist das der, der verhaftet wurde? Der aus der Zeitung?* Miss Octavia würde ihr eine langen müssen. In dem anschließenden Tumult würde herauskommen, dass Diane arbeitslos war. Was würde dann passieren?

Als hätte sie erraten, was ich dachte, musterte Oma mich mit zusammengekniffenen Augen. »Warum trägst du im Haus eine Mütze? Nimm das Ding ab. Ich sehe dein Gesicht gar nicht.«

»Kann ich nicht«, sagte ich.

»Warum nicht?«

»Sie klemmt fest.«

»Dickkopf«, meinte Oma. »Du bist genauso dickköpfig wie deine Mutter und dein Großvater.«

»Ich tue Ihnen schon mal was auf«, sagte Miss Octavia.

»Danke«, antwortete Oma. »Ich bin nur noch erschöpft. Diane versteht nicht, wie schwer es für mich war. Seit dem Schlaganfall ist Henry nicht mehr ganz bei sich. Ich muss jetzt alles allein machen. Er überlässt alles mir.«

»Möchten Sie einen Maiskolben haben?«, fragte Miss Octavia.

»Ja, das wäre schön – Sie müssen mich aber nicht bedienen. Oh, woher haben Sie denn zu dieser Jahreszeit so wunderbare Maiskolben?«

»Aus dem Garten meiner Mutter«, sagte Miss Octavia. »Ich habe mir mal angewöhnt, sie einzufrieren, mein Sohn Charles hat früher so gerne Maiskolben gegessen. Aber seit er von seinem Einsatz in Afghanistan zurück ist, rührt er sie nicht mehr an. Jetzt werde ich sie kaum los.«

»Ich bin auf einer Farm aufgewachsen«, erzählte Oma. »Mein Papa hat Mais angebaut.« Ihre Miene wurde sanfter, als sie an eine glücklichere Zeit ihres Lebens zurückdachte.

Oma knabberte ihren zweiten Maiskolben ab, als Diane und Opapa hereinkamen.

»Ich bin mit ihm durch den Garten gegangen, um ihm das Spielhaus zu zeigen«, sagte Diane.

»Es ist fantastisch«, sagte Opapa. »Ihr solltet alle mal rausgehen und es euch ansehen. Es hat zwei Etagen. Unten ist ein Spielzimmer für Max und oben ein Büro für Aris.« Er lächelte uns an. »Penn baut sogar Fenster ein. Ich gebe ihm nachher Geld für das Glas.«

»Was ist mit dem Rasenmäher?«, fragte Oma. »Deswegen hast du dir doch Sorgen gemacht. Wohin stellen sie den Rasenmäher mit dem ganzen Benzin?«

»Welchen Rasenmäher?«, fragte Opapa.

»Den Rasenmäher!«, rief sie. »Den Rasenmäher, den du ihnen gekauft hast. Mit dem du ihren Rasen mähst, Schatz. Du hast gesagt, er müsse im Schuppen stehen, und jetzt haben sie aus dem Schuppen etwas anderes gemacht. Was ist denn mit dir los?«

Opapa zuckte mit den Schultern. »Mir ist egal, wohin sie ihren Rasenmäher stellen. Es ist ihr Haus.«

»Es ist unser Haus«, widersprach Oma. »Es gehört uns. Wir haben es bezahlt. Du hattest Angst, Diane könnte es in Brand stecken, wenn der Rasenmäher in der Garage steht.«

»Das ist ja verrückt«, sagte Opapa.

»Wieso ist das verrückt? Du musst es ihr nur sagen. Auf mich hört sie nicht.«

»Warum nicht?«

»Henry! Hast du den Verstand verloren?« Sie sah mich an und Miss Octavia und dann hinaus in den Garten zu Penn und Charles und Max. »Er hat den Verstand verloren«, erklärte sie uns allen.

Opapa kam mit einem Teller voller Schokoladenkuchen an den Tisch und setzte sich.

»Du hast aber eine todschicke Mütze auf, Aris«, sagte er. »Sie sieht aus wie die Mütze, die dein Dad immer getragen hat, oben in Alaska.«

»Henry! Was machst du da?«, rief Oma. »Du kannst doch nicht diesen ganzen Kuchen essen. Stell ihn zurück. Das ist der Nachtisch.«

Opapa probierte den Kuchen. Er leckte sich die Lippen. »Ich kann machen, was ich will«, sagte er lachend. »So einen leckeren Schokoladenkuchen habe ich noch nie gegessen.« Dann stand er auf und blickte durch die Fenstertür. »Da ist er. Sieh mal, Diane, er baut dir ein Haus. Aber er muss es streichen. Haben wir in der Garage nicht noch etwas Farbe?«

Er schlurfte in die Garage und kam nach ein paar Minuten mit der lila Farbe zurück. »Ach! War das eine hübsche Farbe.«

Nachdem sich alle Gäste bis auf Penn verabschiedet hatten, ging ich hinaus. Hinter dem Haus herrschte eine unheimliche Stille. Wo waren alle? Sogar Max war verschwunden. Als ich mich im leeren Garten mit dem lila Spielhaus an der Stelle, an der früher ein Schuppen gestanden hatte, umsah, bekam ich einen Moment lang Panik. Alles veränderte sich. Ich konnte dabei zusehen, wie es sich veränderte, schneller, als ich es aufschreiben konnte. Diane machte sich was vor. Man konnte sich nicht »das Chaos als grundlegendes Problem vornehmen und ein durchorganisiertes Umfeld entwickeln«. So schnell konnte man sich nicht bewegen. Vielleicht konnte ja Gott einen Haufen Legosteine ansehen und schnipp! Aber Menschen? Jeder Schriftsteller würde Ihnen sagen, dass Charakterstudien unweigerlich irgendwelche armen Schlucker offenbaren, die auf dem Zahnfleisch kriechen.

»Diane!«, rief ich. Keine Antwort.

»Hallo! Ist hier draußen jemand?« Penn und Max kamen um die Hausecke, sie hatten ihre Pinsel ausgewaschen.

»Wo ist Diane?«

»Hier drin«, sagte Penn und deutete mit dem Kopf auf das Spielhaus.

Diane stand in der Zwergentür des Spielhauses und sah zu uns heraus. Der Türrahmen fasste sie genau ein, wie ein Bilderrahmen, aber das Haus war für sie zu klein. Sie sah aus, als könnte sie es sich auf den Rücken packen und wie eine Schildkröte damit losziehen.

»Dein Büro ist noch nicht fertig, Aris«, sagte Penn. »Ich habe kein Brett in der richtigen Größe, um das Loch im Boden zu reparieren, aber ich muss jetzt gehen.«

»Nein!«, rief Max. »Geh nicht!«

»Ich komme ja wieder«, sagte Penn. Er drückte die rote Glut seiner Zigarette aus und klemmte sich den Stummel für später hinters Ohr.

»Bitte bleib hier«, bat Max. »Bitte. Wir sind mit der Arbeit noch nicht fertig.«

»Mir reicht es für heute, Kumpel«, sagte Penn.

»Nein!«, brüllte ich ihn an.

»Nein? Was nein?«

»Ich habe Verlustängste«, antwortete ich.

»Außerdem haben wir dich gern«, sagte Max.

Penn wandte sich uns zu und sagte heiser: »Habt ihr nicht zugehört? Ich habe gesagt, ich komme wieder.«

Ich wollte ihn fragen, wann er wiederkommen würde. Ich wollte ihn all die Dinge fragen, die man Penn nicht fragen kann. Penn, warum machst du dieses, warum machst du jenes nicht? Penn, meine Leser würden gerne wissen: Wen liebst du? Wen wirst du berühren? Wie wirst du leben, wenn du kein Geld hast? Bist du einsam, Penn? Unter seinem verschossenen Mützenschirm glänzten seine silbrigen Augen, als er uns ansah; er hatte wirklich mehr von Jesus als jeder andere, den ich kannte. Dann drehte er sich um, seine breiten Schultern versperrten mir die Sicht, und er war weg.

Zwei Tage später bekamen wir einen Brief von Charles.

Während ich diesen Brief schreibe, meinen ersten aus dem Gefängnis von Kanuga, spüre ich, dass ich mir unbewusst eine herausragende Korrespondenz, die ähnlichen Umständen zu verdanken ist, zum Vorbild nehme, den Brief aus dem Gefängnis in Birmingham von Reverend King. Meine schlichten Zeilen folgen – wie eine Motte einem Adler – der großen Tradition schwarzer Männer, die hinter Gittern schreiben. Anders als der Reverend und trotz der leidenschaftlichen Aufforderungen meines Freundes Penn MacGuffin, der mich hier bereits besucht hat, kämpfe ich allerdings nicht für ein wichtiges politisches Anliegen.

Diane, Sie haben einen Teil meiner Kindheitsgeschichte gelesen. Sie wissen, wie sehr ich darunter gelitten habe, in einem ärmlichen Zuhause mit einem gewalttätigen, ungebildeten Vater aufzuwachsen. Sie wissen auch, wenn Sie zwischen den Zeilen gelesen haben, dass ich diesen Mann liebe und wie verzweifelt ich war, als ich ihm in seinem Käfig, der sein Leben ist, gegenüberstand. Auch nur eine Woche in einer Gefängniszelle zu verbringen – so wie er –, ist für mich ein unbeschreibliches Grauen.

Doch durch Leiden empfangen wir Gnade. Hier gibt es in einem ehemaligen Lagerraum eine kleine Bibliothek, und zwischen den Harry-Potter-Bänden und den Gartenratgebern habe ich Erinnerungen, Träume, Gedanken *von Dr. Carl*

Gustav Jung gefunden. Sie haben in unserem Seminar über Dr. Jung gesprochen und seine Ansicht geteilt, Religion diene dem Menschen dazu, sich gegen Gott zu verteidigen. Bei allem Respekt, das hat mir als Christ damals gar nicht gefallen. Doch als ich auf dem Buch ein Foto des Autors sah – ein älterer Mann, der sich die Brille auf die Stirn geschoben hat und dem Leser mit einem Lächeln in den Augen entgegenblickt –, wusste ich, dass ich einen Freund gefunden hatte.

Diane, durch die Essays für Ihr Seminar habe ich viele wunderbare Dinge gelernt, aber wie ich Ihnen neulich schon gestand, habe ich keine Ambitionen, Schriftsteller zu werden. Während ich Erinnerungen, Träume, Gedanken *lese, fühle ich mich in meiner Entscheidung bestätigt, Geistlicher zu werden, und mit jeder Zeile bin ich überzeugter, meinen neuen Lehrer gefunden zu haben. Dr. Jung sagt, er habe nie an Gott geglaubt – wie könne er an etwas glauben, das ganz einfach existiere? Wir sagen auch nicht: »Ich glaube an die Sonne.« Deswegen werden Penn und ich sicher eine Runde im Boxring drehen, und ich freue mich schon auf unseren nächsten Schlagabtausch! Ich maße mir kein Urteil über meinen Freund Penn an, weil er nicht gläubig ist. Als ich in Afghanistan stationiert war, habe ich einige Atheisten kennengelernt. Tatsächlich habe ich dort, wo ich den Spitznamen »Prediger« bekam, zum ersten Mal den Ruf vernommen, Gott zu dienen. Carl Gustav Jung sagt uns, er habe nirgendwo auf der Erde die Abwesenheit Gottes gespürt, nur in der Kirche. Sie können sich vorstellen, wie mich das trifft – ich werde versuchen, die Kirche aufzubauen, die er besuchen würde.*

Bitte grüßen Sie Ihre wunderbaren Eltern, die bezaubernde Aris und den prächtigen jungen Mann Max.

In Christus verbunden, Charles

Dénouement

»Hast du über einen Schluss nachgedacht?«
»Ja, über verschiedene, und alle sind düster und unerfreulich«, sagte Frodo.
»Oh, das taugt nichts!«, meinte Bilbo. »Bücher sollten gut enden.
Wie wäre es damit: ›Und sie setzten sich alle zur Ruhe und lebten danach glücklich miteinander‹?«
»Das ist gut, wenn es jemals dazu kommt«, erwiderte Frodo.
»Ach«, sagte Sam, »und wo werden sie leben? Das frage ich mich oft.«

J. R. R. Tolkien, *Die Gefährten*

»Ich dachte, dein Roman sollte jetzt fertig sein«, sagt Max und sieht mir über die Schulter, während ich am Küchentisch tippe.

»Ich bin gerade beim Ende«, antworte ich. Es ist nicht einfach, mein letztes Kapitel noch einmal zu lesen, wenn Max mir dabei ins Ohr atmet und mit den Fingern auf den Tisch trommelt. »Max«, sage ich zum tausendsten Mal, »du bist in meinem persönlichen Bereich.«

Laut Wikipedia beträgt der persönliche Bereich zwischen 45 und 120 cm. Für mich liegt die Grenze genau bei 120. Wie Sie mittlerweile wahrscheinlich wissen, kommt man in unserem Haus kaum auf eine solche Distanz. Mein Büro unter dem Bett habe ich nicht mehr benutzt, seit ich »*Greensleeves*« gelesen habe. Ich liege nicht mal mehr gerne *auf* meinem Bett. Es ist komisch, aber irgendwie kommt es mir vor, als wäre Mr Lafontaine da unten, zusammen mit dem rothaarigen Fahrer des Holztransporters, Oma, wenn sie einen schlechten Tag hat, und jetzt auch Richter Burr Wiglett. Diese ganzen Schattenseiten sind zu einem einzigen Monster unter dem Bett verschmolzen.

»Sind die dreißig Tage nicht um?«, fragt Max.

»Heute ist der dreißigste Tag. Ich habe noch Zeit.«

»Wie viel Zeit?«

»Ein paar Stunden.«

»Drei Stunden?«

»Hör auf, Max! Wir haben schon genug Kontrollfreaks in der Familie.« Mit den Ellbogen auf dem Tisch vergrabe ich das Gesicht in den Händen und stelle mir vor, ich würde schluchzend auf Dr. Dhangs Diwan liegen.

»Aris.« Max zieht an meinem Arm. »Alles in Ordnung? Warum hast du die Augen zu? Bist du traurig? Schläfst du ein? Wach auf, Aris.« Als ich die Augen öffne, sagt er: »Du kannst deinen Roman jetzt in deinem Büro zu Ende schreiben. Ich habe ein Stückchen Holz über das Loch im Boden genagelt, damit du nicht durchfällst.«

Draußen atme ich tief den Geruch der frischen Holzspäne ein, dann ziehe ich beide Klappen meiner Fliegermütze über die Ohren. Es wird langsam kalt. Mein Geisterdad wird sehen müssen, wie er mit mir kommuniziert. Nachdem ich über die Leiter in mein neues Büro geklettert bin, ziehe ich mein Laptop mit dem Speiseaufzug nach oben und hocke mich im Schneidersitz auf den Boden. »Gott ist, Gott ist nicht« ist auf beiden Schuhen verblasst, ich stehe also wieder ganz am Anfang. Oder habe ich mich in einer Spirale eine Ebene höher geschraubt, wie Ms Chu gesagt hat? Durch das Loch, das Max in seine Decke gesägt hat, vorbei an dem quer darüber genagelten Stock, sehe ich hinunter in sein Legozimmer. Während ich auf den bunten Plastikberg – einen Urknall aus Legosteinen – blicke und mich der Aufgabe gegenübersehe, Chaos in Schöpfung zu verwandeln, spüre ich den Schauder von Gottes Wahnsinn.

Ich tippe, und auf meinem Bildschirm erscheint: *Es ist der 2. März hier in Kanuga, Georgia, dem Tal, in dem die Seelen wachsen. Wäh-*

rend die Sonne in den Wolken versinkt, verdunkelt sich der Himmel lavendelfarben. Ein paar Minuten lang sieht das zerfledderte Netz des Trampolins aus wie Spitzenstoff. In der ganzen Gartenstadt laufen die Waschmaschinen an, und die Gerüche der Waschmittel vermischen sich mit dem Gestank der Papiermühle und den ersten zarten Düften des Frühlings. Ende.[35]

Stumm lese ich den Text noch einmal durch. Dann lese ich ihn laut. Er klingt gut, aber irgendwo in meinem Hinterkopf wirft Dianes Stimme immer wieder »*Pfusch*« ein.

»Ja gut, du hast dein Zimmer aufgeräumt, aber du hast *gepfuscht*«, sagt sie manchmal. Dann marschiert sie herein und findet Socken in Schreibtischschubladen, schmutzige Wäsche zwischen der sauberen, Schulhefte, die mit einem Tritt unter dem Bett gelandet sind – Beweise für das moralische Laster der Pfuscherei.

Um wegen meiner Deadline nicht in Panik zu verfallen, lenke ich mich mit meinen sozialen Netzwerken ab.

Als ich Billys Gesicht sehe, flattert mein Herz mit einem gebrochenen Flügel, ganz flüchtig nur – ich bin fast darüber hinweg. Ich gehe meine E-Mails durch und finde eine interessante neue Nachricht von Anders:

vergiss mich bitte nicht in deinem Roman ok?
das habe ich über mich geschrieben
ist ein gutes ende kannst mich seth nennen

Seth fuhr in seinem nachgebauten 1969er
Mustang Fastback in Yellow Blaze mit
5,0-Liter-V8-Kompressor und 420 Pferde-

35 Diane hat mir geraten, ich solle Geschichten nie mit dem Wort »Ende« beenden. Sie sagt, das sei kindisch. Ich gebe ihr völlig recht, aber das hier ist ein Roman, keine Geschichte.

stärken vor. Aris wartete in einem schulterfreien Top und mit offenen Haaren am Straßenrand auf ihn.
»Lust auf eine Spritztour?«, fragte er sie. Er wollte mit ihr schwimmen gehen, das würde bestimmt Spaß machen.
»Na gut«, meinte sie nach einer Weile. Sie tat so, als würde sie Seth nicht besonders mögen, aber vielleicht ja doch. Seth wusste, dass Mädchen manchmal so sind.
»Von Nahem bist du hübscher als von Weitem«, sagte Seth, nachdem sie schwimmen waren. Sie war ganz nass. Ihre Haare sahen aus wie lange verdrehte Seile.
»Sehr tiefgründig«, sagte sie. Sie machte sich immer über alles lustig. Vor allem über Seth. Aber das war ihm egal. Er liebte sie zum Verrücktwerden.

Danke, Anders. Das war sehr hilfreich.

Als Letztes – einmal Eierdieb, immer Eierdieb – sehe ich mir Dianes Mails an. Ihr Passwort lautet »joeistfort1«, seit mein Dad gestorben ist. Ich scrolle durch das uninteressante Zeug: Elternabende in der Lab, Newsletter über Biolebensmittel, ein paar klägliche Hilferufe von Match.com. Als ich gerade alles als ungelesen markieren und mich ausloggen will, fällt mir die Mail von Miranda Delmar auf.

Liebe Verkäuferin,
ich nehme an, dass Ihr Tagebuch dem gebrauchten Exemplar von *Vom Winde verweht* nur versehentlich beilag, aber mir gefällt Ihr

Schreibstil. Ich hoffe, Sie empfinden es nicht als aufdringlich (wie ist das Tagebuch eigentlich in den Umschlag gekommen?), aber ich war von den Geschichten in Ihrem Notizbuch ganz gefesselt.
Ich arbeite als Redakteurin beim *New Yorker* und würde sehr gerne ein Manuskript von Ihnen lesen, falls Sie eines haben. Es hört sich an, als hätten Sie vielleicht Ihre Autobiografie geschrieben.

Sofort schreibe ich Kate:

Meine Mom ist kein Hausmädchen mehr
sie ist Schriftstellerin

Es gibt so viel zu tun! Ich muss Dianes handgeschriebene Version von »*Greensleeves*« aus ihrem Versteck unter meinem Bett hervorholen und sie für den *New Yorker* abtippen. Oh, und redigieren! Obwohl Diane Anglistikdozentin ist – oder war –, unterlaufen ihr eine Menge Fehler, weil sie versucht, alles perfekt zu machen. Texte bis zur Blödsinnigkeit zu überarbeiten gehört zu den Fallstricken einer Zwangsstörung. Und natürlich muss ich noch meinen eigenen Roman beenden. Laut der Uhr auf meinem Bildschirm bleiben mir gute zwanzig Minuten bis zu meiner Deadline. Ich starte einen zweiten Versuch für das Ende.

Es ist der 2. März hier in Kanuga, Georgia, dem Tal, in dem die Seelen wachsen. Während die Sonne in den Wolken versinkt, verdunkelt sich der Himmel lavendelfarben. Ein paar Minuten lang sieht das zerfledderte Netz des Trampolins aus wie Spitzenstoff.

Ich lese es durch, lösche es. Quatsch. Sollte ich meinen Roman erwähnen, wenn ich Ms Miranda Delmar antworte? Laut *Romane schreiben in 30 Tagen!* sollte man Beziehungen nicht einfach übergehen. Diane soll nicht glauben, ich würde ihr Konkurrenz machen, aber eine Autobiografie und ein Roman sind zwei Paar Schuhe. Meinen Roman werden sie wahrscheinlich als Bildungsroman vermarkten, obwohl ich ihn so nicht sehe. Ehrlich gesagt werde ich in dieser Geschichte nicht erwachsen. Ich überlebe nur. Aufgrund der Nuancen der vierten Dimension und des Schicksals aller fiktiver Charaktere werde ich, Aristoteles Thibodeau, ewig zwölfeinhalb Jahre alt sein, plus/minus 30 Tage.

Diane andererseits – kurz gesagt bin ich stolz auf sie.

ENDE

DANKSAGUNG

Zuerst möchte ich mich bei meinem Spitzenteam bedanken: Andrea Robinson von Vintage Books und Adriann Ranta und Allison Devereux von den Wolf Literary Services. Adriann hat mir kluge Anregungen für diesen Roman gegeben, bevor sie ihn möglicherweise interessierten Verlagen zeigte. Ihre minutengenauen Updates haben mich gebannt meinen Posteingang beobachten lassen. Als Andrea sich des Manuskripts annahm, lernte ich eine Lektorin kennen, die ebenso überschäumend enthusiastisch wie schonungslos zielstrebig war. Wir redigierten Zeile um Zeile in einem Mailwechsel, der so anspruchsvoll und eine solche Freude war, dass ich ihn komplett aufhob. Allison warf sich derweil mit großem Einsatz und Erfolg auf den Verkauf der Auslandslizenzen. Diesen drei Frauen und allen bei Vintage und Wolf – danke.

Bevor dieser Roman auf ein zahlendes Publikum traf, lag er in den Händen gütiger, weiser Freunde. Ich bin meiner Freundin Shannon Ravenel zutiefst dankbar dafür, dass sie mich bei den ersten Manuskriptversionen unablässig ermutigt hat. Shannon liest meine Texte, seit ich veröffentliche, und hat meine ersten beiden Romane lektoriert. Während ich mich in einem staubigen, eigens gemieteten Zimmer, das ich mir mit ein paar Tauben teilte, mit *Eine Therapie für Aristoteles* abmühte, hielt mich Shannons geschliffen formuliertes Lob bei der Stange. Ich danke auch meinen Freitagsschriftstellern: Faith Shearin, Adrienne Su, Diana Rico, Tammy Powell und Ray Atkins, die ihr literarisches Leben mit mir teilen und meine wöchentlichen Berichte annehmen. Meiner lieben Freundin und Leserin Pam Redden: Danke für dein Lachen, dein Adlerauge und dein unerschütterliches Vertrauen. Schließlich danke ich William P. Clifton dafür, dass er meiner Figur Penn ein paar seiner besten T-Shirts geborgt hat.

Als mir vor vielen Jahren die Idee zu *Eine Therapie für Aristoteles* kam, schwebte mir, inspiriert von meinem fabelhaften Mentor, dem verstorbenen Max Steele, zunächst ein Sachbuch über literarisches Schreiben vor. Mit diesem Gedanken im Hinterkopf sprach ich mit einigen weiteren Studenten von Max und fragte sie nach ihren Erinnerungen an Max' Seminar über kreatives Schreiben. Ich danke Daphne Athas, Doris Betts, Will Blythe, Clyde Edgerton, Mimi Herman, Alane Mason, Rick Moody, Lawrence Naumoff, David Rowell, John Rowell und Bland Simpson dafür, dass sie den Blog http://friendsofmaxsteele.blogspot.com mit Fotos und kurzen Texten über unseren Dozenten bereichert haben. Ich werde Max ewig zu Dank verpflichtet sein; wahrscheinlich hätte er sich gefreut, dass ich einen Roman statt dieser anderen Sache geschrieben habe.

Neben der Inspiration und der harten Arbeit der Mentoren, Lektoren, Agenten, Freunde und Mitstreiter braucht ein Schriftsteller den Raum und die Zeit, um zu schreiben. Deshalb möchte ich der Stiftung National Endowment for the Arts und der Kennesaw State University für die Stipendien danken, die mir die Zeit zum Schreiben verschafften. Meine Schwägerin Leslee Sumner nahm mich (und mein Gefolge) bei literarischen Reisen nach New York immer freundlich auf. Ich danke auch dem verstorbenen George Pullen, der mir das staubige Büro mit Tauben überließ für eine unglaublich niedrige Miete und das Versprechen, ihn hier zu erwähnen. Du bist eine gute Seele, George. Wie immer bin ich meinen Eltern dankbar, die mich unterstützten und inspirierten.

Und schließlich: Ohne meine beiden Kinder Zoë Page Marr und Sumner Rider Marr wäre dieser Roman nie zustande gekommen. Ihr habt mich nicht nur in jeder Stunde inspiriert, ihr habt mit Geduld und oft Zärtlichkeit Nachsicht mit einer schreibenden Mom bewiesen. Ich danke Zoë (Z. P. Marr) für ihre Illustrationen in diesem Buch und Rider für sein großzügiges Angebot, den Soundtrack zu liefern, wenn es verfilmt wird.

QUELLENNACHWEISE

Jane Austen: *Northanger Abbey*, übers. von Andrea Ott, München: btb 2011.

William Blake: *Lieder der Unschuld und Erfahrung*, hrsg. von Werner Hofmann, übers. von W. Wilhelm, Frankfurt a. M.: Insel Verlag 1988.

Joyce Carol Oates: »Wo willst du hin, wo bist du gewesen?«, übers. von Birgitt Kollmann – in: *bad girls: Stories*, München: dtv 2004.

William Shakespeare: *Macbeth*, übers. von Frank Günther, Cadolzburg: ars vivendi 2001, © für die Übersetzung: Hartmann & Stauffacher GmbH.

Epiktet: *Das Buch vom geglückten Leben*, übers. von Carl Conz, München: dtv, 4. Auflage 2007.

George Gordon Lord Byron: *Don Juan*, übers. von Otto Gildemeister, Berlin: Verlag von G. Reimer, 1877.

J.R.R. Tolkien: *Der Herr der Ringe*, Band I: *Die Gefährten*, übers. von Margaret Carroux, Stuttgart: Klett Cotta, 16. Auflage 1989.